Lisa See, nata nel 1955, vive a Los Angeles. Collaboratrice di *Los Angeles Times*, *Washington Post*, *Cosmopolitan* e *Publishers Weekly*, ha compiuto frequenti viaggi in Cina, soprattutto per visitare i luoghi di origine della sua famiglia. Ha raggiunto il grande successo di pubblico proprio grazie a *Fiore di Neve e il ventaglio segreto*, best seller internazionale pubblicato in Italia da Longanesi, da cui nel 2011 è stato tratto il film *Il ventaglio segreto*. Sono inoltre apparsi *In una rete di fiori di loto*, *La ragazza di giada*, *Le ragazze di Shanghai*, *Le perle del drago verde*, *Come i fiori di notte*, *Come foglie di tè* e *Le madri di vento e di sale*.

Della stessa autrice in edizione TEA:

In una rete di fiori di loto
Fiore di Neve e il ventaglio segreto
La ragazza di giada
Le ragazze di Shanghai
Le perle del drago verde
Come i fiori di notte
Come foglie di tè

Lisa See

Fiore di Neve e il ventaglio segreto

Romanzo

Traduzione di
Federica Oddera

TEA

Per informazioni sulle novità
del Gruppo editoriale Mauri Spagnol visita:
www.illibraio.it

TEA - Tascabili degli Editori Associati S.r.l., Milano
Gruppo editoriale Mauri Spagnol
www.tealibri.it

Consulenza di Gianandrea Ganito

Titolo originale
Snow Flower and the Secret Fan

Prima edizione TEADUE giugno 2008
Sesta ristampa TEADUE luglio 2014
Prima edizione Le Rose TEA marzo 2017
Prima ristampa Le Rose TEA febbraio 2020
Prima edizione Narrativa Best Seller marzo 2022
Prima edizione SuperTEA marzo 2023

FIORE DI NEVE
E IL VENTAGLIO SEGRETO

In questo romanzo, mi sono attenuta allo stile tradizionale cinese per quanto riguarda l'indicazione delle date. Il terzo anno di regno dell'imperatore Dao Guang, l'anno di nascita di Giglio Bianco, corrisponde al 1823. La rivolta dei Tai Ping iniziò nel 1851 e si concluse nel 1864.

Le origini del *nu shu* – la scrittura basata su un codice segreto utilizzata dalle donne di una remota regione della provincia meridionale dello Hunan – vengono fatte risalire a mille anni fa. A quanto risulta, si tratta dell'unica lingua scritta al mondo creata dalle donne esclusivamente per il proprio uso.

SEDUTA IN SILENZIO

Nel mio villaggio mi definiscono « una che non è ancora morta »: sono una vedova di ottant'anni. Senza mio marito, le giornate sono lunghe. Non mi attirano più le prelibatezze preparate per me da Fiore di Peonia e dalle altre. Non pregusto più con desiderio e impazienza i lieti eventi che hanno luogo con tanta facilità sotto il nostro tetto. Mi interessa solo il passato, ormai. Dopo tutto questo tempo, posso dire finalmente ciò che prima – quando dipendevo dalla mia famiglia d'origine perché mi crescesse o da quella di mio marito perché mi mantenesse – mi era precluso. Ho una vita intera da raccontare; non ho nulla da perdere e rischio di offendere ben poche persone.

Sono abbastanza vecchia da conoscere anche troppo a fondo le mie buone qualità e i miei difetti, spesso difficili da distinguere. Ho sempre aspirato all'amore. Sapevo che non era opportuno per me desiderarlo o aspettarmelo, né da ragazza né da adulta, eppure lo volevo, e da tale anelito ingiustificato sono nati tutti i problemi della mia esistenza. Sognavo che mia madre si accorgesse di me e gli altri membri della famiglia imparassero ad amarmi. Per conquistarmi il loro affetto ero obbediente (la dote ideale per una donna), ma dimostravo una prontezza persino eccessiva nel fare quanto mi chiedevano. Sperando in una sia pur minima manifestazione di gentilezza nei miei confronti, mi sforzai di adeguarmi alle loro aspettative: cercai di avere i piedi fasciati più minuscoli della contea, e lasciai che mi venissero spezzate le ossa perché assumessero una forma migliore.

Quando mi pareva di non poter tollerare il dolore nemmeno per un secondo di più e bagnavo di lacrime le bende intrise di sangue, mia madre mi parlava dolcemente all'orecchio, incoraggiandomi a resistere un'altra ora, un altro giorno, un'altra settimana, rammentandomi la ricompensa che mi attendeva se fossi riuscita a perseverare ancora un po'. In questo modo mi insegnò a sopportare: non solo le tribolazioni dei piedi fasciati, della gravidanza e del parto, ma anche i dolori più tormentosi del cuore, della mente e dell'anima. E nel contempo mi aiutò a riconoscere i miei difetti, suggerendomi il modo di sfruttarli a mio vantaggio. Nel nostro Paese chiamiamo *teng ai* questo genere di affetto materno. La scrittura degli uomini, mi ha detto mio figlio, esprime il concetto con due caratteri. Il primo significa « sofferenza », il secondo « amore ». L'amore di una madre è proprio così.

Oltre a deformarmi i piedi, la fasciatura mi ha cambiato radicalmente la personalità: in qualche strana maniera ho l'impressione che il processo non sia mai cessato nel corso della mia vita e abbia tramutato la bambina arrendevole di un tempo in una ragazza decisa, e poi la giovane donna pronta ad assecondare senza una parola qualsiasi richiesta dei suoceri nella signora più altolocata della contea, che ha imposto al villaggio regole e consuetudini ferree. A quarant'anni, la rigidezza dei piedi bendati si era trasferita dai miei gigli dorati al cuore, aggrappato con tanta forza alle ingiustizie e ai risentimenti da non consentirmi più di perdonare coloro che amavo e che mi amavano.

La mia unica ribellione è avvenuta attraverso il *nu shu*, la nostra scrittura femminile in codice. Infransi per la prima volta le regole tradizionali quando Fiore di Neve (la mia *laotong*, la mia « vecchia me stessa », la mia compagna di parole segrete) mi mandò il ventaglio che tengo appoggiato qui sul tavolo davanti a me: e poi le trasgredii di nuovo dopo averla incontrata. Ma, a parte i miei rapporti con Fiore di Neve, mi impegnai a essere una moglie onorevole, una nuora encomiabile e una madre coscienziosa. Nei momenti difficili il mio cuore diventava forte come la giada. Possedevo la tempra nascosta per sopportare tragedie e dolori. Ed eccomi qui, una vedova seduta in silenzio, secondo i dettami della tradizione, e solo ora capisco di essere stata cieca per troppo tempo.

Se si escludono tre mesi terribili nel quinto anno di regno dell'imperatore Xian Feng, ho trascorso la vita al piano di sopra, confinata nelle stanze delle donne. Sono stata al tempio, è vero, ho fatto ritorno alla casa dov'ero nata, ho persino visitato Fiore di Neve, ma so ben poco del mondo esterno. Ho sentito gli uomini parlare di tasse, siccità e rivolte: tutti argomenti molto lontani dalla mia vita. Io conosco il ricamo, la tessitura, la cucina, la famiglia del mio sposo, i miei figli, nipoti e bisnipoti; e il *nu shu*. Ho avuto un'esistenza normale: giorni da figlia, giorni di capelli raccolti, giorni di riso e sale; e adesso passo il tempo seduta in silenzio.

Sono qui sola con i miei pensieri e con questo ventaglio. Quando lo prendo in mano lo sento stranamente leggero rispetto a tutte le gioie e tutti i dolori di cui è carico. Lo apro di scatto, e il fruscio di ogni piega suona come il palpito di un cuore. I ricordi mi sfrecciano davanti agli occhi. Negli ultimi quarant'anni ho letto il testo del ventaglio talmente tante volte che l'ho imparato a memoria meglio di una filastrocca dell'infanzia.

Rammento il giorno in cui l'intermediaria me l'ha consegnato. Mi tremavano le dita mentre lo allargavo. A quel tempo c'era solo una semplice ghirlanda di foglie a decorare il bordo superiore, e un unico messaggio stillava lungo la prima piega. Allora non conoscevo molti caratteri del *nu shu*, e così fu mia zia a leggermi le parole. « 'Ritengo che nella vostra casa viva una fanciulla di buon carattere, esperta nelle arti femminili. Lei e io siamo nate nel medesimo anno e nel medesimo giorno. Non potremmo essere la stessa l'una per l'altra?' » Guardo le volute delicate di cui si compongono quelle righe, e vedo non solo la ragazza che era un tempo Fiore di Neve, ma anche la donna che sarebbe diventata: tenace, leale, aperta.

Sfioro con gli occhi le altre pieghe, e scorgo il nostro ottimismo, la gioia, l'ammirazione reciproca, le mutue promesse. Vedo la semplice ghirlanda diventare un elaborato intreccio di bucaneve e gigli, a simboleggiare la nostra vita insieme come una coppia di *laotong*, due vecchie se stesse. Contemplo la luna che ci illumina dall'angolo superiore destro. Dovevamo essere due lunghi tralci dalle radici avvinghiate le une intorno alle altre, due alberi millenari, due anatre mandarine appaiate per la vita. Su una piega, Fiore di Neve ha scritto: « Ci vogliamo bene e non recideremo mai il nostro legame». Ma su un'altra striscia vedo i malintesi, la fiducia incrinata, la porta che si è chiusa senza rimedio. Per me l'amore era talmente prezioso da non poterlo condividere con nessun altro, e questo alla fine mi ha allontanata dalla mia sola anima gemella.

Sto ancora imparando a conoscerlo, l'amore. Credevo di averne compreso la natura: non soltanto come madre, ma anche come figlia, moglie, *laotong*. Ho sperimentato varianti diverse dello stesso sentimento, ispirate alla pietà, al rispetto, alla gratitudine. Eppure, contemplando il nostro ventaglio segreto e rileggendo i messaggi scambiati tra me e Fiore di Neve nel corso di tanti anni, mi rendo conto di non aver dato il giusto valore alla forma di affetto più importante: quella che scaturisce dal profondo del cuore.

In questi ultimi tempi ho trascritto molte autobiografie di donne che non hanno mai imparato il *nu shu*. Ho ascoltato tristezze e lamentele, ingiustizie e tragedie. Ho compilato le cronache infelici delle meno fortunate. Ho sentito e registrato ogni vicenda. Eppure, anche se ho scoperto molto sulle storie femminili, ignoro comunque quasi tutto su quelle degli uomini; so solo che di solito riguardano la lotta di un agricoltore contro gli elementi, le vicissitudini di un soldato in battaglia o la ricerca interiore perseguita da un individuo solitario. Riconsiderando la mia vita, mi rendo conto che attinge a storie femminili e maschili. Sono una povera donna con tutte le consuete lagnanze del caso, ma dentro di me ho anche combattuto una guerra da uomini tra la mia vera natura e la persona che avrei dovuto essere.

Scrivo queste pagine per chi si trova già nell'oltretomba. Fiore di Peonia, la moglie di mio nipote, mi ha promesso di bruciarle appena morirò, perché il mio racconto preceda il mio spirito. Perché siano le parole a spiegare la mia condotta agli antenati, a mio marito, ma soprattutto a Fiore di Neve, prima che mi ripresenti al loro cospetto.

Giorni da figlia

ANNI DI LATTE

Mi chiamo Giglio Bianco. Sono venuta al mondo nel terzo anno di regno dell'imperatore Dao Guang, il quinto giorno del sesto mese lunare. Puwei, il mio villaggio, si trova nella contea di Yongming, la contea del Fulgore Perenne. Buona parte degli abitanti discende dalla tribù degli Yao. Ascoltando i cantastorie che si fermavano a Puwei quand'ero bambina, ho imparato che gli Yao arrivarono nella zona milleduecento anni fa, sotto la dinastia Tang, ma la maggioranza delle famiglie vi giunse un secolo più tardi, incalzata dall'invasione dell'esercito mongolo nel Nord. Sebbene la gente della nostra regione non sia mai stata ricca, abbiamo conosciuto di rado una povertà tale da costringere le donne a lavorare nei campi.

Noi appartenevamo al gruppo familiare Yi, uno dei clan Yao originari, il più diffuso nel distretto. Mio padre e mio zio lavoravano sette *mu* di terra, presi in affitto da un ricco proprietario che viveva nell'estremo Ovest della provincia. Coltivavano riso, cotone, taro e ortaggi. Abitavamo in una casa tipica: un edificio a due piani, esposto a sud. Una delle camere al piano superiore era dedicata alle riunioni delle donne, e vi dormivano le ragazze nubili. A pianterreno, oltre a uno speciale ricovero per gli animali domestici, si trovavano i locali in cui alloggiava ciascuna unità familiare, allineati lungo la stanza principale. Dalla trave al centro di questa stanza pendevano ceste piene di uova o arance, insieme alle filze di peperoncini messi a seccare: era il luogo più sicuro per le provviste, dove non potevano essere raggiunte da topi, polli o da qualche maiale vagabondo. Addossati a una parete c'erano un tavolo e alcuni sgabelli. Il focolare sul quale la mamma e la zia cucinavano occupava un angolo della parete opposta. Non essendoci finestre, nei mesi caldi tenevamo aperta la porta che si affacciava sul vicolo, per arieggiare e illuminare l'interno. Le altre camere erano minuscole, con il pavimento di terra battuta, e gli animali condividevano lo spazio con le persone.

Da piccola non ho mai attribuito molta importanza alla mia felicità, e neppure al fatto di divertirmi o no. Ero una bambina come tante altre che apparteneva a una famiglia qualsiasi in un villaggio qualunque. Non sapevo che potesse esistere un modo di vivere diverso e nemmeno mi interessava. Però ricordo bene il giorno in cui cominciai ad accorgermi di quanto mi circondava e a riflettere sulla situazione. Avevo appena compiuto cinque anni e mi sembrava di avere varcato una soglia importante. Mi svegliai prima dell'alba con una specie di pizzicorino nel cervello. Quella lieve irritazione accentuò la mia consapevolezza di tutto ciò che vidi e sperimentai nelle ore successive.

Stavo sdraiata tra la Sorella Maggiore e la Terza Sorella. Lanciai un'occhiata verso il letto di mia cugina, dall'altra parte della stanza. Splendida Luna, all'incirca mia coetanea, dormiva ancora, perciò rimasi immobile ad aspettare che una delle tre desse qualche segno di vita. Ero girata verso la Sorella Maggiore, più vecchia di me di quattro anni. Sebbene condividessimo il letto, imparai a conoscerla solo quando mi fasciarono i piedi e cominciai a trascorrere le giornate nella camera delle donne. Ero contenta di non guardare la Terza Sorella. Non meritava la mia considerazione, continuavo a ripetere a me stessa, dato che aveva un anno meno di me. Neanche le mie sorelle mi adoravano, credo, ma quell'indifferenza reciproca era una semplice facciata per mascherare i nostri veri desideri. Anelavamo tutte all'attenzione di Mama. Volevamo tutte che Baba si accorgesse di noi. E tutte speravamo di passare un po' di tempo ogni giorno con il Fratello Maggiore, il primogenito, e in quanto tale il beniamino della casa. Non provavo la stessa gelosia nei confronti di Splendida Luna: eravamo buone amiche, liete di vivere sotto lo stesso tetto fino al momento del matrimonio.

Ci somigliavamo molto tutt'e quattro. Di corporatura assai esile, avevamo nere zazzere tagliate corte e all'incirca la medesima statura. Solo pochi tratti caratteristici ci distinguevano. La Sorella Maggiore esibiva un neo sopra il labbro. La Terza Sorella portava sempre i capelli raccolti in una serie di codini, perché non le piaceva lasciarseli pettinare da Mama. Splendida Luna aveva un visetto tondo e grazioso, e io ero riconoscibile per le gambe massicce a furia di correre e le braccia robuste a forza di reggere il peso del più piccino.

« Bambine! » ci chiamò Mama dalle scale.

Bastò questo a svegliare le altre e a farci saltare tutte quante giù dal letto. La Sorella Maggiore si vestì in fretta e scese a pianterreno. Splendida Luna e io impiegammo più tempo a prepararci, perché oltre a occuparci di noi stesse dovevamo infilare gli abiti anche alla Terza Sorella. Ci recammo insieme al piano di sotto, dove la zia stava spazzando il pavimento, lo zio intonava un canto del mattino, Mama – con il Secondo Fratello sulle spalle – finiva di versare l'acqua da scaldare nella teiera e la Sorella Maggiore affettava le cipolline per la minestra di riso che chiamiamo *congee*. Mia sorella mi rivolse uno sguardo pacato: lo interpretai come un segno che si era già guadagnata l'approvazione della famiglia e poteva stare tranquilla per il resto del giorno. Inghiottii il mio rancore, senza capire che quanto in lei mi sembrava autocompiacimento somigliava assai più alla triste rassegnazione cui si sarebbe abbandonata dopo il matrimonio.

« Splendida Luna! Giglio Bianco! Venite qui! Venite qui! »

Così ci salutava la zia ogni mattina. Le corremmo incontro. Lei baciò la figlia e rifilò a me una pacca affettuosa sul sedere. Poi si precipitò da noi anche lo zio, prese Splendida Luna tra le braccia e le diede un bacio. Dopo averla rimessa giù, mi strizzò l'occhio e mi pizzicò una gota.

Conoscete il detto secondo il quale la bellezza attira la bellezza e il talento si unisce al talento? Quel mattino arrivai alla conclusione che gli zii, essendo entrambi brutti, costituivano una coppia perfetta. Lo zio, il fratello più giovane di mio padre, era un uomo calvo, con le gambe storte e la faccia lustra e paffuta. Mia zia aveva una corporatura grassoccia, e denti che ricordavano le pietre scheggiate di una grotta calcarea. Non poteva certo vantare piedi fasciati molto minuscoli: misuravano forse quattordici centimetri, il doppio della lunghezza che riuscii a raggiungere io. Per questo, sussurravano le malelingue del villaggio, non riusciva a mettere al mondo un maschio, nonostante i fianchi larghi e la tempra forte della sua stirpe. Non ho mai sentito pronunciare simili parole di biasimo in casa nostra, nemmeno da parte di mio zio. Vedevo nel matrimonio fra i due il connubio ideale: lui era un sorcio affettuoso e lei una mucca obbediente.* Ogni giorno portavano una ventata di felicità intorno al focolare domestico.

Mia madre non aveva ancora mostrato di essersi accorta della mia presenza. Era così da quando riuscivo a ricordare, ma quel mattino il suo atteggiamento indifferente mi colpì e mi fece soffrire. M'invase la malinconia, intensa al punto di stordirmi, e scacciò la gioia che avevo appena provato con gli zii. Quindi, con altrettanta subitaneità, dimenticai la tristezza, perché il Fratello Maggiore, di sei anni più vecchio di me, mi chiese di aiutarlo nelle sue incombenze mattutine. Essendo nata nell'anno del Cavallo, amo per natura la vita all'aria aperta; e poi (cosa ancora più importante) avrei avuto mio fratello tutto per me. Ero stata fortunata, lo sapevo, e le mie sorelle se la sarebbero presa con me per questo, ma non me ne importava. Se il primogenito mi parlava o mi sorrideva, non mi sentivo più invisibile.

Corremmo fuori. Il Fratello Maggiore attinse l'acqua al pozzo e riempì i secchi. Li portammo in casa e uscimmo di nuovo a prendere la legna per il fuoco. Preparammo la catasta, e mio fratello mi appoggiò sulle braccia i rami più sottili. Si caricò di tutto il resto e ci incamminammo lungo la via del ritorno. Una volta rientrati, consegnai la fascina alla mamma, sperando in una parola di lode. In fin dei conti non è poi così facile per una bambina piccola trascinarsi dietro un secchio d'acqua o trasportare una bracciata di legna. Mama però non disse niente.

Ancora adesso, dopo tutti questi anni, mi riesce doloroso ripensare a mia madre e alle cose di cui mi resi conto quel giorno. Capii con estrema chiarezza di essere insignificante per lei. Ero la terzogenita, una seconda femmina priva di qualsiasi valore,

* Si allude qui a due segni zodiacali dell'oroscopo cinese, il Topo e il Bue. (*N.d.T.*)

troppo piccola perché lei sprecasse tempo a occuparsene finché non fosse stato chiaro che sarebbe sopravvissuta ai suoi anni di latte. Per Mama non contavo più di qualsiasi figlia per una madre: ero una visitatrice temporanea, una bocca in più da sfamare e un corpo da vestire fino al giorno in cui non mi fossi trasferita in casa di mio marito. Avevo cinque anni, un'età sufficiente per capire che non meritavo l'attenzione della mamma, eppure a un tratto anelai di conquistarmela. Desiderai che mi guardasse e mi parlasse come faceva con il Fratello Maggiore. Ma, persino nell'attimo in cui provai per la prima volta quella profonda bramosia, ero abbastanza intelligente da intuire che Mama non avrebbe apprezzato interruzioni mentre sbrigava le faccende domestiche: già molte volte mi aveva sgridata perché parlavo a voce troppo alta, o aveva agitato una mano nell'aria per scacciarmi quando le capitavo tra i piedi. Mi ripromisi invece di seguire le orme della Sorella Maggiore e di offrire il mio aiuto il più silenziosamente e accuratamente possibile.

La nonna entrò barcollando nella stanza. Il viso raggrinzito la faceva somigliare a una prugna secca e camminava così ingobbita da trovarsi con gli occhi alla stessa altezza dei miei.

«Aiuta la nonna», ordinò Mama. «Vedi se ha bisogno di qualcosa.»

A dispetto dei miei fermi propositi, esitai. Al mattino la nonna aveva sempre le gengive sdentate acide e appiccicose, e nessuno voleva starle accanto. Mi avvicinai timidamente, trattenendo il respiro, ma lei mi respinse con un gesto pieno di impazienza. Mi scostai in modo tanto repentino da finire addosso a mio padre: l'undicesimo membro, oltre che il personaggio più importante, della nostra famiglia.

Non mi rimproverò né rivolse la parola agli altri. A quanto ne sapevo, non avrebbe parlato se non dopo essersi lasciato la giornata alle spalle. Si sedette e aspettò di essere servito. Osservai con attenzione Mama mentre gli versava il tè in silenzio. Se io avevo paura di intralciarla durante la sua routine mattutina, lei si dimostrava ancora più cauta nel modo in cui trattava il marito. Lui la picchiava di rado e non prese mai una concubina: ciò nonostante, la prudenza della mamma ci rendeva tutti molto guardinghi.

La zia dispose le ciotole sulla tavola e servì il *congee* mentre Mama allattava il più piccino. Dopo mangiato, mio padre e mio zio andarono a coltivare i campi; la mamma, la zia, la nonna e la Sorella Maggiore salirono al primo piano per recarsi nella stanza delle donne. Avrei voluto seguirle, ma non ero abbastanza grande. E, oltretutto, mi toccò condividere il Fratello Maggiore con l'ultimo nato e la Terza Sorella quando uscimmo anche noi per occuparci delle nostre faccende.

Ressi il piccolo sulle spalle mentre tagliavamo l'erba e cercavamo radici per il maiale. La Terza Sorella ci seguiva come poteva. Era una creaturina buffa e cocciuta. Faceva la viziata, quando solo i nostri fratelli avevano diritto a comportarsi così. Si credeva la più amata della famiglia, sebbene non avesse alcun motivo di cullarsi in tale illusione.

Portate a termine le incombenze del mattino, il nostro piccolo quartetto partì in esplorazione del villaggio: vagabondammo su e giù per i vicoli tra le case finché incontrammo altre bambine che saltavano alla corda. Il Fratello Maggiore si fermò e mi tolse il più piccolo dalle braccia per consentirmi di prendere parte al gioco. Poi tornammo a casa per il pranzo: un pasto semplice, a base di riso e verdura. Quindi Mama allattò di nuovo l'ultimo nato prima di mettere a letto lui e la Terza Sorella per il sonnellino pomeridiano. Dopo di che il Fratello Maggiore si unì agli uomini, e noi andammo di sopra. Già a quell'età mi piaceva stare nella camera delle donne insieme alla nonna, alla zia, a mia sorella e soprattutto a mia madre. La mamma e la nonna tessevano, Splendida Luna e io avvolgevamo gomitoli di filo; la zia, armata di pennello e inchiostro, sedeva a tracciare con cura i caratteri della scrittura segreta, mentre la Sorella Maggiore aspettava la visita pomeridiana delle sue sorelle giurate.

Ben presto udimmo su per le scale lo scalpiccio sommesso di quattro paia di piedi di giglio. La Sorella Maggiore accolse le amiche con un abbraccio, e poi tutt'e cinque si radunarono in un angolo. Non amavano che mi intromettessi nei loro discorsi, ma io le scrutavo lo stesso con grande interesse: nel giro di due anni, lo sapevo, avrei fatto parte a mia volta di un gruppo di sorelle giurate. Le cinque bambine vivevano a Puwei, perciò potevano incontrarsi spesso, e non solo in certe occasioni speciali come il tempo delle Fresche Brezze o la Festa degli Uccelli. Il legame sororale era stato stabilito all'età di sette anni. Per rafforzare il vincolo reciproco, ogni padre aveva offerto un contributo pari a venticinque *jin* di riso, conservati in casa nostra. In seguito, a mano a mano che le ragazze si fossero sposate, il riso di ciascuna sarebbe stato venduto perché le compagne potessero comprare regali alla novella sposa. L'ultima dose sarebbe stata messa in vendita al momento delle nozze della fanciulla rimasta nubile più a lungo. Questo avrebbe segnato la fine del rapporto di sorellanza, perché le giovani, nei lontani villaggi dei mariti, troppo indaffarate a occuparsi dei figli e a obbedire alle suocere, non avrebbero più avuto tempo per le vecchie amiche.

La Sorella Maggiore non cercava di attirare l'attenzione neppure tra le compagne: se ne stava seduta tranquilla a ricamare insieme alle altre, ascoltando le loro storie divertenti. Se le chiacchiere e le risatine si facevano troppo sonore, la mamma zittiva il gruppetto con aria severa. A questo proposito, quel pomeriggio mi balenò nella mente un altro pensiero nuovo: Mama non aveva mai reagito così durante le visite alla nonna delle sue sorelle giurate della vecchiaia. Con i figli ormai adulti, la nonna era stata invitata a unirsi a un nuovo gruppo sororale di Puwei. Oltre a lei, rimanevano in vita solo due delle cinque componenti iniziali: le anziane donne, entrambe vedove, venivano a trovarla almeno una volta la settimana. Suscitavano l'ilarità reciproca con i loro racconti e si scambiavano battute licenziose che noi bambine non capivamo. In tali occasioni, la mamma era troppo timorosa della suocera per intervenire. O forse era solo troppo indaffarata.

Mama finì la scorta di filo e si alzò per prendere una nuova matassa. Per un attimo restò perfettamente immobile, con lo sguardo pensoso perso nel vuoto. Provai l'impulso quasi incontrollabile di correre tra le sue braccia gridando: «Guardami, guardami, guardami!» Ma non lo feci. La madre le aveva fasciato malamente i piedi, che invece di trasformarsi in gigli dorati erano divenuti due brutti monconi. Anziché camminare ondeggiando, si appoggiava a un bastone per tenersi in equilibrio. Se non usava il bastone, allargava gambe e braccia per non cadere. Era troppo malferma perché chiunque potesse abbracciarla o baciarla.

« Non è ora di uscire per Splendida Luna e per Giglio Bianco? » domandò mia zia, interrompendo i sogni a occhi aperti della mamma. « Potrebbero dare una mano al Fratello Maggiore mentre sbriga le sue faccende. »

« Non gli serve il loro aiuto. »

« Lo so », ammise la zia. « Ma è una così bella giornata... »

« No », rispose Mama in tono severo. « Non è bene che le bambine se ne vadano in giro per il villaggio quando dovrebbero restare in casa a lavorare e imparare. »

Su questo punto, però, mia zia era cocciuta. Voleva che conoscessimo i vicoli del luogo dove abitavamo, che scoprissimo la realtà intorno a noi, che arrivassimo ai confini del villaggio e ci affacciassimo al mondo esterno, perché presto, lo sapeva, ne avremmo visto appena qualche sprazzo attraverso la grata sulla finestra della stanza delle donne.

« Hanno ancora solo pochi mesi di libertà », argomentò. Non aggiunse che presto ci avrebbero fasciato i piedi, ci avrebbero spezzato le ossa e lasciato marcire la pelle. « Permettiamo loro di correre finché possono. »

Mia madre era esausta. Aveva cinque figli cui badare, tre dei quali sotto i cinque anni. L'intera responsabilità della casa ricadeva sulle sue spalle: doveva pulire, lavare, rammendare, cucinare i pasti e tenere meglio che poteva la contabilità domestica. Il suo status era più alto di quello della zia, ma non ce la faceva a lottare ogni giorno per imporci i principi di comportamento che riteneva giusti.

« Va bene », sospirò rassegnata. « Lasciale andare. »

Presi per mano Splendida Luna e ci mettemmo a saltare su e giù. La zia ci indirizzò in fretta alla porta prima che la mamma avesse il tempo di cambiare idea, mentre la Sorella Maggiore e le sue amiche ci guardavano con invidia. Mia cugina e io ci precipitammo di sotto e uscimmo di corsa. Quelle del tardo pomeriggio erano le ore della giornata che preferivo: ne amavo l'aria calda e profumata, colma del canto delle cicale. Sgambettammo da un vicolo all'altro finché non trovammo mio fratello, diretto verso il fiume con il bufalo della famiglia. Cavalcava sull'ampia groppa del quadrupede, con una gamba ripiegata sotto di sé e l'altra ciondoloni lungo il fianco dell'animale. Splendida Luna e io ci accodammo a lui in fila indiana attraverso il labirinto di viuzze del villaggio, il cui intrico confuso ci proteggeva sia dagli spiriti sia dai briganti. Non incontrammo adulti (gli uomini lavoravano nei campi e le donne restavano chiuse nelle loro stanze, dietro le grate messe a protezione delle finestre); nelle stradine si vedevano solo bambini e animali domestici: polli, anatre, grasse scrofe e maialini che ci squittivano tra i piedi.

Ci lasciammo le case alle spalle e ci avviammo senza fretta per un viottolo sopraelevato, lastricato con piccole pietre. Abbastanza ampio per le persone e le portantine, era troppo angusto per i carri trainati da buoi o pony. Ne seguimmo il percorso parallelo al fiume Xiao e ci fermammo davanti al ponte sospeso che lo attraversava. Al di là del ponte si apriva davanti a noi il mondo esterno con le sue vaste distese di campi coltivati. Sopra le nostre teste si allargava un cielo turchino come le piume del martin pescatore. Vedevamo altri villaggi in lontananza: luoghi che non pensavo certo di visitare nel corso della vita. Poi scendemmo giù per l'argine dove il vento frusciava tra i giunchi. Mi sedetti su una roccia, mi tolsi le scarpe e mi inoltrai nell'acqua bassa. Sono passati settantacinque anni da allora, eppure ricordo ancora la sensazione del fango tra le dita dei piedi, il flusso della corrente contro le caviglie, il freddo sulla pelle. Splendida Luna e io godevamo di una libertà che non ci fu mai più concessa in futuro. Ma rammento ancora più vividamente un altro particolare di quel giorno. Fin da quando avevo aperto gli occhi, la mia famiglia mi era apparsa sotto una luce del tutto nuova, e questo mi aveva colmata di un miscuglio di strane emozioni: malinconia, tristezza, gelosia e un senso di ingiustizia su tanti aspetti del mondo che all'improvviso mi sembravano iniqui. Lasciai che l'acqua trascinasse via con sé il groppo dei miei sentimenti.

Alla sera, dopo cena, uscimmo a goderci l'aria fresca della notte, contemplando Baba e lo zio che fumavano le loro lunghe pipe. Eravamo tutti stanchi. Mama allattò un'ultima volta il più piccino, nel tentativo di farlo addormentare. Aveva l'aria esausta dopo le fatiche della giornata, non ancora conclusa per lei. Le circondai le spalle con un braccio per darle un po' di conforto.

« Fa troppo caldo per stare così vicine », disse lei, e mi scostò con dolcezza.

Baba dovette accorgersi della mia delusione, perché mi prese sulle ginocchia. Nell'oscurità silenziosa percepivo il suo affetto. In quel momento ero come una perla nelle sue mani.

PIEDI BENDATI

I preparativi alla fasciatura dei piedi durarono molto più del previsto per me. Nelle città, le discendenti delle famiglie nobili iniziano il processo sin dai tre anni d'età. In alcune province lontane dalla nostra si fa ricorso al bendaggio solo temporaneamente, per accrescere agli occhi del futuro marito le attrattive della sposa. A volte le ragazze sono già tredicenni. In quei casi le ossa non si spezzano, le fasce restano allentate e vengono tolte subito dopo le nozze, in modo che la moglie sia in grado di lavorare i campi al fianco del marito. Le bambine più povere non sono sottoposte ad alcuna fasciatura. Lo sanno tutti qual è il loro destino. Finiscono vendute come serve o diventano « piccole nuore »: fanciulle dai piedi grossi nate da famiglie sfortunate, cedute ad altre famiglie perché le crescano fino a quando sono grandi abbastanza per diventare madri. Nella nostra contea né ricca né povera, in una famiglia come la mia la fasciatura inizia a sei anni e viene considerata conclusa due anni dopo.

Mentre io scorrazzavo ancora liberamente insieme a mio fratello, la mamma aveva già cominciato a preparare le lunghe strisce di tessuto azzurro destinate a diventare le mie bende. Mi confezionò il primo paio di scarpe con le proprie mani, ma dedicò molto più impegno a cucire le scarpette in miniatura che avrebbe offerto sull'altare di Guanyin, la dea che accoglie tutte le lacrime delle donne. Quelle babbucce ricamate misuravano solo tre centimetri e mezzo di lunghezza ed erano state ricavate da una speciale pezza di seta rossa del corredo di mia madre, conservata intatta a questo preciso scopo. Furono il primo fragile segno del fatto che forse la mamma nutriva un po' di affetto per me.

Quando Splendida Luna e io compimmo sei anni, Mama e la zia mandarono a chiamare l'indovino perché indicasse loro una data propizia per iniziare la fasciatura. Si dice che la stagione più favorevole sia l'autunno, ma solo perché il successivo sopravvenire del freddo invernale intorpidisce la sensibilità e aiuta a lenire il dolore. Se ero eccitata? No. Mi sentivo spaventata, invece. Benché fossi troppo giovane per ricordare i primi giorni della Sorella Maggiore, chi nel villaggio non aveva udito echeggiare le grida della piccola Wu?

Mia madre accolse l'indovino Hu al pianterreno, gli servì il tè e gli offrì una ciotola di semi di anguria. Tante cortesie avrebbero dovuto portare a fauste predizioni. L'uomo cominciò con me. Esaminò la mia data di nascita. Soppesò le possibilità. Poi disse: « Ho bisogno di vedere la bambina con i miei occhi ». Non si trattava di una procedura normale, e quando Mama venne a chiamarmi aveva il viso scavato dall'ansia. Mi condusse al cospetto dell'astrologo. Mi mise di fronte a lui. Ebbi paura nel sentire le dita della mamma che mi serravano le spalle per tenermi ferma mentre l'uomo mi osservava.

« Gli occhi, sì. Le orecchie, sì. Quella bocca. » L'indovino alzò lo sguardo su mia madre. « Questa non è una bambina qualsiasi. »

Mama emise un breve ansito a denti stretti. Era il peggior responso possibile.

« È necessaria un'analisi più approfondita », continuò l'uomo. « Vi propongo un consulto con una sensale. Siete d'accordo? »

Qualcuno avrebbe forse sospettato che l'astrologo volesse spillarci altri soldi e fosse in combutta con l'intermediaria: Mama, invece, non esitò un istante. Era tale la sua paura (o la sua convinzione) che neppure chiese il permesso a mio padre per la spesa imprevista.

« Ritornate al più presto », raccomandò all'indovino. « Vi aspettiamo. »

L'uomo se ne andò, lasciandoci tutte in preda alla confusione. Quella sera la mamma parlò molto poco. Non mi guardava nemmeno. La zia non scherzava come al solito. La nonna si ritirò presto, ma io la sentii pregare. Baba e lo zio uscirono per una lunga passeggiata. Persino i miei fratelli, intuendo il disagio generale, se ne stettero tranquilli.

L'indomani le donne della casa si alzarono di buonora. Prepararono dolci, misero a bollire il tè al crisantemo e tirarono fuori dalle credenze stoviglie speciali. Mio padre non si recò al lavoro nei campi e rimase con noi per potere accogliere degnamente i visitatori. Tutte quelle stranezze evidenziavano la gravità della situazione. Poi, a peggiorare le cose, invece di portare con sé Madama Gao, la sensale della zona, l'indovino si presentò accompagnato da Madama Wang, l'intermediaria di Tongkou, il villaggio più importante della contea.

Permettetemi di precisare una cosa: nemmeno Madama Gao era ancora mai stata in casa nostra. Non sarebbe dovuta venire se non di lì a un altro anno o due, per fare da tramite al Fratello Maggiore nella sua ricerca di una sposa e per combinare il matrimonio della Sorella Maggiore, quando qualche altra famiglia avesse chiesto alla sensale di procurare una moglie a uno dei figli. Così, nel momento in cui la portantina di Madama Wang si fermò davanti alla porta, nessuno gioì. Guardando giù dalla finestra della stanza delle donne, vidi i vicini che si affacciavano a curiosare a bocca aperta. Mio padre si prosternò più volte con la fronte a terra. Provai uno spasimo di compassione per lui. Baba era un apprensivo: un tratto tipico di chi nasce nell'anno del Coniglio. Le responsabilità di tutti i suoi familiari ricadevano su di lui, ma stavolta si trovava di fronte a una situazione mai sperimentata prima. Lo zio ballonzolava spostando il peso da un piede all'altro, mentre la zia – di solito così allegra e cordiale – se ne stava rigida accanto al marito. Osservando la scena dall'alto, dal mio punto di vista privilegiato, la conclusione appariva evidente su ogni volto sotto di me: qualcosa stava andando storto, e in misura davvero grave.

Una volta entrati i visitatori, andai a origliare di soppiatto in cima alle scale. Madama Wang si accomodò. Furono serviti il tè e i rinfreschi. La voce di mio padre si udiva a malapena: gli sentii pronunciare le usuali formule di cortesia. Madama Wang, però, non era venuta per parlare di banalità con la nostra umile famiglia. Voleva vedere me. Esattamente come il giorno prima, venni convocata nella stanza. Scesi i gradini ed entrai nella sala principale con tutta la grazia possibile per una bambina di sei anni dai piedi ancora grossi e goffi.

Guardai gli adulti della casa. Sebbene la distanza del tempo riduca talora a fievoli ombre persino i ricordi dei momenti più speciali, rammento con estrema chiarezza le facce dei miei familiari, quel giorno. La nonna sedeva con gli occhi fissi sulle mani intrecciate. Aveva la pelle così fragile e sottile che le vidi una vena azzurra pulsare sulla tempia. Mio padre, già carico di preoccupazioni, taceva, oppresso dall'ansia. La zia e lo zio stavano in piedi fianco a fianco sulla soglia dell'ingresso principale, timorosi di prendere parte a quanto stava per accadere, ma anche restii all'idea di esserne esclusi. Ma è il viso di mia madre a essermi rimasto più impresso nella memoria. Naturalmente, essendo sua figlia, la giudicavo graziosa, ma solo allora colsi la sua vera personalità. Sapevo da sempre che era nata nell'anno della Scimmia, eppure non avevo mai notato quanto fossero marcate in lei le caratteristiche dell'inganno e dell'astuzia. Dietro gli zigomi alti stava in agguato un nucleo ferino. Gli occhi scuri celavano un atteggiamento cospirativo. C'era qualcosa... ancora oggi non saprei bene come definirlo. Direi quasi che le splendeva attraverso la pelle una specie di ambizione maschile.

Mi fu chiesto di rimanere in piedi di fronte a Madama Wang. La sua casacca di seta mi sembrava bellissima, ma una bambina non ha gusto né criterio. Oggi la definirei sgargiante e inadatta a una vedova: del resto, una sensale di matrimoni non è una donna come tutte le altre. Fa affari con gli uomini, stabilisce il prezzo della sposa, contratta l'ammontare della dote e funge da intermediaria. Madama Wang aveva una risata troppo sonora e parlava in tono troppo mellifluo. Mi ordinò di avvicinarmi, mi tenne stretta nella morsa delle ginocchia e mi fissò a lungo in faccia. In quel momento persi la mia invisibilità e mi ritrovai al centro dell'attenzione di tutti.

La sensale mi esaminò con molta più cura dell'astrologo. Mi pizzicò i lobi delle orecchie. Mi appoggiò gli indici sulle palpebre inferiori e ne abbassò la pelle; poi mi esortò a guardare in su, in giù, a sinistra, a destra. Mi prese il viso tra le mani e mi fece girare da una parte e dall'altra. Mi tastò le braccia dalle spalle ai polsi con dita energiche. Quindi mi posò le palme sui fianchi. Avevo solo sei anni! Troppo presto per fare previsioni sulla mia fertilità! Ma la donna controllò lo stesso, e nessuno pronunciò neppure una parola per impedirglielo. Dopo di che si comportò nel modo più incredibile. Si alzò e mi invitò a sedermi al suo posto. Se le avessi obbedito, mi sarei dimostrata sommamente scortese. Guardai mio padre e mia madre in cerca d'aiuto, ma entrambi rimasero muti quanto bestie da soma. Mio padre era terreo in volto. Mi sembrava quasi di percepire i suoi pensieri: perché non l'abbiamo gettata nel fiume appena è venuta al mondo?

Madama Wang non era certo diventata la sensale più importante della contea aspettando che dei ruminanti prendessero le loro decisioni. Senza pensarci due volte, mi sollevò e mi piazzò sulla sedia. Si inginocchiò di fronte a me e mi sfilò scarpe e calze. Calò di nuovo un silenzio totale. Come aveva fatto con il viso, l'intermediaria mi girò i piedi in questa e in quella direzione, e fece scorrere il pollice sull'arco.

Guardò l'indovino e annuì. Poi si rialzò in piedi e con un brusco gesto dell'indice mi esortò a lasciarle il posto. Una volta che si fu riaccomodata, l'astrologo si schiarì la voce.

« Vostra figlia rappresenta un caso speciale », esordì. « Ho visto qualcosa in lei, ieri, e Madama Wang, con la sua ulteriore esperienza, conferma le mie intuizioni. La bambina ha il viso lungo e sottile come un seme di riso. I lobi carnosi delle orecchie rivelano generosità di spirito. Ma la sua caratteristica più importante sono i piedi. Hanno il collo molto alto, anche se non ancora completamente sviluppato. Questo significa, signora Madre, che dovreste rimandare la fasciatura di un anno. » L'uomo sollevò una mano per prevenire qualsiasi interruzione, sebbene nessuno osasse fiatare. « Sette anni non sono l'età canonica nel nostro villaggio, lo so, ma se osserverete vostra figlia sono sicuro che vi renderete conto... »

L'indovino Hu esitò. La nonna sospinse nella sua direzione una ciotola di mandarini, per dargli modo di raccogliere le idee. Lui prese un frutto, lo sbucciò e lasciò cadere a terra la scorza. Tenendo uno spicchio di mandarino davanti alle labbra, riprese il discorso.

« A sei anni, le ossa sono ancora costituite per lo più d'acqua, e questo le rende malleabili. Vostra figlia però è minuta rispetto alla sua età, persino per questo villaggio, che ha dovuto affrontare tempi difficili. Forse anche le altre bambine della casa presentano lo stesso problema. Non dovete vergognarvene. »

Fino a quel momento, non credevo che la mia famiglia avesse qualcosa di diverso dalle altre, e non avevo mai pensato di poter essere io stessa diversa.

L'uomo si infilò in bocca lo spicchio di mandarino, masticò meditabondo e poi proseguì: « Ma vostra figlia non mostra solo la gracilità provocata dalle carestie. Ha un collo del piede particolarmente alto, e questo significa che adottando le misure adeguate potrebbe ottenere i piedini più perfetti dell'intera contea ».

C'è chi non crede agli indovini. C'è chi ritiene che le loro predizioni siano solo consigli dettati dal buonsenso. In fin dei conti l'autunno è l'epoca migliore per la fasciatura dei piedi, la primavera la stagione ideale per le nascite, e una graziosa collina rinfrescata da una dolce brezza offre il *feng shui* più adatto per una buona sepoltura. Ma l'astrologo Hu vide qualcosa in me, e il suo intuito mi cambiò la vita. Eppure a quel punto non ci furono reazioni di gioia. La stanza rimase immersa in una strana immobilità. Continuavano a incombere su di noi timori terribili.

In quel silenzio, fu Madama Wang a prendere la parola. « La bambina è davvero molto graziosa, ma nella vita i gigli dorati sono di gran lunga più importanti di un bel faccino. Un visetto attraente è un dono del cielo: ottenere piedi minuscoli, però, aiuta a progredire nella società. Su questo punto possiamo senz'altro concordare tutti. Per quanto riguarda le decisioni successive, peraltro, tocca al padre della piccola pronunciarsi. » La donna puntò lo sguardo su Baba, ma la frase che affidò all'aria era destinata a mia madre. « Procurare a una figlia un'unione vantaggiosa non è certo cosa da disprezzare. Legarsi a una famiglia altolocata significa poter contare su relazioni più proficue, ottenere un miglior pagamento per la sposa e garantirsi una buona protezione politica ed economica per il futuro. Sebbene io apprezzi l'ospitalità e la generosità che mi avete dimostrato oggi », continuò la donna, sottolineando con un languido gesto della mano la povertà di casa nostra, « è il fato stesso – per il tramite di vostra figlia – a offrirvi un'opportunità. Se la madre svolgerà il suo compito in maniera adeguata, questa bimba insignificante riuscirà forse a sposare il rampollo di una famiglia di Tongkou. »

Tongkou!

« Ci prospettate un futuro meraviglioso », azzardò mio padre in tono cauto. « Ma noi siamo gente modesta. Non possiamo permetterci la vostra tariffa. »

« Vecchio Padre », rispose senza scomporsi Madama Wang, « se i piedi della bambina non deluderanno le mie previsioni, otterrò un generoso compenso dai genitori dello sposo. E anche voi riceverete beni in abbondanza in cambio della ragazza. Come vedete, si tratta di un accordo confacente per me non meno che per voi. »

Baba restò in silenzio. Non parlava mai di ciò che avveniva nei campi, e neppure ci rivelava i suoi sentimenti, però ricordavo un inverno, dopo un anno di carestia, in cui disponevamo di provviste particolarmente esigue. Mio padre andava a caccia sulle montagne, ma persino gli animali scarseggiavano, sterminati dalla penuria di cibo. Al ritorno dalle sue spedizioni ci portava solo radici amare, con le quali la mamma e la nonna preparavano la minestra. Forse adesso, al cospetto della sensale, ricordava la vergogna di quell'annata e fantasticava tra sé sulla ricchezza che poteva procurargli il mio matrimonio e sui relativi benefici per la famiglia.

« In aggiunta a tutto ciò », riprese Madama Wang, « ritengo che vostra figlia possegga i requisiti adatti per una relazione tra *laotong*. »

Conoscevo quella parola e il suo significato. Il vincolo tra *laotong* era completamente diverso dal legame tra sorelle giurate. Univa due ragazze nate in villaggi differenti e durava per l'intera vita, mentre il rapporto di sorellanza coinvolgeva più bambine e si dissolveva con il matrimonio. Nella mia pur breve esistenza non avevo incontrato neppure una *laotong* e non mi sognavo nemmeno di poter sperimentare tale relazione di persona. Da giovani, la mamma e la zia avevano avuto sorelle giurate nei rispettivi villaggi di nascita. La Sorella Maggiore era tuttora legata alle sue e la nonna, in vecchiaia, intratteneva un rapporto di sorellanza con alcune amiche vedove originarie del villaggio di suo marito. Quanto a me, immaginavo di seguire il medesimo sentiero nel corso normale della vita. Legarmi a una *laotong* costituiva un'opportunità davvero unica. Avrei dovuto provare un senso di eccitazione: invece, al pari di tutti gli altri nella stanza, mi sentivo sbigottita. Non erano argomenti da affrontare in presenza di uomini. La situazione era talmente straordinaria che mio padre perse il controllo e sbottò: « Nessuna donna della famiglia ha mai avuto una *laotong*».

« Sono molte le cose che la vostra famiglia non ha mai avuto... finora », disse Madama Wang alzandosi. « Discutete della faccenda tra voi, ma ricordate: certe fortune non capitano tutti i giorni. Tornerò a trovarvi. »

La sensale e l'astrologo se ne andarono, assicurandoci entrambi che si sarebbero rifatti vivi per controllare i miei progressi. Mia madre e io salimmo al piano di sopra. Appena entrammo nella camera delle donne, la mamma si girò e mi guardò con la stessa espressione che avevo notato sul suo volto nella stanza principale. Poi, senza darmi il tempo di fiatare, mi schiaffeggiò più forte che poté.

« Lo sai quanti problemi causerà tutto questo a tuo padre? » esclamò. Parole dure, ma io sapevo che lo schiaffo serviva ad attirare la fortuna e a spaventare gli spiriti malvagi. In fin dei conti, niente ci garantiva che la fasciatura mi avrebbe davvero trasformato i piedi in preziosi gigli dorati. Esisteva il rischio che Mama commettesse con me errori simili a quelli in cui era incorsa sua madre. Con la Sorella Maggiore aveva fatto un buon lavoro, ma qualcosa poteva sempre andare storto. Invece di acquisire valore, non era escluso che mi ritrovassi a barcollare su due brutti monconi, agitando le braccia senza posa per mantenermi in equilibrio, proprio come la mamma.

Nonostante il bruciore al viso, dentro di me mi sentivo felice. Quello schiaffo era la prima dimostrazione di affetto nei miei confronti da parte di mia madre, e io dovevo mordermi le labbra per impedirmi di sorridere.

Mama non mi rivolse più la parola per l'intera giornata. Tornò al piano di sotto a confabulare con la zia, lo zio, Baba e la nonna. Sebbene fosse una persona di buon cuore, lo zio era il secondogenito e non aveva alcuna autorità in casa nostra. La zia conosceva i potenziali benefici della situazione, ma in qualità di moglie del fratello minore – senza figli maschi, per di più – si ritrovava relegata all'ultimo posto nell'ambito della famiglia. Nemmeno la mamma possedeva un ruolo influente, per quanto l'espressione che le aveva animato il volto mentre ascoltava Madama Wang mi avesse fatto capire come la pensava. Erano mio padre e mia nonna a prendere tutte le decisioni, anche se entrambi potevano subire l'influenza degli altri. Il responso della sensale, pur essendo di buon auspicio per me, avrebbe costretto mio padre a lavorare duro per mettere insieme una dote confacente a un matrimonio d'alto rango. D'altro canto, se Baba non avesse seguito le indicazioni di Madama Wang, avrebbe perso la faccia non solo nel villaggio, ma nell'intera contea.

Non so se il mio destino sia stato deciso proprio quel giorno, però ai miei occhi niente fu più lo stesso. Il futuro di Splendida Luna cambiò insieme al mio. Benché io fossi di qualche mese più grande di lei, si stabilì che la fasciatura dei piedi sarebbe iniziata per entrambe insieme a quella della Terza Sorella. Continuai a sbrigare faccende all'aperto, ma non andai più al fiume insieme al Fratello Maggiore. Non sentii più sulla pelle la freschezza dell'acqua corrente. Fino allora la mamma non mi aveva mai picchiata: come scoprii in seguito, il primo schiaffo inaugurò una lunga serie di percosse negli anni a venire. La cosa peggiore di tutte fu il mutato atteggiamento di mio padre verso di me. Baba non mi tenne più sulle ginocchia mentre fumava la pipa nelle ore della sera. Da un momento all'altro la ragazzina senza valore si era trasformata in una potenziale risorsa utile alla famiglia.

Le bende destinate a me e le scarpine da offrire sull'altare di

Guanyin furono messe da parte insieme alle fasce e alle scarpette di Splendida Luna. Madama Wang prese l'abitudine di visitarci con regolarità. Veniva sempre in portantina. Ogni volta mi esaminava da capo a piedi. Mi interrogava invariabilmente sui miei progressi nelle arti femminili. Non posso dire che si dimostrasse gentile nei miei confronti. Per lei ero solo una buona occasione di guadagno.

Nel corso dell'anno successivo ebbe inizio la mia istruzione vera e propria nella stanza delle donne, per quanto io conoscessi già molte cose. Sapevo che gli uomini entravano di rado nei quartieri femminili, destinati al nostro uso esclusivo: uno spazio dove potevamo lavorare e scambiarci opinioni. Sapevo che avrei trascorso la maggior parte dell'esistenza in una camera come quella. Conoscevo anche la differenza tra il *nei* (il regno interno della casa) e il *wai* (il mondo esterno, appannaggio degli uomini), una differenza sulla quale poggia l'essenza della società confuciana. Per ricchi e poveri, imperatori e schiavi, la sfera domestica appartiene alle donne e la realtà esterna agli uomini. Pensieri e azioni femminili non devono oltrepassare la soglia delle stanze più interne. Comprendevo inoltre i due precetti di Confucio da cui venivano governate le nostre vite. Il primo consisteva nelle Tre Obbedienze: « Da bambina, obbedisci al padre; una volta sposata, obbedisci al marito; da vedova, obbedisci a tuo figlio ». Il secondo elencava invece le Quattro Virtù, che codificano la condotta, il linguaggio, il portamento e le occupazioni di una donna: « Sii casta e arrendevole, pacata e virtuosa nei tuoi atti; tranquilla e piacevole nelle parole; fine e misurata nei movimenti; perfetta nei lavori manuali e nel ricamo ». Le fanciulle che si attengono a questi principi diventano donne virtuose.

I miei studi includevano ora anche attività pratiche. Imparai a infilare l'ago, a scegliere i colori e a eseguire punti piccoli e regolari. Tutte abilità importanti, visto che Splendida Luna, la Terza Sorella e io ci accingevamo a prepararci le calzature per i successivi due anni di fasciatura dei piedi. Ci occorrevano scarpe da giorno, pantofoline speciali per dormire e parecchie paia di calze attillate. Intraprendemmo il lavoro secondo un ordine cronologico, iniziando da misure adatte al presente per poi diminuire sempre più le dimensioni dei nostri manufatti.

La novità più importante fu che mia zia cominciò a insegnarmi il *nu shu*. All'epoca non capivo perché dedicasse tanta attenzione a me. Se mi fossi dimostrata molto sollecita nell'imparare, mi illudevo scioccamente, la mia diligenza avrebbe ispirato Splendida Luna a imitarmi. E, se mia cugina si fosse applicata con impegno, avrebbe forse contratto un matrimonio migliore di quello della madre. Mia zia, in realtà, sperava di introdurre la scrittura segreta nelle nostre vite perché Splendida Luna e io potessimo condividere per sempre tale mezzo di comunicazione. C'era un'altra cosa di cui non mi rendevo conto: il *nu shu* creava una situazione di conflitto tra la zia da una parte e la mamma e la nonna dall'altra, entrambe analfabete nella scrittura femminile non meno di mio padre in quella degli uomini.

All'epoca non avevo mai visto gli ideogrammi maschili, perciò non possedevo alcun termine di paragone. Adesso posso dire che la scrittura degli uomini è chiara e decisa, e ogni carattere può essere inscritto con facilità in un quadrato, mentre il nostro *nu shu* somiglia agli arti degli insetti, o alle tracce lasciate nella polvere dalle zampe degli uccelli. I suoi segni, a differenza di quelli maschili, non corrispondono a una parola. Hanno piuttosto un valore fonetico. Di conseguenza, un unico carattere rappresenta tutte le parole dal suono simile. Perciò i vocaboli «cielo», «celo» e «ce l'ho» vengono scritti con lo stesso segno, ed è il contesto a chiarirne il significato. Tuttavia è necessario prestare molta attenzione per evitare di fraintendere il senso di una frase. Parecchie donne (tra cui mia madre e mia nonna) non imparano mai la scrittura, ma conoscono alcune storie e canzoni, molte delle quali seguono un ritmo preciso, una sorta di *ta dam*, *ta dam*, *ta dam*.

La zia mi istruì nelle speciali regole che governano il *nu shu*. È possibile impiegarlo per scrivere lettere, canzoni, autobiografie, istruzioni relative a doveri muliebri, preghiere alla dea e naturalmente storie popolari. Può essere tracciato sulla carta o su un ventaglio con il pennello e l'inchiostro, oppure ricamato su un fazzoletto o intessuto nella trama di una stoffa. Lo si intona (ed è doveroso farlo) di fronte a un pubblico di donne e ragazze, però niente impedisce di leggerlo e di goderselo da sole. Ma le norme principali riguardano la sua segretezza: gli uomini non devono scoprirne l'esistenza, né entrarvi in contatto in nessuna forma.

Splendida Luna e io imparavamo nuove cose ogni giorno: la situazione rimase immutata fino al mio settimo compleanno, quando l'astrologo tornò a farci visita. Doveva individuare un'unica data propizia per tre bambine: mia cugina, io e la Terza Sorella, l'unica tra noi ad avere l'età giusta. L'uomo tossicchiò a lungo e si schiarì la voce. Consultò i nostri otto caratteri. Alla fine, comunque, scelse la data più comune nella nostra zona, il ventiquattresimo giorno dell'ottavo mese lunare, quello in cui le giovani che si apprestano alla fasciatura recitano preghiere e presentano le ultime offerte alla Fanciulla dai Piedi Minuscoli, la dea preposta al bendaggio delle estremità.

La mamma e la zia tornarono a dedicarsi ai loro preparativi e confezionarono altre fasce. Ci nutrirono con dolci alla marmellata di fagioli rossi di soia, perché le nostre ossa acquistassero la stessa morbidezza e per esortarci a ottenere piedi non più grandi di uno di quei pasticcini. Nei giorni precedenti la fasciatura, molte donne del villaggio vennero a trovarci nella stanza al piano di sopra. Le amiche della Sorella Maggiore ci augurarono buona fortuna, ci portarono altri dolciumi e si congratularono con noi per il nostro ingresso ufficiale nel mondo degli adulti. La camera echeggiava di suoni festosi. Predominava un'atmosfera di allegria e tutte cantavano, ridevano, parlavano. Erano molte le cose taciute, adesso lo so. (Nessuna delle visitatrici mi disse che rischiavo di morire. Solo quando mi trasferii in casa di mio marito mia suocera mi rivelò che una bambina su dieci perdeva la vita in seguito alla fasciatura dei piedi, non solo nella nostra contea, ma nell'intera Cina.)

Allora sapevo soltanto che sarei diventata una sposa più desiderabile e perciò mi sarei avvicinata all'amore più profondo e alla gioia più grande nella vita di una donna: la nascita di un figlio maschio. A tal fine, il mio obiettivo consisteva nell'ottenere piedini perfetti, in armonia con i sette attributi canonici, che li prescrivono piccoli, stretti, diritti, appuntiti e arcuati, senza per questo perdere fragranza e morbidezza. Di tali requisiti, il più importante è la lunghezza. La misura ideale è di sette centimetri, all'incirca quanto il pollice della mano. Viene poi la forma. Quella più auspicabile dovrebbe somigliare a un bocciolo di loto. L'ideale è un piede pieno e tondeggiante sul tallone e affusolato verso la punta, con tutto il peso del corpo appoggiato sull'alluce. Le altre dita e il collo del piede vanno perciò spezzati e ripiegati perché si uniscano al tallone. Infine, la fenditura sulla pianta del piede tra la parte anteriore e il tallone stesso deve risultare abbastanza profonda da poter nascondere al suo interno una grossa moneta infilata perpendicolarmente. Se fossi riuscita a realizzare tutto questo, la mia ricompensa sarebbe stata la felicità.

La mattina del ventiquattresimo giorno dell'ottavo mese lunare offrimmo polpettine di riso glutinoso alla Fanciulla dai Piedi Minuscoli, mentre le nostre madri deponevano davanti a una statuetta di Guanyin le scarpe in miniatura che avevano cucito. Poi la mamma e la zia prepararono allume, sostanze astringenti, forbici, tagliaunghie speciali, aghi e filo. Tirarono fuori le bende già pronte: fasce larghe cinque centimetri, della lunghezza di tre metri, leggermente inamidate. Quindi tutte le donne della casa salirono al piano di sopra. L'ultima ad arrivare fu la Sorella Maggiore: reggeva un secchio d'acqua bollita dov'erano state messe in ammollo mandorle schiacciate, urina, erbe, radici di gelso e di altre piante.

Essendo la più vecchia, fui io la prima: ero ben decisa a mostrarmi il più possibile coraggiosa. La mamma mi lavò i piedi e li massaggiò con l'allume, per contrarre l'epidermide e limitare le inevitabili secrezioni di sangue e di pus. Mentre le bende si inzuppavano nel secchio, affinché asciugandosi si tendessero ulteriormente, mi tagliò le unghie più corte che poté. Quindi prese l'estremità di una fascia, la appoggiò alla parte interna del collo del piede e fece passare il tessuto sulle dita (lasciando fuori l'alluce) per iniziare a piegarle verso la pianta. Poi girò la stoffa sotto il tallone e intorno alla caviglia in modo da fissarla saldamente. Lo scopo era avvicinare le dita al tallone perché arrivassero a toccarlo, creando così la fenditura: l'alluce doveva invece rimanere libero, per consentirmi di camminare. La mamma ripeté l'operazione fino a esaurire l'intera benda; la zia e la nonna rimasero alle sue spalle a osservarla per tutto il tempo, controllando che non si creassero grinze nella stoffa. Infine Mama cucì ben stretto il capo finale della fascia, affinché la bendatura non si allentasse e io non avessi modo di liberarmi.

Completò la medesima operazione con l'altro piede; poi la zia si occupò di Splendida Luna. Durante la fasciatura di nostra cugina, la Terza Sorella disse che voleva bere un po' d'acqua e andò a pianterreno. Quando Splendida Luna fu pronta, Mama chiamò la figlia minore: nessuno le rispose. Un'ora prima mi avrebbe mandata a cercarla, ma per i successivi due anni non mi sarebbe stato più consentito di scendere le scale. La mamma e la zia perlustrarono la casa, quindi uscirono; avrei voluto correre alla grata davanti alla finestra per sbirciare fuori, ma l'accresciuta pressione delle fasce mi bloccava la circolazione ed ero già in preda alla sofferenza. Guardai Splendida Luna: il pallore del viso si armonizzava perfettamente con il significato del suo nome. Due rivoletti gemelli di lacrime le attraversavano le gote.

Dall'esterno giungevano fino a noi le voci della mamma e della zia: « Terza Sorella, Terza Sorella! »

La nonna e la Sorella Maggiore si avvicinarono alla grata per guardare fuori.

« *Aiya* », mormorò la nonna.

La Sorella Maggiore si girò verso di noi. « La mamma e la zia sono in casa dei vicini. Sentite gli strilli della Terza Sorella? »

Splendida Luna e io scuotemmo il capo in un gesto di diniego.

« Mama sta trascinando la Terza Sorella lungo il vicolo », continuò lei.

Cominciammo a udire le urla della piccola: « No, non voglio venire, non voglio farlo! »

La mamma la sgridava ad alta voce. « Non vali niente. Sei solo una fonte di vergogna per i nostri antenati. » Parole dure, sebbene non inconsuete: nel nostro villaggio le sentivamo pronunciare quasi ogni giorno.

La Terza Sorella venne spinta con malgarbo nella stanza. Cadde a terra, ma si rialzò subito; corse in un angolo e cercò di ripararsi là.

« Non puoi evitare la fasciatura. Non hai scelta », dichiarò Mama, mentre lo sguardo della bambina sfrecciava da un capo all'altro della stanza, alla disperata ricerca di un nascondiglio. Era in trappola, ormai, e niente poteva fermare l'ineluttabile. La mamma e la zia avanzarono verso di lei. La Terza Sorella fece un ultimo tentativo per sgattaiolare via e sfuggire alle loro braccia tese, ma la Sorella Maggiore l'agguantò. Benché avesse solo sei anni, la più piccola di noi lottò con tutte le proprie forze. La Sorella Maggiore, la zia e la nonna la tennero ferma, mentre Mama procedeva rapidamente alla fasciatura. La bambina strillò per tutto il tempo. Riuscì un paio di volte a liberare un braccio, solo per essere immediatamente immobilizzata di nuovo. Per un attimo alla mamma sfuggì di mano il piede della figlia, e subito tutta la gamba prese a scalciare con violenza, mentre la benda si srotolava nell'aria come il nastro di un'acrobata. Splendida Luna e io eravamo inorridite. La Terza Sorella si stava comportando in maniera indegna per la nostra famiglia. Noi, del resto, non potevamo far altro che starcene sedute a guardare, perché ormai ci sentivamo irradiare su per le gambe pugnalate di dolore sempre più intense. Alla fine Mama riuscì a concludere l'operazione. Lasciò cadere a terra il piede fasciato della figlia più giovane, si rialzò, la fissò con disgusto e sibilò: « Non vali niente! »

Passerò ora a descrivere i minuti e le settimane che seguirono: un periodo di tempo in apparenza trascurabile in una vita lunga come la mia, ma per me più infinito di un'eternità.

Mama si rivolse innanzitutto a me, perché ero la più grande. « In piedi! »

La sola idea andava al di là della mia comprensione. Le estremità mi pulsavano tormentosamente. Appena pochi minuti prima mi sentivo così sicura del mio coraggio. Adesso mi sforzavo di trattenere le lacrime, senza riuscirci.

La zia batté un dito sulla spalla di Splendida Luna. « Alzati e comincia a camminare. »

La Terza Sorella continuava a piangere, sdraiata sul pavimento.

La mamma mi fece scendere dalla sedia con uno strattone. La parola « dolore » è soltanto una fievole eco di quello che provai. Avevo gli alluci bloccati sotto i piedi e l'intero peso del corpo gravava sulla loro punta. Cercai di trovare l'equilibrio appoggiandomi all'indietro sui talloni.

Mama se ne accorse e mi picchiò. « Cammina! »

Feci del mio meglio. Mentre arrancavo verso la finestra, la mamma si chinò, costrinse la Terza Sorella ad alzarsi e la trascinò accanto alla Sorella Maggiore. « Conducila attraverso la stanza avanti e indietro per dieci volte », le ordinò. Nel sentire quelle parole, capii che cosa mi aspettava: un tormento che mi sembrava inconcepibile. La zia, la persona di più basso rango della famiglia, vide quanto stava accadendo: afferrò allora con malgarbo la mano della figlia e le impose di scendere dalla sedia. Le lacrime mi rigavano la faccia mentre Mama mi obbligava a camminare da un capo all'altro della camera. Udivo i gemiti lamentosi che mi uscivano dalle labbra. La Terza Sorella seguitava a gridare e a divincolarsi per sfuggire alla Sorella Maggiore. La nonna, tenuta unicamente (in quanto donna più importante della casa) a sovrintendere alle operazioni, prese la Terza Sorella per l'altro braccio. La piccola, incalzata da due persone assai più robuste di lei, dovette cedere alla forza fisica, ma non per questo rinunciò alle proprie proteste verbali. Soltanto Splendida Luna seppellì nel profondo di sé ciò che provava, dimostrandosi una brava figlia, sebbene anche lei occupasse una posizione modesta tra noi.

Conclusi i dieci giri, la mamma, la zia e la nonna ci lasciarono in pace. Eravamo quasi paralizzate dal dolore, eppure la nostra tortura aveva appena avuto inizio. Non riuscivamo a mangiare. Persino a digiuno, vomitavamo in preda allo strazio. Alla fine giunse il momento di andare a dormire. Che sollievo fu coricarsi. Il solo avere i piedi allo stesso livello del resto del corpo ci diede un po' di respiro. Con il passare delle ore, però, fummo sopraffatte da un nuovo genere di sofferenza: ci bruciavano le estremità come se le tenessimo immerse nei carboni ardenti del braciere. Ci sfuggivano dalle labbra strani miagolii piagnucolosi. La povera Sorella Maggiore, che era costretta a condividere la camera con noi, si sforzò in ogni modo di confortarci, raccontandoci favole e ricordandoci con grande dolcezza che tutte le bambine di un certo rango nel grande Paese della Cina dovevano sopportare i nostri stessi tormenti per diventare donne, mogli e madri degne di questi nomi.

Quella notte non chiudemmo occhio ma, per quanto atroci, le torture del primo giorno raddoppiarono d'intensità il secondo. Cercammo tutt'e tre di strapparci le bende, anche se soltanto la Terza Sorella riuscì a liberarsi un piede.

Mama la picchiò sulle braccia e sulle gambe, la fasciò da capo e per punizione la costrinse a percorrere dieci giri della stanza in più. La strattonò rudemente a più riprese, incalzandola: « Vuoi diventare una piccola nuora? Sei ancora in tempo. Se è questo il futuro che desideri, può ancora essere tuo ».

Ci sentivamo ripetere minacce simili da sempre, benché nessuna di noi avesse neppure mai *visto* una piccola nuora. Puwei era un villaggio troppo povero perché qualcuno potesse permettersi di accogliere una ragazza testarda indesiderata e coi piedi grossi. Del resto, non avevamo mai visto nemmeno gli spiriti volpe, eppure non dubitavamo della loro esistenza. Perciò Mama fece ricorso alle consuete intimidazioni, e la Terza Sorella, almeno per il momento, si arrese.

Il quarto giorno, immergemmo i piedi bendati in un secchio d'acqua calda. Poi la mamma e la zia ci tolsero le fasce, controllarono le unghie, limarono le callosità, massaggiarono via la pelle morta, spalmarono sull'epidermide altro allume e sostanze profumate per mascherare l'odore della putrefazione, quindi ci misero bende pulite, avvolgendole ancora più strette, questa volta. Ogni giorno si ripeteva la stessa routine. Ogni quattro giorni arrivava il momento di cambiare le fasce. Ogni due settimane ci infilavano un nuovo paio di scarpe, sempre più piccole. Le donne del vicinato venivano in visita: ci portavano dolci a base di marmellata di fagioli rossi, con l'augurio che le nostre ossa si ammorbidissero con maggiore rapidità, oppure peperoncini secchi, nella speranza che ottenessimo piedi della stessa forma sottile e appuntita. Le amiche della Sorella Maggiore ci offrivano in regalo piccoli oggetti che le avevano aiutate nel periodo della fasciatura. « Mordicchiate l'estremità del mio pennello da calligrafia. Ha la punta fine e delicata. Vi sarà utile per dare ai piedi una forma altrettanto esile e squisita. » O anche: « Mangiate queste castagne d'acqua. Vi ispireranno alla piccolezza ».

La stanza delle donne si trasformò in un luogo regolato da una ferrea disciplina. Invece di svolgere le nostre mansioni quotidiane, passeggiavamo avanti e indietro da un capo all'altro della camera. Ogni giorno la mamma e la zia aumentavano il numero dei giri. Ogni giorno la nonna veniva convocata in aiuto. Quando si stancava, si fermava a riposare su uno dei letti e dirigeva le operazioni da là. Con il sopraggiungere del freddo, cominciò a coprirsi con una serie di trapunte. A mano a mano che le giornate si facevano più brevi e più buie, anche i suoi discorsi diventavano più succinti e più fiochi; alla fine si ridusse a parlare solo di rado: si limitava a fissare la Terza Sorella, ingiungendole con lo sguardo di continuare a camminare.

Le sofferenze che ci tormentavano non diminuirono. E come sarebbe stato possibile? Ma imparammo la lezione più importante per qualsiasi donna: dovevamo obbedire, per il nostro stesso bene. Fin dalle prime settimane si capì come saremmo diventate da adulte. Splendida Luna si sarebbe mantenuta stoica e bellissima in qualunque circostanza. La Terza Sorella prometteva di trasformarsi in una moglie lamentosa, risentita nei confronti del proprio destino, priva di riconoscenza per i doni della vita. E io – quella considerata speciale tra noi – accettavo il mio fato senza discutere.

Un giorno, mentre percorrevo uno dei giri quotidiani per la camera, udii lo schiocco di qualcosa che si spezzava. Mi ero rotta un dito del piede. Pensavo che il rumore non avesse superato i confini del mio organismo: invece l'avevano sentito tutte nella stanza, tanto era stato secco e sonoro. Lo sguardo di mia madre si concentrò su di me. « Non fermarti! » mi ingiunse. « Finalmente stai facendo qualche progresso! » Seguitai a camminare, con le membra percorse dai brividi. Al calare della notte mi ero fratturata dal primo all'ultimo le otto dita dei piedi che dovevano rompersi, ma non per questo mi venne concessa una tregua. A ogni passo sentivo gravare l'intero peso del corpo sulle ossa spaccate, libere all'interno delle scarpe. Lo spazio appena creatosi al posto delle giunture sembrava una gelatina di tortura infinita. Il tempo gelido non attenuava affatto le sensazioni strazianti che si irradiavano dentro di me. Eppure la mamma non si dimostrò soddisfatta della mia remissività. Quella sera chiese a mio fratello di portarle un giunco colto sulle rive del fiume. Nei due giorni successivi, lo usò per frustarmi la parte posteriore delle gambe e costringermi a proseguire. Al momento di cambiare le fasce, feci il solito pediluvio, ma il massaggio per dare nuova forma alle ossa fu diverso da qualsiasi cosa avessi sperimentato prima. Servendosi delle dita, Mama spinse all'indietro, verso il tallone, gli ossicini non più trattenuti dai legamenti. L'amore di mia madre non si era mai manifestato con altrettanta evidenza ai miei occhi.

« Una vera signora non tollera nulla di brutto nella propria vita », mi ripeteva la mamma ancora e ancora, imprimendo le parole dentro di me. « Solo attraverso il dolore si arriva alla bellezza. Solo attraverso il dolore si ottiene la pace. Io fascio e bendo, ma sarai tu a godere il frutto dei miei sforzi. »

Le dita di Splendida Luna si spezzarono qualche giorno dopo; quelle della Terza Sorella, invece, resistevano. Mama affidò a nostro fratello un altro incarico. Questa volta lo mandò in cerca di pietruzze da inserire nelle fasciature della piccola per aumentare la pressione sulle ossa. Ho già accennato alle proteste di mia sorella: adesso le sue grida si fecero ancora più vibrate, ammesso che fosse possibile. Splendida Luna e io pensavamo si comportasse così per attirare l'attenzione su di sé. In fin dei conti Mama dedicava a me quasi tutto il suo impegno. Nei giorni in cui venivano sostituite le bende, però, notavamo la differenza tra i piedi della bambina e i nostri. Anche dalle nostre fasce trasudavano sangue e pus, com'è normale, ma i fluidi che stillavano dalle sue membra avevano assunto un odore nuovo e diverso. E mentre sia la mia pelle sia quella di Splendida Luna avvizziva, soffusa dal pallore della morte, la carnagione della Terza Sorella splendeva con la rosea lucentezza di un fiore.

Madama Wang venne di nuovo a trovarci. Verificò il lavoro di mia madre e raccomandò l'impiego di certe erbe con cui preparare un infuso per lenire il dolore. Non assaggiai la pozione dal sapore amaro finché, con le prime nevi, mi si spaccarono i metatarsi. Avevo la mente annebbiata dall'effetto combinato della tisana e della sofferenza, quando le condizioni di mia sorella cambiarono di colpo. Le bruciava la pelle. Negli occhi le brillava la luce acquosa e malsana della febbre: il visetto tondo si affinò e divenne tutto angoli acuti. Mentre la mamma e la zia erano al piano di sotto, impegnate a preparare il pasto di mezzogiorno, la Sorella Maggiore si lasciò prendere dalla compassione per lo stato pietoso della bambina e le consentì di coricarsi su uno dei letti. Splendida Luna e io interrompemmo i nostri giri per la stanza. Timorose all'idea di farci sorprendere sedute, restammo in piedi al fianco dell'ammalata. La Sorella Maggiore le massaggiò le gambine, nel tentativo di darle un po' di sollievo. Era il periodo più freddo dell'inverno e indossavamo gli abiti più pesanti. Con il nostro aiuto, la primogenita sollevò fino al ginocchio il pantalone della piccola, per poterle strofinare la pelle nuda. Fu allora che le vedemmo: spaventose venature rosse spuntavano serpeggiando dalle bende della Terza Sorella e scomparivano sotto gli indumenti. Ci guardammo in faccia attonite per un attimo, e poi ci affrettammo a controllare l'altra gamba: le stesse striature purpuree deturpavano l'epidermide.

La Sorella Maggiore scese al pianterreno. Per riferire quanto avevamo scoperto, avrebbe dovuto confessare le sue mancanze. Ci aspettavamo di sentire lo schiocco di un ceffone. Invece la mamma e la zia si precipitarono di sopra. Si fermarono sul pianerottolo a osservare la stanza: la Terza Sorella, con le gambine scoperte, fissava il soffitto, noi due aspettavamo rassegnate la punizione e la nonna dormiva sotto le sue trapunte. La zia diede un'occhiata alla scena e andò a mettere l'acqua sul fuoco.

Mama si avvicinò al letto. Non aveva il bastone: arrancò attraverso la camera come un uccello dalle ali spezzate, e i suoi tentativi di aiutare la figlia risultarono altrettanto goffi e inefficaci. Appena rientrò la zia, mia madre cominciò a togliere le bende. Si diffuse nell'aria un odore disgustoso. La zia fu presa dai conati. Stava nevicando, ma la Sorella Maggiore strappò via la carta di riso incollata sulle finestre per dare una via d'uscita al tanfo mefitico. Infine i piedini della piccola apparvero in piena vista. Il pus era verde scuro e il sangue coagulato sembrava una fanghiglia bruna e putrida. Le due donne misero a sedere la bambina e le immersero le estremità in una bacinella piena d'acqua fumante. La Terza Sorella era così perduta nella propria mente da non emettere neppure un grido.

Le sue urla delle settimane precedenti assunsero di colpo un nuovo significato. Che avesse intuito fin dal primo giorno il rischio di un esito nefasto? Per questo resisteva con tanta foga? Nostra madre nella fretta aveva forse commesso un terribile errore? La setticemia poteva essere stata innescata da qualche grinza nelle fasce? O piuttosto dalla denutrizione di cui Madama Wang mi sospettava vittima? Di quali colpe si era macchiata nella vita precedente la mia sorellina per meritare un simile castigo?

Mama le strofinò i piedi nel tentativo di eliminare l'infezione. La piccola perse i sensi. Secrezioni repellenti intorbidarono l'acqua della bacinella. Infine la mamma estrasse dal liquido purulento le estremità fratturate della figlioletta e gliele asciugò tamponandole con delicatezza.

« Madre », chiamò poi rivolgendosi alla suocera. « Voi avete più esperienza di me. Aiutatemi, vi prego. »

Ma la nonna non si mosse neppure sotto le trapunte. La mamma e la zia non concordavano sui rimedi da adottare.

« Dovremmo lasciarle i piedi esposti all'aria », suggerì Mama.

« Sarebbe un grave errore, e tu lo sai bene », ribatté la zia. « Ha già molte ossa rotte. Se non le rimettiamo le fasce, non guarirà mai nella maniera giusta. La trasformeremmo in una storpia. Una ragazza impossibile da accasare. »

« Preferisco tenerla nubile su questa terra piuttosto che perderla per sempre. »

« Ma in tal modo sarà una creatura senza scopo e senza valore », osservò la zia. « Non è un futuro, questo: te lo dice il tuo stesso amore materno. »

Durante tutta la discussione, la Terza Sorella rimase inerte e immobile. Alla fine le due donne le cosparsero i piedi di allume e glieli bendarono di nuovo. Il giorno dopo continuò a nevicare e le condizioni della piccola peggiorarono. Sebbene non fossimo certo ricchi, Baba uscì nella tormenta e tornò con il medico del villaggio, il quale guardò la bambina e scosse il capo. Era la prima volta che vedevo quel gesto, la manifestazione dell'impotenza umana di fronte all'imminente dipartita di una persona cara verso il mondo degli spiriti. Anche se proviamo a combattere, una volta che la morte ci ha ghermiti non c'è più niente da fare. Siamo inermi di fronte ai voleri dell'aldilà. Il dottore si offrì di preparare un cataplasma e di procurarci le erbe necessarie per un infuso, ma era un brav'uomo e non voleva ingannarci. Capiva bene la nostra situazione.

« Posso proporre queste cure per la vostra figlioletta », confidò a Baba. « Però sarebbe denaro sprecato per una causa senza speranza. »

E le cattive notizie non erano ancora finite per quel giorno. Quando ci inchinammo davanti al medico, lui si guardò intorno nella stanza e vide la nonna raggomitolata sotto le trapunte. Si avvicinò a lei, le tastò la fronte e ascoltò le pulsazioni misteriose del suo *qi*. Poi alzò gli occhi su mio padre. « La vostra onorevole madre è molto malata. Perché non mi avete mandato a chiamare prima? »

Che cosa avrebbe potuto rispondere Baba per salvare la faccia? Era un figlio devoto, ma anche un uomo, e quanto stava accadendo riguardava il mondo femminile a lui precluso. Tuttavia la buona salute della madre costituiva il suo dovere filiale più importante. Mentre al pianterreno mio padre fumava la pipa con il fratello aspettando che finisse l'inverno, al piano di sopra due persone della sua famiglia venivano ghermite dagli spiriti dell'aldilà.

La situazione suscitò nuovi interrogativi tra i componenti del nostro nucleo familiare. Si era sprecato troppo tempo con delle bambine prive di valore lasciando che s'indebolisse l'unica donna degna di considerazione e di stima? Erano stati tutti quei giri della stanza al fianco della Terza Sorella a esaurire la riserva di passi della nonna? Oppure era stata lei stessa (stanca delle grida della nipote) a lasciar spegnere il proprio *qi* per liberarsi di un così fastidioso baccano? O magari gli spettri, venuti a rapire la bambina, avevano provato la tentazione di mietere un'altra vittima?

Dopo tanto fracasso e tanti sforzi dedicati nelle ultime settimane alla più giovane, tutte le attenzioni si concentrarono sulla nonna. Mio padre e mio zio lasciavano il suo letto solo per fumare, mangiare ed espletare le più impellenti funzioni corporali. La zia si sobbarcò l'intero carico delle incombenze domestiche: preparava i pasti, lavava, puliva e aveva cura di ciascuno di noi. La mamma non chiuse mai occhio, a quanto potei vedere io. In qualità di nuora più anziana, aveva due scopi principali nella vita: mettere al mondo figli maschi che perpetuassero la famiglia e accudire la madre del marito. Avrebbe dovuto dedicarsi con maggiore sollecitudine alla salute della suocera, invece aveva permesso ad ambizioni virili di prendere il sopravvento nei suoi pensieri inducendola a consacrarsi con eccessiva solerzia a me e al mio futuro fortunato. Adesso, spinta dalla feroce determinazione suscitata in lei dalla passata trascuratezza, seguì scrupolosamente dal primo all'ultimo i rituali del caso: allestì speciali offerte agli dei e agli antenati, pregò e recitò litanie, e arrivò addirittura a preparare una minestra con il proprio sangue per restituire all'anziana donna il vigore della vita.

Poiché l'intera famiglia era indaffarata con la nonna, il compito di vegliare la Terza Sorella fu affidato a Splendida Luna e a me. Avevamo solo sette anni e non sapevamo cosa dire né cosa fare per confortarla. Soffriva molto, ma i suoi tormenti non furono i più terribili cui dovetti assistere in vita mia. Morì quattro giorni più tardi, sopportando tribolazioni e dolori di gran lunga troppo crudeli per un'esistenza così breve. La nonna spirò ventiquattr'ore dopo di lei, senza dar segno di sofferenze visibili. Si limitò a rannicchiarsi e rimpicciolire sempre più, come un bruco sotto una coltre di foglie autunnali.

La terra era così indurita dal ghiaccio da rendere impossibile la sepoltura. Le due sorelle giurate sopravvissute alla nonna si occuparono di lei: intonarono inni funebri, avvolsero il corpo in drappi di mussola, lo vestirono per la vita nell'oltretomba. Poiché era anziana e aveva vissuto a lungo, il suo abbigliamento per l'eternità contava numerosi strati. La Terza Sorella aveva appena sei anni: non disponeva degli abiti di un'intera esistenza per tenersi calda, né di molte amiche pronte ad accoglierla nell'oltretomba. Possedeva soltanto la tenuta estiva e quella invernale, indossate entrambe in precedenza sia dalla Sorella Maggiore sia da me. La nonna e la Terza Sorella trascorsero il resto dell'inverno coperte da un sudario di neve.

Cambiarono molte cose nella stanza delle donne tra la morte delle nostre congiunte e le loro esequie. Oh, sì, facevamo sempre i nostri giri per la camera. Continuavamo con i pediluvi a intervalli di quattro giorni, e ogni due settimane sostituivamo le scarpe con altre più piccole. Adesso però la mamma e la zia ci sorvegliavano con estrema cura. E noi le ascoltavamo docili e attente, senza opporre resistenza né lamentarci. Al momento di lavarci i piedi, scrutavamo sangue e pus con la stessa puntigliosa sollecitudine delle due donne. Alla sera, quando noi bambine venivamo finalmente lasciate in pace, e alla mattina, prima di riprendere la consueta routine, la Sorella Maggiore ci controllava le gambe, per accertarsi che non manifestassimo gravi sintomi di infezione.

Ripenso spesso a quei primi mesi di fasciatura. Ricordo certe frasi di incoraggiamento ripetute dalla mamma, dalla zia, dalla nonna e persino dalla Sorella Maggiore. « Sposa un pollo e vivrai con un pollo, sposa un gallo e vivrai con un gallo », recitava una delle loro sentenze. Ascoltavo le parole senza comprenderne il significato, il che mi succedeva sovente, allora. Le dimensioni dei piedi avrebbero determinato il mio valore come sposa. Agli occhi della famiglia di mio marito, due piedi minuscoli sarebbero stati la prova dell'autodisciplina e della capacità di sopportazione necessarie per affrontare i dolori del parto e qualsiasi disgrazia mi riservasse il destino. Due piedi minuscoli avrebbero mostrato al mondo la mia obbedienza alla famiglia d'origine, e in particolare a mia madre, facendo così buona impressione sulla futura suocera. Le scarpette che ricamavo avrebbero confermato la mia abilità in quell'arte e di conseguenza nelle altre arti domestiche. E, sebbene all'epoca non sapessi nulla di tutto ciò, i miei piedini erano destinati ad affascinare il mio sposo nei momenti più intimi e privati condivisi da un uomo e una donna. Il suo desiderio di guardarli e di carezzarli non diminuì mai nel corso della nostra vita insieme, neppure dopo che ebbi messo al mondo cinque figli, neppure quando il resto del mio corpo cessò di costituire una lusinga per gli incontri amorosi.

IL VENTAGLIO

Passarono sei mesi dal giorno in cui ci avevano fasciato i piedi, e ne trascorsero due dalla morte della nonna e della Terza Sorella. La neve si sciolse, la terra si ammorbidì, e le due defunte vennero preparate per le esequie. Sono tre gli eventi nella vita degli Yao – anzi, nella vita di tutti i cinesi – in occasione dei quali si spende denaro con larghezza: la nascita, le nozze e il funerale. Ci auguriamo tutti di nascere bene e di contrarre un buon matrimonio; desideriamo tutti una morte pietosa e una sepoltura onorevole. Ma il fato e le circostanze influenzano questi tre avvenimenti più di ogni altra cosa. La nonna era la persona più anziana e più autorevole della famiglia e aveva condotto un'esistenza esemplare; la Terza Sorella non aveva ancora realizzato nulla. Baba e lo zio attinsero a tutti i loro risparmi e commissionarono una bella bara per la madre presso un carpentiere specializzato di Shangjiangxu. Per la mia sorellina più giovane costruirono una piccola cassa con le proprie mani. Le sorelle giurate della nonna tornarono a farci visita, e celebrammo infine i riti funebri.

Una volta di più mi resi conto della nostra povertà. Se avessimo posseduto un po' più di denaro, forse papà avrebbe eretto un arco vedovile per commemorare la vita della nonna. Forse si sarebbe rivolto all'indovino locale perché cercasse un luogo propizio, con le caratteristiche del *feng shui* più adatte alla sepoltura, o si sarebbe procurato una portantina per condurre sul luogo della cerimonia la figlia e la nipote, tuttora impossibilitate a camminare molto a lungo. Tutte opzioni impensabili per noi. La mamma mi portò sulla schiena, e la zia fece lo stesso con Splendida Luna. La nostra semplice processione raggiunse un sito poco lontano da casa, entro i confini delle terre che prendevamo in affitto. Papà e lo zio si inchinarono con la fronte a terra per tre volte di seguito, ancora e ancora. La mamma si prosternò sul tumulo implorando perdono. Bruciammo banconote, ma ai partecipanti al funerale vennero offerti solo dolciumi e non doni.

Sebbene la nonna non sapesse leggere il *nu shu*, conservava ancora i libri nuziali del terzo giorno ricevuti moltissimi anni prima in occasione del suo matrimonio. Tali libri, insieme a pochi altri tesori, furono ammonticchiati sulla tomba dalle due sorelle giurate rimaste in vita e dati alle fiamme perché accompagnassero la defunta nell'aldilà. Le due anziane donne salmodiarono in coro: « Ti auguriamo di ritrovare le nostre compagne. Voi tre potrete essere felici insieme. Non dimenticarci. I legami che ci uniscono non si interrompono neppure se la radice del loto viene troncata. Tali sono la forza e la longevità del nostro rapporto ». Non vennero pronunciate parole sul conto della Terza Sorella. Nemmeno il Fratello Maggiore trovò qualcosa da dire. Poiché la piccola defunta non possedeva niente di scritto, la mamma, la zia e la Sorella Maggiore composero messaggi in *nu shu* per presentarla agli antenati, e bruciarono i fogli dopo che gli uomini furono tornati a casa.

Benché fossimo appena all'inizio dei tre anni di lutto per la morte della nonna, la vita riprese il suo ritmo. Mi ero ormai lasciata alle spalle il periodo più tormentoso della fasciatura. Mia madre non aveva più motivo di picchiarmi molto, e io soffrivo di meno. Tutto ciò che Splendida Luna e io dovevamo fare era rimanere sedute lasciando che i piedi si saldassero nella loro forma definitiva. Nelle prime ore del mattino mia cugina e io – sotto la supervisione della Sorella Maggiore – ci esercitavamo a ricamare imparando nuovi punti. Nella tarda mattinata, Mama mi insegnava a filare il cotone; nel pomeriggio lei e io passavamo alla tessitura. Splendida Luna e la madre si dedicavano alle stesse attività nell'ordine inverso. Le ultime ore pomeridiane erano consacrate allo studio del *nu shu*, e la zia ci aiutava con grande pazienza e molto buonumore ad apprendere semplici parole.

Libera dal compito di sorvegliare la più piccola, la Sorella Maggiore, ormai undicenne, tornò ad affinare la propria abilità nelle arti femminili. Madama Gao, la sensale del villaggio, veniva regolarmente a visitarci per negoziare i termini del Contratto di parentela, il primo dei cinque stadi che sarebbero sfociati nel matrimonio tanto per il primogenito maschio quanto per la più grande di noi bambine. Nel villaggio natale di Madama Gao, Gaojia, era stata individuata per il Fratello Maggiore una ragazzina appartenente a una famiglia assai simile alla nostra. Si trattava di un'ottima soluzione per la futura sposa: la sensale concludeva talmente tante trattative fra i due villaggi da agevolare al massimo uno scambio regolare di lettere in *nu shu*. Inoltre, anche la zia proveniva da Gaojia. Adesso sarebbe diventato molto più facile per lei comunicare con i suoi. Era tale la sua contentezza che per giorni e giorni tutti la videro esibire sorrisi così ampi da mettere bene in mostra i denti scheggiati nella caverna della bocca.

La Sorella Maggiore, giudicata tranquilla e graziosa da chiunque la conoscesse, avrebbe sposato il rampollo di una famiglia più altolocata della nostra e sarebbe andata a vivere nel lontano villaggio di Getan. La prospettiva di non vederla spesso quanto ci sarebbe piaciuto ci rendeva tristi, ma avremmo potuto godere della sua compagnia per altri sei anni in attesa della cerimonia nuziale vera e propria, e poi ne sarebbero trascorsi ancora due o tre prima che ci lasciasse per sempre. Nella nostra contea, lo sanno tutti, seguiamo la tradizione del *buluo fujia*, secondo la quale le ragazze non si trasferiscono definitivamente a casa del marito finché non rimangono incinte.

Madama Gao non somigliava affatto a Madama Wang. Bastano parole rozze per descriverla. Se Madama Wang vestiva di seta, Madama Gao portava abiti di cotone tessuto in casa. Se i discorsi della prima suonavano melliflui e suadenti come grasso d'oca, i pareri della seconda avevano l'asprezza e la dissonanza dei latrati di un cane di campagna. La sensale del villaggio saliva nella stanza delle donne, si appollaiava su uno sgabello e pretendeva di controllare i piedi di tutte le bambine di casa Yi. Naturalmente la Sorella Maggiore e Splendida Luna obbedivano di buon grado. E, sebbene il mio destino fosse già stato affidato a Madama Wang, la mamma ordinava anche a me di accontentare la nostra visitatrice. I commenti che faceva Madama Gao! «La fenditura tra la parte anteriore del piede e il tallone è profonda quanto la cavità femminile della piccola. Questa signorina farà di suo marito un uomo felice.» Oppure: «La curva del tallone simile a una piccola borsa e la punta all'infuori ricorderanno al marito il suo stesso membro. Quell'uomo fortunato penserà al letto dalla mattina alla sera». Allora non capivo il significato di tali frasi. Quando ne compresi il senso, il pensiero che simili discorsi fossero stati pronunciati di fronte alla mamma e alla zia mi colmò di imbarazzo. Ma all'epoca avevano riso entrambe insieme alla sensale. Anche noi bambine ci eravamo unite a loro, per quanto certe battute, l'ho già detto, fossero lontanissime dalla nostra esperienza e capacità di comprensione.

Quell'anno, l'ottavo giorno del quarto mese lunare, le amiche della Sorella Maggiore si riunirono da noi per la Festa del Combattimento fra i Tori. Le cinque ragazzine mostravano già l'abilità con la quale si sarebbero dedicate in futuro all'amministrazione domestica: poiché avevano concesso in prestito il riso assegnato loro dalle rispettive famiglie per stabilire il vincolo di sorellanza, disponevano del denaro necessario per sostenere le spese della celebrazione. Ognuna portò del cibo preparato a casa propria: zuppa di tagliatelle di riso, uova in conserva con foglie di barbabietola, piedino di maiale in salsa piccante, fagioli asparagi in salamoia e dolcetti di riso. Le giovani sorelle giurate cucinarono insieme molte altre vivande: impastarono polpettine che poi cossero al vapore prima di immergerle in una salsa di soia condita con succo di limone e olio al peperoncino. Mangiarono, risero e recitarono storie in *nu shu* quali *Il racconto di Sangu*, in cui la figlia di un uomo benestante resta fedele al marito povero attraverso molte traversie, finché i due, in premio per la loro abnegazione, diventano mandarini; oppure *La carpa magica*, dove si narra della metamorfosi di un pesce in una bella ragazza destinata a innamorarsi di un brillante studioso, che poi rivela la vera forma della fanciulla.

Ma la preferita in assoluto era *La storia della donna che aveva tre fratelli*. Le cinque amiche non la conoscevano per intero, eppure non chiesero alla mamma di condurre la narrazione corale, anche se lei aveva memorizzato molte delle parole. Invitarono invece la zia a guidarle lungo l'intreccio. Splendida Luna e io ci unimmo alle loro preghiere, perché questa vicenda vera e molto amata – tragica e oscuramente comica al contempo – ci offriva un'ottima occasione per esercitarci nelle salmodie associate con la nostra speciale scrittura femminile.

Era stata una delle sorelle giurate della zia a donarle il racconto, ricamato su un fazzoletto. La mamma di Splendida Luna tirò fuori il riquadro di tessuto e lo aprì con cura. Mia cugina e io andammo a sederci accanto a lei per seguire i caratteri trapunti sulla stoffa a mano a mano che glieli sentivamo recitare.

« C'era una volta una donna che aveva tre fratelli », cominciò la zia. « Si erano tutti sposati, ma a lei non avevano trovato marito. Sebbene fosse virtuosa e solerte, i fratelli rifiutavano di concederle una dote. Quanto si sentiva infelice! Che cosa poteva fare? »

« È tale la sua disperazione che decide di andare in giardino e di impiccarsi a un albero », rispose la voce di mia madre.

Splendida Luna, mia sorella, le sue compagne e io intervenimmo in coro. « Il fratello maggiore attraversa il giardino e finge di non vederla. Il secondogenito attraversa il giardino e finge di non accorgersi che è morta. Il minore la guarda, scoppia in lacrime e porta in casa il corpo esanime. »

Dalla parte opposta della stanza, Mama alzò gli occhi e si accorse che la fissavo. Mi sorrise, forse compiaciuta per il fatto che non avevo saltato neppure una parola.

La zia riprese il ciclo del racconto. « C'era una volta una donna che aveva tre fratelli. Quando morì, nessuno voleva prendersi cura della salma. Benché da viva fosse stata virtuosa e solerte, i fratelli rifiutavano di onorarla. Che crudeltà! Che cosa accade allora? »

« Viene ignorata nella morte come nella vita, finché il cadavere comincia a puzzare », cantilenò la mamma.

Di nuovo noi bambine recitammo le ben note battute corali. « Il fratello maggiore offre un drappo per coprire il corpo. Il secondogenito ne offre due. Il fratello minore avvolge la defunta in quanti più drappi gli è possibile, perché nell'aldilà non debba soffrire il freddo. »

« C'era una volta una donna che aveva tre fratelli », ricominciò la zia. « Dopo averla vestita per il suo futuro oltremondano, i suoi congiunti non vogliono spendere soldi per comprarle la bara. Si dimostrano avari, nonostante le virtù e la solerzia della sorella. Che ingiustizia! La poverina riuscirà mai a trovare requie? »

« Tutta sola, tutta sola », intonò la mamma, « progetta i suoi giorni da fantasma. »

La zia ci indicava con il dito la successione dei caratteri, e noi ci sforzavamo di seguire il testo scritto, benché la nostra inesperienza ci impedisse di riconoscerne la maggior parte. « Il fratello maggiore dice: 'Non c'è bisogno di seppellirla in una cassa. Sta benissimo così com'è'. Il secondogenito dice: 'Potremmo usare quella vecchia cassa rimasta nel capanno'. Il fratello minore dice: 'Questo è tutto il denaro che possiedo. Lo prenderò e andrò a comprare una bara'. »

Verso la fine, il ritmo della storia mutò. « C'era una volta una donna che aveva tre fratelli », iniziò la zia per l'ennesima volta. « Sono arrivati fino a questo punto, ma che cosa accadrà ora alla sorella? Il fratello maggiore ha un animo malvagio, il secondogenito ha il cuore freddo, però forse nel fratello più giovane riuscirà a sbocciare l'amore. »

Le sorelle giurate lasciarono che fossimo Splendida Luna e io a concludere la vicenda. « Il fratello maggiore dice: 'Seppelliamola qui, lungo la pista percorsa dai bufali per andare ad abbeverarsi' », (il che significava essere calpestata per l'eternità). « Il secondogenito dice: 'Seppelliamola sotto il ponte' », (dove il fiume l'avrebbe trascinata via). « Ma il fratello minore – dallo spirito buono, devoto in ogni sua azione – ribatte: 'La seppelliremo dietro la casa, perché tutti si ricordino di lei'. Alla fine la sorella, infelice nella vita, trovò molta gioia nell'aldilà. »

Mi piaceva quel racconto. Era divertente recitarlo insieme a Mama e alle altre, e adesso la morte della nonna e della nostra sorellina più piccola mi permetteva di comprenderne meglio i vari significati. La storia metteva in risalto come il valore di una ragazza – o di una donna – potesse cambiare a seconda degli individui. Offriva indicazioni pratiche sul modo migliore per prendersi cura di una persona cara dopo la dipartita: la maniera di gestire il corpo, gli abiti adatti all'eternità, il luogo più adeguato per la sepoltura. La mia famiglia aveva fatto del suo meglio per conformarsi a tali regole e io ne avrei seguito l'esempio, una volta divenuta moglie e madre.

Il giorno successivo alla festa, tornò a trovarci Madama Wang. Cominciavo a odiare le sue visite, perché ogni volta creavano nuovi motivi di preoccupazione in casa nostra. Ovviamente, le buone prospettive matrimoniali della Sorella Maggiore riempivano di gioia tutti noi. Naturalmente, eravamo tutti felici in vista delle nozze del primogenito, che avrebbero portato in famiglia la prima nuora. Tuttavia, avevamo dovuto organizzare da poco due funerali. Lasciando da parte i sentimenti, le cerimonie tristi del passato e quelle liete del futuro comportavano molte spese. Le pressioni perché io contraessi un vincolo nuziale vantaggioso assunsero nuovi significati. Il mio successo poteva garantirci la sopravvivenza.

Madama Wang salì al piano di sopra, entrò nella stanza delle donne, esaminò educatamente i ricami della Sorella Maggiore e ne lodò l'aspetto piacevole. Poi si sedette su uno sgabello, di spalle rispetto alla grata della finestra. Non guardò dalla mia parte. La mamma, che iniziava appena a rendersi conto di essere la donna di più alto rango della casa, rivolse un cenno alla zia per mandarla a preparare il tè. Nell'attesa, la sensale chiacchierò del tempo, dei preparativi per le prossime feste al tempio, dell'arrivo di un carico di merci da Guilin per via fluviale.

Servito l'infuso, Madama Wang passò a parlare d'affari. « Stimata Madre », cominciò, « abbiamo discusso in precedenza di alcune opportunità per vostra figlia. Il matrimonio con l'erede di una famiglia altolocata del villaggio di Tongkou sembra ormai certo. » Si chinò in avanti e soggiunse in tono confidenziale: « Ho già preso i contatti del caso. Nel giro di pochi anni appena, tornerò da voi e da vostro marito per il Contratto di parentela». Raddrizzatasi, si schiarì la gola. «Ma oggi sono venuta qui a proporvi un vincolo di natura diversa. Come ricorderete dal nostro primo incontro, avevo visto subito in Giglio Bianco la possibilità di diventare una *laotong*.» Madama Wang fece una pausa, perché assimilassimo l'idea, quindi riprese il discorso. «Tongkou si trova a quarantacinque minuti di cammino da qui. La maggior parte delle famiglie del villaggio appartiene al clan Lu. In tale clan c'è una *laotong* potenziale per Giglio Bianco. Si chiama Fiore di Neve.»

La prima domanda della mamma rivelò a me e a tutti i presenti nella stanza che, oltre a non aver dimenticato i discorsi pronunciati dalla sensale durante la sua prima visita, non aveva mai smesso di rifletterci sopra e di pianificare il futuro. «E gli otto caratteri?» chiese alla visitatrice, mal celando la propria determinazione con la dolcezza del tono. «Non vedo alcun motivo per un legame di tal genere se gli otto caratteri non concordano in pieno.»

«Madre, in caso contrario non sarei venuta qui da voi oggi», replicò con calma Madama Wang. «Sia Giglio Bianco sia Fiore di Neve sono nate nell'anno del Cavallo, nello stesso mese e (se le madri mi hanno detto la verità) anche alla stessa ora del medesimo giorno. Le due bambine hanno un uguale numero di fratelli e sorelle, e sono entrambe terzogenite...»

«Ma...»

La sensale sollevò una mano per tacitare mia madre. «Risponderò alla vostra domanda prima ancora che me la poniate. Sì, anche la terza femmina della famiglia Lu ha raggiunto i suoi antenati. Le circostanze di queste tragedie non hanno importanza, perché a nessuno piace ripensare alla perdita di un figlio, sia pure di sesso femminile.» La donna fissò sulla mamma uno sguardo duro, sfidandola a ribattere. Mama distolse gli occhi, e Madama Wang riprese il discorso. «Giglio Bianco e Fiore di Neve hanno un'identica statura, sono ugualmente belle e, cosa ancora più importante, hanno iniziato la fasciatura dei piedi nel medesimo giorno. Il bisnonno di Fiore di Neve era un erudito di rango *jin shi*, perciò la situazione economica e sociale delle due bambine è assai diversa.» Madama Wang non ebbe bisogno di spiegare che, se Fiore di Neve discendeva da uno studioso imperiale del più alto grado, la sua famiglia doveva senz'altro essere ricca e disporre di ottime relazioni. « La madre di Fiore di Neve non sembra ritenere significative queste differenze, considerate le numerose affinità tra le due bambine. »

Mama annuì con fare pacato: le caratteristiche del suo segno, la Scimmia, la inducevano a riflettere su tutto ciò, mentre io avrei voluto correre in riva al fiume a sfogare gridando la mia eccitazione. Sbirciai la zia. Mi aspettavo di vederla con la caverna della bocca spalancata in un ampio sorriso; invece serrava le labbra e cercava di nascondere la gioia. Il suo contegno era l'immagine della calma e del beneducato decoro; solo le dita si agitavano come giovani anguille in una ciotola. Lei capiva meglio di tutte noi l'importanza dell'incontro. Senza farmi vedere, guardai di sottecchi Splendida Luna e la Sorella Maggiore. Avevano gli occhi accesi di felicità per la mia buona sorte. Oh, di quante cose avremmo parlato quella sera, appena gli altri fossero andati a dormire!

« Sebbene di solito faccia questo tipo di proposta nel periodo della Festa di Mezzo Autunno, quando le bambine hanno otto o nove anni », osservò Madama Wang, « in questo caso ho pensato che anticipare il legame sarebbe risultato particolarmente proficuo per vostra figlia. La piccola possiede numerosi tratti ideali, ma avrebbe così il modo di perfezionare le sue abilità domestiche: e ha bisogno di raffinarsi molto per potersi inserire in una famiglia altolocata. »

« Mia figlia lascia parecchio a desiderare », confermò Mama con noncuranza. « È testarda e disobbediente. Non sono sicura che un legame del genere sia una buona idea. Meglio essere un acino imperfetto tra diverse sorelle giurate che deludere una fanciulla d'alto rango. »

La mia gioia di pochi momenti prima precipitò in una nera voragine. Anche se conoscevo bene mia madre, ero ancora troppo inesperta per capire che i suoi aspri commenti su di me facevano parte del negoziato: ci sarebbero state molte altre affermazioni simili durante il colloquio tra mio padre e la sensale per decidere gli accordi relativi al matrimonio. Descrivermi in termini denigratori metteva al riparo i miei genitori da qualsiasi lamentela potessero esprimere in futuro le famiglie di mio marito o della mia *laotong*. Sminuirmi, inoltre, avrebbe contribuito a ridurre l'onorario dell'intermediaria e l'ammontare della dote.

Madama Wang rimase imperturbata. « I vostri sentimenti sono del tutto naturali. Anch'io nutro preoccupazioni dello stesso genere. Ma basta con i discorsi, per oggi. » Tacque per un poco, con l'aria di riflettere, per quanto apparisse ben chiaro a ciascuna di noi che ogni sua parola e ogni suo atto erano stati pianificati e preparati in anticipo con grande cura. Poi infilò le dita nella manica, ne trasse un ventaglio e mi invitò ad avvicinarmi. Porgendomelo, si rivolse a mia madre. « Vi occorrerà un po' di tempo per pensare al destino di vostra figlia. »

Aprii il ventaglio e fissai le parole vergate lungo una delle pieghe e la ghirlanda di foglie che adornava il bordo superiore.

Mama parlò in tono severo alla sensale. « Consegnate questo oggetto a mia figlia senza che abbiamo discusso del vostro onorario? »

Madama Wang liquidò l'obiezione con un gesto sprezzante, come se si trattasse di un cattivo odore. « Valgono le stesse clausole del matrimonio. La famiglia Yi non mi deve nulla. Saranno i genitori dell'altra bambina a pagarmi. E, accrescendo il valore di Giglio Bianco grazie al legame con la sua *laotong*, otterrò una somma ancora più cospicua dai parenti dello sposo. L'accordo mi soddisfa pienamente. » Si alzò in piedi e mosse qualche passo verso le scale. Poi si voltò, appoggiò una mano sulla spalla della zia e annunciò: « C'è un'altra cosa che dovreste prendere tutte in considerazione. Questa donna ha fatto un buon lavoro con sua figlia, e vedo bene quanto siano legate Giglio Bianco e Splendida Luna. Se il vincolo tra Giglio Bianco e la sua potenziale *laotong* andrà a buon fine, aumenteranno le probabilità di un matrimonio a Tongkou: in tal caso riterrei vantaggioso cercare un marito laggiù anche per Splendida Luna ».

Quell'opportunità ci colse di sorpresa. Dimenticai le regole del decoro e mi girai verso mia cugina, eccitata quanto me.

Madama Wang sollevò una mano e la curvò a forma di falce

di luna. « Vi sarete forse già rivolte a Madama Gao, è naturale. Non ho intenzione di interferire in alcun modo con le sue attività locali », soggiunse, alludendo con questo aggettivo al loro scarso valore.

Se non altro, l'intervento della donna dimostrò come mia madre non potesse uguagliare l'abilità di contrattazione dell'intermediaria, che ora si rivolse direttamente a lei.

« A mio parere tocca a voi, in quanto donna, prendere questa decisione, una delle poche con le quali vi sarà possibile influenzare il destino di vostra figlia e, forse, di vostra nipote. Ciò nonostante, per procedere è necessario anche il consenso del padre. Madre, mi congederò da voi con un ultimo consiglio: approfittate delle ore passate a letto per perorare la vostra causa. »

Mentre la mamma e la zia accompagnavano Madama Wang alla portantina, la Sorella Maggiore, Splendida Luna e io rimanemmo in piedi al centro della stanza, ad abbracciarci e a chiacchierare in tono eccitato. Stavano davvero accadendo a me tutte quelle cose meravigliose? Anche mia cugina avrebbe trovato marito a Tongkou? Saremmo veramente rimaste insieme per il resto della vita? La Sorella Maggiore, anziché provare amarezza per il proprio destino, espresse il sincero augurio che ogni proposta della sensale si trasformasse in realtà, rendendosi conto dei vantaggi di cui avrebbe goduto l'intera famiglia.

Benché giovani e piene di entusiasmo, sapevamo come comportarci. Splendida Luna e io ci sedemmo per lasciare riposare i piedi.

La Sorella Maggiore inclinò il capo verso il ventaglio che tenevo ancora in mano. « Cosa c'è scritto? »

« Non riesco a capire tutto. Guardate anche voi. »

Aprii il ventaglio. Mia sorella e mia cugina osservarono il messaggio da sopra la mia spalla. Ne scrutammo insieme i caratteri, riconoscendone alcuni: « casa », « fanciulla », « buon », « femminili », « lei », « io ».

Consapevole di essere l'unica in grado di aiutarmi, la zia tornò al piano di sopra per prima. Indicò con un dito i segni, l'uno dopo l'altro. Imparai subito le parole a memoria: « Ritengo che nella vostra casa viva una fanciulla di buon carattere, esperta nelle arti femminili. Lei e io siamo nate nel medesimo anno e nel medesimo giorno. Non potremmo essere la stessa l'una per l'altra? »

Molti aspetti della questione andavano valutati e soppesati dalla mia famiglia prima che io potessi rispondere alla bambina chiamata Fiore di Neve. Sebbene né la Sorella Maggiore, né Splendida Luna, né io avessimo alcuna voce in capitolo su quanto sarebbe accaduto, trascorremmo ore e ore nella stanza del piano di sopra ad ascoltare i discorsi tra la mamma e la zia sulle possibili conseguenze del vincolo con una *laotong*. Mia madre era astuta, ma la zia proveniva da una famiglia migliore della nostra e possedeva una cultura più solida. Ciò nonostante, il fatto di occupare il gradino più basso in casa nostra la obbligava a essere prudente nelle proprie affermazioni, soprattutto ora che mia madre aveva il controllo totale sulla sua vita.

« L'unione con una *laotong* è importante quanto un buon matrimonio », diceva per esempio per iniziare la conversazione. Ripeteva molti degli argomenti già toccati dalla sensale, ma tornava sempre sull'aspetto che riteneva più cruciale: « Il rapporto con una *laotong* viene stabilito per libera scelta, allo scopo di procurarsi una compagna alla quale legarsi affettivamente e restare fedele per l'eternità. Il matrimonio non viene contratto per scelta e ha un unico fine: mettere al mondo figli maschi ».

Sentendola parlare così dei figli, la mamma cercava di confortare la cognata. « Tu hai Splendida Luna. È una brava bambina, e rende felici tutti intorno a sé... »

« E, quando si sposerà, mi lascerà per sempre. I tuoi due maschi resteranno con te finché avrai vita. »

Ogni giorno le due donne arrivavano allo stesso punto doloroso nei loro dialoghi, e ogni giorno mia madre si sforzava di ricondurre il discorso su questioni più pratiche.

« Se Giglio Bianco diventa una *laotong*, non avrà sorelle giurate. Tutte le donne della nostra famiglia... »

« ... ne hanno avute... » Così la mamma intendeva terminare la frase, ma la zia la concludeva altrimenti: « ... potranno agire in qualità di sorelle giurate per lei ogni qual volta si renderà necessario. Se riterrai opportuno convocare altre ragazze nel periodo dei canti nella stanza delle donne prima delle nozze di Giglio Bianco, avrai sempre la possibilità di invitare le figlie nubili dei nostri vicini».

«Non la conosceranno abbastanza bene», ribatteva Mama.

«Ma la sua *laotong* sì. Quando Giglio Bianco si sposerà, il suo vincolo con Fiore di Neve sarà più intimo di quello che unisce te e me ai nostri mariti.»

Poi la zia si interrompeva, come faceva ogni volta a questo punto.

«Giglio Bianco ha l'opportunità di seguire un cammino diverso dal sentiero che abbiamo percorso noi due per arrivare dove siamo ora», riprendeva un attimo dopo. «Il rapporto con una *laotong* accrescerà il suo valore e mostrerà alla gente di Tongkou che tua figlia è degna di contrarre un buon matrimonio nel loro villaggio. E, poiché il legame tra due vecchie se stesse dura per sempre e non si interrompe con la cerimonia nuziale, i vincoli di Giglio Bianco con gli abitanti di Tongkou diverranno ancora più forti, e tuo marito (insieme a tutti noi) godrà di una protezione più sicura. Questo passo aiuterà tua figlia ad assicurarsi un posto di prestigio nei quartieri femminili della sua futura casa. Non sarà ostacolata da un brutto viso o da piedi deformi. Sarà una donna con perfetti gigli dorati, e avrà già dimostrato la propria fedeltà e lealtà, oltre alla capacità di padroneggiare il nostro linguaggio segreto a sufficienza per essere la *laotong* di una fanciulla dello stesso villaggio del suo sposo.»

Le varianti di queste conversazioni erano infinite, e io le ascoltavo giorno dopo giorno. Ignoravo invece in quali termini gli stessi discorsi venissero riferiti a Baba nelle ore trascorse da Mama nel letto nuziale. Il rapporto con Fiore di Neve avrebbe inciso sulle scarse risorse della famiglia con una serie di spese impreviste: il continuo scambio di doni tra le vecchie se stesse e i loro familiari, il consumo di acqua e cibo durante le visite della bambina a casa nostra, il costo dei miei viaggi a Tongkou. Ma, come aveva detto Madama Wang, toccava alla mamma convincere mio padre dei vantaggi della cosa. La zia dava il proprio contributo sussurrando parole di incoraggiamento all'orecchio del marito, ben sapendo che il futuro di Splendida Luna era legato al mio. Chiunque affermi che le donne non hanno alcuna influenza sulle decisioni degli uomini commette un errore stupido quanto madornale.

Alla fine la mia famiglia optò per la scelta nella quale speravo. Rimaneva da formulare la risposta più opportuna da inviare a Fiore di Neve. La mamma mi aiutò ad aggiungere altri ricami a un paio di scarpette che stavo confezionando perché diventassero il mio primo regalo, ma non avrebbe saputo darmi neppure uno spunto in merito al messaggio scritto. Di solito tale messaggio veniva vergato su un nuovo ventaglio, destinato a far parte di ciò che poteva considerarsi lo scambio dei doni « nuziali ». Io avevo in mente una soluzione diversa, del tutto estranea alle consuetudini. Guardando la ghirlanda intrecciata sul bordo del ventaglio di Fiore di Neve, pensavo a un vecchio detto: « Gelsomino e papaia, lunghi tralci, radici profonde. Le palme racchiuse entro le mura del giardino affondano le radici nel terreno e svettano per mille anni ». Ai miei occhi questa frase compendiava quanto mi aspettavo dal nostro rapporto: che fosse stretto, profondo e durasse per sempre. Volevo che il dono ricevuto da Fiore di Neve si trasformasse nel simbolo del nostro legame. Avevo solo sette anni e mezzo, ma già immaginavo che cosa sarebbe diventato quel ventaglio e quanti segreti avrebbe custodito.

Una volta deciso lo strumento della risposta, mi rivolsi alla zia perché mi aiutasse a comporre le frasi più adeguate in *nu shu*. Discutemmo per giorni sulle varie possibilità. Visto che intendevo contraccambiare il regalo in maniera tanto innovativa, avrei fatto meglio a rispettare al massimo le convenzioni nella formulazione del messaggio. La zia vergò le parole sulle quali ci eravamo accordate, e io mi esercitai a copiarle finché non arrivai a una calligrafia accettabile. Quando fui soddisfatta dei miei sforzi, macinai l'inchiostro sulla pietra e lo diluii per ottenere un bel nero intenso. Impugnai il pennello, reggendolo ben dritto tra il pollice, l'indice e il medio, poi lo intinsi nell'inchiostro. Iniziai dipingendo un piccolo bucaneve tra le foglie della ghirlanda sul bordo del ventaglio. Per la mia lettera, scelsi la piega più vicina ai bellissimi caratteri tracciati da Fiore di Neve. Cominciai con un esordio tradizionale, e continuai con le formule di rito più adatte a un'occasione simile:

> Queste righe sono destinate a te. Ascoltami, ti prego. Sebbene sia povera e inadeguata, sebbene sia indegna di varcare la nobile soglia della tua casa, ti scrivo per dirti che è stato il fato a unirci. Le tue parole mi colmano il cuore. Tu e io siamo una coppia di anatre mandarine. Siamo un ponte sul fiume. In ogni luogo la gente invidierà il nostro legame privilegiato. Sì, il mio cuore ti è devoto e aspira a venire da te.

Naturalmente non comprendevo l'intera portata di *tutte* queste affermazioni. Come possono due bambine di sette anni capire concetti quali l'amore profondo, l'amicizia, la lealtà di un rapporto destinato a durare per sempre? Non ci conoscevamo neppure, e anche se ci fossimo già incontrate ignoravamo il vero significato delle emozioni che descrivevamo. Le nostre erano solo parole, che un giorno (o almeno questa era la nostra speranza) sarebbero diventate realtà.

Posai il ventaglio e le scarpette ricamate su un drappo di tessuto. Libera da impegni manuali, cominciai a sentirmi assillata dalle preoccupazioni. Ero forse troppo modesta per la famiglia di Fiore di Neve? I suoi avrebbero guardato la mia calligrafia e si sarebbero resi conto di quanto fossi inferiore? Avrebbero giudicato scortese la rottura delle tradizioni per la quale avevo optato? Si sarebbero sentiti indotti a proibire ogni rapporto tra me e la figlia? Quei pensieri angosciosi (« spiriti volpe penetrati nella mente », li chiamava mia madre) mi tormentavano, eppure non mi rimaneva che aspettare, continuare il lavoro nella stanza delle donne e lasciar riposare i piedi affinché le ossa si saldassero e guarissero.

Quando Madama Wang vide il messaggio scritto sul ventaglio, sporse le labbra in una smorfia di disapprovazione. Poi, dopo una lunga pausa, annuì con aria saputa. « Questa è davvero un'unione perfetta. Le due bambine non hanno in comune solo gli otto caratteri, condividono anche lo spirito del loro segno, il Cavallo. Sarà un'esperienza... interessante.» Pronunciò l'ultima parola quasi in tono interrogativo, lasciandomi a fantasticare sul conto di Fiore di Neve. «Il prossimo passo consiste nel concludere gli accordi ufficiali. Mi offro di accompagnare entrambe le piccole alla fiera del tempio di Gupo, a Shexia, perché mettano per iscritto il loro contratto. Madre, mi occuperò io dei mezzi di trasporto necessari. Non avranno bisogno di camminare molto.»

Ciò detto, Madama Wang sollevò i quattro capi del drappo di stoffa, li ripiegò sul ventaglio e sulle scarpette e prese con sé l'involto per consegnarlo alla mia futura *laotong*.

FIORE DI NEVE

Nei giorni immediatamente successivi, durai fatica a rimanere seduta come avrei dovuto per facilitare la guarigione dei piedi: non riuscivo a pensare ad altro che al mio prossimo incontro con Fiore di Neve. Persino la mamma e la zia si lasciarono prendere da quell'atmosfera di aspettativa e mi suggerirono che cosa sarebbe stato bene scrivere sul contratto fra la mia *laotong* e me, sebbene nessuna delle due avesse neppure mai visto un documento del genere. Quando la portantina di Madama Wang si fermò davanti alla nostra soglia, io ero pronta: lavata con cura e vestita con semplici abiti di campagna. Mama mi portò al piano di sotto e poi all'aperto. Dieci anni più tardi, il giorno del mio matrimonio, mi sarei avvicinata a un'altra portantina, per un viaggio diverso. Invasa dalla paura per la nuova vita che mi aspettava, avrei provato tristezza all'idea di lasciarmi alle spalle tutto quanto mi era noto; la prospettiva di conoscere Fiore di Neve, invece, mi colmava di un entusiasmo nervoso che mi dava le vertigini. Le sarei piaciuta?

Mentre Madama Wang teneva aperto lo sportello, la mamma mi posò a terra e io entrai nel minuscolo vano. Fiore di Neve appariva assai più graziosa di quel che avessi immaginato. Gli occhi erano due mandorle perfette. La carnagione pallida rivelava come la mia futura *laotong* avesse trascorso meno tempo di me all'aperto durante gli anni di latte. La tenda rossa drappeggiata alle sue spalle le faceva brillare riflessi rosati nei capelli. Portava una casacca di seta azzurro cielo, ricamata con un motivo di nuvole. Dall'orlo dei pantaloni spuntavano le scarpette che avevo confezionato per lei. Fiore di Neve restò in silenzio. Forse si sentiva tesa quanto me. Mi sorrise e io le restituii il sorriso.

La portantina aveva un unico sedile, così dovemmo stringerci tutt'e tre l'una accanto all'altra. Per mantenere l'equilibrio del nostro mezzo di trasporto, Madama Wang si sistemò al centro. I portatori sollevarono le stanghe e presto passarono trotterellando sul ponte attraverso il quale si usciva da Puwei. Non ero mai salita su un palanchino prima di allora. I nostri quattro portatori cercavano di correre in modo da ridurre al minimo ondeggiamenti e scossoni, ma io (nello spazio ridotto, con le tende chiuse, sballottata da quegli strani movimenti ritmici, oppressa dalla calura della giornata e dalle varie ansie che mi tormentavano) avevo lo stesso la nausea. Mi allontanavo da casa per la prima volta, perciò anche se avessi potuto guardare fuori del finestrino non sarei riuscita a rendermi conto del luogo in cui ci trovavamo, né di quanto tempo mancasse alla conclusione del tragitto. Avevo sentito parlare della fiera del tempio di Gupo. Esisteva forse qualcuno che non ne sapeva niente? Ogni anno, il decimo giorno del quinto mese, le donne si recavano laggiù a pregare per la nascita di figli maschi. I visitatori arrivavano a migliaia, benché tale cifra andasse al di là della mia comprensione. A un certo punto cominciai a udire voci e rumori attraverso i tendaggi – il tintinnio dei campanelli sui carri trainati dai cavalli, le grida dei nostri portatori che esortavano la gente a togliersi di mezzo, i richiami dei venditori ambulanti che invitavano all'acquisto di bastoncini d'incenso, candele e altre offerte da lasciare al tempio – e capii di essere arrivata a destinazione.

La portantina si fermò e i quattro uomini la posarono bruscamente a terra. Madama Wang si sporse dalla mia parte, aprì lo sportello, ci raccomandò di non muoverci e uscì. Tenevo gli occhi chiusi, piena di gratitudine per quella immobilità appena raggiunta, concentrata nel tentativo di placare lo stomaco in subbuglio, quando una voce espresse i miei pensieri. « Sono così contenta di essere di nuovo ferma. Stavo per sentirmi male. Chissà cosa avresti pensato di me in tal caso! »

Aprii gli occhi e guardai Fiore di Neve. La sua carnagione pallida aveva assunto un colorito verdastro simile a quello che immaginavo mi si fosse diffuso in volto, ma lo sguardo splendeva acceso da una schietta curiosità. La mia compagna sollevò le spalle con aria cospirativa e mi rivolse un sorriso di cui avrei ben presto imparato a conoscere il significato: qualsiasi cosa avesse in mente, mettendola in atto ci saremmo cacciate nei guai. Poi batté la mano sul cuscino accanto a sé e disse: « Diamo un'occhiata a quello che sta succedendo fuori ».

Un aspetto fondamentale nella sintonia dei nostri otto caratteri consisteva nel fatto che eravamo nate tutt'e due nell'anno del Cavallo. Questo presupponeva in entrambe l'amore per l'avventura. Fiore di Neve mi scrutò un'altra volta, misurando la profondità del mio coraggio: non certo notevole, devo ammetterlo. Inspirai a fondo e le scivolai accanto; lei scostò la tenda della portantina. Adesso potevo dare un volto alle voci udite poco prima ma, a parte questo, i miei occhi si colmarono di immagini sbalorditive. Mercanti Yao avevano eretto bancarelle di tessuti decorate da drappi che fluttuavano nel vento, tutti assai più variopinti di qualsiasi stoffa avessero mai confezionato la mamma o la zia. Ci passò accanto una compagnia di musicanti dai costumi vistosi, diretti verso il luogo di rappresentazione di un'opera. Un uomo se ne andava in giro con un maiale al guinzaglio. Non avevo mai pensato che qualcuno potesse condurre un maiale al mercato per venderlo. Ogni pochi secondi ci superavano altri palanchini, a bordo di ciascuno dei quali, c'era da supporre, viaggiava una devota giunta a portare un'offerta a Gupo. Molte altre donne camminavano per la strada, sorelle giurate trasferitesi in nuovi villaggi dopo il matrimonio e venute al santuario per ritrovarsi in quel giorno speciale: indossavano le loro gonne più eleganti e portavano copricapi dai ricami elaborati. Ondeggiavano insieme lungo la via, in equilibrio sui gigli dorati infilati nelle scarpette. C'erano da assimilare innumerevoli scene bellissime e, a sottolinearne il fascino, aleggiava nell'aria un profumo d'incredibile dolcezza, che penetrava all'interno della portantina stimolandomi l'olfatto e placandomi lo stomaco.

« Sei già stata qui prima d'ora? » mi domandò Fiore di Neve. Scossi il capo, e lei riprese subito con le sue chiacchiere. « Io ci sono venuta spesso, con mia madre. Ci divertiamo molto. Visitiamo il tempio. Credi che lo faremo anche oggi? Probabilmente no. Dovremmo camminare troppo, ma spero che andremo almeno alla bancarella del taro. La mamma mi ci accompagna sempre. Lo senti questo buon odore? Il vecchio Zuo, il proprietario del chiosco, cucina le leccornie più deliziose della contea.» Fiore di Neve era già stata lì *diverse volte*? «Adesso ti spiego come fa: frigge cubetti di taro finché non sono teneri all'interno, ma croccanti e dorati all'esterno. Poi scioglie lo zucchero in un grande *wok* messo su un fuoco vivace. Hai mai assaggiato lo zucchero, Giglio Bianco? È la cosa più buona del mondo. Zuo lo riscalda e aspetta che diventi liquido e scuro, dopo di che ci immerge i cubetti di taro e li gira di qua e di là, in modo da ricoprirli per bene. Quindi li appoggia su un piatto e li serve in tavola insieme a una ciotola d'acqua fredda. Non puoi immaginare quanto sia rovente il taro nel suo guscio di zucchero caramellato. Se provassi a mangiarlo così com'è ti bucherebbe la bocca con il suo calore, perciò bisogna prenderne un pezzo con le bacchette e intingerlo nell'acqua. *Crac, crac, crac*! crepita lo zucchero indurendosi. E, quando lo mordi, senti la resistenza dello strato di caramello, la crosta croccante del taro fritto e poi la sua morbidezza al centro. La Zietta *deve* accompagnarci laggiù, non sei d'accordo?»

«La Zietta?»

«Allora *parli*! Quasi quasi credevo che sapessi solo scrivere parole bellissime.»

«Forse non parlo tanto quanto te», replicai un po' offesa, in tono sommesso. Essendo la bisnipote di uno studioso di rango imperiale, Fiore di Neve era assai meglio informata della figlia di un semplice agricoltore.

La mia futura *laotong* mi prese la mano tra le sue. Le aveva asciutte e calde, segno di un *qi* ardente. «Non preoccuparti. Non mi dispiacciono i tuoi silenzi. Io mi metto sempre nei guai perché troppo spesso apro bocca senza riflettere, mentre tu diventerai una sposa ideale, bene attenta a scegliere le parole con gran cura.»

Vedete? Fin dal primissimo giorno ci capimmo a meraviglia; ma questo ci impedì forse di commettere errori in futuro?

Madama Wang aprì lo sportello della portantina. «Venite,

bambine. È tutto pronto. Vi basteranno dieci passi per arrivare a destinazione. Un passo in più e verrei meno alla promessa che mi lega alle vostre madri.»

Ci ritrovammo poco lontano da una bancarella di articoli di cancelleria, decorata da strisce di carta scarlatta, distici augurali, simboli della doppia felicità in rosso e oro e immagini dipinte della dea Gupo. Il tavolo sistemato sul davanti era carico delle merci più variopinte. A entrambi i lati del chiosco, un passaggio consentiva ai clienti di entrare nella parte interna, delimitata e protetta dalla confusione della strada con altri tre lunghi tavoli. Al centro si vedeva un piccolo scrittoio provvisto di pennelli e inchiostro, accanto al quale si trovavano due sedie dagli schienali diritti. Madama Wang ci invitò a scegliere un foglio per il nostro contratto. Al pari di qualsiasi altra bambina, avevo avuto ben poche occasioni di esercitare le mie facoltà di scelta: tutt'al più mi era capitato di dover decidere per quale pezzetto di verdura optare una volta che Baba, lo zio, il Fratello Maggiore e tutti gli altri membri della famiglia più anziani di me avevano già immerso le bacchette nel piatto di portata. Adesso mi sentivo sopraffatta dalla quantità di mercanzie: avrei voluto toccarle tutte, mentre Fiore di Neve, ad appena sette anni e mezzo, esibiva la sua maggiore esperienza, dimostrandosi accorta e perspicace.

«Ricordatevi, bambine», soggiunse Madama Wang. «Oggi sarò io a sostenere tutte le spese. Questa è solo la vostra prima decisione. Ne dovrete prendere altre, perciò non perdete tempo.»

«Certo, Zietta», rispose Fiore di Neve per conto di entrambe. Poi mi domandò: «Tu quale preferisci?»

Indicai un grande foglio di carta che per le sue stesse dimensioni mi sembrava il più adeguato all'importanza dell'evento.

Fiore di Neve ne carezzò con l'indice il bordo dorato. «L'oro non è di buona qualità», disse. Poi sollevò il foglio verso il cielo. «La carta è diafana e sottile come un'ala d'insetto. Vedi con quanta intensità vi traspare la luce del sole?» Posò il foglio sul tavolo e mi fissò negli occhi con quel suo sguardo serio. «Abbiamo bisogno di qualcosa che possa esprimere per sempre la natura preziosa e durevole della nostra relazione. »

Riuscivo a malapena a capire il significato delle sue parole. Si esprimeva in un dialetto un po' diverso dalla lingua cui ero abituata a Puwei, ma non era questo l'unico motivo della mia incomprensione. Ero rozza e sciocca; lei, invece, possedeva una cultura raffinata e la sua istruzione domestica superava già le conoscenze di mia madre, e perfino quelle di mia zia.

Fiore di Neve mi trascinò all'interno del chiosco e mi sussurrò: « Tengono sempre le merci migliori qui, nel retro ». Poi aggiunse, in tono normale: « Vecchia me stessa, che te ne pare di questo? »

Per la prima volta in vita mia qualcuno mi chiedeva di prendere davvero in considerazione un oggetto, e lo feci. Anche ai miei occhi inesperti risaltavano evidenti le differenze tra ciò che avevo scelto sul lato lungo la strada e il foglio selezionato dalla mia compagna. Aveva dimensioni più minuscole e una decorazione meno sgargiante.

« Controllane la qualità », mi invitò Fiore di Neve.

Lo presi in mano – ne sentii la buona consistenza sotto le dita – e lo sollevai verso la luce, imitando il gesto della mia coetanea. La carta era così spessa che il sole vi traluceva appena, ridotto a un fioco bagliore rossastro.

In un gesto di tacita concordia, porgemmo il foglio al mercante. Madama Wang pagò l'acquisto e le spese comportate dalla stesura del contratto sullo scrittoio sistemato al centro del chiosco. Fiore di Neve e io ci sedemmo l'una di fronte all'altra.

« Quante bambine credi che abbiano preso posto su queste sedie per stilare il loro contratto? » mi domandò. « Dobbiamo scegliere le formule migliori mai concepite. » Si accigliò un poco e tornò a interrogarmi: « Cosa dovremmo scriverci, secondo te? »

Ripensai ai suggerimenti della mamma e della zia. « In quanto femmine è nostro dovere seguire sempre le regole... »

« Sì, sì, le solite storie », mi interruppe Fiore di Neve con un pizzico di impazienza, « ma non vuoi che questo documento riguardi noi due? »

Mi sentivo insicura di me stessa, trovandomi di fronte a esperienze e conoscenze tanto superiori alle mie. Fiore di Neve pareva sapere benissimo come andava enunciato il contratto, mentre io potevo basarmi solo sulle ipotesi di Mama e della zia. Feci le mie proposte in tono interrogativo.

« Rimarremo *laotong* per tutta la vita? Saremo sempre sincere l'una verso l'altra? Lavoreremo insieme nella stanza delle donne? »

La mia compagna mi fissò con il medesimo sguardo schietto che mi aveva rivolto nella portantina. Non riuscivo a decifrare i suoi pensieri. Avevo detto qualcosa di sbagliato? Mi ero espressa male?

Dopo un attimo Fiore di Neve prese un pennello e lo intinse nell'inchiostro. Oltre a essersi accorta di tutte le lacune che avevo manifestato nel corso della giornata, non ignorava certo, dopo aver letto il messaggio sul ventaglio, l'inferiorità della mia calligrafia rispetto alla sua. Ma quando cominciò a scrivere vidi che aveva accolto i miei suggerimenti. Le mie idee si intrecciarono al suo bellissimo stile, unendoci in un pensiero concorde. I sentimenti espressi su quel foglio di carta sarebbero durati per sempre, ne eravamo convinte: non avevamo modo di prevedere le complicazioni del futuro. Eppure ricordo bene molte delle nostre frasi. Come potrei dimenticarle? Da quel giorno sono diventate il linguaggio del mio cuore.

> Noi, la signorina Fiore di Neve del villaggio di Tongkou e la signorina Giglio Bianco del villaggio di Puwei, ci impegniamo a essere leali l'una verso l'altra. Ci conforteremo a vicenda con parole gentili. Allevieremo le sofferenze dei nostri cuori. Sussurreremo e ricameremo insieme nella stanza delle donne. Ci atterremo alle Tre Obbedienze e alle Quattro Virtù. Seguiremo gli insegnamenti di Confucio così come appaiono nei *Precetti per le donne* comportandoci in maniera esemplare. In questo giorno noi, la signorina Fiore di Neve e la signorina Giglio Bianco, ci siamo espresse con sincerità. Vogliamo consacrare il nostro legame con un giuramento. Per diecimila *li*, saremo due ruscelli che confluiscono nello

stesso fiume. Per diecimila anni saremo due fiori nello stesso giardino. Non ci allontaneremo di un passo, né pronunceremo mai parole aspre. Resteremo vecchie noi stesse fino alla morte. I nostri cuori esultano.

Madama Wang ci guardò con un'espressione solenne dipinta in volto mentre aggiungevamo entrambe i nostri nomi in *nu shu* in calce al documento. « Sono lieta che siate diventate *laotong*», dichiarò. « Come in un matrimonio fra un uomo e una donna, la gentilezza si accoppia con la gentilezza, l'avvenenza con l'avvenenza e l'intelligenza con l'intelligenza. Ma, a differenza del legame nuziale, questa relazione rimarrà esclusiva. Niente concubine », e a questo punto si concesse un risatina. « Capite cosa intendo dire, piccole? Il vostro rapporto è un'unione di cuori che nessun ostacolo potrà mai distruggere: né la distanza, né i disaccordi, né la solitudine; e neppure un matrimonio di più alto rango o la presenza tra voi di altre bambine, e in seguito di altre donne. »

Percorremmo i dieci passi che ci separavano dalla portantina. Da tanti mesi camminare era una tortura, ma in quel momento mi sentii come Yao Niang, la prima fanciulla dai piedi minuscoli. Quando quella creatura leggendaria danzava su un loto d'oro, dava l'impressione di fluttuare su una nuvola. E anch'io posavo i piedi su una nube di felicità.

I portatori ci condussero al centro della fiera. Questa volta, scendendo, ci ritrovammo nel cuore del mercato. Su una piccola altura individuai le pareti rosse, gli intagli dorati e le tegole verdi del tempio. Madama Wang consegnò una monetina a ciascuna di noi e ci invitò a comprare doni per festeggiare la giornata. Se non mi era stata mai concessa la possibilità di scegliere autonomamente, tanto meno mi ero vista affidare la responsabilità di spendere soldi. Con una mano stringevo il denaro, con l'altra le dita di Fiore di Neve. Mi sforzai di immaginare i desideri della bambina accanto a me, ma in mezzo a tutti quegli oggetti meravigliosi il numero di opzioni troppo elevato mi ottundeva la mente.

Grazie al cielo fu di nuovo la mia compagna a prendere l'iniziativa. « So io quello che ci vuole! » esclamò con entusiasmo; fece due passi rapidi, quasi intendesse mettersi a correre, e subito si fermò zoppicando. « A volte mi dimentico dei piedi », disse, il viso contratto dal dolore.

Con ogni probabilità le mie fratture stavano guarendo un po' più in fretta delle sue, e fui percorsa da un brivido di delusione al pensiero che non saremmo riuscite a esplorare quanto avremmo desiderato: o, meglio, quanto a me sarebbe piaciuto.

« Cammineremo piano », dissi. « Non dobbiamo vedere per forza tutto oggi... »

« ... perché torneremo qui ogni anno per il resto della nostra vita », concluse al mio posto Fiore di Neve, e poi strinse più forte la mia mano nella sua.

Che spettacolo dovevamo offrire, due vecchie se stesse per la prima volta insieme, impegnate nel tentativo di camminare su piedi che erano solo un ricordo, sorrette soltanto dall'euforia, mentre una donna adulta in abiti vistosi gridava loro dietro: « Smettetela di comportarvi così o vi riporterò subito a casa! » Per fortuna non ci fu bisogno di percorrere molta strada. Fiore di Neve mi condusse in una bottega dove vendevano articoli da ricamo.

« Siamo due bambine nei loro giorni da figlie », cominciò la mia compagna scrutando l'arcobaleno dei fili. « Fino al matrimonio rimarremo nella stanza delle donne, ci scambieremo visite, ricameremo insieme, bisbiglieremo insieme. Se faremo i nostri acquisti con accortezza, avremo modo di crearci ricordi per molti anni a venire. »

Nel chiosco del cucito, scoprimmo di avere gusti simili. Ci piacevano le stesse sfumature, ma ne scegliemmo anche alcune che, sebbene non parlassero ai nostri cuori, ritenevamo entrambe utili per rendere il particolare di una foglia o creare l'ombra di un fiore. Consegnammo le monete e tornammo alla portantina con le nostre compere. Salimmo, poi Fiore di Neve supplicò Madama Wang di concederci un altro svago. « Zietta, vi prego, portateci dall'uomo del taro. Vi prego, Zietta, vi prego! » Immaginai che la mia coetanea ricorresse a quell'espressione di rispetto per ammorbidire l'atteggiamento severo della sensale e le diedi man forte, imbaldanzita una volta di più dall'audacia della mia *laotong*. «Per favore, Zietta, per favore!» Madama Wang non poté dire di no, assillata da due bambine che la tiravano per le maniche, implorandola all'unisono di soddisfare l'ennesimo capriccio come potrebbe fare soltanto un figlio primogenito.

Alla fine cedette, avvertendoci che sarebbe stata l'ultima volta. «Sono solo una povera vedova, e sprecare soldi per due mocciose inutili, due rami sterili, comprometterà la mia posizione nella contea. Volete forse ridurmi all'indigenza? Volete che muoia abbandonata da tutti?» Pronunciò queste frasi con i suoi soliti modi bruschi, ma quando raggiungemmo il chiosco del cibo era tutto pronto per accoglierci. Il proprietario aveva allestito un tavolino basso con tre piccoli barili da usare come sgabelli.

Al nostro arrivo l'uomo tirò fuori un pollo vivo e lo resse in alto. «Scelgo sempre il meglio per voi, Madama Wang», esclamò il vecchio Zuo. Pochi minuti dopo ci portò una pentola speciale, riscaldata con braci ardenti poste in una sorta di doppio fondo. Nel denso brodo sobbollivano zenzero, cipolline e il pollo che avevamo appena visto, tagliato a pezzi. Sulla tavola c'era inoltre una salsa a base di zenzero, aglio e cipolline tritate, amalgamata con olio caldo. Completava il pasto un piatto di piselli freschi cotti in padella e insaporiti da spicchi d'aglio interi. Mangiammo con piacere, pescando con le bacchette i pezzi migliori del pollo, masticando soddisfatte e sputando a terra gli ossicini. Ma, per quanto quel cibo fosse meraviglioso, mi conservai un po' di spazio per il dolce di taro di cui mi aveva parlato Fiore di Neve. La sua descrizione era perfetta: il crepitio dello zucchero nell'acqua, lo scrocchiare irresistibile della crosta sotto i denti e poi il morbido centro che si scioglieva in bocca.

Come facevo a casa, servii il tè per tutte noi. Mentre riappoggiavo la teiera sul tavolo, udii un lieve ansito di disapprovazione da parte di Fiore di Neve. Avevo di nuovo commesso un errore, ma non sapevo quale. Lei appoggiò le dita sulle mie e le guidò verso la teiera: poi insieme la girammo in modo che il beccuccio non puntasse più direttamente verso Madama Wang.

«Non è educato lasciare il beccuccio orientato verso una persona», soggiunse con gentilezza la mia compagna.

Avrei dovuto provare vergogna, invece mi sentii solo piena di ammirazione per la raffinatezza della mia *laotong*.

Al nostro ritorno, trovammo i portatori addormentati sotto le stanghe del palanchino. Madama Wang li destò battendo le mani e chiamandoli ad alta voce e presto ci ritrovammo sulla via di casa. Stavolta la sensale ci permise di sederci vicine, anche se questo squilibrava la portantina e rendeva più gravoso il compito agli uomini incaricati di sorreggerla. Ripenso al passato, e ci vedo così giovani: solo due bambine che ridevano senza motivo, sceglievano fili da ricamo, si tenevano per mano, scoccavano occhiate furtive oltre le tende appena Madama Wang si assopiva e guardavano il mondo sfilare al di là del finestrino. Eravamo così concentrate su noi stesse da non badare neppure agli scossoni e ai sobbalzi lungo la strada dissestata.

Quella fu la prima gita a Shexia e al tempio di Gupo per me e la mia *laotong*. Madama Wang ci riaccompagnò là l'anno successivo, quando presentammo l'offerta inaugurale al santuario. Ci condusse a Shexia quasi tutti gli anni, finché non terminarono i nostri giorni da figlie. Dopo il matrimonio, Fiore di Neve e io rispettammo la tradizione ogni qual volta le circostanze ce lo consentirono: portavamo sempre offerte al tempio per propiziare la nascita di figli maschi, ci recavamo regolarmente presso la bottega dei fili da ricamo a procurarci il materiale necessario per eseguire lavori dalle sfumature simili e rievocavamo il ricordo della nostra visita d'infanzia, senza mai trascurare di concludere la giornata con il taro caramellato del vecchio Zuo.

In quella prima occasione arrivammo a Puwei al crepuscolo. Era stato un giorno importante per me: oltre ad aver trovato un'amica al di fuori della mia cerchia familiare, avevo firmato un contratto per diventare la vecchia se stessa di un'altra bambina. Non volevo che tutto questo si concludesse troppo presto, ma sapevo che l'arrivo a casa avrebbe segnato la fine delle novità. Già mi vedevo in piedi davanti alla porta a guardare i portatori che conducevano via Fiore di Neve lungo il vicolo, mentre lei osava infilare solo le dita al di là della tenda svolazzante in un ultimo gesto di saluto, prima di scomparire dietro l'angolo. Invece scoprii che la mia felicità non era ancora giunta al termine.

Ci fermammo, e io scesi. Madama Wang invitò anche la mia compagna a uscire dalla portantina. «Arrivederci, bambine. Tornerò tra qualche giorno a prendere Fiore di Neve.» Si sporse dallo sportello del palanchino, pizzicò le gote della mia *laotong* e le raccomandò: «Sii buona. Non ti lamentare. Tieni le orecchie e gli occhi aperti e impara. Rendi tua madre orgogliosa di te».

Come posso descrivere ciò che provai quando lei e io ci ritrovammo insieme fianco a fianco davanti alla soglia di casa mia? Ero fuori di me dalla gioia, ma sapevo anche cosa ci aspettava all'interno. Per quanto amassi la mia famiglia e il luogo dove vivevamo, sapevo bene che la mia compagna era abituata a una vita migliore. E non aveva portato con sé abiti né oggetti da toeletta.

Mama uscì per darci il benvenuto. Mi baciò, poi circondò con un braccio le spalle di Fiore di Neve e la guidò oltre la soglia. Durante la mia assenza, la mamma, la zia e la Sorella Maggiore ce l'avevano messa tutta per rassettare e pulire la stanza principale. Non si vedeva più traccia di sporcizia, gli abiti appesi erano stati ritirati e le stoviglie riposte. Il pavimento di terra battuta appariva ben spazzato e spruzzato d'acqua perché risultasse più compatto e più fresco.

Fiore di Neve venne presentata a tutti, persino al Fratello Maggiore. Al momento della cena, la mia compagna immerse le bacchette nella tazza di tè per pulirle prima di servirsene ma, a parte questo gesto trascurabile che rivelava un livello di raffinatezza superiore a quello di qualsiasi membro della mia famiglia, si sforzò di dissimulare i suoi veri sentimenti come meglio poteva. Il mio cuore, però, la conosceva già anche troppo bene. Stava facendo buon viso a cattivo gioco. Il suo sgomento per il nostro stile di vita non mi sfuggiva affatto.

Avevamo avuto una lunga giornata e ci sentivamo molto

stanche. Quando venne l'ora di salire al piano di sopra provai un nuovo senso di smarrimento, ma le donne della casa si erano date da fare anche là: avevano arieggiato trapunte e lenzuola e organizzato in pile ordinate il guazzabuglio di oggetti connessi alle nostre attività quotidiane. La mamma ci indicò una bacinella d'acqua pulita per lavarci, e due dei miei vestiti completi accanto a uno di quelli della Sorella Maggiore – tutti freschi di bucato – pronti per Fiore di Neve. La invitai a lavarsi per prima, anche se lei si limitò a bagnarsi a malapena i polpastrelli, temendo, credo, che l'acqua non fosse abbastanza pura. Resse lontano da sé con due dita gli indumenti per la notte che le avevo consegnato, scrutandoli come se fossero pesci marci anziché gli abiti più nuovi di mia sorella. Poi si guardò intorno, vide i nostri occhi fissi su di lei e senza una parola si spogliò e si infilò i vestiti. Ci arrampicammo sul letto. Quella notte, e tutte le notti in cui Fiore di Neve avrebbe dormito da noi in futuro, la Sorella Maggiore si sarebbe coricata accanto a Splendida Luna.

Mama ci augurò la buonanotte. Poi si chinò, mi diede un bacio e mi sussurrò all'orecchio: « Madama Wang ci ha spiegato cosa fare. Sii felice, piccola, sii felice ».

Dunque, eccoci là, fianco a fianco sotto una leggera trapunta di cotone. Eravamo così piccole, eppure, per quanto esauste, non riuscivamo a smettere di bisbigliare tra noi. Fiore di Neve mi interrogò sui miei familiari, e io volli sapere dei suoi. Le raccontai come fosse morta la Terza Sorella. Lei mi disse che la terza femmina della sua famiglia era stata uccisa dalla tosse. Poi si informò sul nostro villaggio e io le spiegai il significato di Puwei nel dialetto locale: il « Paese della Bellezza Comune ». La parola Tongkou, precisò lei, voleva dire « Villaggio al Limitare del Bosco »; e quando fossi andata a trovarla, soggiunse, avrei scoperto il perché di quel nome.

Dalla grata della finestra spioveva la luce della luna, illuminando il viso di Fiore di Neve. Splendida Luna e la Sorella Maggiore si addormentarono, ma la mia compagna e io continuammo a chiacchierare. In quanto donne, ci avevano raccomandato, non dovevamo mai parlare della fasciatura dei piedi, un argomento disdicevole e indegno per una signora, adatto solo a infiammare la passione maschile. Ma noi eravamo bambine, con la bendatura ancora in atto. Lungi dall'essere solo un ricordo, come per me adesso, dolori e sofferenze facevano parte della nostra esperienza quotidiana. Fiore di Neve mi confidò di essersi nascosta dalla madre e di avere implorato la pietà del padre. L'uomo si era lasciato commuovere, con il rischio di condannare la figlia a vivere da vecchia zitella nella casa natale o a diventare una serva in casa d'altri.

« Ma quando cominciò a fumare la pipa », continuò la mia compagna, « Baba dimenticò le proprie promesse. Approfittando del suo oblio, la mamma e la zia mi portarono di sopra e mi legarono a una sedia. Ecco perché ho iniziato la fasciatura dei piedi un anno più tardi, come te. » Fiore di Neve peraltro non si era rassegnata, sebbene il suo destino fosse ormai deciso. Anzi, nei primi mesi aveva lottato con tutte le forze, riuscendo addirittura, un giorno, a strapparsi le bende. « Da quella volta mia madre mi fasciò i piedi ancora più stretti, e rinsaldò i nodi che mi immobilizzavano alla sedia. »

« Non si può combattere contro il fato », soggiunsi io. « È fisso e immutabile. »

« Lo dice anche mia madre », commentò la mia *laotong*. « Mi liberava solo per costringermi a camminare in modo che mi spezzassi le ossa, o per lasciarmi usare il vaso da notte. Per tutto il tempo guardavo al di là della grata alla finestra. Osservavo il volo degli uccelli. Seguivo gli andirivieni delle nuvole. Studiavo la luna nel suo crescere e nel suo calare. Accadevano tante di quelle cose nel mondo esterno da farmi quasi dimenticare ciò che succedeva nella mia stanza. »

Quanto mi spaventò il suo atteggiamento! Fiore di Neve possedeva tutta l'indipendenza tipica del segno del Cavallo: ma la sua cavalcatura aveva le ali e la conduceva nelle regioni celesti, molto al di sopra della terra, mentre la mia si limitava ad arrancare. Eppure un fremito nelle viscere – il desiderio di trasgredire, di varcare i confini delle nostre vite già segnate – mi diede un brivido di eccitazione destinato col tempo a trasformarsi in un'ardente bramosia.

Fiore di Neve si rannicchiò più vicina a me, finché ci trovammo faccia a faccia. Mi posò una mano sulla gota e disse: « Sono contenta che tu sia la mia vecchia me stessa ». Poi chiuse gli occhi e si assopì.

Coricata accanto a lei, contemplandone il volto nella luce lunare, con il lieve peso della sua manina sulla guancia, cullata dal suo respiro sempre più profondo, mi domandai che cos'avrei potuto fare per indurla ad amarmi come sognavo.

AMORE

Ci si aspetta che una donna voglia bene ai figli appena le escono dal ventre, eppure chi di noi non ha provato un senso di delusione per la nascita di una bambina, o non si è sentita invadere da una tetra malinconia persino dopo aver messo al mondo un diletto maschio, quando il piccolo non la smetteva più di piangere e lo sguardo della suocera sembrava accusare la puerpera di avere il latte inacidito? Possiamo amare una figlia con tutta l'anima, ma dobbiamo crescerla nella sofferenza. Sono i maschi a concentrare su di sé il nostro affetto più profondo, e tuttavia non ci sarà mai possibile far parte della loro realtà: il mondo esterno, appannaggio degli uomini. Si suppone che ci innamoriamo del marito fin dal giorno del Contratto di parentela, anche se non lo vedremo in faccia per altri sei anni. Ci viene chiesto di voler bene ai suoceri: però entriamo nella loro famiglia da sconosciute, inferiori a chiunque altro, con un rango appena al di sopra di quello dei servi. Dobbiamo amare e onorare gli antenati dei nostri sposi, perciò ci atteniamo alle cerimonie prescritte, nonostante il cuore esprima in silenzio la propria gratitudine agli antenati da cui siamo discese. Vogliamo bene ai genitori perché si prendono cura di noi, ma siamo considerate rami secchi e inutili dell'albero familiare. Prosciughiamo le risorse della casa. Siamo allevate da una famiglia per essere consegnate a un'altra. Per quanto possiamo essere felici in casa nostra, non ignoriamo certo che saremo condannate ad allontanarcene. E così amiamo i nostri congiunti, consapevoli che quel sentimento sfocerà nella tristezza della separazione. Tutte queste forme d'amore nascono dal dovere, dal rispetto e dalla gratitudine. Per la maggior parte, come sanno bene le donne della mia contea, sono fonte di angustie, divisioni e violenze.

Ma l'affetto tra due vecchie se stesse è completamente diverso. Per riprendere le parole di Madama Wang, il vincolo con la propria *laotong* ha origine da una libera scelta. Fiore di Neve e io non intendevamo alla lettera i nostri messaggi iniziali scritti sul ventaglio, è vero; eppure, nel momento in cui ci guardammo negli occhi per la prima volta all'interno della portantina, sentii scattare qualcosa di speciale tra noi: come una scintilla capace di accendere un fuoco, o un seme pronto a trasformarsi in una piantina di riso. Una sola favilla non basta a riscaldare una stanza, e un unico seme non può trasformarsi in un raccolto fruttuoso. L'amore profondo – l'affetto di un cuore sincero – ha bisogno di crescere. Allora non capivo la qualità ardente dell'amore e perciò pensavo alle risaie che vedevo durante le passeggiate quotidiane con mio fratello verso il fiume, quando ancora non avevo perso neppure un dente da latte. Forse sarei riuscita a far crescere l'affetto tra me e la mia *laotong* imitando gli sforzi di un contadino per ottenere una messe rigogliosa: con il duro lavoro, la volontà incrollabile e il favore della natura. È davvero buffo che continui a ricordarmi queste cose! *Uaaa!* Sapevo talmente poco della vita, a quel tempo, ma ne sapevo abbastanza da ragionare con la mentalità di un agricoltore.

E così, fin da bambina, mi impegnai a preparare il terreno per la semina: chiedevo a Baba un foglio di carta o pregavo la Sorella Maggiore di regalarmi un pezzetto di stoffa ritagliato dalle scorte del suo corredo. I miei semi erano i caratteri del *nu shu*. Madama Wang faceva da canale di irrigazione. Quando aveva finito di controllarmi i piedi per verificarne i progressi, le affidavo un messaggio – una lettera, un frammento di tela tessuta a mano o un fazzoletto ricamato – e lei lo consegnava a Fiore di Neve.

Nulla può prosperare senza il benefico effetto dei raggi solari, l'unico fattore che sfugge completamente al controllo del contadino. Assegnai questo ruolo a Fiore di Neve. Erano le sue risposte il mio sole. Quando ricevevo qualcosa da lei, chiedevo aiuto a tutte le donne della famiglia per decifrare il significato del messaggio, dove già comparivano parole e immagini che mettevano a dura prova persino le conoscenze della zia.

Componevo semplici frasi infantili: « Io sto bene. E tu come stai? » Lei mi rispondeva: « Ci sono due uccellini appollaiati sui rami più alti di un albero. Spiccano il volo insieme verso il cielo ». Oppure le scrivevo: « Oggi la mamma mi ha insegnato a cucinare il riso glutinoso avvolto nelle foglie del taro ». Il suo messaggio successivo diceva: « Oggi ho guardato al di là della grata davanti alla finestra. Ho pensato alla fenice in cerca di una compagna, e poi ho pensato a te ». Se le raccontavo: « È stata fissata una data propizia per le nozze della Sorella Maggiore », lei commentava: « Tua sorella è giunta al secondo stadio delle numerose tradizioni che regolano il matrimonio. Per fortuna, ti rimarrà accanto ancora per alcuni anni ». Io le confidavo: « Voglio imparare tutto. Tu sei intelligente. Puoi farmi da maestra? » E lei ribatteva: « Anch'io sto imparando da te. Ecco perché siamo due anatre mandarine che condividono lo stesso nido ». Quando mi scusavo dicendo: « Le mie parole sono rozze e il loro significato superficiale, ma vorrei averti qui con me per sussurrare insieme nella notte », mi arrivava una risposta di questo tenore: « Due usignoli cantano nel buio ».

Quelle lettere mi intimorivano e mi esaltavano. Fiore di Neve possedeva un'intelligenza vivace e una preparazione assai superiore alla mia, ma non era questo a spaventarmi. In tutti i suoi messaggi parlava di uccelli, di spiccare il volo, del mondo esterno. Fin da allora, si gettava di slancio contro qualsiasi ostacolo avesse di fronte. Io desideravo aggrapparmi alle sue ali e salire insieme a lei, dimenticando ogni mia paura.

Dopo il ventaglio, Fiore di Neve non mi mandò mai nessun regalo se non per contraccambiare un dono da parte mia. La cosa non mi disturbava. Il compito di sollecitare il suo affetto toccava a me. Lo annaffiavo con le mie lettere, e lei reagiva immancabilmente con un nuovo germoglio o un nuovo fiore. C'era un solo problema a turbarmi: volevo rivederla. Avrebbe dovuto ospitarmi a casa sua, ma l'invito tardava ad arrivare.

Un giorno Madama Wang venne a trovarci portando con sé il ventaglio. Non lo aprii completamente. Ne feci scattare solo le prime tre pieghe: apparvero così il messaggio iniziale di Fiore di Neve, la mia risposta e una nuova serie di caratteri accanto a essa.

> Se la tua famiglia è d'accordo, mi piacerebbe farti visita nell'undicesimo mese. Ci siederemo insieme, infileremo l'ago, sceglieremo i colori e ci scambieremo confidenze chiacchierando sommessamente.

Nella ghirlanda di foglie la mia *laotong* aveva aggiunto una nuova corolla delicata.

Il giorno stabilito aspettai dietro la grata della finestra, scrutando il vicolo per vedere il palanchino che svoltava l'angolo. Quando si fermò davanti alla nostra soglia, avrei voluto correre giù e slanciarmi fuori ad accogliere la mia compagna. Un desiderio impossibile. Fu Mama a uscire, poi lo sportello della portantina si spalancò. Fiore di Neve scese a terra. Indossava la stessa casacca azzurro cielo dai motivi di nuvole dell'ultima volta. Con il tempo, presi a considerarla la sua tenuta da viaggio e mi convinsi che la sceglieva per tutte le sue visite allo scopo di non mettere in imbarazzo la mia famiglia sottolineando la nostra povertà.

Fiore di Neve non aveva con sé cibo né abiti, com'era costume. Madama Wang le rivolse le solite raccomandazioni. Le disse di essere buona, di non lamentarsi, di tenere occhi e orecchie aperti per apprendere nuove cose e di comportarsi in modo da rendere orgogliosa sua madre. «Sì, Zietta», rispose lei, ma io vedevo bene che non ascoltava: stava in piedi in mezzo alla strada, con gli occhi fissi sulla finestra del primo piano, cercando l'ombra del mio viso.

La mamma condusse di sopra la nostra ospite e lei, dal momento in cui mise piede nella stanza delle donne, non tenne la bocca chiusa un istante. Chiacchierò, bisbigliò, scherzò, si confidò, consolò, lodò. Non era più la stessa persona che mi turbava con le sue aspirazioni a volare via. Voleva solo giocare, divertirsi, ridere e parlare, parlare, parlare, di argomenti infantili e senza importanza.

Le avevo chiesto di farmi da maestra e così quel giorno iniziò a insegnarmi i *Precetti per le donne*, ammonendomi a non scoprire i denti quando sorridevo e ad abbassare sempre la voce nel rivolgermi a un uomo. Ma mi aveva scritto di essere pronta a imparare anche da me, e perciò volle che le mostrassi come preparare il riso glutinoso. Poi mi fece strane domande sulla maniera giusta di attingere l'acqua o di preparare il pastone per i maiali. Scoppiai a ridere, perché non c'è bambina che non conosca queste cose. Fiore di Neve giurò di non saperne nulla. Pensai mi stesse prendendo in giro. Lei insistette sulla propria ignoranza. Dopo di che toccò alle altre cominciare a canzonarmi.

« Forse sei *tu* a non ricordarti come si attinge l'acqua! » esclamò la Sorella Maggiore.

« E forse ti sei già dimenticata tutto sul pastone per i maiali », rincarò la zia. « Hai buttato dalla finestra le tue capacità in merito insieme alle scarpe vecchie. »

Le loro battute mi mandarono fuori dei gangheri, e balzai in piedi. Ero arrabbiatissima: mi puntai i pugni sui fianchi e incenerii con un'occhiata di fuoco le donne della mia famiglia. Ma, nel vedere l'espressione divertita con la quale mi restituirono lo sguardo, la mia ira si dileguò, e mi venne voglia di accrescere ancor di più l'allegria generale.

Fu un buffo spettacolo quello che offrii nella stanza del piano di sopra quando mi misi a trotterellare avanti e indietro sui piedi non del tutto guariti mimando le azioni di chi attinge l'acqua dal pozzo e la trasporta in casa, oppure di chi si china a raccogliere l'erba per poi mescolarla con gli avanzi di cucina. Splendida Luna dichiarò che le scappava la pipì dal gran ridere. Persino la Sorella Maggiore, impegnata con tanta serietà a prepararsi il corredo, ridacchiava nascondendo il volto nella manica. Guardai Fiore di Neve: le brillavano gli occhi per la gioia e batteva le mani deliziata. Sapete, lei era fatta così. Le bastava entrare nella stanza delle donne e pronunciare poche semplici parole per indurmi a comportarmi come non mi sarei mai sognata di fare di mia iniziativa. La sua sola presenza in quella camera – che io consideravo un luogo di segreti, di sofferenze e di cordoglio – riusciva a trasformarla in un'oasi di ore luminose, sana allegria e divertimento spensierato.

Nonostante le sue teorie sulla necessità di parlare a bassa voce con gli uomini, Fiore di Neve chiacchierava con Baba e lo zio durante la cena, suscitando anche la loro ilarità. Il mio fratellino più piccolo le si inerpicava in grembo come una scimmietta intenzionata a rifugiarsi nel suo nascondiglio preferito su un albero. Era così piena di vita, la mia *laotong*. Dovunque andasse, affascinava e rallegrava tutti. Pur essendo superiore a noi – se ne sarebbe reso conto chiunque – sapeva trasformare tale disparità in una sorta di gioco per la mia famiglia. Fiore di Neve ci sembrava un uccello raro fuggito dalla gabbia per avventurarsi in un cortile pieno di banali galline. Ci intratteneva con la sua presenza, e stare in mezzo a noi divertiva anche lei.

Venne l'ora di lavarsi prima di andare a letto. Ricordavo l'imbarazzo di quel momento durante l'ultima visita di Fiore di Neve. La invitai a usare la bacinella per prima ma lei rifiutò. D'altra parte, se l'avessi fatto io le avrei lasciato l'acqua sporca. Quando la sentii dire: « Ci laveremo insieme », capii che il mio umile lavoro di agricoltore e la mia perseveranza avevano dato i frutti sperati. L'una di fianco all'altra, ci chinammo sul catino, unimmo le mani a coppa e ci bagnammo la faccia. Fiore di Neve mi assestò un colpetto con il gomito. Guardai nella bacinella e vidi il riflesso delle nostre fattezze sulla superficie increspata. Dal volto della mia compagna colavano gocce come dal mio. Fiore di Neve ridacchiò e mi spruzzò addosso un po' d'acqua. In quell'istante condiviso, capii che anche la mia *laotong* mi voleva bene.

TEMPO DI IMPARARE

Nei tre anni successivi, Fiore di Neve venne a farmi visita più o meno ogni due mesi. La casacca azzurro cielo fu sostituita da un abito di seta color lavanda, bordato di bianco: una bizzarra combinazione di colori per una ragazzina così giovane. Appena varcata la soglia della stanza al piano superiore, la mia compagna si cambiava e indossava un vestito confezionato per lei da mia madre. Così eravamo vecchie noi stesse dentro e fuori.

Non ero ancora mai stata a Tongkou, il villaggio natale di Fiore di Neve. Questo non mi creava problemi, e non avevo neppure sentito commentare dai miei genitori la stranezza dell'accordo. Poi, un giorno (avevo nove anni), udii per caso la mamma che si lamentava della cosa con Madama Wang. Stavano in piedi sulla soglia e l'eco della loro conversazione saliva fino alla grata della finestra dietro la quale mi mettevo di solito.

« Mio marito sottolinea che siamo sempre noi a ospitare e nutrire Fiore di Neve », disse Mama quel giorno a bassa voce, sperando di non farsi sentire da nessuno. « E le visite della piccola comportano un ulteriore consumo di acqua da bere, per cucinare e per lavarsi. Mio marito vuole sapere quando Giglio Bianco andrà a Tongkou. È questa l'usanza. »

« L'*usanza* prevede l'armonia di *tutti* gli otto caratteri », rammentò la sensale a mia madre, « mentre ce n'è uno molto importante che non coincide, e lo sappiamo bene entrambe. Fiore di Neve si è legata a una famiglia inferiore alla sua. » Madama Wang si interruppe, quindi soggiunse: « Non mi pare che vi siate lamentata in proposito, al momento dell'accordo ».

« Sì, ma... »

« Non vi rendete conto della situazione, è evidente », continuò la donna in tono indignato. « Vi ho parlato fin dall'inizio delle mie speranze di trovare un marito per Giglio Bianco a

Tongkou, ma il matrimonio diventerebbe impensabile se al potenziale sposo capitasse di dare anche solo un'occhiata a vostra figlia prima del giorno delle nozze. Inoltre, la famiglia di Fiore di Neve subisce gli effetti negativi della disuguaglianza sociale tra le due bambine. Dovreste sentirvi grati che non abbiano chiesto la rottura del contratto fra le due *laotong*. Naturalmente non è mai troppo tardi per cambiare le cose, se vostro marito proprio lo desidera. Certo, questo sarebbe fonte di nuovo imbarazzo per me. »

Che cosa poteva fare mia madre se non replicare con qualche parola di scusa? « Madama Wang, mi sono espressa male », disse. « Entrate, vi prego. Desiderate una tazza di tè? »

Quel giorno percepii la vergogna e la paura di Mama. Doveva evitare a ogni costo di mettere a repentaglio il vincolo con la mia *laotong*, anche se quella relazione gravava la nostra famiglia di un altro onere.

Vi state domandando come mi sentivo dopo aver scoperto che i genitori di Fiore di Neve non mi consideravano all'altezza della figlia? La cosa non mi turbava, perché già sapevo di non meritare il suo affetto. Mi impegnavo a fondo ogni giorno per indurla a volermi bene quanto gliene volevo io. Provavo dispiacere – no, imbarazzo – per mia madre. La sua dignità era uscita malconcia dal confronto con Madama Wang. Ma la verità è che non mi importava delle preoccupazioni di Baba, del disagio di Mama, dell'ostinazione della sensale o dei particolari aspetti del mio rapporto con Fiore di Neve: se anche fossi potuta andare a Tongkou senza farmi vedere dal mio futuro marito, non avevo alcun bisogno di recarmi laggiù per conoscere la vita della mia *laotong*. Lei mi aveva già descritto più dettagli sul suo villaggio, la sua famiglia, la sua bellissima casa di quelli che sarei mai riuscita a scoprire vedendo tutto ciò con i miei occhi. La faccenda, comunque, ebbe un seguito.

Madama Wang e Madama Gao si contendevano in continuazione il controllo sui rispettivi territori. In qualità di intermediaria della zona di Puwei, Madama Gao aveva combinato un buon matrimonio per la Sorella Maggiore ed era riuscita a trovare una sposa adeguata per mio fratello in un villaggio delle vicinanze. Si aspettava di fare lo stesso con me e Splendida Luna. Invece, Madama Wang, con le sue idee sul mio futuro, oltre a dare un nuovo corso alle nostre esistenze, aveva anche messo i bastoni tra le ruote alla rivale. Il profitto di Madama Gao era sfumato. « Una donna avida è sempre pronta a vendicarsi », recita il detto.

Madama Gao andò a Tongkou a offrire i propri servigi alla famiglia di Fiore di Neve. Non ci volle molto perché Madama Wang venisse a saperlo. La controversia non aveva nulla a che vedere con noi, ma le due intermediarie si affrontarono proprio a casa nostra, quando Madama Wang venne a prendere la mia *laotong* ed entrando nella stanza principale si ritrovò faccia a faccia con la sensale di Puwei, che sgranocchiava semi di zucca e discuteva con Baba i particolari della cerimonia di Comunicazione della data per le nozze di mia sorella. Di fronte a mio padre non venne scambiata neppure una parola. Né l'una né l'altra donna si sarebbe abbassata a una simile volgarità. Madama Gao avrebbe potuto benissimo evitare il diverbio se si fosse limitata a congedarsi una volta concluse le trattative. Invece salì al piano di sopra, si lasciò cadere su una sedia e cominciò a vantarsi della propria abilità professionale. Sembrava facesse apposta a rigirare il coltello nella piaga.

Alla fine, Madama Wang non riuscì più a contenersi. « Solo una cagna in calore potrebbe essere così folle da venire nel mio villaggio per tentare di sottrarmi una delle mie nipotine », scattò.

« Tongkou non è il *vostro* villaggio, Vecchia Zia », rispose l'altra senza scomporsi. « Se davvero lo fosse, perché verreste a ficcare il naso qui a Puwei? A sentire voi, Giglio Bianco e Splendida Luna dovrebbero rientrare nelle mie competenze. Eppure, mi avete forse sentita piangere e strillare come una poppante per la vostra intromissione? »

« Troverò ottimi partiti per loro. E anche per Fiore di Neve. Voi non riuscireste certo a fare di meglio. »

« Non siatene così sicura. Non vi siete dimostrata poi tanto abile con la sua sorella maggiore. Date le circostanze di Fiore di Neve, io sono un'intermediaria più adeguata. »

Ho già detto che la mia *laotong* si trovava nella stanza mentre venivano pronunciate queste frasi, mentre si parlava di lei e della sorella alla stregua di sacchi di riso di cattiva qualità contrattati da mercanti senza scrupoli? Fiore di Neve stava in piedi accanto a Madama Wang, aspettando di tornare a casa. Stringeva in mano il pezzo di stoffa che aveva ricamato. Lo torceva fra le dita, tendendone i fili. Neppure alzò gli occhi, ma io notai l'intenso rossore che le si era diffuso sul volto e sulle orecchie. A quel punto il litigio rischiava di degenerare. Invece Madama Wang allungò una mano tramata di vene e la appoggiò con delicatezza sulla schiena della mia compagna. Fino a quel momento non sapevo che la sensale potesse provare pietà o fosse disposta ad abbandonare il campo.

« Non parlo con le donne di strada, io », esclamò in tono aspro. « Andiamo, Fiore di Neve. Ci aspetta un lungo tragitto per arrivare a Tongkou. »

Ci saremmo presto dimenticate dell'episodio, se non fosse stato per l'animosità mai più sopita tra le due intermediarie, rimaste da allora in poi sempre ai ferri corti. Appena Madama Gao veniva a sapere che la portantina della rivale era arrivata a Puwei, si abbigliava con le sue vesti troppo vistose, s'imbellettava il viso e veniva a ficcare il naso in casa nostra come... be', proprio come una cagna in calore.

A undici anni, Fiore di Neve e io avevamo i piedi ormai completamente guariti. I miei, non più lunghi di sette centimetri, apparivano forti e perfetti nelle loro linee. Quelli della mia *laotong* erano un po' più grandi. Splendida Luna li aveva ancora più grandi, ma di una forma squisita. Questo, insieme alla sua maestria nelle arti domestiche, la rendeva una sposa molto desiderabile. Concluso il periodo della fasciatura, Madama Wang si occupò del Contratto di parentela per tutt'e tre. I nostri otto caratteri vennero messi a confronto con le caratteristiche di nascita dei futuri mariti e fu scelta la data per il fidanzamento.

Confermando le previsioni della sensale, la perfezione dei miei gigli dorati mi procurò un promesso sposo al di sopra di ogni aspettativa. Madama Wang riuscì ad accasarmi presso la famiglia Lu più altolocata di Tongkou. Lo zio di mio marito era uno studioso di rango *jin shi* cui l'imperatore aveva affidato in feudo una notevole estensione di territorio. Lo Zio Lu (così veniva chiamato) non aveva figli. Viveva nella capitale e lasciava al fratello il compito di sovrintendere alle sue proprietà. Poiché mio suocero svolgeva le funzioni di capo del villaggio – affittando campi ai contadini e riscuotendo le relative rendite –, tutti supponevano che suo figlio gli sarebbe subentrato nel medesimo ruolo. Splendida Luna avrebbe sposato il rampollo di una famiglia Lu meno prestigiosa che abitava nelle vicinanze. Il padre del suo promesso faceva l'agricoltore, e coltivava il quadruplo dei *mu* lavorati da Baba e dallo zio. Un patrimonio notevole ai nostri occhi, ma di gran lunga inferiore ai beni amministrati da mio suocero per conto del fratello.

« Splendida Luna, Giglio Bianco », ci disse Madama Wang. « Voi due vi amate come sorelle. Adesso vi capiterà la stessa fortuna toccata a me e a mia sorella. Ci siamo entrambe sposate a Tongkou. Le disgrazie non ci sono mancate, ma abbiamo avuto la buona sorte di poter passare l'intera vita insieme. » E mia cugina e io ci sentivamo davvero riconoscenti per quell'opportunità di continuare a condividere tutto, dai giorni di riso e sale della vita di moglie e di madre a quelli trascorsi sedute nel silenzio della vedovanza.

Fiore di Neve non poteva evitare di maritarsi fuori da Tongkou, ma non sarebbe andata lontano: il suo fidanzato viveva a Jintian, il « Villaggio dei Campi Aperti ». Madama Wang garantì a me e a Splendida Luna che da casa nostra saremmo riuscite a vedere Jintian e forse addirittura la finestra della mia *laotong*. Non venimmo a sapere molto sul conto dei suoceri di Fiore di Neve: scoprimmo solo che il suo futuro sposo era nato nell'anno del Gallo. Questo ci preoccupava. Non si trattava certo di un'unione ideale, perché il gallo (lo sanno tutti) tende a voler dominare il cavallo.

« Non angustiatevi, ragazze », ci confortò la sensale. « L'astrologo ha preso in considerazione tutti gli elementi: acqua, fuoco, metallo, terra e legno. In questo caso acqua e fuoco non entreranno in conflitto, ve lo assicuro. Andrà tutto bene», concluse, e noi le credemmo.

Le famiglie dei nostri futuri mariti ci inviarono i primi doni in denaro, dolciumi e cibo. La zia e lo zio ricevettero una coscia di maiale, mentre a Baba e Mama arrivò un intero porcello arrosto, che fu tagliato a pezzi e offerto in regalo ai parenti di Puwei. I nostri genitori ricambiarono mandando ai consuoceri uova e riso, simbolo della fertilità delle figlie. Quindi ci disponemmo ad attendere lo stadio successivo, la Comunicazione della data per le nozze da parte dei familiari dello sposo.

Non potete immaginare quanto fossimo felici. Il futuro che ci aspettava era ormai stabilito. Saremmo entrate a far parte di famiglie più altolocate della nostra. Eravamo ancora abbastanza giovani da illuderci di poter risolvere con la gentilezza d'animo qualsiasi conflitto con la suocera. Ci tenevamo occupate con i lavori manuali. E soprattutto godevamo della reciproca compagnia.

La zia continuò a istruirci nel *nu shu*, ma imparammo parecchio anche da Fiore di Neve, che ci insegnava nuovi caratteri a ogni sua visita. Ne deduceva alcuni sbirciando i testi di studio del fratello: diversi simboli della scrittura femminile, infatti, sono solo la versione in corsivo degli ideogrammi usati dagli uomini. Altri li apprendeva dalla madre, espertissima nella nostra scrittura segreta. Passavamo ore e ore a esercitarci, tracciando l'una sulla palma dell'altra le linee appena apprese. Dovevamo prestare molta attenzione al nostro uso delle parole, continuava a raccomandarci instancabilmente la zia: impiegare segni fonetici al posto dei caratteri maschili ci esponeva al rischio di un significato oscuro o ambiguo.

«Ciascun vocabolo va collocato nel suo contesto», ci ricordava ogni giorno alla fine della lezione. «Una lettura inesatta rischia di provocare grandi tragedie.» Dopo questo ammonimento, ci premiava raccontandoci la vicenda romantica dell'inventrice della scrittura segreta, una donna delle nostre parti.

«Tanti secoli or sono, all'epoca della dinastia Song, forse più di mille anni fa», cominciava, «l'imperatore Zhezong si mise a perlustrare il regno in cerca di una nuova concubina. Viaggiò a lungo e alla fine raggiunse la nostra contea, dove sentì parlare di un agricoltore chiamato Hu: un uomo cui non mancavano buonsenso e una certa cultura, che viveva nel villaggio di Jintian. Sì, proprio Jintian, dove andrà ad abitare la nostra Fiore di Neve dopo il matrimonio. Il figlio di Padron Hu era un erudito, un giovane che, superati brillantemente gli esami imperiali, occupava una posizione d'alto rango; ma l'imperatore si sentiva affascinato soprattutto dalla primogenita di Hu. La fanciulla si chiamava Yuxiu. Non la si poteva definire solo un ramo sterile, perché il padre aveva provveduto a darle un'istruzione. Yuxiu sapeva recitare la poesia classica e aveva appreso la scrittura degli uomini. Cantava e danzava. Eseguiva ricami fini e delicati. Tutto ciò convinse il sovrano che sarebbe potuta diventare una raffinata concubina di corte. Zhezong si presentò a Padron Hu, si accordò con lui per portare la giovane a palazzo e ben presto Yuxiu si ritrovò in viaggio verso la capitale. Un lieto fine? In qualche misura, sì. Padron Hu ricevette molti doni e la figlia si assicurò una vita principesca, fatta di seta e giada. Eppure, ragazze mie, dovete sapere una cosa: neppure una donna intelligente e colta come lei poté evitare la tristezza del distacco dalla famiglia natale. Oh, con quale abbondanza scorrevano le lacrime sulle gote della madre! Oh, quanto piansero le sorelle, oppresse dalla tristezza! Ma nessuna era addolorata come la stessa Yuxiu.»

Conoscevamo bene questa parte della storia. La separazione della ragazza dai genitori segnava solo l'inizio degli affanni che la attendevano. Nonostante i suoi vari talenti, non poteva intrattenere l'imperatore per sempre. Il sovrano si stancò del suo grazioso visetto di luna, degli occhi a mandorla, della bocca di ciliegia, mentre le sue abilità – così degne di nota nella contea di Yongming – gli apparvero insignificanti in confronto a quelle delle altre dame di corte. Povera Yuxiu. Non era certo all'altezza degli intrighi di palazzo. Le mogli e le altre concubine non sapevano che farsene di una campagnola. Lei era sola e triste, ma non aveva modo di mettersi in contatto con la madre e le sorelle senza essere scoperta. Una parola incauta poteva condurla alla decapitazione, o condannarla a finire in uno dei pozzi del palazzo, dove avrebbe taciuto per sempre.

« Giorno e notte, Yuxiu non lasciò trapelare nulla dei propri sentimenti », riprendeva la zia. « Le malvagie cortigiane e gli eunuchi la tenevano d'occhio mentre ricamava in silenzio oppure si esercitava nella calligrafia. Canzonavano in continuazione il suo lavoro. 'Com'è sciatto', commentavano. E soggiungevano: 'Guardate questa scimmietta di campagna che cerca di imitare la scrittura degli uomini'. Dalle loro labbra uscivano solo parole crudeli, ma Yuxiu non tentava di copiare gli ideogrammi maschili. Li trasformava, inclinandoli, rendendoli più femminei, e infine creando caratteri completamente nuovi che avevano ben poco se non nulla a che vedere con quelli originari. Senza farsi notare, stava inventando un codice segreto per comunicare con la madre e le sorelle rimaste al villaggio. »

Fiore di Neve e io ci eravamo domandate spesso come avesse fatto la famiglia di Yuxiu a decifrare il codice segreto, e un giorno la zia intessé la risposta nella trama del racconto.

« Forse un eunuco comprensivo riuscì a mandare loro di nascosto una lettera di Yuxiu che spiegava ogni cosa. O forse le sorelle non capirono il contenuto del messaggio, lo gettarono in un angolo e nel guardarlo da quella prospettiva distorta poterono leggere le parole e interpretare i caratteri corsivi. Poi, con il tempo, le donne della famiglia escogitarono nuovi segni fonetici, che impararono a decifrare dal contesto, esattamente come state facendo voi adesso. Ma questo è il genere di dettagli di cui si preoccupano gli uomini. » Pronunciò il rimprovero con asprezza, per rammentarci che certe questioni non ci riguardavano. « L'aspetto più significativo della vicenda è che Yuxiu trovò il modo di esprimere quanto stava accadendo dietro l'apparente felicità della sua vita, e il suo dono è stato tramandato fino a noi attraverso innumerevoli generazioni. »

Restammo in silenzio per un attimo, pensando a quella concubina solitaria. La zia intonò il canto per prima, e noi tre ci unimmo a lei, mentre Mama taceva, ascoltandoci. La canzone, che si diceva fosse uscita dalle labbra della stessa Hu Yuxiu, era piena di tristezza. Le nostre voci evocarono l'angoscia della sventurata fanciulla:

La mia scrittura è imbevuta di lacrime del cuore,
rivolta invisibile che nessun uomo sa vedere.
Che quest'arte sia lo sfogo di un tragico amore:
mamma, sorelle, prestate orecchio al mio dolore.

Le ultime note fluttuarono oltre la grata della finestra ed echeggiarono nel vicolo. « Ricordatevi, bambine », disse la zia. « Non tutti gli uomini sono imperatori, ma le ragazze si maritano senza eccezione. Yuxiu ha inventato il *nu shu* perché le donne della nostra contea possano mantenere i legami con le proprie famiglie d'origine. »

Riprendemmo l'ago in mano e ci mettemmo a ricamare. Il giorno dopo la zia ci avrebbe raccontato da capo la stessa storia.

A tredici anni, la mia *laotong* e io avevamo mille cose da imparare, senza per questo smettere di aiutare in casa. Le donne della famiglia di Fiore di Neve le avevano impartito una preparazione eccellente nelle arti più raffinate, ma erano riuscite a insegnarle ben poco in ambito domestico, perciò lei mi seguiva come un'ombra mentre sbrigavo le faccende. Ci alzavamo all'alba e accendevamo il fuoco per cucinare. Dopo avere lavato i piatti, Fiore di Neve e io mescolavamo il pastone per i maiali. A mezzogiorno andavamo nell'orto per pochi minuti a raccogliere le verdure, poi cuocevamo il pranzo. In precedenza erano la mamma e la zia a occuparsi di tutto ciò. Adesso si limitavano a sorvegliarci. Trascorrevamo il pomeriggio nella stanza delle donne. Alla sera, davamo una mano a preparare e servire la cena.

Ogni minuto di ogni giorno ci offriva l'occasione di apprendere qualcosa di nuovo. Le ragazze di casa nostra (e con questa espressione alludo anche a Fiore di Neve) si sforzavano di essere alunne diligenti. Splendida Luna era la più brava a filare, un'attività per la quale la mia *laotong* e io non avevamo abbastanza pazienza. A me piaceva cucinare, e mi interessavano poco la tessitura, il cucito e la confezione delle scarpe. Nessuna di noi amava lavare i panni o fare le pulizie, ma Fiore di Neve svolgeva quei compiti in maniera pessima. La mamma e la zia non la rimproveravano con la stessa asprezza riservata a me e a mia cugina quando non spazzavamo a dovere il pavimento o non smacchiavamo alla perfezione le casacche dei nostri rispettivi padri. Credevo si mostrassero più indulgenti con lei perché sapevano che un giorno avrebbe potuto disporre di servitori e non sarebbe stata costretta a fare tutto da sola. Io giudicavo le sue lacune con un altro metro. Non sarebbe mai riuscita a eseguire certi compiti per bene, perché sembrava sempre librarsi al di sopra e al di là degli aspetti pratici della vita.

Imparavamo anche dagli uomini della famiglia, per quanto in modi meno ovvi e prevedibili. Baba e lo zio non ci avrebbero impartito in nessun caso alcun insegnamento diretto. Sarebbe stato del tutto sconveniente. Ciò che intendo dire è questo: apprendevamo a conoscere la psicologia maschile attraverso la condotta di Fiore di Neve e le reazioni di Baba e dello zio. Il *congee* è uno dei piatti più semplici da preparare – basta mettere a bollire il riso in una gran quantità d'acqua e poi rimescolarlo in continuazione – per cui lasciavamo che fosse la mia *laotong* a cucinarlo per il primo pasto della giornata. E lei, una volta resasi conto che a Baba piacevano le cipolline affettate, non trascurò mai di aggiungerne una manciata in più nella ciotola di mio padre. A cena, la mamma e la zia avevano sempre disposto in silenzio sulla tavola i vassoi di portata, perché Baba e lo zio si servissero; Fiore di Neve girava intorno ai commensali a capo chino, offrendo ciascuna pietanza prima a papà, poi allo zio, quindi al Fratello Maggiore e infine al Secondo Fratello. Si teneva alla giusta distanza per rispettare la necessaria riservatezza e mostrarsi al tempo stesso affabile e garbata. Mi accorsi che in seguito a queste piccole attenzioni gli uomini di casa nostra evitavano di ingozzarsi senza ritegno, non sputavano più per terra e si trattenevano dal grattarsi ostentatamente la pancia piena. Invece, sorridevano alla mia compagna e conversavano con lei.

Il mio desiderio di conoscenza andava ben oltre quanto imparavo nella stanza delle donne, o al piano di sotto, o persino studiando il *nu shu*. Io aspiravo a scoprire il mio futuro. Per fortuna Fiore di Neve amava chiacchierare e ci parlava a lungo di Tongkou. Ormai viaggiava spesso da un villaggio all'altro, e sapeva bene la strada. « Per andare da tuo marito », mi disse un giorno, « dovrai oltrepassare il fiume e attraversare molte risaie, in direzione delle basse alture che si vedono dalla periferia di Puwei. Tongkou si annida nel grembo di quei colli. Le nostre colline non vacilleranno mai, e neppure noi subiremo sconvolgimenti: almeno così sostiene mio padre. A Tongkou siamo al sicuro da terremoti, carestie e malfattori. È un luogo perfetto dal punto di vista del *feng shui.* »

Ascoltando le parole di Fiore di Neve, Tongkou cresceva nella mia immaginazione, ma questo non era niente in confronto a quello che provavo nel sentirmi descrivere il mio futuro sposo e i suoi familiari. Né Splendida Luna né io avevamo presenziato al colloquio tra Madama Wang e i nostri padri, però conoscevamo le informazioni essenziali. Tutti gli abitanti di Tongkou si chiamavano Lu, ed entrambe le famiglie di cui saremmo entrate a far parte disponevano di un certo patrimonio. Erano queste le cose che contavano per Baba e lo zio, mentre noi volevamo scoprire di più sul conto dei nostri mariti, delle future suocere e delle altre donne che vivevano nei quartieri femminili. Solo Fiore di Neve poteva soddisfare tali curiosità.

« Sei fortunata, Giglio Bianco », dichiarò una volta la mia *laotong.* « Ho visto il tuo giovane Lu. È un mio cugino di terzo grado. Ha i capelli nero-blu come la notte. È gentile con le ragazze. Un giorno ha condiviso con me il suo Dolce della Luna. Nessuno lo obbligava a farlo. » Mi raccontò che il mio futuro sposo era nato nell'anno della Tigre, un segno zodiacale vivace quanto quello cui appartenevo io, il che ci rendeva una coppia perfetta. Mi rivelò particolari assai utili per il mio inserimento nella famiglia. « La vita dei Lu è piena di impegni », mi spiegò. « In qualità di capo del villaggio, il padrone di casa riceve molte visite da parte di compaesani e forestieri. Inoltre, sotto il suo tetto vivono molte persone. Non ha figlie, ma avrà diverse nuore. Tu sarai la numero uno. Occuperai fin dall'inizio una posizione altolocata.

Se metterai al mondo un maschio per prima, conserverai il tuo rango per sempre. Questo non ti eviterà necessariamente i problemi che dovette affrontare Yuxiu, la concubina dell'imperatore. Anche se la moglie gli ha dato quattro figli, Padron Lu ha tre concubine. Non può fare a meno di tenerle, per via del suo ruolo autorevole. Gli permettono di dimostrare a tutti la propria forza.»

Quella notizia avrebbe dovuto preoccuparmi. In fin dei conti, il figlio poteva benissimo seguire le orme del padre in materia di concubine. Ma ero così giovane e ingenua che neppure ci pensai. Se anche una simile idea mi fosse passata per la mente, poi, non avrei saputo nemmeno immaginare quali conflitti rischiavano di crearsi in una situazione del genere. Il mio mondo si limitava ancora a papà e mamma, zio e zia. Vivevo un'esistenza di una semplicità assoluta.

Dopo avere parlato con me, Fiore di Neve si rivolse a Splendida Luna: mia cugina ci stava accanto in silenzio come al solito, aspettando che fossimo noi a coinvolgerla. «Splendida Luna», cominciò la mia *laotong*, «sono contenta per te. Conosco bene la famiglia Lu alla quale sei destinata. Il tuo futuro marito, già lo sai, è nato nell'anno del Maiale: il suo segno lo rende forte, coraggioso e sollecito, mentre la tua natura influenzata dalla pecora ti porterà a stravedere per lui. Un'altra coppia assortita alla perfezione.»

«E mia suocera?» domandò mia cugina in tono incerto.

«La Signora Lu viene a trovare mia madre ogni giorno. È una donna di buon cuore, dotata di una gentilezza d'animo difficile da descrivere a parole.»

Di colpo gli occhi di Fiore di Neve si colmarono di lacrime. Fu una reazione così strana che Splendida Luna e io ci mettemmo a ridacchiare, interpretando la cosa come una specie di scherzo. La mia *laotong* batté le palpebre con rapidità.

«Mi è entrato un fantasma in un occhio!» esclamò, prima di unirsi alla nostra ilarità. Poi riprese il discorso dal punto in cui si era interrotta. «Splendida Luna, sarai davvero felice. Ti ameranno tutti senza riserve. E la cosa più bella è che ti basteranno pochi passi per andare a trovare Giglio Bianco, tanto sono vicine le vostre future case.»

Fiore di Neve tornò a rivolgere lo sguardo nella mia direzione. «Tua suocera è una persona molto tradizionale», disse. «Segue fedelmente dalla prima all'ultima le norme stabilite per noi donne. È accorta nel parlare. Veste con eleganza e tiene il tè sempre pronto per gli ospiti.» La mia *laotong* mi aveva già istruita a dovere in tutti quegli aspetti delle arti femminili, perciò non avevo paura di commettere errori. «Ha più servitori di quanti abbia mai visto in casa mia», continuò Fiore di Neve. «Non avrai bisogno di cucinare, a parte qualche piatto speciale per la Signora Lu. Non dovrai allattare i tuoi bambini, a meno che non sia tu a desiderarlo.»

Quando le sentii pronunciare queste frasi, pensai che fosse pazza.

Le feci altre domande sul conto di mio suocero. Lei rifletté un poco. «Padron Lu è un uomo generoso e compassionevole», disse poi, «ma è anche intelligente e accorto, e grazie a ciò è diventato il capo del villaggio. Tutti lo rispettano. E tutti rispetteranno anche suo figlio e sua nuora.» Mi fissò con il suo sguardo penetrante e soggiunse: «Sei proprio fortunata».

Basandomi sulle visioni evocate dalle parole di Fiore di Neve, come potevo evitare di immaginarmi a Tongkou al fianco di un marito innamorato e con dei figli perfetti?

Le mie esperienze mi avevano ormai condotta ben oltre i confini del villaggio in cui ero nata. Fiore di Neve e io avevamo già visitato cinque volte il tempio di Gupo a Shexia. Ogni anno salivamo le scale del santuario, deponevamo le offerte sull'altare e accendevamo bastoncini d'incenso. Poi andavamo a piedi al mercato a comprare carta e fili da ricamo. Concludevamo sempre la giornata al chiosco del vecchio Zuo, gustando il suo taro ricoperto di zucchero caramellato. Durante il tragitto, mentre Madama Wang dormiva, sbirciavamo all'esterno della portantina. Guardavamo i sentieri che si dipartivano dalla strada principale verso altri villaggi. Contemplavamo fiumi e canali. Apprendemmo dai portatori che quelle acque mettevano in comunicazione la nostra contea con il resto del Paese. Nella stanza delle donne vedevamo solo quattro mura, ma gli uomini della nostra regione non erano costretti a esistenze altrettanto isolate. Se l'avessero desiderato, sarebbero potuti arrivare in barca quasi ovunque.

Nel frattempo, Madama Wang e Madama Gao andavano e venivano da casa nostra come due galline affaccendate. Cosa? Credevate forse che ci avrebbero lasciate in pace, una volta combinati i nostri fidanzamenti? Nossignore! Per tutelare i loro interessi e portare a buon fine le trattative dovevano osservare e aspettare, cospirare e convincere. I rischi di intralci e intoppi non mancavano di certo. Era logico che la prospettiva di quattro matrimoni nella stessa famiglia mettesse in allarme le due sensali: nessuno poteva sapere con certezza se Baba avrebbe mantenuto la parola sul pagamento del prezzo per la moglie di mio fratello, né se avrebbe fornito doti adeguate alle tre ragazze da marito, e soprattutto se sarebbe stato disposto a versare la tariffa dovuta alle intermediarie. Ma, nel corso della mia tredicesima estate, la lotta tra le due donne si inasprì all'improvviso.

Il diverbio iniziò in modo abbastanza banale. Eravamo nella stanza delle donne quando Madama Gao cominciò a lamentarsi: le famiglie della zona (e con questo lasciò chiaramente intendere che alludeva anche a noi) non le versavano mai l'onorario per tempo.

«La rivolta dei contadini tra le colline sta rendendo la vita difficile a tutti quanti», rifletté. «Il commercio è fermo. Nessuno dispone di denaro contante. Ho sentito che numerose giovani sono state costrette a rinunciare al fidanzamento perché i genitori non riuscivano più a mettere insieme la dote. Adesso il loro destino è segnato: sono condannate a diventare piccole nuore.»

I gravi problemi della nostra contea non costituivano una grande novità, ma la frase pronunciata subito dopo da Madama Gao ci stupì profondamente.

«Nemmeno la signorina Fiore di Neve è al sicuro. Forse sono ancora in tempo a procurarle un partito più adeguato.»

Mi sentii lieta che la mia *laotong* non fosse lì ad ascoltare quelle insinuazioni.

« La famiglia di cui state parlando è una delle migliori della contea », ribatté Madama Wang, in un tono che aveva perso la levigatezza dell'olio per assumere la scabrosità di due pietre strofinate l'una contro l'altra.

« Forse volevate dire *era*, mia Vecchia Zietta. Il padrone di casa ha frequentato troppe concubine e troppe case da gioco. »

« Si è semplicemente comportato in modo conforme alla sua posizione. D'altronde, tanta ignoranza è ben comprensibile in voi. Non sapete nulla delle persone d'alto rango. »

« Ah! Mi fate ridere. Raccontate menzogne come se fossero la pura verità. Lo sa l'intera contea che cosa sta succedendo a quella famiglia. Aggiungete ai disordini sulle colline i cattivi raccolti e un'amministrazione trascurata, e non c'è da sorprendersi se un uomo debole si consoli con la pipa... »

Mia madre si alzò bruscamente in piedi. « Madama Gao, vi sono grata di quanto avete fatto per le mie bambine, ma sono bambine, appunto, e non devono ascoltare discorsi di questo tenore. Vi accompagnerò alla porta, perché vi aspettano molte altre visite, ne sono certa. »

Sollevò (nel vero senso della parola) la sensale dalla sedia e la trascinò, o quasi, giù per le scale. Appena lei e Madama Gao furono scomparse alla vista, la zia versò il tè a Madama Wang, che sedeva perfettamente immobile, immersa nei propri pensieri, con un'espressione remota negli occhi. Poi l'intermediaria batté le palpebre tre volte, si guardò intorno e mi invitò ad avvicinarmi. Avevo tredici anni, e quella donna mi incuteva ancora parecchia soggezione. Mi ero abituata a chiamarla Zietta in sua presenza, ma dentro di me rimaneva la formidabile Madama Wang. Quando le fui arrivata accanto, mi avvicinò a sé con uno strattone, mi tenne stretta fra le ginocchia e mi afferrò per le braccia, come aveva fatto al nostro primo incontro.

« Non riferire mai, *mai*, a Fiore di Neve ciò che hai appena udito. Lei è solo una bambina innocente. Le brutture di quella donna non devono guastarle l'animo. »

« Sì, Zietta. »

Mi diede un violentissimo scossone. « Mai! »

« Lo prometto. »

A quell'epoca non avevo capito neppure la metà dello scambio tra le due sensali. E, se anche ne avessi compreso il significato, perché avrei dovuto riportare a Fiore di Neve dei pettegolezzi tanto malvagi? Io le volevo bene. Per nessuna ragione al mondo l'avrei ferita ripetendole le parole velenose di Madama Gao.

Aggiungerò solo un'osservazione: la mamma dovette raccontare qualcosa a Baba, perché a Madama Gao non fu più consentito di mettere piede in casa nostra. Ogni altro accordo con lei venne discusso al di là della soglia, su sgabelli portati fuori appositamente. Questo dimostra la profondità dell'affetto che anche papà e mamma nutrivano per Fiore di Neve. Era la mia *laotong*, ma non l'amavano meno della loro stessa figlia.

Arrivò la decima luna del mio tredicesimo anno. Oltre la grata della finestra, il bianco rovente del cielo estivo si era ammorbidito nell'azzurro intenso dell'autunno. Mancava solo un mese al matrimonio della Sorella Maggiore. I parenti dello sposo inviarono gli ultimi doni. Le sorelle giurate vendettero venticinque *jin* di riso e acquistarono regali. Poi si trasferirono da noi per il periodo dedicato ai canti nella stanza del piano di sopra. Ricevemmo la visita di altre donne del villaggio, venute a fraternizzare, a dare consigli e a partecipare al nostro dolore. Per ventotto giorni intonammo canzoni e ci raccontammo storie. Le sorelle giurate aiutarono la compagna a completare le sue trapunte e a impacchettare le scarpe che aveva confezionato per i componenti della famiglia in cui si disponeva a entrare. Insieme preparammo per lei i libri nuziali del terzo giorno, destinati a presentarla alle donne della nuova casa, e ci sforzammo tutte di trovare le parole giuste per descrivere le doti e le qualità migliori della sposa.

Tre giorni prima che si trasferisse dal marito, celebrammo la Giornata del Dolore e della Preoccupazione. La mamma si sedette sul quarto gradino della scala che portava al piano di sopra, con i piedi appoggiati al terzo scalino, e intonò un lamento.

« Mia primogenita, eri una perla nelle mie mani », cantilenò. « Ho gli occhi inondati da una doppia alluvione di lacrime. Due fiumi mi percorrono le gote. Presto avrò un vuoto nel cuore. »

La Sorella Maggiore, le sue sorelle giurate e le donne del villaggio cominciarono a piangere, facendo eco alla tristezza di mia madre. *Ku, ku, ku.**

La zia cantò per seconda, adeguandosi al ritmo stabilito da Mama. Come sempre tentò di trovare una nota di ottimismo anche in mezzo alla sofferenza. « Sono brutta e poco brillante, ma ho sempre cercato di compensare tutto ciò con un buon carattere. Ho amato mio marito, e lui ha voluto bene a me. Siamo una coppia di anatre mandarine né belle né intelligenti. Ci siamo divertiti molto a letto. Auguro lo stesso anche a te. »

Quando venne il mio turno, levai alta la voce. « Sorella Maggiore, il mio cuore piange alla prospettiva di perderti. Se fossimo nate maschi, niente ci avrebbe divise. Saremmo rimaste insieme per sempre, come papà e lo zio, come il Fratello Maggiore e il Terzo Fratello. La nostra famiglia è triste. La stanza delle donne sarà solitaria e malinconica senza di te. »

Con l'intenzione di offrire a mia sorella il miglior dono possibile, intonai i precetti appresi da Fiore di Neve. « A tutti servono abiti, anche nell'estate più fresca e nell'inverno più tiepido, perciò confeziona vestiti per chi ti sta vicino senza bisogno che te lo chiedano. Per quanto abbondante sia la tavola, lascia che i familiari di tuo marito si servano per primi. Lavora con impegno e tieni bene a mente tre cose: sii buona con i tuoi suoceri e mostra sempre rispetto; sii buona con il tuo sposo e non stancarti di tessere per lui; sii buona con i tuoi figli, e diventa per loro in ogni occasione un esempio di dignità. Se seguirai questi consigli, la tua nuova famiglia ti tratterà con gentilezza. Nella tua nuova, bella casa troverai la pace del cuore. »

Le sorelle giurate aggiunsero il loro compianto al mio. Ave-

* In cinese, la parola *ku* significa « piangere ». (*N.d.T.*)

vano voluto bene a mia sorella, una ragazza premurosa e piena di talento. Quando l'ultima del gruppo si fosse sposata, il prezioso vincolo di sorellanza che le aveva unite si sarebbe dissolto. Avrebbero conservato solo il ricordo delle ore passate insieme a tessere e ricamare. Non ci sarebbero stati che i libri nuziali del terzo giorno a consolarle negli anni a venire. Pronunciarono il voto tradizionale: alla morte di ciascuna, le sopravvissute si impegnavano a partecipare al funerale e a bruciare i propri scritti perché le parole accompagnassero la defunta nell'aldilà. Adesso, benché oppresse dall'angoscia della separazione, auguravano alla consorella di essere felice.

Dopo che tutte furono intervenute ed ebbero versato molte lacrime, Fiore di Neve presentò il suo regalo speciale. « Non canterò per te », esordì. « Ti mostrerò invece lo stratagemma escogitato da me e da tua sorella per tenerti sempre con noi. » Estrasse dalla manica il nostro ventaglio, lo aprì con uno scatto e lesse il semplice distico che avevamo composto insieme: « *Sorella Maggiore e buona amica, silenziosa e gentile. Sei un ricordo lieto* ». Poi la mia *laotong* indicò il fiorellino rosa aggiunto alla ghirlanda che andava arricchendosi sull'orlo del ventaglio: lo aveva dipinto per rappresentare la presenza perenne di mia sorella nei nostri cuori.

Il giorno dopo, tutti raccolsero foglie di bambù e riempirono secchi d'acqua. Quando arrivarono i parenti dello sposo, li inondammo di foglie per simboleggiare l'eterna freschezza dell'amore destinato a unire la nuova coppia; poi gettammo loro addosso l'acqua per alludere alla purezza della nostra congiunta, non meno immacolata di quel liquido trasparente e vitale. Questi scherzi furono accompagnati da grandi risate e molta allegria.

Trascorsero altre ore fra cibo e lamenti. Fu esposta la dote, e ognuno commentò la qualità dei lavori eseguiti dalla sposa. Per l'intero giorno e l'intera notte, mia sorella apparve ancora più bella con gli occhi bagnati di lacrime. La mattina successiva entrò nel palanchino che l'avrebbe condotta a casa del marito. I presenti sparsero altra acqua, esclamando: « Sposare una figlia è come gettare via quest'acqua! » Accompagnammo tutti la portantina sino ai confini del villaggio e guardammo la processione che attraversava il ponte e si allontanava da Puwei. In capo a tre giorni, i miei genitori mandarono ai consuoceri dolci di riso glutinoso, nuovi doni e i nostri libri nuziali del terzo giorno al completo perché fossero letti ad alta voce nella stanza delle donne della nuova casa. L'indomani, secondo le tradizioni, il Fratello Maggiore salì sul carro di famiglia, andò a prendere mia sorella e la ricondusse a Puwei. A parte poche visite coniugali all'anno, sarebbe rimasta con noi fin quasi al termine della prima gravidanza.

Tra tutti gli eventi legati al matrimonio, ciò che mi è rimasto più impresso nella memoria è il ritorno della Sorella Maggiore da una delle sue visite coniugali, la primavera seguente. Ero abituata a vederla sempre così docile e tranquilla, seduta in un angolo sullo sgabello a cucire in silenzio, attenta a non provocare mai il minimo diverbio. Ma quel giorno si inginocchiò a terra, seppellì il volto in grembo a Mama e sfogò piangendo tutti i suoi affanni. La suocera la ingiuriava, la sgridava e la criticava in continuazione. Il marito era rozzo e ignorante. Nella nuova casa toccava a lei attingere l'acqua e lavare i panni per l'intera famiglia. Ci mostrò le nocche scorticate dalle fatiche del giorno prima. I parenti d'acquisto le rinfacciavano il cibo che mangiava e sparlavano di noi perché non le davamo abbastanza provviste per sfamarsi quando andava a trovarli.

Splendida Luna, Fiore di Neve e io ci avvicinammo l'una all'altra facendo schioccare la lingua in segno di commiserazione, ma dentro di noi, al di là del dispiacere per la Sorella Maggiore, eravamo sicure che non ci sarebbe mai successo niente del genere. Mama carezzò i capelli e le membra tremanti della figlia più grande. Mi aspettavo che le dicesse di non preoccuparsi, di pazientare in quella fase passeggera: invece rimase in silenzio. Con un'espressione d'impotenza negli occhi guardò la zia, in cerca di consigli.

« Ho trentotto anni », cominciò la cognata, in tono non tanto comprensivo quanto rassegnato. « Ho vissuto un'esistenza infelice. Sono nata da genitori rispettabili, ma i piedi e il viso hanno segnato il mio destino. Anche le donne del mio stampo

– non belle né intelligenti, o addirittura deformi o mute – possono trovare marito, perché perfino un uomo ritardato è in grado di generare un figlio. Tutto ciò che gli occorre è un recipiente. Mio padre mi ha accasata presso la famiglia migliore disposta ad accogliermi. Ho pianto come te adesso. Il fato si è accanito ulteriormente contro di me. Non sono riuscita a mettere al mondo un maschio. Sono stata un peso per i miei suoceri. Vorrei avere avuto un erede maschio e una vita più lieta. Vorrei che mia figlia non dovesse sposarsi mai e potesse restare con me a confortarmi. Ma è così che vanno le cose per noi donne. Il destino non cambia. È stabilito e irrevocabile. »

Sentire discorsi simili da parte di mia zia – l'unica persona in casa nostra sempre pronta a pronunciare una battuta divertente, a guidarci negli studi con gioia, a parlare di quanto fossero felici lei e lo zio grazie ai piaceri del letto coniugale – fu un vero trauma. Splendida Luna allungò un braccio e strinse la mia mano nella propria. Ascoltare quelle verità rimaste fino allora taciute e inespresse le riempì gli occhi di lacrime. Non avevo ancora mai riflettuto a fondo sulla vita dura della zia, ma le sue parole mi indussero a rievocare in un lampo gli anni passati e a rendermi conto che in effetti aveva affrontato sorridendo un'esistenza irta di delusioni.

Com'è naturale, le dichiarazioni della zia non consolarono affatto mia sorella, che scoppiò in singhiozzi ancora più disperati, premendosi le mani sulle orecchie. Mama non poté evitare di parlare alla figlia, ma, quando lo fece, diede voce alla parte più profonda del suo *yin*: negativa, oscura e femminina.

« Ti sei sposata », disse in uno strano tono distaccato. « Andrai a vivere in un altro villaggio. Tua suocera è malvagia. Tuo marito non ti vuole bene. Ci piacerebbe tenerti con noi per sempre, ma una donna deve accasarsi. Tutti concordano su questo. Tutti lo accettano. Tu puoi piangere e implorare di tornare a casa, e noi possiamo affliggerci per la tua assenza, ma non abbiamo scelta, né tu né noi. C'è un vecchio adagio che esprime alla perfezione questo concetto: 'Se una figlia non si marita, non vale niente; se il fuoco non devasta la montagna, la terra non diventa fertile'. »

Giorni di capelli raccolti

FRESCHE BREZZE

Fiore di Neve e io compimmo quindici anni: portavamo i capelli raccolti nello stile della fenice, per simboleggiare che presto ci saremmo sposate. Ci dedicavamo con impegno alla preparazione del corredo. Parlavamo a bassa voce e camminavamo con grazia sui nostri gigli dorati. Conoscevamo ormai bene il *nu shu*, e quando eravamo separate non passava giorno senza che ci scrivessimo. Sanguinavamo ogni mese. Aiutavamo nelle faccende domestiche, spazzando, raccogliendo le verdure nell'orto, lavando abiti e stoviglie, tessendo e cucendo. Venivamo considerate adulte, ma non avevamo ancora le responsabilità di una donna coniugata. Eravamo libere di farci visita a nostro piacimento e di passare le ore nella stanza del piano di sopra, le teste vicine e curve sul lavoro, ricamando e sussurrando tra noi. Ci univa l'affetto profondo al quale anelavo da bambina.

Quell'anno Fiore di Neve venne a stare da noi per l'intera Festa delle Fresche Brezze, che cade nella stagione più calda, quando le scorte dell'ultimo raccolto stanno per esaurirsi e i campi non hanno ancora dato i loro frutti. Per questo le nuore di ciascuna famiglia, le donne di più basso rango in qualsiasi casa, vengono rimandate nei loro villaggi d'origine per giorni e, talora, per settimane. La chiamano « festa », ma il vero scopo è eliminare dalle tavole dei suoceri le bocche da sfamare meno desiderate.

La Sorella Maggiore si era appena trasferita stabilmente dal marito. Stava per portare a termine la prima gravidanza e non poteva andare da nessuna parte. La mamma era tornata dai suoi, conducendo con sé il Secondo Fratello. Anche la zia si trovava nel villaggio natale, mentre Splendida Luna trascorreva i giorni di festa con le sue sorelle giurate. La moglie del Fratello Maggiore e la loro figlioletta avevano raggiunto la famiglia d'origine. Baba, lo zio e il Fratello Maggiore volevano soltanto essere lasciati in pace. Da noi non desideravano altro che tè caldo, tabacco e fette d'anguria. E così, per tre giorni e tre notti delle settimane di festa, Fiore di Neve e io rimanemmo sole nella stanza delle donne.

La prima sera ci coricammo l'una accanto all'altra, con le fasce sui piedi, le babbucce da notte, la biancheria e gli abiti per dormire. Avevamo trascinato il letto sotto la grata della finestra, nella speranza di cogliere un soffio di brezza fresca, ma non spirava un alito di vento: fuori regnava solo una torrida immobilità. Presto la luna sarebbe stata piena. I raggi di luce che penetravano all'interno si riflettevano sui nostri volti sudati, dandoci la sensazione di avere ancora più caldo. La notte successiva, persino più afosa della precedente, Fiore di Neve propose che ci togliessimo i vestiti indossati per dormire. « Non c'è nessuno », disse, « e nessuno lo verrà a sapere. » Provammo un po' di sollievo, ma anelavamo a una maggiore freschezza.

Nella nostra terza notte insieme la luna aveva raggiunto le sue massime dimensioni, e la stanza delle donne era inondata da un vivido bagliore azzurro. Una volta certe che gli uomini si fossero assopiti, ci sfilammo abiti e biancheria. Rimanemmo con le fasce e le babbucce, nient'altro. Sentivamo qualche refolo che ci accarezzava le membra, ma non si trattava certo di una brezza rinfrescante, ed eravamo accaldate come se fossimo state vestite da capo a piedi.

« Così non basta », dichiarò Fiore di Neve, levandomi le parole di bocca.

Si rizzò a sedere e prese il ventaglio. Lo aprì lentamente e cominciò ad agitarmelo sul corpo. Per quanto l'aria fosse tiepida sulla pelle, provai una sensazione di estremo piacere. Fiore di Neve si accigliò. Chiuse il ventaglio e lo ripose. Mi scrutò in volto, poi lasciò scivolare lo sguardo sulle mie membra: lungo il collo, oltre i seni, fino al ventre piatto. Avrei dovuto sentirmi in preda all'imbarazzo mentre mi fissava in quel modo, ma era la mia *laotong*, la mia vecchia me stessa. Non avevo nulla di cui vergognarmi.

Alzai gli occhi e vidi Fiore di Neve che si portava un dito alle labbra. Fece saettare fuori la punta della lingua. Nella luce limpida della luna brillò rosea e scintillante. Con estrema delicatezza, la mia *laotong* si umettò il polpastrello facendolo scivolare su quella superficie umida. Quindi mi avvicinò il dito al ventre. Tracciò una linea verso sinistra e un'altra nella direzione opposta, e aggiunse a quei segni una sorta di doppia croce. Le scie bagnate sull'epidermide mi rinfrescarono al punto di farmi venire la pelle d'oca. Abbassai le palpebre, e lasciai che la sensazione si propagasse in me. Poi l'umidità evaporò in un lampo. Quando riaprii gli occhi, Fiore di Neve mi stava fissando.

« Ebbene? » Ma non aspettò la mia risposta. « È un carattere », mi spiegò. « L'hai riconosciuto? »

A un tratto compresi il significato delle sue azioni. Mi aveva scritto sul ventre un simbolo del *nu shu.* Facevamo giochi simili da anni, disegnando ideogrammi per terra con un bastoncino, o delineandone i contorni con le dita sulla schiena o sulla mano della compagna.

« Lo scriverò di nuovo », disse Fiore di Neve. « Però tu stai attenta, questa volta. »

Si leccò il polpastrello con lo stesso movimento fluido di poco prima. Appena sentii il dito bagnato che mi toccava la pelle, non potei evitare di chiudere gli occhi. Percepivo una strana pesantezza nelle membra ed ero senza fiato. Una linea a sinistra per creare uno spicchio di luna, un altro spicchio più in basso, in direzione opposta, due tratti a destra per tracciare la prima croce e due a sinistra per la seconda. Tenni ancora le palpebre abbassate finché il brivido effimero mi scivolò via dal corpo. Risollevandole, vidi Fiore di Neve che mi scrutava con aria indagatrice.

« Letto », mormorai.

« Giusto », rispose lei a bassa voce. « Richiudi gli occhi. Voglio disegnare un nuovo carattere. »

Stavolta ne tracciò i contorni in una sagoma assai più piccola e compatta, scegliendo un punto vicinissimo all'anca destra. Individuai subito di quale segno si trattava. Era un verbo, e significava « illuminare ».

Quando glielo dissi, lei abbassò il viso fino a sfiorare il mio. « Brava », mi sussurrò all'orecchio.

L'ideogramma successivo mi vorticò sulla pelle accanto all'anca sinistra.

« Chiaro di luna », esclamai. Aprii gli occhi. « Il letto è illuminato dal chiaro di luna. »

Avevo riconosciuto il primo verso della poesia d'epoca Tang che mi aveva insegnato Fiore di Neve, e lei sorrise nel rendersene conto. Poi ci scambiammo i ruoli. Come la mia *laotong* aveva fatto con me, così io indugiai a contemplare il suo corpo: il collo sottile, la lieve rotondità dei seni, la piatta levigatezza del ventre, invitante quanto un drappo di seta nuova in attesa del ricamo, le due nette sporgenze gemelle delle ossa pelviche e, più in basso, un triangolo scuro identico al mio e due gambe snelle che si assottigliavano sempre più prima di scomparire nelle babbucce di seta rossa.

Non ero ancora sposata, non dovete dimenticarlo. Non sapevo nulla dei rapporti tra marito e moglie. Imparai solo in seguito che non c'è niente di più intimo per una donna delle sue babbucce da notte, e niente di più erotico per un uomo del contrasto fra quelle pantofoline scarlatte e la pelle candida di una donna nuda: eppure già allora, devo confessarlo, il mio sguardo si soffermò su di esse. Erano il paio che Fiore di Neve usava d'estate. Vi aveva ricamato le immagini delle Cinque Creature Velenose (centopiedi, rospi, scorpioni, serpenti e lucertole), i simboli tradizionali per neutralizzare le malattie estive: colera, peste, febbre tifoidea, malaria, tifo. Il lavoro della mia *laotong* appariva perfetto quanto ciascuna parte del suo corpo.

Mi leccai il dito e guardai la bianca carnagione di Fiore di Neve. Quando la sfiorai con il polpastrello bagnato appena al di sopra dell'ombelico, percepii il suo ansito. Il petto si sollevò, il ventre si incavò e le si accapponò la pelle in un fremito.

« Io », disse. Era giusto. Tracciai il carattere successivo sotto l'ombelico. « Immagino », aggiunse lei. Poi imitai la sua scelta di poco prima, e disegnai un altro ideogramma vicino all'anca destra. « Neve. » Passai al lato sinistro del bacino. « Leggera. » Conoscevamo entrambe la poesia, perciò le parole non racchiudevano alcun mistero, a parte le sensazioni suscitate dallo scriverle e dal decifrarle. Avevo usato tutti i punti già utilizzati da lei sul mio corpo. Adesso dovevo escogitare qualcosa di nuovo. Optai per la morbida zona dove si uniscono le costole all'altezza della bocca dello stomaco. Sapevo per esperienza che si tratta di una parte sensibile al tatto, alla paura, all'amore. Fiore di Neve rabbrividì sotto il mio tocco mentre scrivevo «grigia».

Solo due parole per completare il verso. Non avevo dubbi su ciò che volevo fare, eppure esitavo. Indugiai con la lingua sulla punta del dito. Poi, imbaldanzita dal caldo, dalla luna e dal contatto tra la mia pelle e quella di Fiore di Neve, posai su uno dei suoi seni il polpastrello bagnato. Lei schiuse le labbra e si lasciò sfuggire un piccolo gemito insieme al respiro. Restò in silenzio, e io non le domandai quale carattere avessi disegnato. Ma, per l'ultimo ideogramma, mi coricai sul fianco accanto a lei per vedere da vicino le reazioni della sua pelle. Mi leccai l'indice, tracciai le linee e guardai il capezzolo che si inturgidiva e si increspava. Rimanemmo completamente immobili per un attimo. Quindi, con gli occhi ancora chiusi, Fiore di Neve mormorò l'intera frase: «Io immagino sia la neve leggera di una grigia alba invernale».

La mia *laotong* si girò di lato per mettersi di fronte a me. Mi appoggiò la mano sulla gota in una tenera carezza, come faceva ogni sera dalla nostra prima notte insieme, negli anni lontani dell'infanzia. Con il chiaro di luna che le splendeva in volto, lasciò scivolare la mano lungo il mio corpo: sul collo, sul seno, sul fianco. «Ci restano ancora due versi.»

Si mise a sedere, e io mi sdraiai sulla schiena. Pensavo avesse fatto caldo nelle notti passate, ma adesso, nuda nella luce lunare, sentivo ardere in me un fuoco ben più rovente di qualsiasi calura potessero infliggerci gli dei con il mero ciclo delle stagioni.

Quando capii dove Fiore di Neve intendeva tracciare il primo carattere, mi costrinsi a concentrarmi. Lei si spostò in fondo al letto e si appoggiò in grembo i miei piedi. Cominciò a scrivere all'interno della caviglia sinistra, appena sopra il bordo della pantofolina rossa. Terminato l'ideogramma, delineò il successivo sulla caviglia destra. Quindi continuò a passare da una gamba all'altra per tutto il resto della frase, sempre mantenendosi nelle immediate vicinanze delle fasce. I piedi – quella parte di me cui era stato inflitto tanto strazio e tanto dolore, fonte di tanto orgoglio e di tanta bellezza – mi formicolavano di piacere. Sebbene la mia *laotong* e io fossimo vecchie noi stesse da otto anni, non eravamo mai state così vicine. Infine il verso fu completo: « Alzo gli occhi e ammiro la luna piena nel cielo notturno ».

Ero ansiosa di far provare a Fiore di Neve le sensazioni che aveva appena suscitato in me. Presi tra le mani i suoi gigli dorati e me li appoggiai sulle cosce. Scelsi il punto che mi era sembrato più delizioso: il lieve avvallamento tra il malleolo e il tendine del garretto. Scrissi un carattere dai molteplici significati: « chinare il capo », « inchinarsi » e « prosternarsi ». Sull'altra caviglia, tracciai la parola « e ».

Posai sul letto i piedi di Fiore di Neve e aggiunsi un ideogramma sul polpaccio. Poi passai all'interno della gamba, subito sopra il ginocchio. Assegnai agli ultimi due simboli la parte più alta delle cosce. Mi chinai per delinearne i contorni con la massima perfezione possibile. Soffiai sul mio lavoro, consapevole delle reazioni che avrei provocato, e guardai i peli pubici che fluttuavano lievemente in risposta.

Più tardi la mia *laotong* e io recitammo insieme l'intera poesia.

Il letto è illuminato dal chiaro di luna.
Io immagino sia la neve leggera di una grigia alba invernale.
Alzo gli occhi e ammiro la luna piena nel cielo notturno.
Chino il capo, e m'invade la nostalgia di casa.

La lirica, lo sappiamo tutti, allude alla malinconia per la patria lontana di cui è preda uno studioso durante un viaggio, ma quella notte pensai che parlasse di noi due, e da allora non ho più smesso di crederlo. Fiore di Neve era il mio rifugio, e io il suo.

SPLENDIDA LUNA

Splendida Luna tornò il giorno dopo, e ci rimettemmo al lavoro. Ormai da mesi, le famiglie dei nostri futuri mariti avevano provveduto alla Comunicazione della data per le nozze, inviandoci nel contempo la prima parte del prezzo per la sposa: altra carne di maiale e nuovi dolciumi, insieme ai bauli di legno vuoti da riempire con il corredo. Infine ci mandarono la cosa più importante: una provvista di stoffe.

Vi ho già detto che la mamma e la zia tessevano quanto occorreva a tutti noi, e a quel punto anche Splendida Luna e io eravamo entrambe provette tessitrici. Tuttavia, per definire i nostri lavori mi vengono in mente espressioni quali « fatti in casa » e « alla buona ». Il cotone lo coltivavano papà e lo zio e le donne della famiglia lo pulivano e lo preparavano; eravamo molto parsimoniosi e usavamo con grande moderazione i coloranti per tingere la tela di azzurro e la cera per crearvi motivi e disegni.

A parte ciò che producevamo noi stessi, potevo paragonare le mie stoffe nuziali solo con quelle degli abiti di Fiore di Neve: tuniche, pantaloni e copricapi ricavati da bellissimi tessuti e cuciti secondo modelli sofisticati per realizzare un elegante guardaroba. Tra i capi di abbigliamento indossati in quei giorni dalla mia *laotong*, uno dei miei preferiti era una casacca color indaco. Il taglio e la complessità dei decori la rendevano assai superiore a qualsiasi indumento avessero mai posseduto o confezionato le spose di Puwei. Eppure Fiore di Neve la portava con disinvoltura, e se la mise finché non cominciò a stingersi e a logorarsi. Il modello e la stoffa furono una fonte di ispirazione per me, questo voglio dire, perché desideravo prepararmi abiti adatti per la vita di ogni giorno a Tongkou.

Ma il cotone ricevuto dai miei suoceri come parte del prezzo per la sposa cambiò completamente il mio modo di considerare le cose. Era soffice, senza traccia di semi, ornato da disegni elaborati e tinto nelle sfumature più intense di indaco tanto apprezzate dagli Yao. Grazie a quel dono, mi resi conto di avere ancora molto da imparare e da perfezionare: eppure persino delle stoffe così raffinate impallidivano in confronto alle sete arrivate per me. Di qualità sopraffina, avevano colori perfetti. Il rosso per il matrimonio, ma anche per gli anniversari, le feste di Capodanno e altre ricorrenze. Il viola e il verde, entrambi appropriati per una giovane moglie. Un grigio dai riflessi bluastri, la tinta del cielo prima di una tempesta, e il verde azzurro che assumono gli stagni dei villaggi in estate, per i miei anni da donna matura e poi da vedova. Nero e blu scuro per gli uomini della mia nuova casa. Alcune pezze mostravano una trama semplice e liscia; altre erano state tessute a motivi ornamentali: simboli della doppia felicità, peonie o nuvole.

Il cotone e la seta inviati dalla famiglia di mio marito non mi vennero consegnati perché li usassi a mia discrezione. Servivano per il corredo, e lo stesso valeva per le stoffe ricevute da Splendida Luna e Fiore di Neve. Bisognava confezionare una scorta di trapunte, federe, scarpe e abiti sufficiente per una vita intera, perché la tradizione vuole che le donne Yao non accettino nulla dai suoceri. Le trapunte! Consentitemi di soffermarmi un poco sull'argomento. Cucirle è un lavoro noioso e sgradevole, soprattutto nella stagione calda. Comunque, dato che secondo una diffusa credenza il loro numero preannuncia la nascita di una prole altrettanto numerosa, ne preparammo il più possibile.

Ci piaceva soprattutto confezionare le scarpe. Erano destinate ai nostri mariti, ai suoceri e a qualsiasi altro componente della nuova famiglia, compresi fratelli, sorelle, cognate e bambini. (A me andò bene: avrei sposato il primogenito di quattro maschi. Le calzature da uomo non richiedono molti ornamenti, per cui me la sbrigai in fretta. A Splendida Luna toccò un compito assai più impegnativo. Nella sua futura casa, oltre al marito e ai genitori di lui, vivevano cinque sorelle, una zia, uno zio e i loro tre figli.) Mia cugina, Fiore di Neve e io preparammo anche sedici paia di scarpe per il nostro uso personale, quattro per ciascuna stagione dell'anno. Sarebbero state proprio le calzature ad attirare l'attenzione più di qualunque altro articolo del corredo, ma noi ne eravamo contente, perché dedicavamo un'estrema cura a ogni paio, dall'allestimento delle suole al ricamo della tomaia. Oltre a consentirci di mettere in risalto la nostra abilità tecnica e artistica, quel lavoro conteneva un messaggio di gioia e di ottimismo. Nel nostro dialetto, la parola «scarpa» ha lo stesso suono della parola «figlio». Come nel caso delle trapunte, più calzature avessimo confezionato, più bambini avremmo messo al mondo, con una differenza, però: le scarpe richiedevano delicatezza e gusto, mentre cucire le coperte imbottite per l'inverno era un compito faticoso e ingrato. Attendevamo alle nostre attività tutt'e tre insieme, fianco a fianco, e questo ci portava a competere molto amichevolmente nel comporre i motivi più raffinati sulla tomaia e nell'ottenere la massima robustezza delle parti interne.

I nostri futuri familiari ci avevano mandato le sagome dei propri piedi. Non avendo mai visto gli uomini cui eravamo destinate, non sapevamo se fossero alti o con la pelle butterata, ma ne conoscevamo bene la misura delle scarpe. Eravamo giovani e non meno romantiche di qualsiasi ragazza della nostra età, e immaginammo ogni sorta di cose a partire da quel dato banale. Alcune deduzioni si rivelarono vere. La maggior parte si dimostrò falsa.

Utilizzavamo le sagome per tagliare il tessuto di cotone, e incollavamo a tre a tre le forme così ottenute. Dopo aver preparato un buon numero di questi triplici strati, li mettevamo ad asciugare sul davanzale della finestra. Nella stagione più calda facevano prestissimo. Una volta pronti, ne sovrapponevamo tre e li cucivamo insieme, in modo da ricavarne una suola spessa e resistente. Per la cucitura delle suole ci si limita in genere a un motivo semplice che si ripete sempre uguale e somiglia a una serie di chicchi di riso, ma noi volevamo far colpo sulle nostre future famiglie e sceglievamo disegni assai più complessi: per il marito una farfalla nell'atto di aprire le ali, per la suocera un crisantemo in fiore, per il suocero un grillo su uno stelo.

Dedicavamo tanto impegno persino alle parti meno visibili perché consideravamo i nostri sforzi una sorta di messaggio alle persone di cui desideravamo conquistare l'affetto dopo il matrimonio.

Come ho già avuto occasione di dire, quell'anno faceva un caldo insopportabile durante la Festa delle Fresche Brezze. C'era un'afa spaventosa nella stanza delle donne. Al piano di sotto si stava appena un po' meglio. Per quanto bevessimo molto tè, sperando che ci desse sollievo, boccheggiavamo persino con le bluse estive e i pantaloni più leggeri. Cercavamo di consolarci rievocando esperienze infantili di freschezza. Io descrivevo le sensazioni provate immergendo i piedi nel fiume. Splendida Luna ci raccontava di quando correva nei campi alla fine dell'autunno, con l'aria frizzante a solleticarle le gote. Fiore di Neve ricordava un viaggio nel Nord in compagnia del padre, e ci parlava del vento gelido della Mongolia. Anziché darci conforto, quei discorsi inasprivano il nostro disagio.

Papà e lo zio s'impietosirono nel vederci patire tanto. Conoscevano ancora meglio di noi la durezza del clima: faticavano infatti tutto il giorno sotto un sole spietato. Ma eravamo poveri. Non avevamo un cortile interno in cui trovare sollievo, né un pezzo di terra dove farci condurre dai portatori per riposare sotto l'ombra di un albero, né alcun altro luogo riparato dagli sguardi degli estranei. Allora Baba prese un po' di stoffa della mamma e con l'aiuto dello zio allestì una tenda per noi sul lato nord della casa. Poi sistemò a terra alcune trapunte invernali in modo che potessimo sederci sul morbido.

« Durante il giorno gli uomini sono nei campi », disse. « Non vi vedrà nessuno. Finché non cambierà il tempo, potrete lavorare qui. Ma non dite niente alle vostre madri. »

Splendida Luna era abituata ad andare a piedi dalle sue sorelle giurate per ricamare e stare insieme a loro, ma io non vedevo Puwei dai giorni dei miei anni di latte. Sì, avevo varcato la nostra soglia per entrare nella portantina di Madama Wang, ed ero scesa nell'orto a raccogliere la verdura. A parte questo, però, potevo solo sbirciare il vicolo sotto casa dalla grata della finestra. Da troppo tempo non sentivo più il ritmo della vita nel villaggio.

Eravamo tutt'e tre al colmo della gioia: ancora accaldate, ma felici. Sedute all'ombra, godendoci la lieve brezza fresca che prometteva il nome della festa, ricamavamo tomaie o montavamo le varie parti delle calzature per completarne la confezione. Splendida Luna concentrava i propri sforzi sulle scarpette rosse per la cerimonia nuziale, le più elaborate e preziose. Sul tessuto sbocciavano fiori di loto rosa e bianchi, simbolo di purezza e fertilità. Fiore di Neve aveva appena terminato un paio di scarpine di seta azzurro cielo, destinate alla suocera e decorate con un motivo di nuvole: appoggiate sulla trapunta accanto a noi, apparivano raffinate ed eleganti, e ci rammentavano con delicatezza l'elevata qualità del lavoro alla quale dovevamo ispirarci per ogni nostro progetto. Guardarle mi riempiva di allegria, perché mi riportavano alla memoria la casacca indossata dalla mia *laotong* il giorno del nostro primo incontro. Lei, peraltro, sembrava molto lontana da simili pensieri nostalgici; era tutta presa dalle babbucce che stava preparando per sé, di seta viola guarnita di bianco. Scritti insieme, i due caratteri per designare quei colori significavano « molti figli ». Come le capitava spesso, per la decorazione Fiore di Neve si era ispirata al cielo e alle creature dell'aria. Questa volta nel piccolo riquadro di tessuto si libravano in volo uccelli e altri esseri alati. Nel frattempo io stavo finendo un paio di scarpe per mia suocera, la cui misura di piede era un po' più grande della mia: mi riempiva d'orgoglio il fatto che già solo per questo motivo avrebbe dovuto considerarmi degna di suo figlio. Non avendola ancora incontrata, non ne conoscevo i gusti, ma in quei giorni di torrida calura riuscivo a evocare soltanto immagini di freschezza. Raffigurai sulla stoffa un paesaggio di salici in riva a un corso d'acqua, lungo le sponde del quale si riposavano alcune donne. Una scena di fantasia, anche se non molto più lontana dalla realtà dei mitici volatili che adornavano le calzature della mia *laotong*.

Dovevamo offrire un grazioso quadretto là sedute sulla trapunta con le gambe ripiegate sotto di noi: tre fanciulle, tutte fidanzate con giovani di buona famiglia, impegnate a lavorare allegramente ai rispettivi corredi e pronte a esibire le proprie buone maniere con chiunque si avvicinasse. Ragazzini mandati a raccogliere legna o a condurre i bufali al fiume si fermavano a chiacchierare con noi. Bambinette incaricate di sorvegliare fratellini e sorelline ci permettevano di tenere i piccoli in braccio. Noi fantasticavamo su cosa avremmo provato un giorno nel prenderci cura di un figlio. Anziane vedove, ormai sicure del proprio rango e della propria condotta, si avvicinavano per scambiare qualche pettegolezzo, esaminare i ricami e commentare il candore della nostra carnagione.

Il quinto giorno passò a trovarci Madama Gao. Era appena tornata dal villaggio di Getan, dove stava negoziando un fidanzamento. Mentre si trovava laggiù, aveva consegnato alla Sorella Maggiore le lettere che le avevamo scritto, e ora ci portava la sua risposta. La sensale non piaceva a nessuna di noi, ma ci avevano insegnato a rispettare le persone più anziane. Le proponemmo una tazza di tè: lei rifiutò. Non le offrivamo alcuna prospettiva di guadagno, pertanto si limitò a consegnarmi il plico e a risalire sulla portantina. La guardammo svoltare l'angolo; poi io tagliai il sigillo di pasta di riso con l'ago da ricamo. Per via degli avvenimenti successivi di quel giorno e delle numerose espressioni convenzionali in *nu shu* usate da mia sorella, credo di poter ricostruire gran parte della sua lettera:

Cari familiari,

oggi stringo il pennello tra le dita e il mio cuore spicca il volo verso casa.

Mi rivolgo a tutti voi: porgo rispettosi saluti ai miei cari genitori, alla zia e allo zio.

Quando penso ai giorni del passato non riesco a trattenere le lacrime.

Stare lontana da casa continua a riempirmi di tristezza.

Ho il ventre gonfio per il bambino che sta per nascere, e l'estate così torrida mi fa soffrire terribilmente il caldo.

I miei suoceri sono cattivi con me.

Sono io a sbrigare tutte le faccende.

In quest'afa diventa impossibile accontentarli.

Sorella, cugina, prendetevi cura di Mama e Baba.

Noi donne possiamo solo sperare che i nostri genitori vivano per molti anni a venire.

Così avremo un posto dove tornare almeno in occasione delle feste.

Nella nostra famiglia natale ci sarà sempre qualcuno pronto ad apprezzarci e volerci bene.

Vi prego, siate buone con papà e mamma.

La vostra figlia, sorella e cugina

Finii di leggere la lettera e chiusi gli occhi. Tante lacrime per la Sorella Maggiore e tanta gioia per me: a questo pensavo. Provavo gratitudine per il nostro costume di trasferirci a casa del marito solo alla vigilia del primo parto. Mancavano ancora due anni alle mie nozze, e con ogni probabilità ne sarebbero trascorsi altri tre prima che fossi costretta a stabilirmi per sempre dai miei suoceri.

Una specie di singulto mi distolse da queste riflessioni. Sollevai le palpebre e mi girai verso Fiore di Neve. Fissava qualcosa sulla propria destra con un'espressione sconcertata. Seguii la direzione del suo sguardo: Splendida Luna si stava passando una mano sul collo e respirava con affanno.

« Cosa c'è che non va? » le domandai.

Mia cugina sollevava il petto a fatica nello sforzo di inalare l'aria, con un sibilo che non dimenticherò mai.

Mi guardò con i suoi begli occhi. Smise di agitare la mano e se la strinse sul lato del collo. Non cercò di alzarsi in piedi. Rimase ferma con le gambe ripiegate sotto di sé. Non sembrava diversa da poco prima: una giovinetta seduta all'ombra con il ricamo in grembo, in un torrido pomeriggio. Ma io mi accorsi che sotto le sue dita il collo cominciava a gonfiarsi.

« Fiore di Neve, va' a cercare soccorso », esclamai in tono concitato. « Chiama Baba, chiama lo zio. Presto! »

Con la coda dell'occhio vidi la mia *laotong* sforzarsi di correre sui piedi minuscoli. La sua voce – non avvezza a gridare – risuonava acuta e incerta. « Aiuto! Aiuto! »

Mi spostai carponi sulla trapunta per avvicinarmi a Splendida Luna. Notai sul suo ricamo un'ape in lotta contro la morte. Il pungiglione doveva essere ancora conficcato nel collo di mia cugina. Le presi una mano e la strinsi nella mia. Lei schiuse le labbra. La lingua era tumefatta e congestionata.

« Cosa posso fare? » dissi. « Vuoi che provi a estrarre il pungiglione? »

Era troppo tardi, e lo sapevamo entrambe.

« Desideri un po' d'acqua? » le domandai.

Non poté rispondermi. Respirava solo dal naso, e sempre più a fatica.

Da qualche punto del villaggio mi giunse l'eco della voce di Fiore di Neve. « Baba! Zio! Fratello Maggiore! Qualcuno ci aiuti! »

I ragazzini abituati a intrattenersi con noi nei giorni precedenti si raggrupparono intorno alla trapunta e rimasero a guardare a bocca aperta le membra di mia cugina che si gonfiavano: il collo, la lingua, le palpebre, le mani. Splendida Luna perse il pallore che le aveva dato il nome: la pelle divenne rosata, rossa, purpurea, azzurra. La poveretta sembrava una creatura uscita da un racconto di fantasmi. Sopraggiunsero alcune vedove di Puwei e scossero il capo con aria compassionevole.

Gli occhi di mia cugina si fissarono nei miei. Aveva le mani così gonfie che le dita parevano salsicciotti sulla mia palma, e la pelle lucida e tesa dava l'impressione di essere sul punto di spaccarsi. Ressi con delicatezza quella zampa mostruosa.

« Splendida Luna, ascoltami », la supplicai. « Il tuo papà sta arrivando. Aspettalo. Lui ti ama moltissimo. Ti vogliamo tutti bene, Splendida Luna. Riesci a sentirmi? »

Le donne più anziane si misero a piangere. I bambini si strinsero gli uni agli altri. La vita al villaggio era dura. Chi di noi non aveva ancora visto la morte? Ma era cosa rara assistere a tanto coraggio, tanta calma, tanta nobile determinazione negli ultimi istanti.

« Sei stata una brava cugina », continuai. « Il mio affetto per te non è mai venuto meno. Ti rispetterò per sempre. »

Splendida Luna trasse un altro respiro. Produsse l'aspro cigolio di una cerniera riluttante. Fu lento e stentato, e non portò quasi aria nei polmoni.

« Splendida Luna, Splendida Luna... »

Quel fischio orribile cessò. Mia cugina aveva gli occhi ridotti a due fessure nel viso atrocemente distorto, eppure mi fissò con uno sguardo pieno di consapevolezza. Aveva sentito ogni mia parola. Nel suo ultimo momento di vita – mentre non riusciva più a inspirare né a espirare – ebbi l'impressione che volesse affidarmi molti messaggi. *Di' alla mamma che le voglio bene. Di' a papà che voglio bene anche a lui. Esprimi ai tuoi genitori la mia gratitudine per tutto quanto hanno fatto per me. Non permettere agli uomini di soffrire per colpa mia.* Poi reclinò il capo in avanti e lo lasciò ricadere sul petto.

Nessuno dei presenti fece il minimo movimento. Tutto rimase immobile come nel paesaggio ricamato sulle mie scarpe. Solo l'eco del pianto e dei singulti rivelava ciò che era appena accaduto.

Lo zio imboccò il vicolo di corsa e si aprì un varco tra la gente per raggiungere la trapunta dove sedevo accanto a sua figlia. Per un attimo l'atteggiamento così calmo di Splendida Luna lo trasse in inganno, colmandolo di speranza. Ma la mia espressione e quella degli altri intorno a me gli fecero capire la verità. Gli sfuggì di bocca un grido raccapricciante mentre si lasciava cadere in ginocchio. Il viso deforme della figlia gli strappò un secondo urlo terribile. Alcuni dei bambini più piccoli corsero via. Dopo il lavoro nei campi e la corsa affannosa, lo zio era talmente sudato che avvertivo il suo odore. Lacrime copiose gli scendevano dagli occhi, colavano lungo il naso, le guance, il mento e scomparivano nella chiazza scura della casacca fradicia.

Arrivò Baba e si inginocchiò vicino a me. Nel giro di pochi secondi irruppe tra la folla anche il Fratello Maggiore, ansimando, con Fiore di Neve sulle spalle.

Lo zio continuava a parlare rivolgendosi a Splendida Luna. « Svegliati, piccola. Svegliati. Andrò a chiamare la tua mamma. Lei ha bisogno di te. Svegliati. Svegliati. »

Suo fratello (mio padre) gli afferrò un braccio. « È inutile. »

La posizione dello zio era bizzarramente simile a quella della figlia: stava a capo chino, con le gambe ripiegate e le mani abbandonate in grembo. Nessuna differenza, a parte il pianto che gli rigava il volto e il cordoglio incontrollabile che gli squassava le membra.

« Vuoi che la prenda io o vuoi farlo tu? » domandò Baba.

Lo zio scosse il capo. Senza una parola, sfilò una gamba da sotto di sé e piantò un piede a terra per equilibrarsi; quindi sollevò Splendida Luna e la portò in casa. Eravamo tutti storditi e con la mente confusa. Solo Fiore di Neve si manteneva lucida e in grado di agire: si diresse in fretta verso il tavolo della stanza principale e ne tolse le tazze da tè che vi avevamo disposto per il ritorno degli uomini dai campi. Lo zio vi adagiò sopra la figlia. Gli effetti devastanti del veleno sul volto e sul corpo di mia cugina apparvero in piena evidenza. Sono bastati cinque minuti, continuavo a pensare tra me, cinque minuti appena.

Fu di nuovo la mia *laotong* a prendere l'iniziativa. « Vi chiedo scusa, ma dovete avvertire gli altri. »

Rendendosi conto che questo significava annunciare alla moglie la morte di Splendida Luna, lo zio scoppiò in singhiozzi ancora più disperati. Io stessa non potevo quasi pensare alla reazione della zia. La figlia era l'unico vero motivo di gioia per lei. Ancora sotto choc per l'accaduto, non avevo avuto modo di dare libero sfogo ai miei sentimenti. Solo in quel momento il dolore per la perdita della mia amata cugina e la pietà per i suoi genitori mi fecero cedere le ginocchia e mi riempirono gli occhi di lacrime. Fiore di Neve mi sorresse con un braccio e mi guidò verso una sedia, continuando nel frattempo a impartire istruzioni.

« Fratello Maggiore, corri al villaggio natale della zia », disse. « Ho un po' di denaro con me. Usalo per prendere in affitto un palanchino che la riporti qui. Poi va' nel villaggio di tua madre. Riconducila a casa. Dovrai reggerla sulle spalle come hai fatto poco fa con me. Forse il Secondo Fratello potrà esserti d'aiuto. Ma sbrigati. Tua zia avrà bisogno di lei. »

Non ci restava che aspettare. Lo zio si sedette su uno sgabello accanto al tavolo: piangeva lacrime così copiose che la tunica di Splendida Luna si coprì di chiazze scure simili a nubi gonfie di pioggia. Baba provò a confortare il fratello, ma a quale scopo? Il poveretto era inconsolabile. Chiunque sostenga che gli Yao non amano le proprie figlie è un bugiardo. Saremo anche creature prive di valore, forse ci allevano per poi affidarci a un'altra famiglia, eppure siamo spesso benvolute e apprezzate, per quanto i nostri congiunti si sforzino di non affezionarsi a noi. Altrimenti perché nella scrittura segreta delle donne comparirebbero tanto spesso frasi di questo tenore: « Ero una perla sulla palma di mio padre »? Forse i genitori fanno di tutto per non volerci bene. Io stessa ho cercato di non legarmi a mia figlia, ma potevo riuscirci? Ha bevuto il mio latte come i suoi fratelli, ha pianto nel mio grembo, e mi ha reso onore diventando una donna apprezzata e di talento, esperta nell'arte del *nu shu*. Lo zio aveva perso la sua perla per sempre.

Contemplai il viso di Splendida Luna, ripensando a quanto eravamo state unite. Ci avevano fasciato i piedi nel medesimo giorno. Eravamo fidanzate con due giovani dello stesso villaggio. Un vincolo indissolubile legava le nostre vite, e adesso ci ritrovavamo divise per l'eternità.

Intorno a noi, Fiore di Neve continuava a darsi da fare. Servì il tè, che nessuno bevve. Frugò la casa alla ricerca di abiti bianchi per il lutto, e li preparò per tutti. Rimase sulla porta a ricevere i visitatori che avevano saputo la notizia. Arrivò Madama Wang a bordo della sua portantina, e la mia *laotong* accolse la sensale. Mi aspettavo che la donna si lamentasse per aver perduto un guadagno. Invece ci offrì il proprio aiuto. Il futuro di Splendida Luna era stato affidato a lei, e adesso si sentiva in dovere di accompagnarla in quell'ultimo passo. Ma, quando vide le fattezze distorte e le dita mostruosamente gonfie di mia cugina, si portò di scatto la mano alla bocca. E faceva così caldo... Non avevamo alcun luogo fresco in cui mettere le spoglie, che ben presto avrebbero iniziato a corrompersi.

« Quanto manca all'arrivo della madre? » si informò Madama Wang.

Non lo sapevamo.

« Fiore di Neve, copri con un panno di mussola il viso di Splendida Luna, poi vestila con gli abiti per la vita eterna. Fallo subito. Nessuna madre dovrebbe vedere la figlia ridotta in uno stato simile. » Mentre la mia *laotong* si girava accingendosi a salire le scale, Madama Wang la trattenne per la manica. « Vado a Tongkou a prendere i tuoi indumenti da lutto. Tu non uscire da questa casa finché non te lo dirò io. » Lasciò andare Fiore di Neve, diede un'ultima occhiata a mia cugina e scivolò fuori dalla porta.

Quando arrivò la zia, Baba, lo zio, i miei fratelli e io indossavamo vestiti di semplice tela di sacco. Il corpo di Splendida Luna era stato completamente avvolto in un sudario di mussola e poi abbigliato con le vesti per il viaggio nell'aldilà. La casa risuonava di pianti, quel giorno, eppure la zia non versò nemmeno una lacrima. Entrò ondeggiando sui minuscoli piedi di giglio e si diresse subito verso la salma della figlia. Lisciò la stoffa che la copriva e posò una mano sul punto dove un tempo batteva il cuore. Rimase così per ore.

La zia seguì tutti i rituali prescritti per la cerimonia funebre. Si recò in ginocchio sul luogo della sepoltura. Bruciò banconote e abiti sulla tomba perché Splendida Luna potesse servirsene nel mondo dei morti. Radunò i fogli con la scrittura segreta della figlia e bruciò anche quelli. Più tardi allestì un piccolo altare all'interno della casa, sul quale deponeva offerte ogni giorno. In nostra presenza non piangeva, ma non dimenticherò mai l'eco dei suoi lamenti notturni, non appena si ritirava per dormire. I gemiti le scaturivano dal più profondo dell'anima. Nessuno riusciva a chiudere occhio. Nessuno sapeva darle conforto. I miei fratelli e io ci sforzavamo di rimanere in silenzio, di diventare quasi invisibili, rendendoci conto che le nostre voci e i nostri volti erano per lei solo amari promemoria della sua perdita. Al mattino, dopo che gli uomini erano andati al lavoro nei campi, la zia si rifugiava nella propria camera e non ne usciva più. Giaceva su un fianco, girata verso la parete, rifiutando qualsiasi cibo a parte la ciotola di riso che le portava la mamma, e restava in silenzio per l'intera giornata finché le tenebre della notte ci inghiottivano e ricominciava quel mugolio spaventoso.

Come tutti sanno, solo una parte dello spirito dei defunti scende nell'aldilà, mentre il resto dimora con la famiglia: noi però abbiamo convinzioni diverse quando a morire è una fanciulla in procinto di maritarsi. In questo caso la sua anima torna a tormentare altre ragazze nubili: non per spaventarle, ma per condurle con sé nell'oltretomba, in modo da godere della loro compagnia. Evocata dai gemiti spettrali della zia, la tristezza di Splendida Luna ci assaliva ogni notte: Fiore di Neve e io capimmo di essere in pericolo.

La mia *laotong* escogitò un piano. «Dobbiamo allestire una torre fiorita», mi annunciò una mattina. Era proprio quello che ci voleva per placare lo spirito di Splendida Luna. Le avrebbe offerto un luogo in cui aggirarsi e divagarsi. La sua serenità ci avrebbe messe al sicuro.

Per realizzare una torre del genere i più ricchi ricorrono ai servigi di un artigiano specializzato: invece Fiore di Neve e io decidemmo di fare da sole. Progettammo una costruzione a più livelli, simile a una pagoda di sette piani. Accanto all'ingresso sistemammo due cani di razza *foo*. All'interno, decorammo le pareti con una serie di poesie scritte nei nostri caratteri segreti. Un piano era fatto per danzare, un altro per fluttuare nell'aria. Preparammo la camera da letto e dipingemmo sul soffitto la luna e le stelle. Un ulteriore livello ospitava la stanza delle donne: sulle finestre, da cui si poteva guardare in ogni direzione, mettemmo graticci di carta ritagliata dai motivi complessi. Fabbricammo un tavolo sul quale disponemmo pezzetti dei nostri fili preferiti, inchiostro, carta e un pennello, in modo che Splendida Luna avesse l'opportunità di ricamare o scrivere lettere in *nu shu* alle sue nuove amiche dell'aldilà. Ripiegando foglietti colorati, creammo servitori e intrattenitori e li sistemammo nella torre, perché ogni piano offrisse compagnia, distrazione e divertimento. Quando non ci occupavamo della torre fiorita, componevamo il lamento funebre che avremmo cantato per dar pace allo spirito di mia cugina. Se la torre fiorita era destinata a divagare Splendida Luna per tutta l'eternità, le nostre parole avrebbero rappresentato l'ultimo addio dal mondo dei vivi.

Il giorno in cui finalmente la calura si attenuò, Fiore di Neve e io chiedemmo e ottenemmo il permesso di recarci sulla tomba di mia cugina. Per arrivare al sepolcro non c'era bisogno di camminare molto: senz'altro meno di quanto aveva fatto Fiore di Neve per avvertire Baba e lo zio il pomeriggio della disgrazia. Sedemmo per un poco nei pressi della sepoltura. Poi la mia *laotong* appiccò il fuoco alla torre fiorita. Fianco a fianco, la guardammo bruciare, immaginando che le fiamme la trasportassero nell'aldilà e che Splendida Luna si aggirasse deliziata nelle sue stanze. Infine tirai fuori il foglio con la lirica scritta per lei nei nostri caratteri femminili: Fiore di Neve e io ne intonammo in coro le parole.

Splendida Luna, ti auguriamo di trovare la pace nella torre fiorita.
Speriamo che tu ci dimentichi, ma noi non ti dimenticheremo mai.
Ti rispetteremo sempre. Puliremo la tua tomba durante la Festa della Primavera.
Non permettere ai tuoi pensieri di diventare sfrenati e incontrollabili.
Vivi nella torre fiorita e sii felice.

Tornai a casa con la mia *laotong* e salimmo insieme al piano di sopra. Sedute vicine nella stanza delle donne, ci alternammo nel copiare il lamento sulle pieghe del nostro ventaglio segreto. Terminato il lavoro, aggiunsi alla ghirlanda lungo il bordo una falce di luna, esile e discreta com'era stata mia cugina.

La torre fiorita ci protesse e placò lo spirito inquieto di Splendida Luna, ma non sortì alcun effetto sulla zia e sullo zio, che rimasero inconsolabili. Era tutto predestinato. Ci trovavamo alla mercé di forze immani e non avevamo modo di sfuggire al destino. Lo *yin* e lo *yang* possono spiegare la logica del mondo. Esistono uomini e donne, luce e tenebre, gioia e dolore. Questi elementi creano un equilibrio. Pensate al momento di felicità suprema vissuto da me e Fiore di Neve all'inizio della Festa delle Fresche Brezze, una felicità spazzata via nella maniera più crudele dalla scomparsa di Splendida Luna. Pensate a due persone allegre come la zia e lo zio, ridotte nel giro di un istante a creature senza prospettive e senza scopo, destinate, alla morte di Baba, a fare affidamento sulla carità del nipote per non finire in mezzo a una strada. Pensate a una famiglia come la mia, non molto benestante, sottoposta alla pressione di troppi matrimoni per un solo nucleo familiare... Tutto ciò aveva turbato l'equilibrio dell'universo, e così gli dei avevano rimesso le cose a posto stroncando una fanciulla dall'animo gentile. Non c'è vita senza morte. Ecco il vero significato dello *yin* e dello *yang*.

LA PORTANTINA FIORITA

Due anni dopo la morte di Splendida Luna, mi acconciai i capelli (che portavo già raccolti fin da quando ero quindicenne) nello stile del drago, il più confacente a una giovane donna in procinto di sposarsi. I miei suoceri mi mandarono altra stoffa, un po' di denaro (perché potessi disporre di risorse personali) e dei gioielli: orecchini, anelli, collane, tutti d'argento e di giada. Inviarono ai miei genitori anche trenta sacchi di riso glutinoso – sufficiente a sfamare familiari e amici che ci avrebbero fatto visita nei giorni successivi – e un mezzo maiale pronto per la cottura. Baba lo tagliò a pezzi e i miei fratelli lo distribuirono alla gente di Puwei, annunciando così l'inizio ufficiale del mese di festeggiamenti nuziali. Ma ciò che sorprese e rallegrò mio padre più di ogni altra cosa (e dimostrò a tutti quanto fossero stati proficui gli sforzi della nostra famiglia per prepararmi a un prospero futuro) fu l'arrivo di un nuovo bufalo. Grazie a quest'unico regalo, Baba diventò uno dei tre uomini più ricchi del villaggio.

Fiore di Neve si trasferì da noi per l'intero periodo dedicato ai canti nella stanza delle donne. In quelle ultime quattro settimane, mentre completavo il corredo, mi aiutò in molti modi, e il legame tra noi si fece ancora più intimo. Avevamo entrambe idee bizzarre sulla futura vita coniugale, ma nulla, ne eravamo convinte, si sarebbe mai neppure avvicinato al piacere che provavamo stringendoci fra le braccia: il calore dei nostri corpi, la morbidezza della pelle, i nostri profumi delicati. Niente avrebbe mai cambiato l'amore che ci univa e, pensando agli anni a venire, credevamo di poter condividere sempre più le rispettive esperienze.

Per quanto ci riguardava, il periodo dei canti nella stanza delle donne segnò solo l'inizio di un vincolo reciproco ancora più forte. Dopo dieci anni trascorsi insieme, il nostro rapporto stava per raggiungere livelli nuovi e di gran lunga più profondi. Nel giro di due o tre anni, una volta che mi fossi trasferita stabilmente da mio marito e Fiore di Neve fosse andata a stare a Jintian a casa dei suoceri, avremmo avuto numerose occasioni per vederci. Senza dubbio i nostri sposi – entrambi ricchi e stimati – ci avrebbero procurato una portantina per quello scopo.

Poiché non avevo sorelle giurate che potessero tenermi compagnia nei giorni di festa prima delle nozze, furono la mamma, la zia, la moglie di mio fratello, la Sorella Maggiore (rientrata a casa e di nuovo incinta) e alcune ragazze nubili di Puwei ad augurarmi buona fortuna. Di tanto in tanto veniva anche Madama Wang. Talora recitavamo le nostre storie preferite, o una di noi intonava un canto e tutte le donne presenti la seguivano. In altre occasioni mettevamo in musica le vicende delle nostre vite. Mama, soddisfatta del proprio destino, narrava la *Favola della fioraia*; la zia invece, sempre in lutto, ci faceva piangere con le sue parole sofferte e dolorose.

Un pomeriggio, mentre ricamavo la cintura dell'abito nuziale, Madama Wang ci intrattenne con *Il racconto della sposa Wang*. Si sedette su uno sgabello accanto a Fiore di Neve, in quel momento concentrata a scrivere il mio libro nuziale del terzo giorno e assorta nella ricerca delle parole giuste per descrivermi ai futuri suoceri. La donna iniziò a conversare sommessamente con la mia *laotong*. A tratti, mi arrivavano le risposte di Fiore di Neve: « Sì, Zietta » e « No, Zietta ». Si era sempre dimostrata gentile e affettuosa verso la sensale. Io avevo cercato di emularla, con scarso successo.

Appena Madama Wang ci vide tutte in attesa di ascoltare la storia, si agitò sullo sgabello per trovare una posizione comoda e cominciò. « C'era una volta una donna molto pia, ma senza grandi prospettive. » Negli ultimi anni l'intermediaria aveva guadagnato parecchio peso, e questo la rendeva più lenta e deliberata nel muoversi e nel parlare. « La sua famiglia la accasò con un macellaio: il peggior partito per una fedele dei precetti buddhisti. Per quanto devota, comunque, la nostra protagonista era pur sempre in primo luogo una donna, e mise al mondo figli e figlie. Tuttavia, la sposa Wang non mangiava pesce né carne. Ogni giorno recitava sutra per ore, in particolare il Sutra del Diamante. Quando non pregava, implorava il marito di non uccidere animali. Lo metteva in guardia sul cattivo karma che avrebbe dovuto affrontare nella vita successiva se avesse perseverato nella sua professione.»

A questo punto Madama Wang posò una mano sulla gamba di Fiore di Neve in un gesto consolatorio. Io avrei trovato sgradevole il contatto con quella donna anziana, ma la mia *laotong* non vi si sottrasse.

«Il marito però le rispondeva – a ragione, potrebbe commentare qualcuno – che i suoi antenati facevano i macellai da più generazioni di quante chiunque potesse rammentare», riprese la sensale. «'Tu continua pure a recitare il Sutra del Diamante', diceva alla moglie. 'Avrai la tua ricompensa nella prossima vita. Io seguiterò ad ammazzare animali. Acquisterò terre in questa esistenza e sarò punito nella prossima.'»

La sposa Wang sapeva di essere condannata, perché condivideva il letto con il coniuge; questi, però, verificata la sua perfetta conoscenza del Sutra del Diamante, le permise di dormire in una stanza separata e rispettò il celibato per il resto della vita coniugale.

«Nel frattempo», proseguì Madama Wang, e di nuovo allungò una mano verso Fiore di Neve e gliela appoggiò con delicatezza sulla nuca, «il Re dell'Aldilà aveva mandato alcuni spiriti in cerca di persone virtuose. Gli emissari dell'oltretomba osservarono di nascosto la sposa Wang. Persuasi della sua purezza, la invitarono a visitare il regno dei defunti per recitarvi il Sutra del Diamante. La donna capì il significato di quella proposta. Gli spiriti le stavano chiedendo di morire. Li implorò di non costringerla a lasciare i figli, ma quelli rimasero sordi alle sue preghiere. Allora lei esortò il marito a prendere una seconda moglie. Raccomandò ai figli di essere buoni e di obbedire alla nuova mamma. Appena ebbe pronunciato queste parole, cadde a terra, morta.

«La sposa Wang dovette superare molte prove prima di essere infine condotta al cospetto del Re dell'Aldilà. Il sovrano l'aveva tenuta d'occhio durante tutte le sue tribolazioni, ammirando la virtù e la pietà dimostrate dalla donna. Esattamente come aveva fatto il marito, le ordinò di recitare il Sutra del Diamante. Lei dimenticò nove parole, eppure il monarca fu così soddisfatto del suo impegno – tanto in vita quanto nell'aldilà – che la premiò, accordandole di ritornare tra i vivi nel corpo di un maschietto. La fece rinascere in casa di un dotto funzionario, ma il neonato portava scritto sulla pianta del piede il vero nome della nostra eroina.

« Pur avendo condotto una vita esemplare, la sposa Wang era solo una donna », ci rammentò la sensale. « Grazie alla nuova identità, invece, si distinse in ogni campo. Divenne uno studioso del più alto rango. Conquistò ricchezze, onori e prestigio; eppure, nonostante tutti questi successi, sentiva la mancanza della famiglia e anelava a riprendere sembianze femminili. Alla fine venne presentata all'imperatore. Gli raccontò la propria storia e lo implorò di lasciarla tornare al villaggio del marito. Com'era accaduto con il Re dell'Aldilà, il coraggio e le virtù della donna commossero il monarca, che vide in lei anche qualcos'altro: la devozione materna. La sposa Wang fu mandata nel villaggio del marito con le funzioni di magistrato. Si presentò laggiù con tutte le insegne del rango appena acquisito. Di fronte agli abitanti venuti a prosternarsi, sbigottì l'adunanza sfilandosi le scarpe di foggia maschile e rivelando il proprio vero nome. Disse al marito – ormai vecchissimo – che voleva tornare a essere sua moglie. L'uomo si recò insieme ai figli al sepolcro della consorte e lo aprì. Ne uscì l'Imperatore di Giada, il quale annunciò che l'intera famiglia Wang poteva trascendere questo mondo e accedere direttamente al nirvana: e così avvenne. »

All'epoca pensai che Madama Wang ci avesse raccontato questa storia per alludere al mio futuro. Mio marito e i suoi familiari, per quanto stimati e rispettati nell'ambito della contea, potevano compiere azioni considerate improprie o addirittura impure. Inoltre, un uomo che appartenga al segno della Tigre ha una natura focosa, energica, impulsiva. Forse il mio sposo avrebbe criticato le convenzioni sociali o disprezzato la tradizionale fasciatura dei piedi. (Tutte prospettive assai meno preoccupanti del ritrovarsi accasate con un macellaio, lo ammetto, però si trattava pur sempre di circostanze pericolose.) Io, in quanto nata nell'anno del Cavallo, avrei avuto la possibilità di aiutare il mio consorte a combattere le sue caratteristiche negative. Una donna del mio segno non dovrebbe mai aver paura di prendere il comando e di guidare il compagno sulla retta via. Consideravo questo il vero significato del *Racconto della sposa Wang*. Pur non essendo riuscita a convincere il coniuge a seguire i propri consigli, la protagonista, grazie alla devozione e alle buone opere, non solo l'aveva salvato dalle conseguenze di una condotta impura, ma aveva permesso all'intera famiglia di raggiungere il nirvana. La storia narrata da Madama Wang era uno dei pochi apologhi didattici che si concludesse con un lieto fine, e fui felice di ascoltarlo in quella giornata di tardo autunno del mese che precedeva le mie nozze.

Per il resto, nel periodo dei canti nella stanza delle donne rimasi in balia di emozioni contrastanti. Mi sentivo triste all'idea di lasciare la mia famiglia ma, come avevo fatto con la fasciatura dei piedi, mi sforzavo di considerare le cose in una prospettiva più ampia: cercavo di andare al di là dell'esiguo frammento di mondo visibile attraverso la grata della finestra, e di abbracciare invece lo stesso panorama sconfinato delle visioni colte di sfuggita da Fiore di Neve e da me quando sbirciavamo fuori della portantina di Madama Wang. Davanti a me si profilava un futuro nuovo e migliore, ne ero convinta. Forse un simile atteggiamento dipendeva dalla mia natura: un cavallo se ne andrebbe in giro per il mondo, se potesse. Ero lieta di cambiare orizzonti. Mi piacerebbe poter sostenere qui che Fiore di Neve e io rispecchiavamo entrambe alla lettera i tratti tipici del nostro segno, è naturale: ma cavalli e persone non sono sempre docili e obbedienti. Diciamo una cosa e ne facciamo un'altra. Proviamo certi sentimenti e poi i nostri cuori si aprono in una direzione inattesa. Crediamo di vedere una realtà e non ci rendiamo conto dei paraocchi che ci accecano. Procediamo tranquilli lungo un sentiero molto amato, e a un tratto vediamo una strada, un vicolo, un fiume e siamo tentati di deviare dal nostro itinerario...

Insomma, questo era il mio stato d'animo e immaginavo che Fiore di Neve, la mia vecchia me stessa, provasse le medesime sensazioni: invece lei continuava ad apparirmi misteriosa. Doveva sposarsi appena un mese dopo le mie nozze, eppure non sembrava elettrizzata né malinconica. Si mostrava invece stranamente tranquilla e sottomessa, persino mentre si univa ai canti o quando lavorava con impegno al libro nuziale del terzo giorno che scriveva per me. Immaginai fosse più nervosa di quanto mi sentissi io alla prospettiva della prima notte.

«Non ne sono affatto preoccupata», dichiarò in tono secco mentre piegavamo e arrotolavamo le mie trapunte.

«Nemmeno io», ribattei, però non credo fossimo molto convinte delle nostre affermazioni. Nei miei giorni da figlia, quando potevo ancora giocare all'aperto, avevo assistito agli accoppiamenti degli animali. Sapevo che anche a me sarebbe accaduto qualcosa di simile, ma non riuscivo a immaginare secondo quali modalità, né a capire che cos'avrei dovuto fare. E Fiore di Neve, di solito così bene informata, non aveva niente da dire in proposito. Aspettavamo tutt'e due che fossero le nostre madri, o una sorella maggiore (se non mia zia, o addirittura la sensale), a spiegarci la maniera giusta di svolgere quel compito, così come ci avevano insegnato a sbrigare tante altre faccende.

Poiché l'argomento imbarazzava entrambe, cercai di portare il discorso sui nostri progetti per le settimane successive. Invece di tornare a Puwei subito dopo il matrimonio, sarei andata direttamente da Fiore di Neve, per trascorrere insieme a lei il mese dedicato ai canti nella stanza delle donne. Volevo contraccambiare il suo aiuto collaborando ai preparativi per le nozze. Desideravo visitare casa sua da ben dieci anni, e in qualche misura questa prospettiva mi elettrizzava più dell'idea di conoscere mio marito, perché di Fiore di Neve e della sua famiglia sentivo parlare da sempre, mentre dell'uomo che stavo per sposare non sapevo quasi nulla. Eppure, nonostante il mio entusiasmo – sarei entrata nella casa di Fiore di Neve, finalmente! – lei era avara di particolari.

« Sarà uno dei tuoi nuovi familiari a condurti da me », mi disse.

« Credi che mia suocera si unirà a noi per i canti nella stanza delle donne? » le domandai. Ne sarei stata lieta, perché mi avrebbe vista insieme alla mia *laotong*.

« La Signora Lu è troppo occupata. Ha molti doveri, gli stessi che toccheranno a te, un giorno. »

« Ma conoscerò tua madre, la tua sorella maggiore e... chi saranno le altre invitate? »

Mi aspettavo che Mama e la zia fossero coinvolte nei riti nuziali di Fiore di Neve. Consideravo la mia *laotong* una persona della famiglia, e pensavo che le avrebbe volute accanto a sé.

« Verrà la Zietta Wang », rispose lei.

La sensale si sarebbe presentata più volte durante gli ultimi preparativi di Fiore di Neve, come aveva fatto con me, del resto. Per Madama Wang i nostri matrimoni costituivano il culmine di parecchi anni di duro lavoro, il momento in cui avrebbe riscosso il suo onorario al completo. Non avrebbe certo perso l'occasione di mettere in mostra davanti ad altre donne – madri di potenziali clienti – i magnifici risultati dei propri sforzi.

« A parte la presenza della Zietta, non so cosa abbia pianificato mia madre », continuò Fiore di Neve. « Sarà tutto una sorpresa. »

Ciascuna di noi piegò un'altra trapunta in silenzio. Scoccai un'occhiata alla mia *laotong* e mi parve di scorgerle sul viso i segni della tensione. Per la prima volta da molti anni a quella parte riemersero tumultuose in me le vecchie insicurezze. Fiore di Neve mi considerava forse indegna di lei? Provava imbarazzo all'idea di presentare mia madre e mia zia alle donne di Tongkou? Poi mi rammentai che stavamo parlando del *suo* periodo dedicato ai canti nella stanza al piano di sopra. Doveva essere *esattamente* come lo voleva la mamma della sposa.

Presi una ciocca di capelli di Fiore di Neve e gliela sistemai dietro l'orecchio. « Non vedo l'ora di conoscere la tua famiglia. Saranno giorni felici. »

Lei aveva ancora un'espressione tesa quando mi disse: « Temo che rimarrai delusa. Ti ho raccontato talmente tante cose su mia madre e mio padre... »

« E su Tongkou, e la casa... »

« Come potranno essere all'altezza delle tue aspettative? »

Scoppiai a ridere. « Non hai motivo di angustiarti. Qualsiasi cosa io abbia in mente, è nata dalle tue bellissime immagini fatte di parole. »

Tre giorni prima delle mie nozze, ebbero inizio le cerimonie legate alla Giornata del Dolore e della Preoccupazione. Mama sedette sul quarto gradino della scala che conduceva al piano superiore, le donne del villaggio vennero ad assistere ai lamenti e tutte cantilenarono in coro « *ku, ku, ku* », singhiozzando e piangendo. Una volta terminato lo scambio di canti e lacrime tra me e la mamma, ripetei il rituale con papà, lo zio, la zia e i miei fratelli. Ero coraggiosa, e anelavo alla nuova vita che mi attendeva, è vero, ma il digiuno mi indeboliva le membra e mi infiacchiva l'animo, perché le spose non possono mangiare nulla negli ultimi dieci giorni dei riti nuziali. Qual è lo scopo di tale consuetudine? Acuire la tristezza della separazione dalla famiglia, rendere più arrendevoli le ragazze in procinto di trasferirsi dal marito o farle apparire più pure agli occhi del fidanzato? Come posso conoscere la risposta a queste domande? So solo una cosa: Mama, al pari di gran parte delle madri, aveva nascosto qualche uovo sodo per me nella stanza delle donne. Quel cibo peraltro non era riuscito a darmi molta forza, e la mia energia emotiva andava indebolendosi a ogni nuovo evento.

La mattina successiva mi svegliai di soprassalto, in preda all'agitazione. Per fortuna avevo accanto Fiore di Neve: mi teneva le dita delicate sulla gota e cercava di calmarmi. Quel giorno sarei stata presentata ai miei suoceri, ed ero così impaurita che non sarei riuscita a inghiottire nulla nemmeno se me l'avessero consentito. La mia *laotong* mi aiutò a indossare l'abito nuziale che avevo confezionato io stessa: una casacca corta senza colletto, stretta in vita da una cintura e portata su un paio di pantaloni lunghi. Mi fece scivolare sul polso i braccialetti d'argento mandati in dono dalla famiglia di mio marito, e poi mi assistette mentre mi adornavo con il resto dei regali: gli orecchini, la collana e le forcine per i capelli. I braccialetti tintinnavano battendo l'uno contro l'altro, e gli amuleti d'argento che avevo cucito sulla casacca vibravano con un suono armonioso e musicale. Mi infilai ai piedi le scarpette rosse e mi sistemai sul capo un'elaborata acconciatura abbellita da globi di madreperla e ciondoli d'argento, che fremevano quando camminavo, muovevo la testa o tremavo sopraffatta dall'ansia. Sul davanti, una frangia rossa formava una sorta di velo. Per riuscire a vedere qualcosa e mantenere al contempo un atteggiamento decoroso, ero costretta a tenere gli occhi bassi.

Fiore di Neve mi accompagnò al piano di sotto. Anche se non potevo guardarmi intorno, dentro di me si agitava una tempesta di emozioni: udii i passi incerti di mia madre, le voci garbate degli zii che parlavano tra loro, lo scricchiolio di una sedia quando papà si alzò in piedi. Ci avviammo tutti insieme verso il tempio ancestrale di Puwei, dove ringraziai gli antenati per la mia esistenza. Fiore di Neve rimase sempre al mio fianco: mi guidò lungo i vicoli, mi sussurrò parole di incoraggiamento e mi esortò a non indugiare troppo perché presto sarebbero arrivati i miei suoceri.

Una volta rientrati a casa, la mia *laotong* e io tornammo nella stanza delle donne. Per tenermi tranquilla, Fiore di Neve mi afferrò le mani e cercò di descrivermi quanto stavano facendo i miei nuovi familiari.

« Chiudi gli occhi e cerca di immaginarti la scena. » Si chinò verso di me: ogni sua parola faceva tremolare la frangia dell'acconciatura. « I coniugi Lu indossano abiti splendidi. Sono partiti per Puwei insieme a parenti e amici. C'è una banda di suonatori ad accompagnarli, per annunciare a chiunque incontrino che oggi la strada appartiene a loro. » Fiore di Neve abbassò la voce. « E dov'è lo sposo? È rimasto ad aspettarti a Tongkou. Ancora soltanto due giorni e lo vedrai! »

All'improvviso udimmo l'eco della musica. Il corteo era quasi arrivato. La mia *laotong* e io ci avvicinammo alla finestra. Scostai la frangia e guardai fuori. Non si scorgevano ancora né la banda né la processione, ma vedemmo un messaggero percorrere il vicolo, fermarsi davanti alla porta e consegnare a mio padre una lettera scritta su carta rossa con l'annuncio che la mia nuova famiglia era venuta a conoscermi.

Poi i suonatori svoltarono l'angolo, seguiti da una numerosa folla di sconosciuti. Appena raggiunsero la casa, si scatenò il consueto trambusto. Al piano di sotto, i musicisti furono accolti a forza di secchiate d'acqua e manciate di foglie di bambù, tra l'ilarità generale e gli scherzi voluti dalla tradizione. Fui convocata di sotto. Di nuovo Fiore di Neve mi prese per mano e mi guidò. Udii il canto delle donne: « *Crescere una figlia e maritarla è come costruire una bella strada perché siano altri a usarla* ».

Uscimmo, e Madama Wang presentò le due famiglie. Dovevo mostrarmi il più modesta e riservata possibile nel momento in cui i miei suoceri mi vedevano per la prima volta, perciò non potei rivolgere a Fiore di Neve neppure il sussurro più sommesso per sapere che aspetto avevano o per chiederle se era riuscita a capire cosa pensassero di me. Poi i miei genitori aprirono la strada verso il tempio ancestrale, dove avrebbero offerto il primo dei molti pranzi contemplati dalla cerimonia. La mia *laotong* e altre ragazze del villaggio si sedettero intorno a me. Vennero serviti piatti speciali e bevande alcoliche. I volti dei convitati assunsero un colorito acceso. Gli uomini e le donne più anziane mi presero di mira con lazzi e battute. Durante l'intero banchetto cantai lamenti cui le donne rispondevano in coro. Non mangiavo un vero pasto da una settimana, ormai, e l'aroma del cibo mi dava le vertigini.

L'indomani – il Giorno dei Canti nella Grande Sala – ci fu un secondo pasto cerimoniale. Vennero esposti tutti i miei lavori, insieme ai libri nuziali del terzo giorno, con l'accompagnamento di altre canzoni intonate da Fiore di Neve, dalle donne presenti e da me. La mamma e la zia mi scortarono al tavolo centrale. Appena mi fui seduta, mia suocera appoggiò davanti a me una ciotola di zuppa preparata con le sue mani per simboleggiare la gentilezza della mia nuova famiglia. Avrei dato qualsiasi cosa per sorbire qualche cucchiaiata di quella minestra.

Non riuscii a scorgere il viso della madre di mio marito ma, quando guardai in basso attraverso le frange dell'acconciatura e vidi gigli dorati che non sembravano più grandi dei miei, mi sentii invadere da un'ondata di panico: mia suocera non portava le scarpette speciali che avevo confezionato per lei. Capii subito perché. I ricami delle sue apparivano di gran lunga più raffinati di qualsiasi cosa avessi creato io. Avevo perduto la faccia. Avevo senza dubbio messo in imbarazzo i miei genitori e deluso i miei suoceri.

In quel momento terribile, Fiore di Neve si affiancò a me e mi afferrò per un braccio. La tradizione voleva che io lasciassi la festa, pertanto la mia *laotong* mi accompagnò fuori dal tempio e poi a casa. Mi sorresse lungo le scale, quindi mi tolse l'acconciatura, mi sfilò gli abiti nuziali e mi aiutò a indossare gli indumenti per la notte e le babbucce per dormire. Io restai in silenzio. La perfezione delle calzature di mia suocera mi tormentava, ma avevo paura di affrontare l'argomento persino con Fiore di Neve. Non volevo deludere anche lei.

I miei familiari rientrarono a notte fonda. Se avessero voluto darmi qualche consiglio in merito ai rapporti coniugali, l'avrebbero fatto allora. Mia madre entrò nella stanza e Fiore di Neve ci lasciò sole. Mama aveva l'aria preoccupata e per un attimo pensai che fosse venuta a comunicarmi che i miei suoceri intendevano rompere il fidanzamento. Appoggiò il bastone sul letto e si sedette accanto a me.

« Una vera signora non tollera nulla di brutto nella propria vita, te l'ho sempre ripetuto », cominciò, « e solo attraverso la sofferenza si ottiene la bellezza. »

Annuii con modestia, ma dentro di me avevo voglia di urlare dal terrore. Erano le stesse frasi cui ricorreva senza posa durante la fasciatura dei piedi. Possibile che l'unione matrimoniale fosse così spaventosa?

« A volte non possiamo evitare la laidezza, Giglio Bianco, spero lo ricorderai. Devi essere coraggiosa. Ti sei impegnata a mantenerti fedele sino alla fine dei tuoi giorni. Sii la signora che eri destinata a diventare. »

A quel punto si alzò in piedi, ritrovò l'equilibrio appoggiandosi al bastone e si avviò alla porta zoppicando. Le sue parole non mi avevano dato alcun conforto! La determinazione, lo spirito d'avventura, la forza d'animo sembravano avermi abbandonata completamente. Mi sentivo in tutto e per tutto come una classica giovane sposa: intimorita, triste e spaventatissima all'idea della separazione dalla famiglia.

Quando Fiore di Neve tornò da me e mi vide bianca di paura, prese il posto di mia madre sul letto e cercò di consolarmi. « Ti prepari a questo momento da dieci anni », esordì in tono dolce e rassicurante. « Conosci e rispetti le regole elencate nei *Precetti per le donne.* Ti esprimi con delicatezza, ma hai un animo forte. Ti acconci i capelli con modestia. Non porti cipria né rossetto. Sai filare il cotone e la lana, sai tessere, cucire e ricamare. Sei in grado di cucinare, pulire, lavare, tenere il tè in caldo perché sia sempre pronto e accendere il fuoco nel focolare. Hai buona cura dei tuoi piedi. Ogni sera prima di coricarti li liberi dalle bende usate. Li lavi a fondo e applichi la giusta dose di profumo prima di avvolgerli nelle fasce pulite. »

« E... i rapporti coniugali? »

« Cosa c'è da dire in proposito? Tuo zio e tua zia ne hanno tratto molta gioia. I tuoi genitori vi si sono dedicati a sufficienza per mettere al mondo parecchi figli. Non possono certo essere più faticosi e difficili del ricamo o delle faccende di casa. »

Mi sentivo già un po' meglio, ma Fiore di Neve non aveva ancora finito. Mi aiutò a infilarmi nel letto, si raggomitolò accanto a me, mi tenne stretta e continuò a elogiarmi.

« Sarai una brava madre, perché sei affettuosa e premurosa », mi sussurrò all'orecchio. « E sarai anche una buona maestra. Come faccio a saperlo? Pensa a tutto ciò che hai insegnato a me. » Rimase un attimo in silenzio, per darmi il tempo di assimilare le sue parole, prima di riprendere il discorso in tono più pratico. « E poi ho visto come ti guardavano i Lu, sia ieri sia oggi. »

Mi divincolai dal suo abbraccio e mi girai per fissarla in viso. « Raccontami. Raccontami tutto. »

« Ti ricordi quando la Signora Lu ti ha portato la zuppa? »

Certo che me ne rammentavo. Era stato l'inizio di una vita di umiliazioni, o almeno così immaginavo.

« Tremavi senza ritegno », continuò la mia *laotong*. « Come ci sei riuscita? Nessuno dei presenti ha potuto evitare di notarlo e ognuno ha elogiato la tua fragilità e la tua compostezza. Mentre te ne stavi seduta là a capo chino, dimostrando che fanciulla perfetta sei, la Signora Lu ha lanciato un'occhiata d'intesa al marito. Gli ha sorriso con aria di approvazione, e lui le ha restituito il sorriso. Vedrai. Sebbene sia severa, tua suocera ha un animo gentile. »

« Ma... »

« E con quale attenzione l'intera famiglia ti ha osservato i piedi! Oh, Giglio Bianco, tutti nel mio villaggio saranno felici di sapere che un giorno diventerai la nuova Signora Lu, ne sono sicura. E adesso cerca di dormire. Ti aspettano giorni lunghi e impegnativi. »

Eravamo coricate l'una di fronte all'altra. Fiore di Neve mi posò la mano sulla gota nel suo gesto abituale. « Chiudi gli occhi », mi ordinò a bassa voce. Le obbedii.

L'indomani i miei suoceri arrivarono a Puwei abbastanza presto per ricondurmi con loro a Tongkou nel tardo pomeriggio. Quando avvertii le note della banda giunta alla periferia del villaggio, il cuore prese a battermi all'impazzata nel petto. Non riuscii a evitare che mi si riempissero gli occhi di lacrime. Mama, la zia, la Sorella Maggiore, Fiore di Neve: piangevano tutte scortandomi giù per le scale. Gli emissari dello sposo si presentarono alla porta. I miei fratelli li aiutarono a caricare il corredo sulle portantine in attesa. Indossavo l'acconciatura nuziale, perciò non vidi nessuno, ma sentii i miei familiari che intonavano le ultime battute dei canti tradizionali.

« Una donna non ha alcun valore se non lascia il proprio villaggio », cantilenò la mamma.

« Addio, Mama », risposi io. « Grazie per avere cresciuto un'inutile figlia. »

« Addio, figliola », disse sommessamente Baba.

Appena udii le parole di mio padre, il pianto cominciò a scorrermi copioso sul volto in due rivoli gemelli. Mi aggrappai alla ringhiera della scala. Di colpo avevo perso ogni desiderio di andarmene.

« Noi donne veniamo al mondo per lasciare la casa in cui siamo nate », salmodiò la zia. « Sei come un uccellino che vola oltre le nubi per non tornare mai più. »

« Grazie, zia, per avermi fatto ridere. Grazie per avermi mostrato il vero senso del dolore. Grazie per aver condiviso con me le tue capacità speciali. »

I singhiozzi della zia echeggiarono fino a me dal profondo del suo cuore. Non potevo lasciarla sola ad affliggersi. Le mie lacrime scesero abbondanti quanto le sue.

Abbassando gli occhi, scorsi le mani dello zio, scurite dal sole, che mi staccavano le dita dalla ringhiera.

« La portantina fiorita ti aspetta », mormorò, con la voce rotta dall'emozione.

« Zio... »

Poi udii i miei fratelli: mi dissero addio l'uno dopo l'altro. Avrei voluto guardarli in faccia, anziché essere accecata da quella frangia rossa.

« Fratello Maggiore, grazie per la bontà che mi hai dimostrato », intonai. « Secondo Fratello, grazie per avermi permesso di prendermi cura di te quando eri un bimbetto e portavi ancora i pantaloni con lo spacco tra le gambe. Sorella Maggiore, grazie per la tua pazienza. »

La banda, fuori, si mise a suonare con più veemenza. Protesi le mani. Mama e Baba le afferrarono e mi aiutarono a superare la soglia. Mentre la varcavo, per un attimo la frangia dell'acconciatura oscillò da una parte e dall'altra. In una serie di rapide immagini fuggevoli, mi balenò davanti agli occhi la portantina coperta di fiori e di seta rossa. La mia *hua jiao* – la portantina fiorita usata per trasportare la sposa – era bellissima.

Come in un'ondata di piena, mi tornò in mente tutto quanto mi ero sentita dire fin dal giorno del fidanzamento, sei anni prima. Stavo per sposare un uomo nato sotto il segno della Tigre, l'unione ideale per me, a giudicare dagli oroscopi. Mio marito era forte, intelligente, colto. Apparteneva a una famiglia rispettata, ricca e generosa. Lo avevo già intuito dalla qualità e quantità dei doni nuziali, e adesso le mie impressioni venivano confermate dallo splendore della portantina. Allentai la stretta sulle mani di papà e mamma e loro mi lasciarono andare.

Feci due passi avanti alla cieca e mi fermai. Non vedevo nulla. Allungai le braccia e desiderai con tutta me stessa che Fiore di Neve mi venisse in aiuto. Mi offrì il suo sostegno come sempre. Strinse le dita intorno alle mie e mi guidò al palanchino. Aprì lo sportello. Udivo l'eco dei pianti tutt'intorno a me. Mama e la zia intonarono una melodia triste e malinconica: il canto tradizionale per congedarsi da una figlia.

La mia *laotong* si chinò verso di me e mi parlò sussurrando perché nessuno potesse sentire le sue parole. « Resteremo vecchie noi stesse per sempre, ricordatelo. » Poi tirò fuori dalla manica un involto e me lo nascose sotto la casacca. « Ho scritto questo per te », disse. « Leggilo durante il tragitto per arrivare a Tongkou. Ci vedremo là. »

Montai sulla portantina. Gli uomini sollevarono le stanghe e si incamminarono. La mamma, la zia, Baba, Fiore di Neve e alcune amiche di Puwei mi scortarono fino alla periferia del villaggio, scandendo le ultime formule augurali. Io sedevo da sola nel palanchino, in lacrime.

Perché tante storie quando sapevo che sarei tornata di lì a poco? Posso spiegarvelo così. L'espressione con la quale alludiamo al matrimonio è *buluo fujia*, che significa letteralmente « non cadere subito nella casa del marito ». *Luo* vuol dire « cadere », nello stesso senso assunto dal verbo in frasi quali « in autunno cadono le foglie » o « cadere morti ». E, nel nostro dialetto locale, il termine « moglie » è identico a quello che designa l'« ospite ». Per il resto della vita, sarei stata solo un'ospite in casa dei miei suoceri: non un'ospite di riguardo, cui offrire pasti prelibati, doni affettuosi e un giaciglio soffice e confortevole, ma un'estranea, un'intrusa, guardata sempre con sospetto.

Infilai una mano nella casacca e ne trassi l'involto ricevuto da Fiore di Neve. Conteneva il nostro ventaglio, avviluppato nella stoffa. Lo aprii, pregustando le parole liete che vi avrei trovato. Feci scorrere lo sguardo sulle pieghe finché non individuai il messaggio: « Due uccelli in volo, con i cuori che battono all'unisono. Il sole risplende sulle ali, avvolgendo le due creature nel suo benefico calore. Sotto di esse si allarga la terra: tutta per loro ». Nella ghirlanda disegnata lungo il bordo si libravano insieme due uccellini: il mio sposo e io. Mi sentii felice che Fiore di Neve avesse accolto mio marito nel nostro tesoro più prezioso.

Poi allargai sulle ginocchia il fazzoletto in cui era avviluppato il ventaglio. Abbassai gli occhi e, mentre la frangia dell'acconciatura oscillava a ritmo con il passo dei portatori, vidi la lettera ricamata nel nostro linguaggio segreto per celebrare quell'occasione così speciale.

La frase d'apertura riecheggiava le formule di rito per rivolgersi a una sposa: « Ho il cuore trafitto mentre ti scrivo. Ci siamo promesse di non allontanarci di un passo l'una dall'altra, di non pronunciare mai parole aspre ». Erano le espressioni del nostro contratto, e ripensarci mi strappò un sorriso.

> Mi cullavo nella speranza di trascorrere la vita intera accanto a te. Non credevo che sarebbe arrivato questo giorno. Siamo venute al mondo nel modo sbagliato nascendo femmine: è triste, ma è il nostro destino. Giglio Bianco, fino a oggi siamo state una coppia di anatre mandarine. Adesso cambierà tutto. Presto scoprirai delle cose sul mio conto. Negli ultimi tempi mi sono sentita inquieta e colma di apprensione. Dentro di me mi disperavo in silenzio, angustiata dal timore che non mi avresti più voluto bene. Comunque vorrai giudicarmi, la mia opinione di te non cambierà mai, stanne certa.
>
> Fiore di Neve

Riuscite a immaginare quello che provai? Ecco perché la mia *laotong* era stata così taciturna nelle settimane appena trascorse: temeva che avrei smesso di amarla. Ma come poteva esserle venuta in mente un'idea del genere? A bordo della portantina fiorita, lungo il tragitto verso la casa di mio marito, sapevo con certezza che *nulla* sarebbe mai riuscito a mutare i miei sentimenti per lei. Presagi spaventosi mi gravavano sul cuore, e avevo voglia di gridare ai portatori di fermarsi e di ricondurmi a casa, dove avrei potuto lenire le angosce di Fiore di Neve.

Ma nel frattempo raggiungemmo la porta principale di Tongkou. Scoppiettarono e crepitarono petardi; i suonatori della banda diedero fiato alle trombe e picchiarono sui tamburi con grande strepito. Il corredo fu scaricato dalle portantine. Andava consegnato immediatamente ai miei suoceri perché mio marito avesse modo di indossare l'abito nuziale che avevo confezionato per lui. Poi udii un rumore terribile, anche se familiare: il colpo secco con cui viene decapitato un pollo. Qualcuno cosparse il terreno davanti al palanchino con il sangue dell'animale, per allontanare gli spiriti malvagi eventualmente arrivati insieme a me.

Infine lo sportello si aprì e una signora, considerata la più insigne del villaggio, mi aiutò a scendere. In realtà, tale rango spettava a mia suocera, ma in quell'occasione la sostituì la donna di Tongkou con il maggior numero di figli maschi. Fu lei ad accompagnarmi alla mia nuova casa: ne varcai la soglia e venni presentata ai miei suoceri. Mi inginocchiai, toccando terra con la fronte per tre volte. «Vi obbedirò», dissi. «Lavorerò per voi.» Quindi servii loro il tè. Dopo di che mi scortarono nella camera nuziale, dove rimasi sola, con la porta aperta. Ancora pochi istanti appena e avrei incontrato il mio sposo. Aspettavo quel momento fin dalla prima visita di Madama Wang, venuta a casa nostra a ispezionarmi i piedi, eppure mi sentivo agitata, in preda al nervosismo e a una totale confusione. L'uomo che avevo sposato era un perfetto sconosciuto, e questo naturalmente stimolava la mia curiosità. Sarebbe divenuto il padre dei miei figli, perciò ero ansiosa di scoprire come li avremmo concepiti. E mi struggevo dalla preoccupazione per la lettera misteriosa ricevuta dalla mia *laotong*.

Udii un rumore: un tavolo venne trascinato davanti alla porta e sistemato in modo da bloccare l'accesso alla stanza. Inclinai lievemente il capo, la frangia si scostò un poco e vidi i membri della mia nuova famiglia che ammonticchiavano sul tavolo le trapunte del corredo e sistemavano in cima al mucchio due coppe di vino allacciate insieme, una legata con un filo verde, l'altra con un filo rosso.

Mio marito entrò nell'anticamera. Tutti acclamarono. Questa volta non cercai di sbirciare. Per quell'incontro inaugurale volevo dimostrarmi quanto più possibile fedele alle tradizioni. In piedi dalla sua parte del tavolo, lui tirò il filo rosso. Dalla mia parte, io feci lo stesso con il cordino verde. Poi il mio sposo saltò sul tavolo, atterrò sulle trapunte e balzò all'interno della stanza. Con questo fummo ufficialmente uniti in matrimonio.

Cosa posso dire del momento in cui ci ritrovammo per la prima volta l'una al fianco dell'altro? Avvertii il profumo di pulito del suo corpo. Guardai in basso: le scarpe che avevo confezionato per lui gli stavano bene, e i pantaloni scarlatti dell'abito da sposo erano proprio della giusta lunghezza. Ma fu un attimo fuggevole, e ben presto cominciarono gli Scherzi e i Lazzi nella Camera Nuziale. Gli amici di mio marito si precipitarono da noi, incerti sulle gambe e con la lingua impastata per il troppo bere. Ci diedero noccioline e datteri perché ci nascessero molti figli. Ci offrirono dolci, augurandoci una vita piena di dolcezza. Quando arrivò il mio turno, però, non si limitarono a porgermi un pasticcino come avevano fatto con lui. Nossignori! Lo legarono con uno spago e me lo fecero penzolare a pochi millimetri dalla bocca. Mi costrinsero a saltare nel tentativo di afferrarlo, ben attenti a impedirmelo ogni volta. E non smisero mai di sbizzarrirsi in battute e commenti salaci. Conoscete lo stile. Durante la notte mio marito si sarebbe dimostrato forte come un toro, e io docile come un agnello; i miei seni sembravano pesche sul punto di lacerare il tessuto della casacca; i semi di mio marito sarebbero stati più numerosi di quelli di una melagrana; se avessimo fatto ricorso a una particolare posizione ci saremmo garantiti un primogenito maschio. È la stessa storia dappertutto: la prima notte di nozze certi discorsi volgari vengono tollerati in qualsiasi ambiente. E io stetti al gioco, anche se dentro di me mi sentivo sempre più turbata.

Mi trovavo a Tongkou da ore. Era ormai tarda notte. Fuori, per strada, gli abitanti del villaggio bevevano, mangiavano, ballavano, festeggiavano. Udii una nuova scarica di petardi, il segnale che invitava tutti quanti a tornarsene a casa. Finalmente Madama Wang chiuse la porta della camera nuziale e mio marito e io ci ritrovammo soli.

« Salve », esordì lui.

« Salve », gli risposi.

« Hai mangiato? »

« Devo restare digiuna per altri due giorni. »

« Abbiamo datteri e noccioline », disse. « Non lo racconterò a nessuno se ne prenderai un po'. »

Scossi il capo: le minuscole sfere di madreperla dell'acconciatura si agitarono e i ciondoli d'argento tintinnarono dolcemente. La frangia si scostò e mi accorsi che il mio sposo teneva gli occhi bassi. Mi stava contemplando i piedi. Arrossii. Trattenni il respiro, nella speranza di fermare la frangia: non volevo rivelare il mio turbamento. Non mi mossi, e anche lui restò immobile. Continuava a osservarmi, ne ero sicura. Non potevo far altro che aspettare.

Infine mio marito disse: « Mi hanno riferito che sei molto graziosa. È vero? »

« Aiutami a togliere l'acconciatura e controlla tu stesso. »

Parlai in tono più aspro di quanto intendessi, eppure lui si limitò a riderci sopra. Pochi istanti dopo posò l'acconciatura su un tavolino. Si girò a guardarmi. Ci trovavamo forse a un metro di distanza l'uno dall'altra. Mi fissò in volto, e anch'io lo scrutai audacemente in viso. Tutto ciò che mi avevano raccontato sul suo conto Madama Wang e Fiore di Neve era vero. La pelle non appariva butterata né sfigurata da alcuna cicatrice. Dal colore della carnagione, assai meno scurita dal sole di quella di Baba o dello zio, capii che il mio sposo non passava molte ore nei campi di famiglia. Aveva zigomi alti, e il mento denotava sicurezza di sé, ma non impudenza. Il ciuffo di capelli ribelle che gli ricadeva sulla fronte gli dava un'aria spensierata. Negli occhi brillava una scintilla di buonumore.

Fece un passo avanti, mi prese le mani tra le sue e dichiarò: « Penso che saremo felici insieme, tu e io ».

Una ragazza Yao di diciassette anni potrebbe forse augurarsi di sentire parole più belle? Al pari di mio marito, immaginavo per noi un roseo futuro. Quella notte, il mio sposo seguì tutte le tradizioni più appropriate, arrivando addirittura a togliermi le scarpette nuziali e a infilarmi le babbucce rosse per dormire. Ero abituata al tocco delicato di Fiore di Neve e ancora adesso non saprei descrivere le mie sensazioni quando avvertii sui piedi le mani di lui, in un atto che mi parve assai più intimo di quanto accadde dopo. Non avevo le idee chiare su ciò che stava succedendo, ma nemmeno mio marito. Mi sforzavo solo di immaginare come si sarebbe comportata Fiore di Neve al mio posto, sotto il peso di quell'uomo sconosciuto.

L'indomani mi alzai presto. Lasciai il mio sposo addormentato nel letto e uscii nel corridoio. Siete mai stati preoccupati al punto di avere la nausea? Io mi sentivo così sin dal momento in cui avevo letto il messaggio di Fiore di Neve, ma non potevo farci niente, né durante le cerimonie nuziali della sera prima né tanto meno ora. Dovevo sforzarmi di seguire i riti prescritti fino al successivo incontro con la mia *laotong*. Non che fosse facile: ero affamata, esausta e indolenzita. Mi facevano male i piedi, dopo aver camminato tanto negli ultimi giorni. E provavo un certo fastidio anche in un'altra parte del corpo. In ogni caso, cercai di non pensare a nulla di tutto questo mentre mi dirigevo verso la cucina, dove trovai una servetta di una decina d'anni seduta sui talloni, con l'aria di aspettare me. Una domestica personale: nessuno mi aveva accennato a una cosa del genere. Sebbene la gente di Puwei non impiegasse servitori, compresi il ruolo della ragazzina vedendole i piedi non fasciati. Si chiamava Yonggang, il cui significato è «coraggiosa» e «forte come il ferro». (E in seguito si dimostrò davvero fedele al proprio nome.) Aveva già acceso il fuoco nel braciere e attinto l'acqua al pozzo. Non mi rimase che metterla a scaldare e portarla ai miei suoceri perché potessero lavarsi il viso. Preparai anche il tè per tutti e lo servii senza versarne neppure una goccia.

Più tardi, nel corso della giornata, i genitori di mio marito mandarono a Puwei altra carne di maiale e nuovi dolci. I Lu offrirono quindi un solenne banchetto nel tempio ancestrale della famiglia, l'ennesimo pranzo cui dovetti prendere parte senza toccare cibo. Di fronte ai convitati, il mio sposo e io ci prosternammo al Cielo e alla Terra, ai familiari e agli antenati. Poi attraversammo il sacrario: ci inchinammo davanti alle persone più vecchie di noi e ne ricevemmo in cambio denaro avvolto in fogli di carta rossa. Dopo di che tornammo nella stanza nuziale.

Il giorno successivo, il terzo della mia nuova vita matrimoniale, era il più atteso da ogni sposa, perché veniva dedicato alla lettura dei libri nuziali scritti da parenti e amici. Io però riuscivo a pensare soltanto a Fiore di Neve, e al nostro incontro imminente durante la cerimonia.

Arrivarono la Sorella Maggiore e la moglie del Fratello Maggiore, portando con sé i libri, e del cibo che finalmente potei mangiare. Molte donne di Tongkou si unirono a quelle della famiglia per leggere i vari messaggi, ma la mia *laotong* e sua madre non vennero. Non sapevo farmene una ragione. Mi sentivo profondamente ferita... e spaventata per l'assenza di Fiore di Neve. Eccomi là a presenziare al più lieto dei riti matrimoniali senza godermelo affatto.

I *San Zhao Shu* dedicati a me contenevano le solite frasi d'uso su quanto fossero infelici i miei familiari ora che me n'ero andata. Nello stesso tempo celebravano le mie virtù, e ripetevano spesso formule quali «se solo fossimo riusciti a convincere quella degna famiglia ad aspettare ancora qualche anno prima di prenderti con sé» oppure «quanto è triste essere separati». Imploravano inoltre i miei suoceri di essere indulgenti e di insegnarmi con pazienza le consuetudini della casa. Anche il libro del terzo giorno preparato da Fiore di Neve era come me lo aspettavo, e rispecchiava il suo amore per le creature dell'aria. Cominciava così: «La fenice si accoppia con la chioccia d'oro, un'unione decisa in paradiso». Ancora espressioni convenzionali, persino dalla mia *laotong*.

LA VERITÀ

In circostanze normali, il quarto giorno dopo le nozze sarei tornata a Puwei presso la mia famiglia: invece, avevo già deciso da molto tempo di recarmi direttamente a casa di Fiore di Neve per rimanerle accanto durante il mese dedicato ai canti nella stanza delle donne. Accingendomi a rivederla, mi sentivo più che mai in preda all'inquietudine. Indossai uno dei miei migliori abiti da tutti i giorni: casacca di seta verde acqua e pantaloni ricamati con un motivo di rami di bambù. Volevo fare buona impressione non solo sugli abitanti di Tongkou, ma anche sui familiari della mia *laotong*, dei quali avevo sentito tanto parlare in tutti quegli anni. Yonggang, la domestica, mi condusse lungo i vicoli del villaggio. Reggeva in una cesta i miei vestiti, oltre a fili da ricamo, drappi di tessuto e al libro nuziale del terzo giorno già pronto per Fiore di Neve. Ero lieta di poter contare sulla guida di Yonggang, eppure la sua presenza mi metteva a disagio. Averla con me costituiva una delle numerose novità cui mi sarei dovuta abituare.

Tongkou era un centro abitato assai più esteso e più ricco di Puwei. I viottoli apparivano puliti e ordinati, e non si vedevano in giro polli, anatre o maiali. Ci fermammo di fronte a una casa che corrispondeva esattamente alle descrizioni della mia *laotong*: un edificio a due piani, dalle linee dignitose ed eleganti. Vivevo nel villaggio da troppo poco tempo per conoscerne le abitudini, ma almeno sotto un certo aspetto le cose andavano proprio come a Puwei. Non ci annunciammo con una formula di saluto, né bussammo alla porta: Yonggang si limitò a spingere l'uscio e a entrare nella casa di Fiore di Neve.

La seguii, e fummo subito assalite da uno strano odore: un miscuglio di escrementi e carne putrefatta, cui si sovrapponeva un aroma dolciastro e nauseante. Non avevo idea di quale potesse esserne la fonte, però sembrava in qualche modo di origine umana. Mi si rivoltò lo stomaco, mentre gli occhi si rifiutavano ancora più recisamente di credere a quanto vedevano.

Sebbene fosse molto più vasta del salotto di casa mia, la sala principale era assai meno arredata. Individuai un tavolo, senza neppure una sedia. Notai la balaustra scolpita lungo la scala per salire alla stanza delle donne: ma a parte questi pochi elementi – la cui fattura rivelava una qualità di gran lunga superiore a quella di qualsiasi oggetto posseduto dalla mia famiglia – non c'era altro. Nemmeno un focolare acceso. Era ormai autunno inoltrato e cominciava a fare freddo. La pulizia, poi, lasciava parecchio a desiderare e sul pavimento giacevano resti di cibo. Registrai la presenza di varie porte che dovevano condurre ad altrettante camere da letto.

Oltre a risultare del tutto diverso da quanto si poteva presumere dalla strada, l'interno non si conciliava affatto con i discorsi di Fiore di Neve. Forse mi trovavo nel posto sbagliato.

Le pareti mostravano numerose finestre a ridosso del soffitto, tutte sigillate tranne una. Un singolo raggio di luce penetrava da quella sola apertura, rischiarando appena le tenebre. Nella cupa oscurità, individuai una donna accasciata davanti a una bacinella. Portava abiti imbottiti sporchi e ridotti a brandelli, degni di una contadina di basso rango. Incrociò il mio sguardo e distolse subito gli occhi. Si rizzò a capo chino, emergendo nel fascio luminoso. Aveva una pelle splendida, più pallida e pura della porcellana. Strinse le dita di una mano intorno all'altra e si inchinò.

« Signorina Giglio Bianco, benvenuta, benvenuta. » Parlava sommessamente, ma non per una forma di deferenza verso la mia posizione sociale appena acquisita: piuttosto, il suo accento smorzato sembrava indotto dalla paura. « Un attimo solo. Vado a chiamare Fiore di Neve. »

A questo punto rimasi davvero sbigottita. Ero entrata nella casa giusta, dunque. Eppure, com'era possibile? Mentre la donna attraversava la stanza per raggiungere le scale, notai che aveva gigli dorati minuscoli quasi quanto i miei: un fatto notevole per una persona di servizio, mi parve nella mia ignoranza.

Restai in ascolto con le orecchie tese: la sconosciuta si stava rivolgendo a qualcuno al piano di sopra. E poi udii l'incredibile: la voce di Fiore di Neve nel suo tono più caparbio e polemico. Ne fui sconvolta fin nel profondo. A parte quell'unico suono familiare, peraltro, la casa era immersa in un silenzio strano e inquietante. Nell'atmosfera taciturna e ovattata percepivo una presenza in agguato, come di uno spirito malvagio venuto dall'aldilà. Il mio corpo si ritraeva con orrore da quanto mi circondava. Mi si accapponava la pelle per la repulsione. Tremavo nell'abito di seta verde acqua: l'avevo scelto per far colpo sulla famiglia della mia *laotong*, ma non mi offriva alcuna protezione contro le folate umide che entravano dalla finestra o la paura suscitata dal luogo bizzarro, buio, puzzolente e spaventoso in cui ero finita.

Fiore di Neve emerse in cima alle scale. « Vieni su », mi chiamò dall'alto del pianerottolo.

Rimasi in piedi, paralizzata, cercando disperatamente di assimilare ciò che vedevo. Mi sentii toccare la manica e trasalii.

« Non credo che il padrone sarebbe contento se vi lasciassi qui », disse Yonggang, il volto trasformato in una maschera di preoccupazione.

« Il padrone sa dove sono », ribattei senza soffermarmi a riflettere.

« Giglio Bianco. » La voce di Fiore di Neve tradiva un accento triste e sconsolato quale non avevo mai udito prima.

Poi mi balenò in mente un ricordo di qualche giorno addietro. A volte una donna, mi aveva detto mia madre, non può evitare la laidezza. Dovevo essere coraggiosa, aveva soggiunto. Mi si affacciarono alla memoria le sue parole: « Ti sei impegnata a mantenerti fedele sino alla fine dei tuoi giorni. Sii la signora che eri destinata a diventare ». Non alludeva ai rapporti coniugali con mio marito. Intendeva riferirsi a *questo*. Fiore di Neve sarebbe rimasta la mia vecchia me stessa per sempre. Nutrivo per lei un affetto più intenso e profondo di qualsiasi sentimento potessi provare per il mio sposo. Ecco il vero significato del vincolo tra due *laotong*.

Mossi un passo in avanti e udii una specie di gemito da parte di Yonggang. Non sapevo che cosa fare. Non avevo mai avuto una domestica. Le battei una mano sulla spalla con un gesto esitante. « Va' pure », dissi, sforzandomi di assumere il giusto tono di una padrona, comunque dovesse suonare. « Andrà tutto bene. »

« Se doveste trovarvi nella necessità di andarvene, per qualsiasi ragione, vi basterà uscire per la strada e invocare aiuto », mi suggerì la ragazzina, non molto convinta. « Qui tutti conoscono il Padrone e la Signora Lu. Qualcuno vi ricondurrà a casa dei vostri suoceri. »

Allungai un braccio e le tolsi il cesto di mano. Lei non si mosse: allora la invitai con un cenno ad allontanarsi. Sospirò con aria rassegnata, mi rivolse un rapido inchino, indietreggiò fino alla porta, si girò e sparì.

Salii le scale stringendo con forza il manico del cesto. Avvicinandomi a Fiore di Neve, mi accorsi che aveva le gote striate di lacrime. Come la cameriera al piano di sotto, portava abiti grigi imbottiti, mal fatti e rammendati senza perizia. Mi fermai sul gradino sotto il pianerottolo.

« Non è cambiato niente », dissi. « Siamo sempre vecchie noi stesse. »

Lei mi prese la mano, mi aiutò a superare l'ultimo scalino e mi condusse nella stanza delle donne. Anche quella doveva essere stata molto gradevole, in passato. Occupava forse uno spazio triplo rispetto alla camera dov'ero cresciuta a Puwei. Davanti alla finestra, al posto di semplici listelli verticali, si vedeva uno schermo di legno lavorato, dai trafori intricati. Per il resto, il locale appariva vuoto, a parte un filatoio a mano e un letto. Sul bordo del giaciglio sedeva in posa aggraziata la donna bellissima che avevo incontrato al piano di sotto: teneva le mani unite in grembo con eleganza. Le vesti rozze da contadina non riuscivano a nascondere la sua squisita educazione.

« Giglio Bianco », annunciò Fiore di Neve, « questa è mia madre. »

Attraversai la stanza, giunsi le mani e mi inchinai davanti alla donna che aveva messo al mondo la mia *laotong*.

« Devi scusarci per questa deplorevole situazione », mi disse la madre di Fiore di Neve. « Ti posso offrire solo una tazza di tè. » Si alzò in piedi. « Voi due ragazze avete molte cose di cui parlare. » E con questo uscì ondeggiando dalla camera con la grazia sublime conferita da piedi bendati alla perfezione.

Quattro giorni prima avevo lasciato piangendo la mia casa natale. Mi ero sentita triste, felice e timorosa al tempo stesso. Ma in quel momento, sedendomi sul letto accanto a Fiore di Neve, le vidi sul volto lacrime di rimorso, senso di colpa, vergogna e imbarazzo. Avrei voluto gridarle di raccontarmi tutto. Invece rimasi in silenzio ad aspettare la verità: con ogni sua parola, lo capivo bene, la mia *laotong* avrebbe perduto quel poco di dignità che le restava.

« Molto tempo prima che tu e io ci conoscessimo », cominciò infine, « la mia famiglia era una delle più altolocate della contea. Puoi giudicare tu stessa », aggiunse indicando la stanza con un gesto indifeso, « quanto tutto ciò dovesse essere magnifico una volta. Disponevamo di grandi ricchezze. Il mio bisnonno, lo studioso, aveva ricevuto molti *mu* di terra dall'imperatore. »

Io la ascoltavo, in preda alle vertigini.

« Alla morte del sovrano, il mio bisavolo cadde in disgrazia e si ritirò al villaggio natale. La vita procedeva serena. Quando il bisnonno raggiunse gli antenati, fu suo figlio, mio nonno, ad assumersi la responsabilità della famiglia. Aveva numerosi braccianti e parecchi servitori. Prese con sé tre concubine, che gli diedero solo figlie. Alla fine mia nonna riuscì a mettere al mondo un maschio, assicurandosi in tal modo il più alto rango nell'ambito della casa. Mia madre venne scelta come moglie per l'ultimo nato. La gente la paragonò a Hu Yuxiu, la fanciulla così affascinante e ricca di talento da riuscire a incantare un imperatore. Pur non essendo uno studioso di rango imperiale, mio padre era stato istruito sui testi classici. Un giorno, si diceva, sarebbe divenuto il capo villaggio di Tongkou. Mama ne era convinta. Altri gli profetarono un futuro diverso. I miei nonni riconobbero nell'erede maschio la debolezza tipica del figlio unico cresciuto in mezzo a troppe sorelle e troppe concubine, e mia zia sospettò in lui la tendenza alla codardia e al vizio. »

Fiore di Neve aveva uno sguardo remoto negli occhi mentre rievocava quel passato scomparso. « Due anni dopo la mia nascita, morirono i nonni », continuò. « Alla nostra famiglia non mancava nulla: abiti magnifici, cibo in abbondanza, servitori in quantità. Mio padre mi conduceva in viaggio con sé; la mamma mi portava al tempio di Gupo. Vidi e imparai moltissimo da bambina. Tuttavia papà doveva prendersi cura delle tre concubine del nonno, oltre ad accasare le cinque sorellastre che avevano messo al mondo e le sue quattro sorelle di sangue. Doveva inoltre dare lavoro, cibo e riparo ai braccianti nei campi e ai domestici in casa. Vennero combinati i matrimoni di sorelle e sorellastre. Mio padre si sforzò di dimostrare a tutti la propria grandezza e munificenza. Inviò doni sempre più generosi alle famiglie dei futuri mariti. Cominciò a vendere i nostri campi ai grandi proprietari terrieri nell'Ovest della provincia per poter comprare altra seta o far macellare un maiale in più. Mia madre – l'hai vista – è una donna bellissima, ma per il resto assomiglia molto a me prima che ci conoscessimo: è viziata, ha sempre vissuto nella bambagia e non ha alcuna esperienza nei lavori domestici, a parte il ricamo e il *nu shu.* Quanto a mio padre... » Fiore di Neve ebbe un'esitazione, poi sbottò: « Iniziò a fumare la pipa ».

Tornai con la memoria al giorno in cui Madama Gao si era resa così sgradevole parlando della famiglia di Fiore di Neve. Aveva menzionato concubine e gioco d'azzardo, accennando tra l'altro alla faccenda della pipa. All'epoca, nell'innocenza dei miei nove anni, avevo pensato si riferisse a un eccessivo consumo di tabacco. Solo adesso mi resi conto che si trattava della pipa da oppio, e capii anche un altro fatto: quel giorno chiunque fosse presente nella stanza delle donne, tranne me, sapeva benissimo a cosa intendesse alludere la sensale. Lo sapeva mia madre, lo sapeva la zia e lo sapeva Madama Wang. Nessuna di loro ignorava la situazione, eppure avevano deciso concordemente di tenermi all'oscuro di tutto.

« Tuo padre è ancora vivo? » domandai in tono incerto. Se fosse morto me l'avrebbe detto: ma forse, date le tante bugie del passato, mi avrebbe tenuto nascosto persino questo.

Annuì senza aggiungere altro.

« È al piano di sotto? » insistetti, pensando all'odore indecifrabile e disgustoso che aleggiava nella sala principale.

Il viso di Fiore di Neve assunse una strana immobilità; poi la vidi inarcare le sopracciglia. Presi la sua reazione per un sì. « Fu la carestia a scatenare la crisi », riprese la mia *laotong*. « Ricordi che cosa accadde? Non ci conoscevamo ancora: quell'anno, a un raccolto particolarmente scarso seguì un inverno tremendo. »

Come avrei potuto dimenticarlo? La minestra di riso con le rape secche rappresentava una vera leccornia in quel periodo. La mamma si atteneva alla massima frugalità, Baba e lo zio toccavano appena il cibo, ma eravamo riusciti a sopravvivere.

« Mio padre non seppe affrontare l'emergenza », ammise Fiore di Neve. « Prese l'abitudine di fumare la pipa e dimenticò ogni altra cosa. Un giorno le concubine del nonno se ne andarono. Forse tornarono ai loro villaggi, forse morirono nella neve. Nessuno lo sa. Quando arrivò la primavera, oltre a me in casa c'erano soltanto papà e mamma, i miei due fratelli e le mie due sorelle. Su un piano superficiale conducevamo la solita vita elegante, ma in realtà ricevevamo sempre più spesso le visite dei creditori. Vennero venduti altri campi. Alla fine ci rimase solo la casa. Allora mio padre teneva molto di più alla pipa che a noi. Prima di impegnare i mobili – oh, Giglio Bianco, non puoi neppure immaginare quanto fossero belli! – pensò di vendere me. »

« Non come una domestica! »

« Peggio. Come una piccola nuora. »

Era sempre stato il destino più atroce che riuscissi a concepire: crescere con i piedi non fasciati, essere allevata da estranei di così bassa moralità da non volere con sé una vera e propria nuora, vedersi trattare più duramente di una serva. E adesso, una volta sposata, mi rendevo conto dell'aspetto più spaventoso di quella vita, che riduceva le donne a meri strumenti di piacere per qualsiasi maschio della famiglia.

« Fu la sorella di mia madre a salvarci », continuò Fiore di Neve. « Dopo che tu e io fummo divenute *laotong*, combinò un matrimonio mediocre per la maggiore di noi. Mia sorella non ci vuole neppure più venire, in questa casa. In un secondo tempo, la zia mandò il primogenito a imparare un mestiere a Shangjiangxu. Oggi il più giovane dei miei fratelli lavora i campi alle dipendenze dei tuoi suoceri. E la mia sorellina è morta, come già sai... »

Non mi importava delle persone che non avevo conosciuto, sul conto delle quali mi ero sentita raccontare solo bugie. « Cosa accadde *a te*? »

« La zia cambiò il mio destino con le forbici, le fasce e l'allume. Papà cercò di opporsi, ma tu la conosci, la Zietta Wang. Chi riesce a dirle di no quando ha preso una decisione? »

« La Zietta Wang? » Avevo la mente confusa. « Vuoi dire la *nostra* Zietta Wang, la sensale? »

« È lei la sorella di mia madre. »

Mi premetti le dita sulle tempie. Il giorno in cui avevo conosciuto Fiore di Neve ed eravamo andate insieme al tempio di Gupo, lei si era rivolta a Madama Wang chiamandola « Zietta ». Pensavo l'avesse fatto per cortesia e riguardo, e da allora avevo adottato lo stesso appellativo rispettoso per parlare con l'intermediaria. Mi sentii stupida e ingenua.

« Non me l'hai mai detto », replicai.

« Della Zietta Wang? Credevo fosse l'unica cosa che sapevi. »

Credevo fosse l'unica cosa che sapevi. Mi sforzai di assimilare quelle parole.

« La zia aveva interpretato bene il carattere di mio padre », riprese Fiore di Neve. « Si era resa conto della sua debolezza. Seppe leggere con chiarezza anche in me. Vide che non mi piaceva obbedire, che non prestavo attenzione, che non ero affatto portata per le faccende domestiche. D'altro canto mia madre poteva insegnarmi a ricamare, a vestirmi, a comportarmi nel modo più adeguato al cospetto di un uomo, a padroneggiare la nostra scrittura segreta. La zia è solo una donna, ma per via del suo mestiere ha una mentalità pratica. Intuì che cosa avrebbe riservato il destino a me e alla mia famiglia. Cominciò a cercarmi una *laotong*, sperando che questo vincolo mostrasse a tutti quanto fossi beneducata, leale, obbediente... »

« E desiderabile come sposa », conclusi. Questo valeva anche per me.

« Perlustrò la contea, esplorando un territorio assai più vasto di quello in cui esercitava di solito le sue funzioni di intermediaria, finché venne a sapere di te dall'indovino. Dopo averti incontrata, decise di legare il mio fato al tuo. »

« Non capisco. »

Fiore di Neve mi rivolse un mesto sorriso. « Tu eri destinata a salire, e io a scendere. Quando ci conoscemmo, non sapevo niente. Dovevo imparare da te. »

« Ma sei stata *tu* a insegnarmi un sacco di cose. Hai sempre ricamato meglio di me. E padroneggi la scrittura segreta con un'abilità straordinaria. Mi hai preparata a vivere in una casa d'alto rango... »

« E tu mi hai insegnato ad attingere l'acqua al pozzo, a lavare i panni, a cucinare e a pulire la casa. Ho cercato di istruire anche mia madre nelle arti domestiche, però lei riesce a vedere le cose solo com'erano una volta. »

La madre della mia *laotong*, lo avevo già intuito, continuava ad aggrapparsi a un passato che non esisteva più. Dopo avere ascoltato Fiore di Neve raccontare la storia della famiglia, peraltro, ebbi l'impressione che anche lei vedesse la realtà attraverso il velo gioioso dei ricordi. Ci frequentavamo ormai da tanti anni e conoscevo bene il suo modo di pensare: credeva in un mondo femminile dominato dalla bellezza e libero da ogni angoscia. Forse si illudeva che un giorno tutto potesse tornare allo stato felice di un tempo.

« Ho imparato da te quanto mi occorreva per la mia nuova vita », soggiunse Fiore di Neve. « Solo che non sono mai riuscita a sbrigare le faccende con la tua stessa efficienza. »

Aveva ragione: non era brava nei lavori di casa. Pensavo fosse il suo modo di non vedere lo squallore della nostra vita. Invece (lo capii solo in quel momento) le riusciva più facile librarsi nell'aria al di sopra delle nuvole che accettare le brutture proprio sotto i suoi occhi.

« Ma casa tua è molto più grande e difficile da gestire della mia, e tu eri solo una ragazzina nei suoi anni di capelli raccolti», protestai stupidamente, nel tentativo di farla sentire meglio. «Avevi...»

«... una madre incapace di aiutarmi, un padre drogato d'oppio e fratelli e sorelle scomparsi l'uno dopo l'altro.»

«Però adesso stai per sposarti...»

Mi tornarono in mente all'improvviso l'ultima visita di Madama Gao nella stanza delle donne e il suo diverbio con Madama Wang. Che cos'aveva detto la sensale di Puwei sul fidanzamento? Cercai di richiamare alla memoria le mie informazioni in merito: Fiore di Neve parlava di rado, per non dire mai, del futuro marito; ci aveva mostrato di rado, per non dire mai, qualche dono ricevuto dai suoceri. Vedevamo i drappi di cotone e di seta che ricamava, è vero; a sentire lei, però, si trattava sempre di lavoretti privi di importanza: scarpe per se stessa e cose del genere. Nulla di speciale.

Mi venne un'idea spaventosa. Il matrimonio avrebbe condotto la mia *laotong* a vivere in una famiglia molto modesta. Ma quanto modesta?

Fiore di Neve sembrò leggermi nel pensiero. «La zia ha fatto del suo meglio per me. Non sposerò un contadino.»

Questa frase mi ferì un poco, visto che mio padre si guadagnava da vivere coltivando la terra.

«Un mercante, allora?» Sebbene il commercio venisse reputato disonorevole, almeno quella professione avrebbe potuto offrire alla mia *laotong* alcuni degli agi perduti.

«Andrò ad abitare nel vicino villaggio di Jintian, come ha detto la Zietta Wang, ma i familiari di mio marito» – una nuova esitazione – «sono macellai.»

Uaaa! Era il peggior connubio possibile! Lo sposo di Fiore di Neve disponeva senza dubbio di una certa agiatezza, però esercitava un mestiere impuro e disgustoso. Ripensai a tutto ciò che era accaduto nel mese appena trascorso, durante i preparativi per il mio matrimonio. Mi tornarono alla memoria certi atteggiamenti di Madama Wang, seduta così spesso vicino alla mia *laotong*, con l'aria di consolarla e di persuaderla. Poi ricordai *Il racconto della sposa Wang*. In preda a una profonda vergogna, compresi che l'apologo non era affatto destinato a me, ma a Fiore di Neve.

Non sapevo che cosa dire. Pur avendo sentito frammenti della verità fin dall'età di nove anni, avevo preferito non crederci o non badarci. Non ho forse il dovere di rendere felice la mia *laotong*? mi domandai adesso. Di farle dimenticare i suoi problemi? Di convincerla che ogni cosa si risolverà per il meglio?

La abbracciai. «Per lo meno non soffrirai la fame», la confortai, anche se il futuro avrebbe dimostrato che mi sbagliavo persino in questo. «A una donna possono capitare sorti peggiori», soggiunsi, sebbene non avessi idea di quali fossero.

Lei mi nascose il volto sulla spalla e scoppiò in singhiozzi. Un attimo dopo mi respinse con violenza. Negli occhi bagnati di lacrime non vidi tristezza, ma una rabbia feroce. «Non compatirmi! Non voglio la tua pietà!»

L'idea della compassione non mi aveva neppure sfiorata. Ero amareggiata, invasa dalla confusione e dallo sconforto. La lettera di Fiore di Neve mi aveva rovinato le gioie del matrimonio. La sua assenza durante la lettura dei libri nuziali del terzo giorno mi aveva inferto una ferita profonda. E adesso questo. Sotto il tumulto emotivo che mi si agitava dentro ribolliva la sensazione di essere stata tradita. Dopo tante notti passate insieme, per quale ragione la mia *laotong* mi aveva taciuto la verità? Credeva veramente di poter evitare il proprio destino? Solo perché spiccava sempre il volo con la fantasia, si illudeva di riuscirci anche nella vita reale? Pensava sul serio che un giorno avremmo staccato i piedi da terra e i nostri cuori si sarebbero librati in cielo insieme alle creature dell'aria? O con i suoi molti segreti tentava solo di salvare la faccia, sperando che il momento della resa dei conti non arrivasse mai?

Forse mi sarei dovuta sentire in collera con Fiore di Neve per le sue menzogne, ma non fu questa la mia reazione. Convinta di essere stata prescelta per un futuro speciale, mi ero lasciata accecare dall'egocentrismo. E se fossero state le *mie* lacune come amica – e come *laotong* – a impedirmi di porre a Fiore di Neve le domande giuste sul passato e sull'avvenire?

Avevo solo diciassette anni. Gli ultimi dieci li avevo trascorsi quasi per intero nella stanza al piano di sopra, circondata da donne che volevano avviarmi a un destino ben preciso. E lo stesso valeva per gli uomini della famiglia. Eppure, quando ripensavo alle persone coinvolte – Mama, la zia, Baba, lo zio, Madama Gao, Madama Wang, persino Fiore di Neve – l'unica a sembrarmi davvero colpevole era mia madre. Sulle prime la sensale di Tongkou poteva anche averla ingannata, ma alla fine la mamma doveva aver scoperto la verità: eppure aveva deciso di non rivelarmela. L'animosità verso di lei si inaspriva al pensiero che i suoi occasionali gesti d'affetto (ai miei occhi parte di un piano fatto di bugie e omissioni) erano soltanto un mezzo per mantenermi orientata verso il buon matrimonio da cui avrebbero tratto vantaggio tutti i miei familiari.

Mi trovavo in balia di una confusione totale, e fu quel momento di caos emotivo, ne sono certa, a preparare il terreno per gli eventi successivi. Non mi conoscevo bene. Non riuscivo a vedere né a capire ciò che contava davvero. Non ero altro che una ragazza stupida, convinta di sapere qualcosa della vita per il solo fatto di essersi sposata. Non avevo idea di come risolvere i miei conflitti, perciò mi limitai a seppellirli nel più profondo di me. Non potevo certo farli sparire, però. Rimasero là, simili alla carne di un maiale infetto, e cominciarono piano piano a contaminarmi le viscere.

Non ero ancora divenuta la Signora Lu di oggi, una donna rispettata per la sua gentilezza, forza e compassione. Eppure, dal momento in cui varcai la soglia della casa di Fiore di Neve, sentii una presenza nuova dentro di me. Ripensate a quella carne di maiale guasta, e capirete di cosa sto parlando. Dovevo fingere di non essere malata né contagiata, perciò feci buon uso della mia determinazione. Intendevo rendere onore alla famiglia di mio marito mostrandomi caritatevole e buona con le persone in difficoltà. Ovviamente, non conoscevo il modo giusto per realizzare il mio scopo, perché certi atteggiamenti non mi venivano naturali.

Fiore di Neve si sarebbe sposata di lì a un mese, così cominciai aiutando lei e la madre a pulire la casa. Volevo ridare all'ambiente un aspetto presentabile prima di ricevere i familiari del futuro marito, ma nessuno sarebbe riuscito a debellare gli schifosi miasmi che permeavano le stanze. L'odore dolciastro e nauseabondo emanava dai fumi dell'oppio. L'altro fetore, forse l'avrete già indovinato, proveniva dagli intestini compromessi del fumatore. Non c'era rimedio capace di mascherare l'indecenza di quell'individuo e dei suoi vizi: né l'incenso, né l'aceto bruciato, né le finestre lasciate aperte nonostante il freddo della stagione.

Potei osservare le abitudini della famiglia: le due donne vivevano nel continuo timore dell'uomo chiuso nella sua stanza a pianterreno. Le sentivo parlare sempre a bassa voce e le vedevo acquattarsi istintivamente quando lui le chiamava. Vidi anche il padrone di casa in persona, adagiato in mezzo al tanfo e al sudiciume. Benché ridotto in miseria, rimaneva bizzoso e irascibile come un bambino viziato. Un tempo forse aveva malmenato la moglie e la figlia, ma ormai si era ridotto a una meschina creatura intontita dalla droga, che conveniva lasciare nella sua abiezione.

Cercai di dissimulare i miei sentimenti. Si erano già versate troppe lacrime in quella casa per aggiungerci anche le mie. Chiesi di vedere i doni nuziali di Fiore di Neve. Pensavo tra me: Forse questa famiglia di macellai non è poi così male, in fin dei conti. Ricordavo i tessuti di seta con i quali lavorava la mia *laotong*. I suoi suoceri, per quanto impuri sul piano spirituale, dovevano godere di una certa prosperità.

Fiore di Neve aprì un baule di legno e appoggiò con cura sul letto ciò che aveva preparato. Notai le scarpette di seta celeste con il motivo di nuvole terminate il giorno in cui era morta Splendida Luna. Vidi una casacca con il davanti tagliato nella stessa stoffa; poi la mia *laotong* dispose in una fila ordinata cinque paia di scarpe di misure diverse, confezionate con la medesima seta e poi decorate da vari ricami. C'era qualcosa di familiare in quei manufatti, e di colpo compresi il perché. Erano stati ricavati tutti dalla stessa tunica di Fiore di Neve, quella che portava quando l'avevo conosciuta.

Frugai tra gli altri capi del corredo. Ecco il tessuto lavanda e bianco dell'abito da viaggio della mia *laotong* a nove anni, trasformato in calzature e camiciole. Ecco il mio cotone preferito, indaco e bianco, ridotto a strisce e riquadri e applicato su casacche, copricapi, cinture e trapunte. I doni nuziali ricevuti da Fiore di Neve erano insignificanti, ma lei li aveva trasformati in una dote eccezionale aggiungendovi ritagli tratti dal proprio guardaroba.

« Sarai una moglie straordinaria », dissi, sinceramente colpita dal suo lavoro.

Per la prima volta da quando ero arrivata, la mia *laotong* scoppiò a ridere. Avevo sempre amato le sue risate, così acute e seducenti. Mi unii a lei, perché tutto ciò appariva... inconcepibile, al di là di qualsiasi cosa avessi potuto immaginare, al di là del giusto e del lecito secondo ogni legge dell'universo. La situazione di Fiore di Neve e le soluzioni che aveva escogitato erano drammatiche e orribili, ma al tempo stesso buffe e meravigliose.

« Il tuo corredo... »

« Chiamarlo *mio* mi sembra eccessivo, tanto per cominciare », mi interruppe Fiore di Neve, boccheggiando nel tentativo di riprendere fiato. « Mia madre aveva tagliato i *suoi* doni nuziali per cucirmi i vestiti che indossavo per venire da te. E adesso io li ho tagliati un'altra volta per mio marito e i miei suoceri. »

Ma certo! Per questo alcuni tessuti mi sembravano troppo sofisticati per una bambina così piccola. Per questo a volte dagli abiti della mia *laotong* spuntavano fili che io tagliavo senza farmi vedere. Ero stata più stupida di una gallina confusa dalla pioggia. Mi s'imporporò il viso. Mi coprii le gote con le mani e risi ancora più forte.

« Credi che mia suocera se ne accorgerà? » domandò Fiore di Neve.

« Se io sono stata tanto cieca da non notarlo... » Ma non conclusi la frase perché era tutto troppo divertente.

Forse solo altre donne sono in grado di cogliere l'aspetto ironico della situazione. Veniamo considerate del tutto inutili.

Anche se le nostre famiglie d'origine ci vogliono bene, non siamo che un peso per loro. Ci sposiamo, ci trasferiamo presso un nuovo nucleo familiare, ci presentiamo a un marito che non conosciamo e non ci conosce, andiamo a letto con lui da perfette estranee e ci sottomettiamo ai capricci della suocera. Se abbiamo fortuna, generiamo figli maschi e ci assicuriamo un rango rispettabile. In caso contrario, dobbiamo affrontare il disprezzo della suocera, il dileggio delle concubine e l'aria delusa delle figlie. A parte ricorrere alle lusinghe femminili – un'arte di cui a diciassette anni non sappiamo quasi niente – abbiamo ben poche opportunità di cambiare il nostro destino. Viviamo per soddisfare e compiacere gli altri: ecco perché quanto avevano fatto Fiore di Neve e sua madre appariva così inconcepibile. Nelle loro mani, il dono di nozze inviato in origine dalla famiglia di Fiore di Neve a sua madre si era trasformato in primo luogo nel corredo di una fanciulla altolocata, quindi nel guardaroba di una bellissima figlia e adesso, rimaneggiato ancora una volta, avrebbe messo in risalto le doti di una giovane donna che si apprestava a entrare come sposa nella casa impura di un macellaio. Tutto questo era frutto del lavoro delle donne – un lavoro giudicato dagli uomini puramente decorativo – e sarebbe servito a cambiare la vita delle donne stesse.

Tuttavia, i risultati di quegli sforzi non bastavano. Occorreva molto di più. Fiore di Neve doveva recarsi presso la nuova famiglia con una scorta di abiti sufficiente per una vita intera. Per il momento disponeva di ben poco. Mi lambiccai il cervello pensando a come rimediare nel mese che ci restava.

Appena arrivò Madama Wang per partecipare ai canti nella stanza delle donne, la presi da parte e la pregai di andare a casa dei miei genitori: « Ho bisogno di alcune cose... »

Da troppo tempo la sensale mi guardava dall'alto in basso. E poi mi aveva ingannata. Aveva mentito, e non alla mia famiglia: a *me*. Non mi era mai piaciuta, e ora la stimavo ancora meno vista la sua doppiezza: eppure, eseguì puntualmente le mie istruzioni. (In fin dei conti possedevo ormai un rango superiore al suo.) Tornò parecchie ore dopo reggendo due cesti: uno conteneva ravioli, polpettine e dolci dei miei banchetti di nozze, insieme a una parte dell'arrosto di maiale mandato in regalo dai miei suoceri e a una scorta di verdure fresche raccolte nel nostro orto; nell'altro c'era una serie di stoffe che programmavo di tagliare e cucire una volta tornata a casa. Assistere al pasto della madre di Fiore di Neve fu un'esperienza che non dimenticherò mai. L'avevano allevata perché diventasse una vera signora e, sebbene avesse una gran fame, non si buttò sul cibo come avrebbero fatto i miei familiari. Usò le bacchette per staccare piccoli bocconi di carne e portarli delicatamente alle labbra. Il suo ritegno e la sua compostezza mi insegnarono una lezione alla quale mi sono mantenuta fedele fino a oggi. Per quanto possiamo essere disperate, di fronte agli altri non dobbiamo mai dimenticare le maniere di una donna raffinata.

Non avevo ancora finito con le mie richieste a Madama Wang. « Abbiamo bisogno di ragazze per i canti nella stanza delle donne », dissi. « Potete condurre qui la sorella maggiore di Fiore di Neve? »

« I suoceri non le consentiranno di rimettere piede in questa casa. »

Riflettei sulla risposta. Non avevo pensato a una simile eventualità. « Ci occorrono comunque delle ragazze », insistetti.

« Non verranno, Giglio Bianco », mi rivelò la sensale. « Mio cognato ha una pessima fama. Non c'è famiglia disposta a permettere a una ragazza nubile di varcare questa soglia. Perché non chiediamo a tua madre e a tua zia? Loro conoscono già la situazione... »

« No! » Non mi sentivo ancora pronta ad affrontarle, e Fiore di Neve non avrebbe tratto alcun beneficio dalla loro pietà. Per la mia *laotong* ci volevano delle sconosciute. Mi era rimasto del denaro dopo le nozze. Ne misi un po' in mano a Madama Wang. « Non tornate prima di aver trovato tre ragazze. Pagate ai padri la cifra che riterrete opportuna. Specificate che mi assumo io la responsabilità delle loro figlie. »

Ero sicura che il mio nuovo rango di nuora presso la famiglia più altolocata di Tongkou avrebbe avuto l'effetto sperato, eppure forse stavo dicendo solo sciocchezze: i miei suoceri non avevano certo idea di come mi apprestavo a sfruttare il loro buon nome. Ciò nonostante, mi accorsi che Madama Wang soppesava la proposta. Doveva continuare a lavorare a Tongkou e stava proprio per raccogliere gli ultimi frutti del lungo impegno necessario per accasarmi con i Lu. Non voleva mettere a repentaglio la propria reputazione; d'altro canto, aveva già infranto molte regole a beneficio della nipote. Alla fine, valutati tra sé e sé i pro e i contro, annuì un'unica volta e se ne andò.

Tornò l'indomani con tre figlie di contadini alle dipendenze dei miei suoceri. In altre parole, ragazze non diverse da me, anche se prive dei particolari vantaggi di cui avevo potuto godere io.

Tirai avanti quel mese facendo ricorso a tutta la mia forza di volontà. Guidai i canti delle ragazze. Le aiutai a trovare le parole migliori per descrivere Fiore di Neve – una persona che non conoscevano affatto – nei libri nuziali del terzo giorno. Se ignoravano un carattere, lo scrivevo io stessa al loro posto. Quando indugiavano nella preparazione delle trapunte, le prendevo da parte e le minacciavo sottovoce: se non avessero eseguito a puntino il lavoro per il quale erano state assunte, i loro padri ne avrebbero subito le conseguenze.

Ricordate come si erano svolte le cose per la Sorella Maggiore? Nonostante la tristezza della separazione, pensavamo tutte che si accingesse a un buon matrimonio. I suoi canti, non particolarmente tragici né allegri, rispecchiavano il futuro che l'aspettava. Io avevo provato emozioni contrastanti per le mie nozze. Anch'io mi ero sentita malinconica all'idea di andarmene, ma nello stesso tempo ero entusiasta per la svolta positiva che avrebbe preso la mia vita. Avevo intonato canzoni di lode ai miei genitori per il modo in cui ero stata allevata, e li avevo ringraziati per essersi occupati di me con tanto impegno. L'avvenire di Fiore di Neve, invece, si presentava tetro. Nessuno poteva negare o cambiare la situazione, perciò cantammo parole colme di mestizia.

« Mama », cominciò un giorno la mia *laotong*, « Baba non è riuscito a farmi crescere su una collina piena di sole. Vivrò nell'ombra per sempre. »

« È vero: è come piantare un fiore meraviglioso su un mucchio di letame », rispose la madre.

Le tre ragazze e io non potemmo che dichiararci d'accordo, e levammo le nostre voci all'unisono per ripetere entrambe le frasi. Così passarono le settimane: nello sconforto, ma nel rispetto delle tradizioni.

Il tempo si fece più freddo. Un giorno venne a trovarci il fratello minore di Fiore di Neve e incollò dei fogli di carta sulla grata della finestra: l'umidità però continuava a penetrare all'interno. Avevamo le dita arrossate e irrigidite dal gelo. Le tre ragazze erano troppo impaurite per protestare. Non riuscivamo più ad andare avanti in quel modo, perciò proposi di trasferirci nella cucina al piano di sotto, dove ci saremmo potute riscaldare intorno al braciere. Madama Wang e la madre della mia *laotong* si rimisero a me, facendomi capire una volta di più che ero io a prendere le decisioni.

Avevo già preparato da molto tempo il mio libro nuziale del terzo giorno per Fiore di Neve. Le pagine abbondavano di rosee previsioni sulla sposa e sul suo futuro, ma tutto ciò era divenuto fuori luogo, ormai. Ricominciai da capo. Tagliai un pezzo di stoffa color indaco per la copertina, lo ripiegai intorno a parecchi fogli di carta di riso e cucii la rilegatura con il filo bianco. Appiccicai dei ritagli di carta rossa sugli angoli dei risguardi. Sulle prime pagine avrei scritto il canto d'addio per la mia *laotong*, dedicando le successive alle descrizioni di Fiore di Neve destinate ai suoceri e lasciando bianchi i fogli restanti, perché fosse lei ad annotarvi quello che voleva e a conservarvi i disegni dei suoi ricami. Macinai l'inchiostro sull'apposita pietra e preparai il pennello per tracciare i caratteri della nostra scrittura segreta. Mi sforzai di delineare ogni segno con la massima perfezione possibile. Non potevo permettere alla mano – resa malferma dalle emozioni di quei giorni – di guastarne il significato.

Concluso il mese di rito, ebbe inizio la Giornata del Dolore e della Preoccupazione. Fiore di Neve rimase al piano di sopra, e la madre si sedette sul quarto gradino della scala che conduceva alla stanza delle donne. I nostri canti erano ormai lunghi ed elaborati. Sfidando il rischio di suscitare l'ira del padre di Fiore di Neve, pronta a scatenarsi a ogni rumore, levai alta la voce per esprimere i miei sentimenti e le mie raccomandazioni.

« Una brava moglie non disprezza l'inferiorità dello sposo », intonai, ripensando al *Racconto della sposa Wang*. « Impegnati perché la tua famiglia raggiunga uno stato più elevato. Servi tuo marito e obbediscigli. »

La mamma e la zia di Fiore di Neve fecero eco alle mie parole con concetti simili. « Per essere figlie amorevoli siamo tenute a obbedire », salmodiarono in coro. Ascoltando l'armonia delle loro voci, nessuno avrebbe potuto dubitare della devozione e dell'affetto che le univa. « Dobbiamo rimanere confinate nella stanza al piano di sopra, essere caste e modeste, e perfezionare le arti femminili. Per dimostrarci figlie rispettose ci vediamo costrette a lasciare la casa in cui siamo nate. Quando ci trasferiamo presso nostro marito ha inizio una nuova vita: a volte migliore, a volte peggiore. »

« Abbiamo trascorso insieme i giorni felici dell'infanzia », rammentai alla mia *laotong*. « Anno dopo anno, non ci siamo mai allontanate di un passo. Adesso resteremo vicine proprio come allora. » Richiamai alla memoria le frasi del nostro contratto e dei primi scambi epistolari sulle pieghe del ventaglio. « Continueremo a sussurrare tra noi. Continueremo a scegliere i colori, a infilare l'ago e a ricamare fianco a fianco. »

Fiore di Neve si affacciò dall'alto della scala. La sua voce fluttuò fino a me. « Credevo che ci saremmo librate l'una accanto all'altra – due fenici in volo – per sempre. Ora sono come una creatura morta che cola a picco verso il fondo di uno stagno. Rimarremo insieme come prima, mi dici. Ti credo. Ma la mia soglia non potrà reggere il confronto con la tua. »

Scese lentamente e si sedette accanto alla madre. Ci aspettavamo amare lacrime; invece non fu così. La mia *laotong* prese la mamma sottobraccio e rimase ad ascoltare con aria educata i canti lamentosi delle ragazze del villaggio. Guardando Fiore di Neve, non riuscivo a non meravigliarmi della sua apparente indifferenza: persino io, pur essendo felice del mio buon matrimonio, avevo pianto nei giorni della cerimonia. Era forse in preda a emozioni confuse quanto le mie? Avrebbe senza dubbio sentito la mancanza della madre, ma che dire di quel padre ignobile, o dei risvegli mattutini nella casa vuota, a rammentarle ogni giorno le disgrazie subite dalla famiglia? Sposare un macellaio era un destino terribile, certo, ma sul piano pratico le cose potevano andare peggio di così? E poi Fiore di Neve apparteneva al segno del Cavallo. Possedeva uno spirito sfrenato e amante dell'avventura, non meno indomito del mio. Eppure, sebbene fossimo vecchie noi stesse, nate entrambe nel medesimo anno, eravamo diverse: io, concreta, leale, obbediente, tenevo sempre i piedi per terra, mentre in lei, a dispetto del suo amore per la grazia e la bellezza, lo spirito del nostro segno aveva le ali e anelava a spiccare il volo, lottando contro qualsiasi freno.

Due giorni dopo arrivò la portantina fiorita per la mia *laotong*. Fiore di Neve non pianse nemmeno allora, né cercò di opporsi all'inevitabile. Indugiò un attimo in mezzo al misero gruppetto riunitosi intorno a lei e poi salì sul palanchino poveramente decorato. Le tre ragazze prezzolate non aspettarono neppure che il piccolo corteo svoltasse l'angolo e si avviarono subito verso le loro case. La madre della sposa si ritirò dietro l'uscio, e io rimasi sola con Madama Wang.

« Mi consideri una persona malvagia, immagino », cominciò la sensale. « Sappi però che non ho mai mentito a tua madre o a tua zia. Una donna può fare ben poco per cambiare il proprio destino in questo mondo, e tanto meno quello di una sua simile. Tuttavia... »

Sollevai una mano per interrompere questa sequela di scuse; erano altre le cose che avevo bisogno di sentirmi dire. « Tanti anni fa, quando siete venuta a casa mia e mi avete guardato i piedi... »

« Vuoi sapere se eri davvero speciale? »

Nel vedermi assentire, mi squadrò con durezza.

« Non è facile trovare una potenziale *laotong* », ammise. « Avevo incaricato parecchi astrologi di perlustrare la campagna alla ricerca di una bambina adatta a mia nipote. Avrei preferito una fanciulla discesa da una stirpe migliore, è vero, però l'indovino Lu mi segnalò te. I tuoi otto caratteri corrispondevano alla perfezione a quelli di Fiore di Neve. Ma sarei stata convocata a visitarti in ogni caso, perché avevi piedi veramente molto speciali. Il tuo destino sarebbe cambiato comunque, con o senza mia nipote. E adesso spero che il rapporto con *te* abbia mutato anche il *suo* fato. Ho detto molte bugie per offrirle almeno qualche possibilità nella vita. Non ti chiederò mai scusa per questo.»

Immersa nelle mie riflessioni, fissai il volto troppo imbellettato di Madama Wang. Avrei voluto odiare quella donna, ma come potevo? Aveva fatto del suo meglio per aiutare la persona che per me contava più di ogni altra al mondo.

Poiché la sorella maggiore di Fiore di Neve non sarebbe andata a consegnare i libri nuziali del terzo giorno, presi io il suo posto. I miei genitori mi mandarono una portantina, e ben presto arrivai a Jintian. Nel villaggio non c'era alcun segno di particolari festeggiamenti: non si vedevano decorazioni né si udivano le consuete note aspre delle bande nuziali. Scesi dal palanchino in un viottolo di terra battuta, davanti a un edificio dal tetto basso, con una catasta di legna appoggiata alla parete esterna. A destra della porta spiccava una sorta di gigantesco *wok* fissato su una piattaforma di mattoni.

I padroni di casa avrebbero dovuto allestire un banchetto per accogliermi: invece non fu così. Mi sarebbero dovute venire incontro le donne più importanti di Jintian. Mi salutarono, infatti, ma il loro rozzo dialetto mi fece capire molte cose sulla volgarità degli abitanti del luogo, benché ci trovassimo ad appena pochi *li* da Tongkou.

Quando giunse il momento di leggere i *San Zhao Shu*, fui introdotta nella stanza principale. A prima vista, l'ambiente somigliava al soggiorno di casa mia. Dalla trave centrale pendevano peperoncini messi a seccare e le pareti erano di mattoni grezzi non intonacati. All'inizio sperai che le analogie esteriori implicassero anche un'affinità tra le persone. Quel giorno non incontrai il marito di Fiore di Neve, ma ne conobbi la madre: una creatura orribile. Aveva gli occhi molto vicini l'uno all'altro, e le labbra sottili suggerivano una mentalità ristretta e un animo malvagio.

La mia *laotong* entrò nella stanza, si sedette su uno sgabello accanto ai libri nuziali del terzo giorno e aspettò in silenzio. Sebbene io mi sentissi diversa dopo il matrimonio, lei non mi parve affatto cambiata. Le donne di Jintian si raggrupparono intorno ai *San Zhao Shu* e vi passarono sopra le dita sudicie. Commentarono tra loro le cuciture delle copertine e i ritagli decorativi, ma non pronunciarono neppure una parola sulla qualità della scrittura o sui concetti espressi dai messaggi. Nel giro di pochi minuti si sistemarono qua e là nella camera.

La suocera di Fiore di Neve si diresse verso una panca. Aveva i piedi fasciati meglio rispetto a mia madre: eppure l'andatura bizzarra con la quale incedeva denunciava le sue umili origini più ancora dei suoni gutturali che le uscivano di bocca. Si accomodò, lanciò un'occhiata di disgusto alla nuora appena acquisita e poi concentrò su di me lo sguardo crudele. «Mi dicono che hai sposato un Lu. Sei davvero fortunata.» Nonostante la cortesia della frase, il tono della voce sembrava insinuare che avessi appena fatto il bagno nella spazzatura. «La gente dice che tu e mia nuora conoscete bene il *nu shu*. Le abitanti del nostro villaggio non apprezzano questo svago. Siamo in grado di leggere la scrittura segreta, ma riteniamo preferibile ascoltarla.»

Io vedevo le cose in termini diversi. Quella donna era come mia madre, un'analfabeta del *nu shu*. Mi guardai intorno per valutare le persone presenti. Con ogni probabilità non avevano espresso giudizi sulla scrittura perché ne sapevano ben poco.

«Non abbiamo bisogno di nascondere i nostri pensieri in una serie di scarabocchi tracciati sulla carta», continuò la suocera di Fiore di Neve. «Tutte qui sanno come la penso.» L'osservazione fu accolta da un'ilarità imbarazzata, e la padrona di casa sollevò tre dita per zittire le amiche. «Sarà divertente per noi sentirti leggere i *San Zhao Shu* di mia nuora. I giudizi sul suo valore pronunciati dalla giovane sposa di una grande casa di Tongkou saranno ancora più apprezzabili.»

Ogni parola della donna trasudava scherno. Reagii come ci si poteva aspettare da una diciassettenne. Presi il libro nuziale del terzo giorno compilato dalla madre di Fiore di Neve e lo aprii. Cercai di evocare la voce raffinata dell'autrice e mi sforzai di imitarla nel canto.

« 'Nel terzo giorno dopo le nozze invio questa lettera alla nobile casa di cui fai parte. Sono tua madre, e siamo ormai separate da tre giorni. La sfortuna si è accanita contro di noi, e tu sei andata sposa in un povero villaggio.' » Seguendo la tradizione, a quel punto la missiva cambiava argomento, e si rivolgeva alla nuova famiglia della mia *laotong*: « 'Spero che vogliate dimostrarvi compassionevoli con mia figlia per la semplicità del suo corredo. Perfino il primo strato è dimesso e alla buona' ». Il testo proseguiva nello stesso tenore, insistendo sulle disgrazie che avevano colpito i familiari di Fiore di Neve, sul loro tracollo sociale e sulla miseria che li affliggeva, ma i miei occhi scivolarono su quelle righe quasi neppure esistessero. Le sostituii con nuove parole, inventate sul momento. « 'Una donna di valore come la nostra Fiore di Neve ha diritto a un posto degno di sé. Merita una famiglia rispettabile.' »

Posai il fascicolo. Nella stanza calò un gran silenzio. Scelsi il libro scritto da me e lo aprii. Cercai con gli occhi la suocera di Fiore di Neve. Volevo farle capire chiaramente che la mia *laotong* avrebbe sempre potuto contare sulla mia protezione.

« 'C'è chi ci definisce ragazze uscite dalla casa natale per sposarsi' », intonai rivolgendomi a Fiore di Neve, « 'ma nei nostri cuori nessuno potrà mai separarci. Tu scendi; io salgo. La tua famiglia macella animali. La mia è la migliore della contea. Tu non mi sei meno vicina del mio stesso cuore. Il tuo futuro è legato al mio. Siamo come un ponte gettato su un grande fiume. Camminiamo fianco a fianco.' »

Desideravo che la suocera di Fiore di Neve mi ascoltasse con attenzione. Lei però mi squadrava con occhi sospettosi e teneva le labbra serrate in una smorfia di disappunto.

Avvicinandomi alla fine, aggiunsi nuove frasi. « 'Non manifestare segni di infelicità di fronte agli altri. Non ti abbandonare al pianto e ai singhiozzi. Non offrire a gente villana l'occasione di schernire te e la tua famiglia. Rispetta le regole. Spiana la fronte inquieta. Saremo vecchie noi stesse per sempre.' »

Non ebbi l'opportunità di parlare con Fiore di Neve. Fui ricondotta alla portantina e rimandata a casa dei miei. Quando mi ritrovai sola, tolsi il nostro ventaglio dal suo involto di tessuto e lo aprii. Un terzo delle pieghe mostrava messaggi che registravano il ricordo dei momenti per noi più significativi. Una giusta proporzione: avevamo già vissuto oltre un terzo di quella che veniva considerata una lunga vita per le donne della contea. Ripensai a tutto ciò che era accaduto nelle nostre esistenze fino a quel giorno. Tanta gioia. Tanta tristezza. Tanta intimità.

Contemplai le frasi aggiunte per ultime, vergate da Fiore di Neve in occasione del mio matrimonio. Occupavano la prima metà di una piega. Preparai l'inchiostro e tirai fuori il mio pennello migliore. Sotto gli auguri per me, tracciai con cura nuovi caratteri: « Una fenice si libra al di sopra di un comune gallo. Sente il vento intorno a sé. Niente può tenerla impastoiata a terra ». Solo allora, in solitudine, dopo avere scritto queste parole, compresi tutta la verità sul destino di Fiore di Neve. Tra le foglie della ghirlanda lungo il bordo dipinsi un fiore appassito da cui scendevano minuscole lacrime. Lasciai asciugare l'inchiostro.

Poi chiusi il ventaglio.

IL TEMPIO DI GUPO

Papà e mamma furono contenti di vedermi quando arrivai. Apprezzarono ancora di più i dolci inviati in dono dai consuoceri. Ma, per essere sincera, io non mi sentii altrettanto lieta di ritrovarmi con loro. Mi avevano mentito per dieci anni, e dentro di me ribollivano emozioni esecrabili. Non ero più la bambina disposta a lasciare che l'acqua del fiume lavasse via ogni sentimento negativo. Avevo una gran voglia di mettere sotto accusa la mia famiglia, tuttavia, per il mio stesso bene, dovevo continuare a seguire le regole del rispetto filiale. Perciò optai per una tacita ribellione e mi isolai il più possibile sul piano fisico e su quello emotivo.

All'inizio nessuno parve accorgersene. Continuarono tutti a comportarsi e a parlare nel solito modo, mentre io facevo del mio meglio per mantenere le distanze. Mia madre avrebbe voluto controllarmi le parti intime: rifiutai, mostrandomi imbarazzata. La zia si informò sui rapporti coniugali: mi schermii, affettando timidezza. Baba cercò di prendermi una mano, ma io gli ricordai che certe manifestazioni di affetto non sono appropriate per una donna sposata. Il Fratello Maggiore avrebbe voluto passare un po' di tempo con me a ridere insieme e a raccontarci storie a vicenda: lo invitai a intrattenersi in quel modo con la moglie. Il più giovane dei miei fratelli mi guardò in faccia e si tenne alla larga; non lo incoraggiai ad avvicinarsi, limitandomi a osservare modestamente che si sarebbe reso conto da solo della situazione quando fosse arrivato anche per lui il momento di accasarsi. Soltanto lo zio, con la sua aria sconcertata e il suo ballonzolare nervoso, destò la mia simpatia: però non mi aprii neanche con lui. Sbrigavo le faccende. Lavoravo in silenzio nella stanza delle donne. Rispettavo le regole della buona educazione. Tenevo a freno la lingua, perché erano tutti più vecchi di me, a parte il Secondo Fratello. Nemmeno come donna sposata avevo il diritto di rivolgere loro delle accuse.

Ma non potevo continuare così a lungo senza attirare l'attenzione. La mia condotta – per quanto compita sotto ogni aspetto – appariva inaccettabile alla mamma. C'erano troppe persone nel nostro piccolo nucleo familiare perché una sola vi occupasse tanto spazio con quello che lei considerava un atteggiamento meschino.

Ero a casa da cinque giorni quando Mama chiese alla zia di scendere al piano di sotto a preparare il tè. Appena la cognata fu uscita, mia madre attraversò la stanza, appoggiò il bastone al tavolo dove sedevo, mi afferrò per un braccio e mi affondò le unghie nella carne.

« Pensi di essere diventata troppo importante per noi? » Sibilò l'accusa nel tono iroso che mi aspettavo. « Ti credi superiore solo perché sei andata a letto con il figlio di un capo villaggio? »

Alzai gli occhi fino a incrociare i suoi. Non le avevo mai mancato di rispetto. Adesso lasciai che l'ira mi affiorasse sul volto. Mama mi fissava, convinta di potermi soggiogare con lo sguardo gelido, ma io non mi lasciai intimidire. Poi, in un unico rapido movimento, lei mollò la presa, si tirò indietro e mi schiaffeggiò con forza. La violenza del colpo mi fece scattare la testa di lato. Mi girai di nuovo verso mia madre e ne cercai gli occhi un'altra volta, il che la irritò ancora di più.

« Tu disonori questa casa con il tuo comportamento », esclamò. « È davvero vergognoso. »

« Davvero vergognoso », ripetei sottovoce tra me, sapendo che quella sommessa eco avrebbe esacerbato Mama. Quindi le afferrai un braccio e con uno strattone la costrinsi a chinarsi, in modo da trovarmela faccia a faccia. Il bastone cadde fragorosamente a terra.

Dal piano di sotto la zia gridò: « Tutto bene, Sorella? »

« Sì. Porta su il tè appena è pronto », rispose lei in tono tranquillo.

Stavo tremando sotto l'impatto delle emozioni che infuriavano dentro di me. Mama si rese conto del mio stato d'animo e sorrise con la sua aria saputa. Le conficcai le unghie nella carne come lei aveva fatto poco prima con me. Parlai a bassa voce perché nessuno potesse sentirmi. « Sei una bugiarda. Tu e tutti gli altri in questa famiglia mi avete ingannata. Credevi che non avrei mai scoperto niente su Fiore di Neve? »

« Abbiamo taciuto per un riguardo nei suoi confronti », gemette Mama. « Le siamo affezionati. E lei era felice qui. Perché avremmo dovuto mostrartela in una luce diversa? »

« Non sarebbe cambiato niente. Fiore di Neve è la mia *laotong.* »

Mia madre protese il mento in avanti in un'espressione ostinata e passò a una nuova tattica. « Se ci siamo regolati in un certo modo, l'abbiamo fatto esclusivamente per il tuo bene. »

Affondai le unghie con più forza. « Vuoi dire il *vostro* bene. »

Ero consapevole del dolore fisico che le stavo infliggendo: ciò nonostante Mama, anziché distorcere i lineamenti in una smorfia sofferta, assunse un'aria gentile e supplichevole. Intendeva giustificarsi, lo sapevo, eppure non sarei mai riuscita a immaginare la scusa che avrebbe tirato fuori.

« Il legame con Fiore di Neve e dei piedi perfetti significavano un buon matrimonio non solo per te, ma anche per tua cugina. Splendida Luna doveva essere felice. »

Quella digressione dal vero oggetto della mia ira rischiò quasi di confondermi, ma seppi conservare la calma. « Splendida Luna è morta due anni fa. » Parlai con voce roca. « Fiore di Neve frequenta casa nostra da *dieci* anni. E tu non hai mai trovato il tempo di spiegarmi la situazione. »

« Splendida Luna... »

« Splendida Luna non c'entra! »

« Sei stata tu a portarla fuori. Se non l'avessi condotta all'aperto, oggi sarebbe ancora qui. Hai spezzato il cuore a tua zia. »

Era prevedibile una simile manipolazione dei fatti da parte di mia madre, nata sotto il segno della Scimmia. E tuttavia si trattava di un'accusa così crudele e spietata che stentai a credere alle mie orecchie. Ma cosa potevo fare? Rimanevo pur sempre una figlia legata ai genitori. Avrei continuato a dipendere dalla mia famiglia finché non me ne fossi andata definitivamente dopo la prima gravidanza. Una ragazza nata nell'anno del Cavallo ha forse qualche possibilità di vittoria contro le subdole astuzie di una Scimmia?

Mama dovette intuire il proprio vantaggio, e continuò: « Una brava figlia mi ringrazierebbe... »

« E per che cosa? »

« Ti ho procurato la vita che a me è stata negata per colpa di questi monconi. » Si indicò le estremità deformi. « Ti ho fasciato i piedi, e adesso tu godi il frutto dei miei sforzi. »

Quelle parole mi trascinarono indietro nel tempo: ripensai alle ore di sofferenza più straziante, quando mi sentivo ripetere spesso la medesima promessa. Capii con orrore che in quei giorni spaventosi non era stato l'amore materno a motivare la condotta di mia madre. Secondo una logica perversa, le sofferenze che mi aveva inflitto erano legate ad ambizioni e desideri dettati dall'egoismo.

M'invasero una furia e una delusione quasi intollerabili. « Non mi aspetterò mai più nemmeno un gesto gentile da parte tua », sbottai, lasciandole andare il braccio con aria disgustata. « Ricordati bene una cosa, però. Hai fatto in modo che un giorno il destino di questa famiglia fosse nelle mie mani. Sarò una persona buona e caritatevole, ma non illuderti neppure per un attimo che io possa dimenticare il tuo comportamento. »

Lei si chinò, raccolse il bastone e ci si appoggiò per reggersi in piedi. « Compiango i Lu per averti accolta. Il giorno in cui te ne andrai di qui sarà il più felice della mia vita. D'ora in poi, evita queste scenate senza senso. »

« Altrimenti cosa? Non mi darai più da mangiare? »

Mama mi guardò come se fossi un'estranea. Poi si girò e tornò zoppicando al suo posto. Quando la zia portò su il tè, nessuna di noi disse più una parola.

Le cose non cambiarono molto, da allora. Mi intenerii un poco nei confronti degli altri: i miei fratelli, la zia, lo zio e Baba. Avrei voluto escludere completamente la mamma dalla mia vita, ma la situazione in cui mi trovavo non me lo consentiva. Ero condannata a restare con i genitori fino al termine della prima gravidanza. E, anche dopo essermi trasferita a casa di mio marito, le tradizioni mi avrebbero costretta a tornare a Puwei parecchie volte l'anno. Mi sforzai comunque di mantenere le distanze con Mama almeno sul piano emotivo – benché trascorressimo nella stessa camera buona parte delle giornate – atteggiandomi a donna fatta e mostrando di non aver più bisogno di certe manifestazioni d'affetto. Era la prima volta che mi regolavo così (esibendo una perfetta conformità esteriore alle norme e alle consuetudini, interrotta da pochi momenti terribili di sfogo emotivo cui seguiva un tacito rancore, al quale restavo aggrappata come un polipo abbarbicato a una roccia) e funzionò bene per tutti. La famiglia accettò la mia condotta e io continuai a rivestire il ruolo della figlia devota. In seguito avrei tentato di ricorrere alla stessa tattica anche in un'altra occasione, per ragioni molto diverse e con risultati disastrosi.

Fiore di Neve mi era più cara che mai. Ci scrivevamo spesso e Madama Wang fungeva da messaggera. Nelle lettere, mi mostravo preoccupata per la situazione della mia *laotong* – le domandavo se la suocera la trattava bene, se i rapporti coniugali le sembravano sopportabili, se le cose erano peggiorate a casa dei suoi – mentre lei si crucciava, in preda al timore che i miei sentimenti per lei fossero cambiati. Desideravamo incontrarci, ma non avevamo più la scusa del corredo per stare insieme, e ci veniva permesso di uscire solo in occasione delle visite ai nostri sposi.

Trascorrevo con mio marito cinque o sei notti all'anno. Ogni volta che le lasciavo, le donne della famiglia piangevano per me. Ogni volta mi portavo da mangiare, perché i miei suoceri non mi avrebbero mantenuta finché non mi fossi stabilita definitivamente da loro. Ogni volta che mi recavo a Tongkou, mi sentivo incoraggiata da come mi trattavano. Ogni volta che tornavo a casa, i miei familiari mi accoglievano con sentimenti agrodolci, perché ciascuna assenza mi rendeva più diletta ai loro occhi e ricordava a tutti che presto me ne sarei andata per sempre.

Quei viaggi ripetuti mi imbaldanzirono e presi l'abitudine

di guardare fuori dal finestrino finché ebbi imparato bene l'itinerario. La portantina seguiva una strada quasi sempre dissestata e fangosa. La fiancheggiavano risaie, interrotte di tanto in tanto da un campo di taro. Ai confini di Tongkou, un pino si piegava sulla via, quasi in segno di saluto. Più avanti sulla sinistra si vedeva la peschiera del villaggio. Alle mie spalle, nella direzione dalla quale ero appena arrivata, serpeggiava il fiume Xiao. Davanti a me, proprio come aveva detto Fiore di Neve, sorgeva il centro abitato, racchiuso nel grembo delle colline.

Quando i portatori si fermavano di fronte alla porta principale di Tongkou, scendevo su un acciottolato dal complesso disegno a lisca di pesce. Mi ritrovavo su uno spiazzo a forma di ferro di cavallo, con il locale per la pilatura del riso a destra e una stalla a sinistra. Le colonne della porta, decorate da intagli dipinti, sorreggevano un tetto elaborato, i cui cornicioni svettavano verso il cielo. Le pitture delle pareti mostravano scene tratte dalla vita degli immortali. La soglia da oltrepassare era alta, per mostrare ai visitatori che Tongkou costituiva la città più insigne della contea. Ai lati della porta, due piedistalli di onice, scolpiti con un motivo di pesci nell'atto di saltare fuori dall'acqua, offrivano la possibilità di smontare ai viaggiatori giunti a cavallo.

Appena oltre la soglia si apriva la corte più grande del villaggio: ampia e accogliente, era sormontata da un padiglione ottagonale scolpito e dipinto, in perfetta armonia con i principi del *feng shui*. Se superavo la porta secondaria posta sulla destra, arrivavo alla principale sala comune di Tongkou, utilizzata per accogliere visitatori non particolarmente importanti e per ospitare piccole riunioni. Più avanti sorgeva il tempio ancestrale, dove venivano ricevuti emissari di rango e funzionari statali, e dove si celebravano varie cerimonie, tra cui il matrimonio. Dietro il tempio si addossavano le une alle altre le case più modeste del villaggio, alcune delle quali costruite in legno.

La residenza dei miei suoceri spiccava con il suo aspetto maestoso al di là della porta secondaria situata a sinistra. Tutti gli edifici di questa zona apparivano imponenti, ma quello abitato dalla mia nuova famiglia era anche più bello degli altri.

Ancora oggi sono ben felice di vivere qui. La costruzione è a due piani, come di consueto, e ha pareti in muratura intonacate all'esterno. Sotto i cornicioni della facciata sono raffigurate scene in cui graziose fanciulle e giovani prestanti studiano, suonano uno strumento, si esercitano nella calligrafia o controllano i conti. Sono proprio queste le attività praticate da sempre all'interno della dimora, perciò le immagini intendono annunciare a chiunque passi il rango di coloro che vi abitano e il loro modo di trascorrere il tempo. I muri interni sono rivestiti con i legni pregiati delle nostre colline, e le camere vantano molti ornamenti: colonne intagliate, finestre protette da schermi elaborati, balaustre.

Quando vi misi piede per la prima volta, la sala principale non era molto diversa da come appare ora, con i suoi mobili raffinati, il pavimento di legno, la gradevole brezza che entra dalle alte finestre e la scala posta lungo la parete orientale, da cui si accede a una balconata (anch'essa in legno) abbellita da un motivo di rombi sovrapposti. All'epoca, i padroni di casa dormivano nella stanza più grande del pianterreno, sul retro dell'edificio. I miei cognati disponevano di camere individuali, disposte intorno al perimetro della sala principale. Con gli anni, li raggiunsero le rispettive mogli. Se non generavano figli maschi, le spose venivano trasferite in altri alloggi, e al loro posto si insediavano nel letto nuziale concubine o piccole nuore.

Nel corso delle mie visite, la notte era dedicata ai rapporti intimi con mio marito. Dovevamo mettere al mondo un erede, ed entrambi ci impegnavamo al massimo per conseguire tale scopo. A parte quegli incontri notturni, non stavamo molto insieme – lui trascorreva le giornate con il padre, io con sua madre – ma col tempo imparammo a conoscerci meglio, il che rese più tollerabili i nostri convegni coniugali.

Come accade alla maggior parte delle spose, per me la persona più importante della famiglia era mia suocera. Ciò che mi aveva detto Fiore di Neve sulla sua fedeltà alle tradizioni era assolutamente vero. Mi teneva d'occhio mentre sbrigavo le stesse faccende di cui mi occupavo a Puwei: mettere a bollire il tè e organizzare il necessario per la colazione; lavare abiti e lenzuola;

cucinare il pranzo; cucire, ricamare e tessere nelle ore pomeridiane, e infine preparare la cena. La madre di mio marito mi impartiva ordini in abbondanza. « Sminuzza il melone in cubetti più piccoli », mi diceva per esempio mentre predisponevo gli ingredienti per la minestra. « I pezzi che hai tagliato tu vanno bene solo per i nostri maiali. » Oppure: « Le mie regole mensili hanno sporcato il letto. Devi strofinare con energia per togliere le macchie ». Quanto al cibo che mi portavo da casa, lo annusava e commentava: « La prossima volta scegli qualcosa di meno puzzolente. L'odore dei tuoi pasti rovina l'appetito al padrone di casa e ai nostri figli ». E, appena la visita giungeva al termine, venivo rimandata a Puwei senza una parola di ringraziamento né di saluto.

Ecco qual era la mia situazione: nella media, non particolarmente felice e neppure troppo sgradevole. La Signora Lu si comportava in modo equo; io mi mostravo obbediente e desiderosa di imparare. In altre parole, capivamo entrambe che cosa ci si aspettasse da noi e cercavamo di fare del nostro meglio per rispettare i reciproci doveri. Per esempio, il giorno successivo al primo Capodanno dopo le nozze, mia suocera invitò a casa tutte le ragazze nubili di Tongkou e tutte le giovani nuore che, al pari di me, avevano sposato da poco un uomo del villaggio. Offrì tè e rinfreschi. Intrattenne le nostre ospiti con grazia e cortesia. Quando se ne furono andate tutte, uscimmo anche noi. Visitammo cinque famiglie, quel giorno, e io conobbi cinque sposine. Se non fossi stata già legata a Fiore di Neve, avrei potuto scrutare i loro volti, in cerca di candidate per una sorellanza giurata postmatrimoniale.

Fiore di Neve e io ci ritrovammo insieme per la prima volta in occasione della visita annuale al tempio di Gupo. Potreste pensare che avessimo moltissime cose da dirci: invece tacevamo entrambe. Immaginai che il silenzio della mia *laotong* fosse dettato dal senso di colpa per avermi mentito in tutti quegli anni e per non avermi confidato nulla del suo matrimonio umiliante. Anch'io però ero a disagio. Non sapevo come descriverle ciò che provavo per mia madre senza alludere alle menzogne di Fiore di Neve stessa. E, se tanti segreti non fossero bastati a zittirci, c'era la nostra nuova vita coniugale a costituire un'ulteriore fonte di imbarazzo. Ci sentivamo già abbastanza mortificate quando il padre di nostro marito si metteva a origliare dietro la porta o nostra suocera veniva a ispezionare le lenzuola al mattino. Ciò nonostante, la mia *laotong* e io dovevamo pur conversare di qualcosa e, piuttosto che affrontare altri argomenti spinosi, ci sembrò più sicuro parlare del dovere di procreare.

Accennammo con delicatezza agli elementi essenziali necessari per generare un figlio e alla maggiore o minore osservanza dei relativi rituali da parte dei nostri mariti. Come tutti sanno, il corpo umano è una replica in miniatura dell'universo: gli occhi e le orecchie sono il sole e la luna, il respiro è l'aria e il sangue la pioggia. Di conseguenza, tali elementi giocano un ruolo significativo nello sviluppo di una nuova vita. Non bisogna avere rapporti coniugali quando la pioggia scroscia giù dal tetto, perché altrimenti il nascituro proverà un senso di costrizione e di prigionia. Inoltre, l'unione matrimoniale va evitata durante i temporali, per non suscitare nel bambino sentimenti distruttivi e paurosi. E va evitata anche se il marito o la moglie sono di cattivo umore, perché i loro spiriti oscuri non passino alla generazione successiva.

« Ho sentito dire che non ci si deve coricare con il proprio sposo dopo una giornata troppo faticosa », mi confidò Fiore di Neve, « ma non credo che mia suocera ne sia al corrente. » Aveva l'aria esausta. Mi sentivo stremata quanto lei dopo le visite a casa Lu: per il lavoro senza tregua, la necessità di comportarsi sempre in modo inappuntabile e la tensione di essere tenuta costantemente d'occhio.

« Nemmeno mia suocera rispetta questa regola: è forse l'unica che trasgredisce, osservante com'è », commentai in tono comprensivo. « Non lo sanno che non si può attingere acqua da un pozzo esaurito? »

Scuotemmo il capo, riflettendo sulla natura insondabile delle suocere. C'erano anche altre preoccupazioni ad angustiarci:

una volta rimaste incinte, esisteva comunque il pericolo di mettere al mondo figli malati o poco intelligenti.

« Mia zia mi ha spiegato qual è il momento ideale per concepire un bambino », dichiarai. Sebbene avesse perso tutte le sue creature a parte Splendida Luna, continuavamo a nutrire piena fiducia nella competenza della zia in fatto di maternità. « Bisogna eliminare qualsiasi fattore spiacevole. »

« Lo so. » Fiore di Neve sospirò. « Quando l'acqua è ferma, i pesci respirano liberamente », recitò. « Quando il vento si placa, l'albero s'innalza saldo. »

« Occorre una notte tranquilla, in cui la luna piena e luminosa alluda alla rotondità di un ventre pregno e nello stesso tempo alla purezza della madre. »

« Una notte con il cielo limpido e sereno », aggiunse la mia *laotong*, « a rivelare che l'universo è placido e ben disposto. »

« E noi e i nostri sposi dobbiamo essere felici, perché la freccia possa colpire il bersaglio. In simili circostanze, sostiene la zia, si accoppiano persino gli insetti più velenosi. »

« So bene quello che ci vuole », ripeté Fiore di Neve sospirando di nuovo. « Ma la compresenza di tutte le condizioni necessarie non è facile. »

« Eppure dobbiamo seguitare a provarci. »

Così, nel corso di quella prima visita al tempio di Gupo dopo le nozze, la mia *laotong* e io presentammo le nostre offerte e pregammo perché ci venisse concessa l'occasione giusta. Ciò nonostante, benché rispettassimo le regole, non restammo incinte. Credete sia facile generare un figlio con una manciata di rapporti coniugali all'anno? Certe volte mio marito era così bramoso da non riuscire nemmeno a versare la sua essenza dentro di me.

Durante il secondo pellegrinaggio al tempio in qualità di donne sposate, pregammo con maggior fervore e deponemmo sull'altare della dea elargizioni più abbondanti. Poi, come sempre, ci fermammo al chiosco del taro per il consueto pranzo speciale a base di pollo, seguito dal nostro dolce prediletto. Ma, sebbene quella pietanza piacesse moltissimo a entrambe, non riuscimmo ad apprezzarla sino in fondo. Mettemmo a confronto le rispettive esperienze e cercammo di escogitare nuove tattiche per ottenere la sospirata gravidanza.

Nelle settimane seguenti, mi impegnai al massimo per compiacere mia suocera quando mi recavo in visita a casa Lu. Con i miei familiari feci di tutto per mostrarmi garbata e amabile quanto più potevo. Tuttavia, dovunque fossi, vedevo bene le occhiate delle persone intorno a me, e in quegli sguardi leggevo il biasimo per la mia sterilità. Poi, un paio di mesi dopo, Madama Wang mi consegnò una lettera di Fiore di Neve. Aspettai che la sensale fosse uscita prima di aprire il foglio. In *nu shu*, la mia *laotong* mi scriveva:

> Sono incinta. Ho la nausea tutti i giorni. Questo significa che il bambino dentro di me è soddisfatto, dice mia madre. Spero sia un maschio. E mi auguro che presto accada la stessa cosa anche a te.

Non riuscivo a credere che Fiore di Neve mi avesse battuta sul tempo. Ero io a occupare il rango più elevato. Avrei dovuto concepire un figlio per prima. Mi sentivo così umiliata che non comunicai la buona notizia né a Mama né alla zia. Sapevo quali sarebbero state le loro reazioni. La mamma mi avrebbe criticata, mentre la zia si sarebbe dimostrata anche troppo felice per la mia *laotong*.

Nel corso della visita coniugale successiva, quando mio marito e io ci ritrovammo a letto insieme, intrecciai le gambe alle sue e lo tenni avvinto a me sino alla fine, allacciandolo forte con le braccia. Restammo avvinghiati tanto a lungo che lui si assopì dentro di me. Io giacqui sveglia per parecchio tempo, respirando con calma, pensando alla luna piena che splendeva fuori e ascoltando il mormorio dei bambù davanti alla finestra. Al mattino il mio sposo era scivolato via da me e dormiva coricato su un fianco. Ormai sapevo che cosa fare: infilai una mano sotto la trapunta e strinsi le dita intorno al membro finché non lo sentii inturgidirsi. Non appena fui certa che mio marito stava per aprire gli occhi, ritirai la mano e chiusi i miei. Gli permisi di unirsi a me un'altra volta e poi rimasi perfettamente immobile mentre lui si alzava e si vestiva per cominciare la giornata. Udimmo entrambi la madre in cucina, indaffarata con le faccende che avrei già dovuto sbrigare io. Il mio sposo mi scoccò un'occhiata significativa: se non mi fossi messa subito al lavoro, sarei andata incontro a serie conseguenze. Non alzò la voce né mi picchiò come avrebbero potuto fare altri uomini al suo posto, ma lasciò la stanza senza neppure salutarmi. Pochi momenti dopo sentii il brusio sommesso della sua conversazione con la madre. Nessuno mi venne a chiamare. Quando infine mi decisi a scendere dal letto, a vestirmi e ad andare in cucina, mia suocera mi accolse con un sorriso soddisfatto, e Yonggang e le altre ragazze si scambiarono sguardi d'intesa.

Due settimane più tardi, mi svegliai a casa mia, nel mio letto, con la sensazione che gli spiriti volpe stessero squassando la casa. Arrancai fino al vaso da notte pieno a metà e rigettai. La zia entrò nella stanza, mi si inginocchiò accanto e mi asciugò il volto con il dorso della mano. «Adesso ci lascerai sul serio», disse, e per la prima volta da molto tempo spalancò la grande caverna della bocca in un largo sorriso.

Quel pomeriggio mi sedetti, armata di pennello e inchiostro, e composi una lettera per Fiore di Neve. «Quest'anno, quando ci rivedremo al tempio di Gupo», scrissi, «saremo entrambe più rotonde della luna.»

Mama, come potrete immaginare, fu rigorosa con me nei mesi della gravidanza quanto lo era stata durante la fasciatura dei piedi. Rientrava nella sua indole, credo, pensare sempre alle eventualità peggiori. «Non camminare in salita», mi raccomandava in tono severo, quasi avessi davvero la possibilità di fare cose del genere. «Non attraversare ponti angusti, non stare in equilibrio su un piede solo, evita di guardare un'eclisse o di bagnarti con l'acqua calda.» Non correvo certo simili pericoli: le restrizioni alimentari, invece, mi toccavano più da vicino. Nella nostra contea andiamo orgogliosi della cucina piccante e speziata tipica di queste parti, ma a me veniva preclusa qualsiasi pietanza insaporita con aglio, pepe o peperoncino rosso, condimenti che possono ritardare l'espulsione della placenta. Non potevo mangiare carne d'agnello, altrimenti avrei messo al mondo un bambino malaticcio, né pesci con le scaglie, per non correre il rischio di un travaglio difficile. Dalla mia dieta erano esclusi tutti i piatti troppo salati, troppo amari, troppo agri o troppo saporiti, perciò non mi veniva consentito di assaggiare fagioli neri fermentati, melone amaro, gelatina di mandorle, zuppa agropiccante e ogni altra vivanda un po' gustosa. I cibi permessi comprendevano tè, minestre leggere, verdure saltate in padella con contorno di riso. Accettavo quelle limitazioni, ben consapevole che il mio valore dipendeva interamente dalla creatura che mi cresceva in grembo.

Mio marito e i miei suoceri furono felici della bella notizia, è naturale, e cominciarono i preparativi per accogliermi. Il bambino doveva nascere alla fine del settimo mese lunare. Mi sarei recata alla fiera del tempio di Gupo come ogni anno, per pregare la dea di concedermi un maschio, e poi avrei proseguito fino a Tongkou. I genitori di mio marito approvarono il pellegrinaggio – avrebbero fatto qualunque cosa per assicurarsi il sospirato erede – purché trascorressi la notte in una locanda e non mi affaticassi in misura eccessiva. Mi mandarono una portantina. Rimasi sulla soglia di casa, salutata dalle lacrime e dagli abbracci di tutti; poi montai sul palanchino e cominciai il viaggio, sapendo che sarei tornata spesso negli anni a venire, in occasione delle varie feste (quella delle Fresche Brezze, dei Fantasmi, degli Uccelli e del Riso Nuovo) e di ogni ricorrenza celebrata a casa dei miei. Come per la Sorella Maggiore, non si trattava di un addio definitivo, ma di un semplice arrivederci.

Fiore di Neve, ormai a uno stadio della gestazione più avanzato del mio, viveva già a Jintian, perciò andai io a prenderla. Con quel ventre così gonfio, mi stupii che la sua nuova famiglia le permettesse di viaggiare, sia pure allo scopo di pregare per un maschio. Eravamo buffe, là in piedi nel viottolo di terra battuta: ci sforzavamo di abbracciarci, ostacolate dalle pance, e ridevamo senza riuscire a trattenerci. La mia *laotong* appariva più bella che mai e sembrava irradiare felicità da tutti i pori.

Fiore di Neve chiacchierò durante l'intero tragitto verso il tempio: parlò delle sue sensazioni fisiche, di quanto volesse bene alla creatura che le cresceva dentro e di come fossero tutti gentili a casa dei suoceri da quando si era trasferita da loro. Stringeva in mano un pezzo di giada bianca, perché la pelle del nascituro assumesse la tinta pallida della pietra e non il colorito rubizzo del padre. Anch'io portavo un ciondolo di giada ma, a differenza della mia *laotong*, non volevo proteggere il bambino dalla carnagione di mio marito, bensì dalla mia, per natura più scura dell'incarnato latteo di Fiore di Neve, sebbene trascorressi le giornate sempre al riparo dal sole.

In passato ci limitavamo a una rapida visita al tempio, al cui interno ci prosternavamo e toccavamo terra con la fronte per supplicare la dea. Adesso entrammo nel sacrario con aria orgogliosa, esibendo con fierezza il ventre prominente: valutammo forme e dimensioni delle altre future mamme, per vedere chi fosse più grossa e chi mostrasse la sporgenza più alta o più bassa, e nello stesso tempo ci sforzammo di avere nei pensieri e sulle labbra solo idee e parole nobili e benevole, in modo da trasmettere ai nostri figli queste qualità positive.

Ci dirigemmo verso l'altare, seminascosto da forse cento paia di scarpine da lattante allineate le une accanto alle altre. Entrambe avevamo scritto una poesia su un ventaglio da offrire alla divinità. La mia parlava del privilegio di mettere al mondo un maschio destinato a perpetuare la stirpe dei Lu e a venerare i loro antenati. Si concludeva con questa frase: « O dea, la tua benevolenza ci onora. In molte vengono a implorarti un figlio, ma spero che tu vorrai accogliere la mia supplica. Ti scongiuro, esaudisci il mio desiderio ». Mi erano sembrati concetti adeguati quando li avevo concepiti, ma ora provai a immaginare che cosa poteva avere ideato Fiore di Neve. Il suo ventaglio doveva essere pieno di belle parole e splendide decorazioni. Mi augurai che la dea non si lasciasse condizionare troppo dal dono della mia *laotong*. « Ascoltami, ti prego, ascoltami, ti prego, ascoltami, ti prego », cantilenai sottovoce.

Insieme, Fiore di Neve e io posammo i ventagli sull'altare con la mano destra, mentre con la sinistra ghermivamo un paio di scarpette ciascuna e ce le infilavamo nelle maniche senza farci vedere. Poi uscimmo in fretta dal tempio, sperando di non essere colte sul fatto. Nella contea di Yongming, tutte le donne che aspirano a procreare un bambino sano rubano apertamente un paio delle scarpine esposte sull'altare, fingendo però di prenderle di nascosto. Perché? Come già sapete, nel nostro dialetto la parola « scarpa » ha lo stesso suono del vocabolo « figlio ». Dopo il parto, la puerpera offre sull'altare un nuovo paio di scarpette (il che spiega il gran numero di calzature sempre presenti), insieme ad altre elargizioni di ringraziamento.

Uscimmo all'aperto nella luce della bellissima giornata e ci avviammo verso la bancarella di articoli da ricamo. Rispettando una tradizione che durava ormai da dodici anni, cercammo i colori adatti per realizzare i nostri progetti del momento. Fiore di Neve mi sottopose una gamma di verdi tra cui scegliere. Sfumature vivide e primaverili, scialbe come l'erba secca, terrose quanto le foglie alla fine dell'estate, più vibranti del muschio bagnato dalla pioggia, non meno smorte delle fronde autunnali quando non si sono ancora accesi i gialli e i rossi di quella stagione.

« Domani, sulla via di casa, fermiamoci lungo il fiume », mi propose la mia *laotong*. « Ci siederemo sulla sponda, guarderemo le nubi galleggiare lontano sopra di noi, ascolteremo il mormorio dell'acqua sulle pietre e ricameremo e canteremo insieme. Così i nostri figli avranno gusti eleganti e raffinati. »

Io la baciai sulla guancia. Talora, lontano da lei, lasciavo vagare la mente tra pensieri cupi e oscuri, ma adesso l'amavo più che mai. Oh, quanto avevo sentito la sua mancanza!

La visita al tempio di Gupo non sarebbe stata completa senza il consueto pranzo al chiosco del taro. Il vecchio Zuo ci rivolse un sorriso sdentato quando vide i nostri ventri tondeggianti. Ci preparò un pasto speciale, tenendo conto delle necessità dietetiche dettate dalla gravidanza. Noi assaporammo ogni boccone. Poi ci servì il nostro piatto preferito, taro fritto ricoperto di zucchero caramellato. Più che signore sposate in procinto di mettere al mondo un figlio, Fiore di Neve e io ci sentivamo euforiche come due bambine.

Quella sera, alla locanda, dopo esserci infilate gli abiti per dormire, ci coricammo sul letto l'una di fronte all'altra. Sarebbe stata la nostra ultima notte insieme prima di diventare madri. Avevamo imparato moltissimo su ciò che dovevamo fare o evitare, e su come il nostro comportamento avrebbe influenzato il nascituro. Se la creatura dentro di me era in grado di reagire a parole blasfeme o al contatto della giada bianca con la mia pelle, sarebbe senz'altro riuscita a percepire nelle membra minuscole l'intensità dell'amore che provavo per Fiore di Neve.

La mia *laotong* mi appoggiò le mani sul ventre. Feci lo stesso con lei. Mi ero ormai abituata ai calci e alle spinte del mio bambino, specialmente di notte. Adesso avvertii sotto le dita i movimenti del figlio di Fiore di Neve. Eravamo unite dall'intimità più profonda che possa legare due donne.

« Sono felice di essere qui con te », mi disse la mia *laotong*, e lasciò scivolare un polpastrello là dove la mia creatura protendeva il gomito o il ginocchio per raggiungerla.

« Anch'io ne sono felice. »

« Sento tuo figlio. Ha la stessa forza della madre. »

Le sue parole mi colmarono d'orgoglio e di vitalità. Fiore di Neve fermò il dito e tornò a circondarmi il ventre con le palme calde.

« Voglio bene a lui non meno che a te », sussurrò. Poi, nel suo gesto abituale sin da quando eravamo piccole, sollevò una mano, me la posò sulla gota e la tenne così finché ci addormentammo entrambe.

Di lì a due settimane avrei compiuto vent'anni, e presto sarebbe nato il mio primogenito: stava per iniziare la mia vera vita.

Giorni di riso e sale

FIGLI

Giglio Bianco,
sono diventata madre.
Il mio bambino è nato ieri.
Un maschietto dai capelli corvini.
È lungo e sottile.
Il periodo impuro della gravidanza non è ancora finito.
Per cento giorni mio marito e io dormiremo divisi.
Penso a te, nella tua stanza al piano di sopra.
Aspetto notizie di tuo figlio.
Che possa nascere vivo e sano.
Prego la dea perché ti protegga da ogni male.
Ho bisogno di vederti, di sapere che stai bene.
Ti prego, vieni da me per la festa del primo mese.
Ti mostrerò che cosa ho scritto del mio primogenito sul nostro ventaglio segreto.

Fiore di Neve

Fui felice di sapere che il bambino della mia *laotong* era nato in buona salute e gli augurai di mantenersi forte, perché la vita è molto fragile nella nostra contea. La speranza di ogni donna è quella di portare cinque figli a raggiungere l'età adulta. Per ottenere questo scopo dobbiamo rimanere incinte una volta l'anno, o al massimo ogni due anni. Molte gravidanze si interrompono anzitempo e molti neonati muoiono durante il parto o nella prima infanzia, vittime dell'una o dell'altra malattia. Le femminucce – così sensibili alla debolezza provocata dalla denutrizione o dalle cure insufficienti – non perdono mai la propria vulnerabilità. Soccombono giovani – stroncate dalla fasciatura dei piedi, come mia sorella, o per il troppo lavoro e la penuria di cibo – oppure sopravvivono a tutti i loro cari. I maschietti, così preziosi, corrono altrettanti rischi: le membra acerbe non hanno ancora radici salde, le anime innocenti costituiscono una tentazione fortissima per gli spiriti dell'aldilà. Poi, divenuti uomini, sono minacciati da un'infinità di pericoli: ferite che s'infettano, intossicazioni alimentari, incidenti nei campi o per la strada, malattie di cuore innescate dalla responsabilità di dovere amministrare l'intera famiglia. Ecco perché le vedove sono tanto numerose. Ma, a parte ogni altra considerazione, i primi cinque anni di vita sono i più precari per i bambini di entrambi i sessi.

Non mi angustiavo solo per il figlio di Fiore di Neve, ma anche per la creatura che mi cresceva in grembo. Non era facile affrontare la paura senza una parola di incoraggiamento o di conforto. Nei mesi trascorsi con la mia famiglia, Mama, troppo occupata a impormi tradizioni e usanze oppressive, non mi aveva offerto alcun consiglio pratico, mentre la zia, reduce da molti aborti, cercava di tenersi alla larga da me per non contaminarmi con la sua sfortuna. A Tongkou non avevo nessuno. I miei suoceri e mio marito si preoccupavano per la salute del nascituro, certo, ma non parevano affatto turbati all'idea che potessi morire dando alla luce l'erede dei Lu.

La lettera di Fiore di Neve mi sembrò di buon auspicio. Se per lei il parto si era concluso senza difficoltà, anche il mio bambino e io saremmo sicuramente riusciti a sopravvivere. Traevo forza dal pensiero che l'amore tra me e la mia *laotong* fosse rimasto intatto benché avessimo iniziato entrambe una nuova vita. Appariva anzi più saldo che mai mentre ci accingevamo ad affrontare i nostri giorni di riso e sale. Lo scambio epistolare tra noi ci consentiva di condividere traversie e trionfi, ma come sempre eravamo tenute al rispetto delle regole. In quanto donne sposate e insediate in casa del marito, dovevamo abbandonare le abitudini della fanciullezza. Ci mandavamo missive convenzionali, impostate secondo schemi canonici, piene di frasi fatte e di formule stereotipate. In parte, la cosa dipendeva dalla nostra condizione di estranee nella nuova famiglia, tuttora impegnate a impararne ritmi e abitudini. In parte, ci comportavamo così perché non sapevamo chi avrebbe potuto leggere quanto scrivevamo.

Bisognava adottare una certa cautela nella scelta delle parole. Parlare della situazione in termini troppo negativi non ci era permesso. Si trattava di una sfida ardua, perché nelle lettere di una donna sposata vanno incluse le lamentele di rito: le tradizioni ci imponevano di dichiararci inadeguate, inermi, esauste, nostalgiche e tristi. Ci si aspettava che dessimo sfogo ai nostri sentimenti senza mostrarci ingrate, irriguardose o prive di devozione filiale. Se una nuora rende pubbliche le reali circostanze della propria vita copre di vergogna la famiglia d'origine e quella del marito: per questo, come già sapete, ho aspettato che fossero tutti morti prima di scrivere la mia storia.

All'inizio fui fortunata, perché non avevo alcuna esperienza negativa da riferire. All'epoca del fidanzamento, avevo saputo che lo zio di mio marito era un *jin shi*, vale a dire uno studioso imperiale del rango più elevato. Adesso scoprii quanto fosse vero l'adagio sentito recitare da bambina: « Nella casa di un funzionario del governo, persino i cani e i gatti vanno in paradiso ». Lo Zio Lu viveva nella capitale e lasciava al fratello, mio suocero, il compito di amministrargli il patrimonio. Padron Lu usciva quasi ogni mattina prima dell'alba: ispezionava i campi, parlava del raccolto con i contadini, sovrintendeva ai progetti di irrigazione e si incontrava con gli altri anziani di Tongkou. Gli gravava sulle spalle l'intera responsabilità delle terre di famiglia. Lo Zio Lu spendeva il denaro che si accumulava nei suoi forzieri senza darsi pensiero di come ci fosse arrivato. Era così ricco che i due fratelli minori vivevano in case indipendenti, sebbene meno lussuose della nostra. Venivano spesso a cena da noi, e le loro mogli visitavano pressoché tutti i giorni la stanza delle donne al piano di sopra. In altre parole, chiunque facesse parte della famiglia – compresi cani e gatti, nonché le cinque domestiche dai piedi grossi che condividevano una camera accanto alla cucina – traeva beneficio dalla posizione dello Zio Lu.

Il vero padrone era lui, ma io mi assicurai un posto di riguardo entrando in casa come nuora più anziana e mettendo al mondo il primo figlio maschio di mio marito. Una volta nato il bambino, quando la levatrice me lo adagiò tra le braccia, provai una tale beatitudine da farmi dimenticare i dolori del parto. Mi sentivo così piena di sollievo che non pensavo più ai pericoli cui continuava a soggiacere il mio primogenito. In casa erano tutti contenti e mi dimostrarono la loro gratitudine in molti modi. Mia suocera mi preparò una minestra a base di liquore, zenzero e noccioline per favorire la montata lattea e aiutarmi a ritrovare la linea. Mio suocero, per il tramite delle sue concubine, mi mandò un broccato di seta azzurra con cui confezionare una giacca al nipotino. Mio marito si sedette a conversare con me.

Ecco perché non mi sono mai stancata di ripeterlo alle giovani spose entrate a far parte della famiglia Lu e alle altre donne con le quali sono venuta in contatto attraverso l'insegnamento del *nu shu*: affrettatevi a generare un maschio. I figli sono il fondamento della natura di una donna. Le danno un'identità e le permettono di conseguire dignità, protezione e sicurezza economica. Stabiliscono un legame tra suo marito e gli antenati. La procreazione è l'unico obiettivo che l'uomo non può raggiungere senza l'aiuto della moglie. Solo lei può garantire il perpetuarsi della stirpe, che costituisce il compito fondamentale di ogni figlio. In tal modo, l'uomo compie il proprio supremo dovere filiale e la donna conquista, attraverso gli eredi maschi, la sua massima gloria. Io avevo realizzato tutto ciò e mi sentivo al settimo cielo.

Fiore di Neve,

mio figlio è qui accanto a me.

Il periodo impuro della gravidanza non è ancora finito.

Mio marito viene al mattino.

Ha la felicità in viso.

Il mio bambino mi scruta con una domanda negli occhi.

Sono impaziente di accoglierti alla festa del primo mese.

Scegli le tue parole più belle, ti prego, per ricordare mio figlio sul nostro ventaglio.

Raccontami qualcosa della tua nuova famiglia.

Io non vedo mio marito molto spesso. E tu?

Guardo la tua finestra oltre la grata che scherma la mia.
Ti sento sempre cantare nel mio cuore.
Penso a te ogni giorno.

Giglio Bianco

Perché definiscono questa fase della vita «giorni di riso e sale»? Perché è fatta di banali incombenze quotidiane: ricamare, tessere, cucire, rammendare, confezionare le scarpe, preparare i pasti, rigovernare i piatti, pulire la casa, lavare i panni, attizzare il fuoco nel braciere e, di notte, andare a letto con un uomo che è ancora quasi uno sconosciuto. Sono anche giorni gravati dalle ansie e dalle fatiche di una giovane mamma al suo primo figlio. Perché piange? Avrà fame? Prenderà abbastanza latte? Dormirà mai? Starà dormendo troppo? Per non parlare di febbri, esantemi, punture d'insetto, calura, freddo, coliche e di tutte le malattie che ogni anno dilagano nella nostra contea mietendo vittime tra i bambini, nonostante gli sforzi dei medici erboristi, le offerte sugli altari della famiglia e le lacrime delle madri. Inoltre, a prescindere dal lattante attaccato al seno, una donna non può certo eliminare le preoccupazioni più profonde legate alle responsabilità del suo ruolo: dare alla luce altri figli e garantire così la continuità della generazione successiva e di quella che la seguirà. Tuttavia, durante le prime settimane di vita del mio primogenito fui tormentata da un cruccio di diversa natura, del tutto avulso dai miei doveri di nuora, di moglie e di madre.

Quando chiesi a mia suocera di invitare Fiore di Neve alla festa per il primo mese del bambino, lei mi rispose di no. Uno sgarbo simile veniva considerato un insulto intollerabile dagli abitanti della nostra contea. Il rifiuto della Signora Lu mi lasciò confusa e affranta, ma non avevo modo di farle cambiare idea. Il giorno della celebrazione si rivelò uno dei più importanti e gioiosi della mia vita, e fui costretta a trascorrerlo senza Fiore di Neve al mio fianco. I Lu si recarono al tempio ancestrale per aggiungere il nome dell'ultimo arrivato all'elenco dei membri della famiglia. Parenti e amici ricevettero in dono uova colorate di rosso, simboli della nuova vita cui la tinta scarlatta aggiungeva l'allegria dell'occasione. Fu servito un sontuoso banchetto: zuppa di nidi di rondine, uccellini sotto sale lasciati a marinare per sei mesi e anatra allevata con un mangime aromatizzato al vino e poi cucinata in umido con aglio, zenzero e peperoncini piccanti verdi e rossi. Nonostante la letizia della giornata, la mia *laotong* mi mancò terribilmente, e più tardi le inviai una lettera con tutti i particolari che riuscii a ricordarmi, senza pensare al rischio di esacerbare le sue ferite. Lei, peraltro, non si dimostrò offesa da quella mancanza di tatto; mi mandò invece un regalo per il bambino: una giacchetta ricamata e un cappellino adorno di piccoli amuleti.

Mia suocera li vide e commentò: « Una madre deve essere molto cauta nello scegliere le persone cui permette di entrare nella propria vita. La madre di nostro nipote non può frequentare la moglie di un macellaio. Le donne capaci di rispetto filiale allevano figli altrettanto rispettosi, e noi ci aspettiamo che tu ti conformi ai nostri desideri ».

Dalle sue parole compresi una verità spaventosa: i Lu, oltre a essersi rifiutati di invitare alla festa Fiore di Neve, non volevano che la frequentassi affatto. Ne fui inorridita e terrorizzata: reduce dal parto recente, piangevo in continuazione. Non sapevo che cosa fare. Meditavo di oppormi ai genitori di mio marito, senza rendermi conto di quanto fosse pericoloso.

Nel frattempo la mia *laotong* e io ci scrivevamo di nascosto quasi ogni giorno. In passato, illudendomi di padroneggiare ogni aspetto del *nu shu*, credevo che gli uomini avessero la proibizione di vederlo o di entrarvi in contatto in qualsiasi modo, ma da quando abitavo in casa Lu, in cui i membri dell'altro sesso usavano tutti la scrittura maschile, avevo capito che i nostri caratteri segreti non erano poi veramente tali. Con questo mi era divenuto chiaro anche un altro fatto: per gli uomini della contea sarebbe stato impossibile ignorare l'esistenza del *nu shu*. E come potevano fare a meno di conoscerlo? Lo portavano ricamato sulle scarpe. Vedevano i messaggi che intessevamo nella stoffa. Ci sentivano cantare e avevano sotto gli occhi i libri nuziali del terzo giorno. Si limitavano semplicemente a considerare il nostro sistema di comunicazione indegno di loro.

Gli uomini hanno il cuore di ferro, si dice, mentre le donne sono fatte d'acqua. Queste caratteristiche traspaiono nelle rispettive scritture. Quella maschile ha più di cinquantamila ideogrammi, ciascuno ben diverso dagli altri, ciascuno dotato di profondi significati e differenti sfumature di senso. Quella femminile conta forse seicento caratteri, di cui ci serviamo foneticamente, come lattanti, per creare circa diecimila parole. Per apprendere e padroneggiare la scrittura degli uomini ci vuole una vita intera. Noi impariamo la nostra da piccole, e ricaviamo il significato dal contesto. Gli uomini descrivono il mondo esterno: la letteratura, il denaro, la produzione agricola. Le donne parlano della realtà domestica e della vita interiore: bambini, faccende quotidiane, sentimenti. Gli uomini di casa Lu andavano orgogliosi della competenza nel *nu shu* e dell'abilità nel ricamo delle proprie mogli, per quanto tali capacità non avessero più importanza del peto di un maiale rispetto a ciò che occorre per sopravvivere.

Ritenendo insignificante la nostra scrittura, la parte maschile della famiglia non badava alle lettere che inviavo o ricevevo. Con mia suocera era un'altra faccenda. Dovevo stare attenta a eludere la sua vigilanza. Non pretendeva ancora di sapere a chi indirizzavo i miei messaggi, però, e così nelle settimane successive Fiore di Neve e io mettemmo a punto un sistema per scambiarci notizie. Ci affidavamo a Yonggang: la mia domestica correva da un villaggio all'altro portando con sé biglietti, fazzoletti ricamati e frammenti di tessuto. Mi piaceva starmene seduta dietro la grata della finestra a guardare la ragazzina. Pensavo spesso che avrei potuto recarmi di persona a Jintian. Non era lontano e avevo piedi abbastanza forti per riuscirci, ma esistevano norme ben precise anche in questo campo. Per quanto fosse in grado di percorrere lunghi tratti, una donna non doveva avventurarsi da sola per la strada. Correva il rischio di essere rapita da qualche tipo losco, e soprattutto si esponeva al pericolo ancora più grave di mettere a repentaglio la propria reputazione uscendo senza accompagnatori adeguati: il marito, i figli, la sensale o i portatori. Non mi sarebbe stato difficile raggiungere a piedi la casa di Fiore di Neve, ma non avrei mai osato fare una cosa del genere.

Giglio Bianco,

mi chiedi della mia nuova famiglia.

Ho avuto molta fortuna.

Nella casa dove sono nata non c'era felicità.

Mia madre e io stavamo in silenzio giorno e notte.

Se n'erano andati tutti: concubine, fratelli, sorelle e servi.

Le stanze erano vuote e solitarie.

Qui vivono con me mia suocera, mio suocero, mio marito e le sue sorelle più giovani.

In casa di mio marito non ci sono concubine né servitori.

Mi occupo io di ogni cosa.

Non mi lamento del duro lavoro.

Tutto ciò che avevo bisogno di sapere l'ho imparato da te, tua sorella, tua madre, tua zia.

Ma le donne qui non somigliano a quelle della tua famiglia. Non amano ridere.

Non raccontano favole.

Mia suocera è nata nell'anno del Topo.

Riesci a immaginare una persona peggiore per chi appartiene al segno del Cavallo?

Il Topo giudica il Cavallo egoista e sconsiderato, anche se questo non è il mio caso.

Il Cavallo accusa il Topo di essere intrigante e incontentabile, e lei è proprio così.

Però almeno non mi picchia.

Non mi sgrida più di quanto qualsiasi giovane nuora debba aspettarsi.

Hai sentito di mia madre e mio padre?

Pochi giorni dopo che mi ero trasferita qui, Mama e Baba hanno venduto gli ultimi loro averi.

Hanno preso con sé il denaro e sono fuggiti nella notte.

Come mendicanti non dovranno pagare le tasse né restituire i debiti.

Ma dove saranno?

Sono preoccupata per la mamma.
Sarà ancora viva?
Sarà nell'oltretomba?
Non lo so.
Forse non la vedrò mai più.
Chi poteva prevedere un destino tanto sfortunato per i miei familiari?
Devono avere commesso azioni riprovevoli nelle vite precedenti. Ma, se è così, che cosa accadrà a me?
Ti è giunta all'orecchio qualche parola sul conto dei miei?
E tu sei felice?

Fiore di Neve

Dopo avere appreso la tragica notizia sulla fuga dei genitori di Fiore di Neve, prestai più attenzione ai pettegolezzi che circolavano per casa. Mercanti e venditori ambulanti, sempre in viaggio da un capo all'altro della contea, cominciarono a lasciar trapelare delle voci: avevano visto il padre e la madre della mia *laotong* dormire sotto un albero, chiedere cibo in elemosina o vagabondare laceri e sporchi. Io pensavo spesso alla posizione di potere occupata un tempo a Tongkou dalla famiglia di Fiore di Neve, e a cosa doveva aver provato sua madre unendosi in matrimonio con il discendente di uno studioso di rango imperiale. E adesso, guardate com'era caduta in basso. Temevo per la sua incolumità, con quei delicati piedini di giglio. Sprovvisti dell'appoggio di amici influenti, i genitori della mia *laotong* si trovavano alla mercé della natura e della carità altrui. Senza più una casa natale, Fiore di Neve era più inerme di un'orfana. Meglio un padre e una madre morti, da venerare e onorare insieme ai propri antenati, che due genitori ridotti all'esistenza effimera degli accattoni. Come avrebbe scoperto quando sarebbero passati a miglior vita? Come avrebbe potuto organizzare loro riti funebri adeguati, pulirne le tombe a Capodanno o placare l'inquietudine dei loro spiriti nell'aldilà? La tristezza solitaria della mia *laotong*, privata persino della possibilità di confidarsi con me, mi colmava di angoscia, e a lei doveva risultare intollerabile.

Alla sua domanda finale – ero felice? – non sapevo che cosa rispondere. Avrei forse dovuto parlarle della componente femminile della mia nuova famiglia? La stanza al piano di sopra ospitava troppe donne piene di ostilità reciproca. Io ero la moglie del primogenito ma, poco dopo il mio arrivo a Tongkou, i Lu avevano accolto in casa anche la seconda nuora. Appena diciottenne, era rimasta incinta subito dopo le nozze e piangeva in continuazione, in preda alla nostalgia per i suoi. Aveva messo al mondo una figlia, contrariando nostra suocera e peggiorando ulteriormente le cose. Mi ero sforzata di fare amicizia con quella ragazza, ma lei passava le giornate in un angolo, armata di carta, inchiostro e pennello, sempre intenta a scrivere alla madre e alle sorelle giurate, tuttora nel suo villaggio. Avrei potuto descrivere a Fiore di Neve gli indecorosi tentativi della seconda nuora per conquistarsi il favore della Signora Lu: il suo continuo inchinarsi, sussurrare parole ossequiose ed escogitare espedienti per mettersi in mostra, mentre le tre concubine di Padron Lu litigavano tra loro, il volto livido e le viscere inacidite dalla gelosia reciproca; ma non osavo mettere certe cose per iscritto.

Potevo forse raccontarle di mio marito? Immagino di sì, ma non avevo idea di cosa dire. Lo vedevo di rado, e quando mi capitava di incrociarlo era impegnato in qualche colloquio o nel disbrigo di affari importanti. Nelle ore di luce, lui usciva a sorvegliare i lavori nei campi o a sovrintendere alla realizzazione dell'uno o dell'altro progetto sulle terre di famiglia, e io rimanevo a ricamare o a svolgere altre mansioni domestiche al piano di sopra. Gli servivo la colazione, il pranzo e la cena, badando a mantenere lo stesso atteggiamento riservato e silenzioso assunto da Fiore di Neve intorno alla tavola di casa mia. A volte mi faceva visita più presto del solito, per vedere nostro figlio o per venire a letto con me. Immaginavo che i nostri rapporti fossero identici a quelli di qualsiasi altra coppia di coniugi – compresi Fiore di Neve e il suo sposo – perciò non mi sembravano per nulla interessanti.

E poi, come avrei potuto rispondere sinceramente alla domanda della mia *laotong* in merito alla felicità, quando il più serio conflitto della mia esistenza riguardava proprio lei?

Un giorno mia suocera mi sorprese mentre le scrivevo. « Hai imparato molto da Fiore di Neve, devo ammetterlo », mi disse, « e le siamo tutti grati per questo. Ma lei non fa più parte del nostro villaggio, e non è più sotto la giurisdizione di Padron Lu. Mio marito non può e non deve tentare in alcun modo di cambiare il suo destino. Esistono leggi che tutelano una moglie in caso di guerra o altri disordini tra paesi confinanti, lo sai bene. In quanto ospiti, le spose non vanno mai aggredite durante una faida, una scorreria o un conflitto, perché appartengono sia al villaggio natale sia a quello del coniuge. Vedi, Giglio Bianco, in qualità di mogli, entrambi i luoghi ci devono lealtà e protezione. Ma, se ti capitasse qualcosa a casa di Fiore di Neve, qualsiasi nostra reazione potrebbe innescare una rappresaglia o dare inizio a una serie di scontri senza fine. »

Ascoltai le scuse della Signora Lu, ben sapendo che le sue parole nascondevano preoccupazioni assai più spregevoli. La famiglia della mia *laotong* era caduta in disgrazia, e lei aveva sposato un uomo impuro. Per questo i miei suoceri volevano tagliare ogni rapporto tra noi.

« Il destino di Fiore di Neve era segnato fin dall'inizio », riprese la Signora Lu, avventurandosi più vicino alla verità, « e non coincide con il tuo sotto nessun aspetto. Padron Lu e io guarderemmo con favore a una nuora intenzionata a rompere il contratto con una ragazza che per lei non è più un'autentica vecchia se stessa. Se desideri compagnia, ricordati delle giovani spose di Tongkou alle quali ti ho presentata. »

« Le ricordo. Grazie », mormorai in preda all'infelicità e a un senso di impotenza, e intanto dentro di me urlavo terrorizzata: Mai, mai, mai!

« Sarebbero liete di accoglierti in una sorellanza giurata di donne sposate. »

« Grazie ancora... »

« Dovresti sentirti onorata dal loro invito. »

« È così. »

« Intendo solo dirti che devi cercare di escludere Fiore di

Neve dai tuoi pensieri», insistette mia suocera, e concluse il discorso con una variazione dei suoi soliti ammonimenti: «Non voglio che il ricordo di quella sventurata fanciulla eserciti qualche influenza negativa su mio nipote».

Le concubine ridevano malignamente, coprendosi la bocca con la mano. Se la godevano un mondo nel vedermi soffrire. In quei momenti loro salivano di rango e io perdevo considerazione. Tuttavia, a parte queste continue critiche che suscitavano la gioia malvagia delle altre e mi spaventavano a morte, mia suocera mi trattava con più gentilezza di mia madre. Seguiva le regole alla lettera, come mi aveva anticipato Fiore di Neve. «Da bambina, obbedisci al padre; una volta sposata, obbedisci al marito; da vedova, obbedisci a tuo figlio.» Me l'ero sentito raccomandare per tutta la vita, perciò quella massima non mi preoccupava. Un giorno in cui era indispettita con il marito, però, la Signora Lu mi insegnò un assioma diverso: «Obbedisci, obbedisci, obbedisci, e poi fa' ciò che vuoi». Per adesso i miei suoceri potevano anche impedirmi di vedere Fiore di Neve, ma non sarebbero mai riusciti a cancellare il mio affetto per lei.

Fiore di Neve,
mio marito mi tratta bene.
Non so neppure dove siano tutte le terre della famiglia.
Anch'io lavoro duramente.
Mia suocera controlla qualsiasi cosa faccia.
Le donne di questa casa sono esperte nel *nu shu.*
La Signora Lu mi ha insegnato nuovi caratteri.
Te li mostrerò al nostro prossimo incontro.
Ricamo, tesso e confeziono scarpe.
Filo e preparo i pasti.
Ho un figlio.
Prego la dea di concedermene un altro, un giorno.
Tu dovresti fare lo stesso.
Ascoltami, ti prego.
Devi obbedire a tuo marito.
Devi prestare attenzione a tua suocera.

Vorrei che non ti preoccupassi tanto.
Pensa invece a quando ricamavamo l'una accanto all'altra e la notte sussurravamo insieme.
Siamo due anatre mandarine.
Siamo due fenici librate in volo nel firmamento.
Giglio Bianco

Nella lettera successiva, Fiore di Neve non menzionò neppure la sua nuova famiglia: mi scrisse soltanto che il figlioletto aveva imparato a stare seduto. Verso la conclusione del messaggio, mi chiese altre notizie sulla mia vita:

Parlami dei pasti e delle conversazioni a tavola.
A casa tua si recitano i classici mentre si mangia?
E tua suocera intrattiene gli uomini con i suoi racconti?
Canta per loro allo scopo di agevolare la digestione?

Cercai di risponderle con franchezza. Gli uomini della famiglia discutevano di questioni finanziarie: quale campo si poteva affittare, chi l'avrebbe coltivato, quanto si sarebbe dovuto percepire dall'affittuario, l'incidenza delle tasse. Aspiravano a « salire sempre di più », a « raggiungere la cima della montagna ». Erano le classiche frasi di buon auspicio pronunciate a Capodanno e accompagnate da speciali cibi altrettanto augurali, con la consapevolezza che esprimevano speranze e desideri. Ma i miei suoceri facevano di tutto per trasformarle in realtà. La loro determinazione si rifletteva in una serie di discorsi noiosi che non capivo e non mi curavo di comprendere. I Lu possedevano già più di chiunque altro a Tongkou. Non riuscivo a immaginare che cosa potessero volere ancora, eppure non distoglievano mai gli occhi dalla cima della montagna.

Speravo che Fiore di Neve fosse più serena, che cominciasse a adattarsi – com'è dovere di ogni moglie – a quella situazione così diversa da qualsiasi cosa avesse sperimentato prima. Poi, un buio pomeriggio, mentre stavo allattando mio figlio, udii la portantina di Madama Wang fermarsi davanti alla nostra porta. Mi aspettavo di vedere arrivare la sensale nella stanza al piano di sopra. Invece fu mia suocera a varcarne la soglia: con un cipiglio di disapprovazione lasciò cadere una lettera sul tavolino accanto a me. Appena il bambino si assopì, avvicinai la lucerna e aprii il foglio. Vidi subito che il messaggio si presentava in un formato diverso dal solito. Cominciai a leggere con un senso di trepidazione.

Giglio Bianco,

sono seduta in lacrime nella stanza delle donne. Fuori, sento mio marito che ammazza un maiale. Questo rende ancor più grave la sua violazione delle leggi sull'impurità.

Quando mi trasferii qui dopo il matrimonio, mia suocera mi obbligò a restare in piedi sulla piattaforma davanti a casa e ad assistere all'uccisione di un maiale: dovevo vedere con i miei occhi come ci guadagnavamo da vivere. Mio marito e mio suocero portarono l'animale davanti alla soglia. Era legato a testa in giù a un palo che i due uomini reggevano sulle spalle. Là, appeso in mezzo a loro, strillava, strillava, strillava. Sapeva che cosa lo aspettava. Li ho sentiti gridare in quel modo già tante volte, ormai, perché si rendono conto tutti di ciò che sta per succedere, e le loro strida disperate echeggiano anche troppo spesso nel villaggio.

Mio suocero tenne ferma la vittima accanto a un grande *wok* pieno d'acqua bollente. (Ti ricordi il *wok* di fronte alla casa? Quello fissato al sostegno di mattoni? Sotto c'è un vano dove si può mettere il carbone e accendere il fuoco.) Il figlio tagliò la gola alla povera bestia. Raccolse il sangue per i sanguinacci, poi buttò la carcassa nel *wok*. La si fa bollire per ammorbidirne la pelle. Mio marito mi ingiunse di eliminare le setole dalla cotenna. Io piansi e piansi, anche se più sommessamente del maiale. Dichiarai che non volevo mai più guardare azioni così impure, né tanto meno prendervi parte. Mia suocera biasimò la mia debolezza.

Ogni giorno che passa somiglio di più alla sposa Wang. Ti ricordi di quando mia zia ci ha raccontato quella storia? Sono diventata vegetariana. I miei suoceri non se ne curano. Così rimane più carne per loro.

A parte te e mio figlio, non ho nessuno al mondo.

Vorrei non averti mai mentito. Mi sono ripromessa di dirti sempre la verità, ma non mi piace coinvolgerti nelle brutture della mia vita.

Siedo dietro lo schermo della finestra e guardo oltre i campi, verso il villaggio in cui sono nata. Ti immagino nella stanza delle donne, mentre volgi lo sguardo dalla mia parte. Il mio cuore si libra sopra la campagna e vola fino a te. Sei davvero là? Mi vedi? Senti quello che provo io?

Sono triste senza di te. Scrivimi, ti prego, o vieni a trovarmi.

Fiore di Neve

Che situazione spaventosa! Mi affacciai alla finestra e contemplai l'abitato di Jintian, desiderando con tutta me stessa di potere almeno posare gli occhi sulla mia *laotong*. Era terribile per me sapere che soffriva tanto senza avere neppure il modo di confortarla con un abbraccio. Incurante della presenza di mia suocera e delle altre, tirai fuori un foglio di carta e preparai l'inchiostro. Prima di impugnare il pennello, rilessi le parole di Fiore di Neve. All'inizio avevo colto solo la sua profonda tristezza. Adesso mi resi conto che si era allontanata dalle stereotipate formule convenzionali cui ricorrono le spose nei loro messaggi e aveva usato il *nu shu* per descrivere la propria esistenza in termini diretti ed espliciti.

Grazie a quel passo audace della mia *laotong*, capii il vero scopo della nostra scrittura segreta. Non serviva a comporre bigliettini infantili da inviarci a vicenda, e nemmeno a presentarci alle donne della famiglia in cui saremmo andate a vivere dopo il matrimonio. Ci dava una voce. Il *nu shu* ci permetteva di avvicinarci l'una all'altra nonostante i piedi fasciati; metteva le ali ai nostri pensieri perché si librassero sopra la campagna e superassero le distanze, come aveva scritto Fiore di Neve. Gli uomini intorno a noi non si aspettavano che avessimo qualcosa di importante da dire. Non si aspettavano che provassimo emozioni o sapessimo formulare idee creative. Le donne – le nostre suocere e tutte le altre – ci ostacolavano ancora di più. Ma, da allora in poi, speravo che la mia *laotong* e io saremmo riuscite a dire la verità sulle nostre vite, insieme o separate che fossimo. Ero ben decisa ad abbandonare le frasi fatte usate comunemente dalle mogli nei giorni di riso e sale; volevo esprimere i miei pensieri in tutta la loro autenticità. Fiore di Neve e io ci saremmo scritte con la medesima schiettezza con la quale ci parlavamo quando stavamo raggomitolate nello stesso letto a casa dei miei.

Avevo bisogno di vedere Fiore di Neve, di rincuorarla con qualche parola di conforto sul futuro ma, se fossi andata da lei contravvenendo ai desideri di mia suocera, avrei commesso una delle trasgressioni più gravi. Scrivere o leggere lettere di nascosto non era niente al confronto, eppure dovevo correre il rischio se volevo aiutare la mia *laotong*.

Fiore di Neve,

pensarti in quella famiglia mi rattrista fino alle lacrime. Tu vali troppo per sopportare simili brutture. Dobbiamo vederci. Ti prego, vieni a casa dei miei per la Festa del Bando degli Uccelli. Porteremo con noi i nostri bambini. Saremo di nuovo felici e dimenticheremo i problemi. Ricordati: accanto a un pozzo non si può soffrire la sete. Accanto a una sorella non ci si può abbandonare alla disperazione. Nel mio cuore sarò tua sorella per sempre.

Giglio Bianco

Seduta nella stanza delle donne, cospiravo e tramavo, ma avevo paura. Il piano più semplice mi sembrava il migliore – sarei andata a prendere Fiore di Neve in portantina, lungo il tragitto per Puwei – però era anche quello più rischioso. E se le concubine si fossero messe a spiarmi da dietro la grata della finestra, accorgendosi così che il palanchino svoltava a destra, in direzione di Jintian? Esisteva poi un pericolo ancora più serio: le strade sarebbero state piene di donne – compresa mia suocera – in viaggio verso i rispettivi villaggi di origine per trascorrervi i giorni di festa. Chiunque avrebbe potuto vederci e denunciarci, se non altro per ingraziarsi la famiglia Lu. Eppure, quando arrivò la data della ricorrenza, avevo accumulato abbastanza coraggio per credere che ce l'avremmo fatta.

Il primo giorno del secondo mese lunare segnò l'inizio dei lavori nei campi e l'avvento della festa per scacciare gli uccelli. Quella mattina, all'interno della casa, le donne della mia nuova famiglia si alzarono presto e si misero a preparare polpettine di riso glutinoso; fuori, gli uccelli aspettavano che gli uomini cominciassero la semina. Io aiutavo mia suocera: impastavo le polpettine, usando il riso per proteggere altro riso, il più prezioso degli alimenti quotidiani. Al momento giusto, le ragazze nubili di Tongkou inaugurarono la celebrazione all'aperto: sistemarono le polpettine su una serie di stecchi piantati nei campi, per attirare i pennuti, mentre gli uomini spargevano granaglie avvelenate lungo il bordo delle risaie, perché i volatili continuassero a ingozzarsi. Appena le creature dell'aria ebbero beccato i primi chicchi di quel pasto mortale, le donne sposate del villaggio salirono sulle portantine, montarono a bordo dei carri o sulle spalle di domestiche dai piedi grossi per attraversare i campi e tornare ai paesi d'origine. Se non fossimo partite, ci avevano spiegato le più anziane, gli uccelli avrebbero divorato il riso che i nostri mariti si apprestavano a seminare e noi non saremmo riuscite a dar loro altri figli maschi.

Come pianificato, i miei portatori si fermarono a Jintian. Non scesi dal palanchino, per non correre il rischio di farmi vedere da qualcuno. La porta di casa si spalancò e Fiore di Neve, con il figlio addormentato sulle spalle, si avvicinò e venne a sedersi accanto a me. Erano trascorsi otto mesi da quando l'avevo vista al tempio di Gupo. Con tutte le faccende che le toccava sbrigare, pensavo di trovarla dimagrita, già priva della pienezza acquistata in gravidanza: invece sembrava ancora formosa sotto la casacca e la gonna. Aveva seni più prosperosi dei miei, sebbene il suo bambino, lo notai subito, apparisse gracile in confronto al mio. Mi accorsi pure che le sporgeva il ventre, e per questo portava il piccolo sulla schiena invece di reggerlo tra le braccia.

Fece girare con dolcezza il figlioletto perché potessi guardarlo. Io mi staccai il bambino dal seno e lo sollevai, in modo che i due lattanti si trovassero l'uno di fronte all'altro. Avevano ormai sei e sette mesi. Tutti i bambini sono belli, dicono. Il mio lo era, ma il figlio di Fiore di Neve, nonostante i folti capelli neri, aveva il corpicino esile quanto un giunco di fiume, un colorito giallastro e malsano e le fattezze contorte in un cipiglio severo. Naturalmente, però, mi complimentai con la mia *laotong*, e lei si congratulò con me.

Mentre ondeggiavamo, sobbalzavamo e ci urtavamo a vicenda, sballottate dall'andatura dei portatori, parlammo dei nostri nuovi progetti. Lei aveva iniziato a tessere una stoffa la cui trama, a lavoro finito, avrebbe raffigurato il verso di una poesia: un'impresa molto complessa e impegnativa. Io stavo imparando a preparare gli uccelletti in salamoia: un compito relativamente facile, a parte la necessità di eseguirlo con cura per evitare che il cibo si deteriorasse. Semplici convenevoli, in attesa di affrontare argomenti più seri. Appena le domandai come andavano le cose, cominciò subito a sfogarsi.

« Svegliandomi al mattino, nulla mi dà gioia a parte il pensiero di mio figlio », mi confidò, con gli occhi fissi nei miei. « Mi piace cantare mentre lavo i panni o porto in casa la legna, però mio marito si arrabbia se mi sente. Nei giorni in cui è contrariato, mi permette di uscire solo per sbrigare le faccende. Se è di buonumore, alla sera mi lascia sedere sulla piattaforma dove ammazza i maiali. Eppure anche là fuori riesco a pensare solo agli animali che vi sono stati uccisi. La notte, all'ora di coricarmi, so che l'indomani mi alzerò, ma per me non spunterà la luce dell'alba: ci saranno solo tenebre. »

Cercai di rassicurarla. « Dici così perché hai partorito da poco ed è appena finito l'inverno. » Sebbene non avessi alcun diritto di paragonare la mia solitudine alla sua, anch'io in certe occasioni provavo un'insopprimibile tristezza, quando mi prendeva la malinconia dei miei, o quando le ombre fredde dei giorni più brevi mi stringevano il cuore. « Ormai è arrivata la primavera », dichiarai per consolare entrambe. « Le giornate lunghe e luminose ci daranno gioia. »

« Più le mie giornate sono corte e meglio è », ribatté lei in tono sbrigativo. « Solo al momento di ritirarmi per la notte cessano le lamentele. Non sento più brontolare mio suocero perché il suo tè è troppo blando, mia suocera desiste dal rimproverarmi per la mia pusillanimità, le mie cognate la piantano di chiedermi abiti puliti, mio marito rinuncia per un po' a ingiungermi di non metterlo a disagio di fronte all'intero villaggio e mio figlio smette di pretendere, pretendere, pretendere. »

Rimasi inorridita dal quadro così negativo dipinto dalla mia vecchia me stessa. Fiore di Neve era prigioniera di una cupa infelicità, e io non sapevo cosa dirle, per quanto solo pochi giorni prima mi fossi ripromessa di parlarle a cuore aperto. In preda alla confusione e all'imbarazzo, mi rifugiai nelle frasi convenzionali. « Ho cercato di compiacere mio marito e sua madre, e questo mi ha reso la vita più facile », osservai. « Ti conviene fare lo stesso. Adesso devi sopportare, ma tua suocera arriverà alla fine dei suoi giorni, e sarai tu la signora della casa. Tutte le nuore di un primogenito che mettono al mondo figli maschi hanno la meglio, prima o poi. »

Lei mi rivolse un mesto sorriso e io pensai alle sue lagnanze sul bambino. Non riuscivo proprio a capirle. Un figlio è la vita di una donna. Accontentarlo in tutto è un dovere e una fonte di appagamento per qualsiasi madre.

« Presto il tuo piccolo camminerà », soggiunsi. « Dovrai rincorrerlo per tutta la casa. Sarai molto felice. »

Abbracciò più forte il figlioletto. « Sono già di nuovo incinta. »

Mi profusi in congratulazioni, benché avessi la mente in tumulto. Ecco il motivo dei seni gonfi e del ventre sporgente. La gravidanza sembrava alquanto avanzata. Ma come aveva fatto Fiore di Neve a concepire così in fretta? Era quella la violazione delle leggi sull'impurità cui alludeva nella lettera? Che avesse avuto rapporti coniugali prima del termine dei cento giorni? Pareva l'unica spiegazione possibile.

« Ti auguro di mettere al mondo un altro maschio », riuscii a dire.

«Lo spero.» Sospirò. «Perché a sentire mio marito persino un cane è meglio di una figlia.»

Conosciamo tutte la verità di queste parole, ma chi le pronuncerebbe davanti alla moglie in attesa?

Il sobbalzo della portantina appoggiata a terra e le grida di gioia e di saluto dei miei fratelli mi evitarono lo sforzo di escogitare un commento adeguato. Eravamo a casa.

Quante novità in famiglia! Il Fratello Maggiore e la moglie avevano ormai due bambini. Lei era tornata al suo villaggio per la Festa del Bando degli Uccelli, ma aveva lasciato i due piccoli con i nonni paterni, perché potessimo vederli. Benché il Secondo Fratello fosse ancora scapolo, i preparativi per le sue nozze apparivano già ben avviati. Aveva raggiunto ufficialmente l'età adulta. Era arrivata anche la Sorella Maggiore, con le due figlie e il figlio. Stava invecchiando davanti ai nostri occhi, anche se io continuavo a vedere in lei la ragazza dai capelli raccolti di un tempo. Mama non riusciva più a criticarmi con la solita disinvoltura, però non demordeva. Baba si mostrava fiero e soddisfatto, ma persino io notai la sua aria preoccupata all'idea di dover sfamare tante bocche, sia pure per un breve periodo. In totale sotto il nostro tetto si contavano sette nipotini, di età comprese tra i sei mesi e i sei anni. La casa risuonava di passetti di corsa, di richiami per esigere attenzione e di canti per tacitare e placare. La zia era felice di avere intorno tutti quei frugoletti: lo aveva sempre sognato. Eppure, di quando in quando, le vedevo gli occhi riempirsi di lacrime. In un mondo meno ingiusto, ci sarebbe stata anche Splendida Luna lì con noi, insieme ai suoi figli.

Trascorremmo tre giorni a chiacchierare, ridere, mangiare e dormire, senza una discussione né una parola denigratoria, di accusa o di condanna. Fiore di Neve e io passavamo le nostre ore più piacevoli di notte, nella stanza al piano di sopra. Sistemavamo i bambini nel letto in mezzo a noi. Così coricati l'uno accanto all'altro sembravano ancora più diversi. Mio figlio era paffuto e aveva una zazzera di capelli neri ritti in capo identica a quella di suo padre. Adorava attaccarsi al seno e s'ingozzava tra le mie braccia fino a ubriacarsi di latte, interrompendosi solo per guardarmi e sorridermi. Il bimbo di Fiore di Neve mangiava di malavoglia e le rigurgitava spesso sulla spalla quando lei gli faceva fare il ruttino. Era capriccioso anche in altri momenti della giornata: nel tardo pomeriggio piangeva a lungo, il visetto paonazzo di rabbia, il sederino rosso e coperto di vesciche. Ma, una volta raggomitolati sotto la trapunta vicino a noi, i due piccolini si tranquillizzavano, acquietati dalle nostre voci sommesse.

« Ti piace andare a letto con tuo marito? » mi domandò una sera la mia *laotong*, appena fu sicura che gli altri si fossero addormentati.

Per molti anni nell'infanzia avevamo ascoltato le battute licenziose delle donne anziane e le frasi schiette della zia sui piaceri del letto coniugale. Allora non le capivo e mi lasciavano disorientata; adesso, invece, mi rendevo conto che non avevano nulla di misterioso.

« Mio marito e io siamo due anatre mandarine », riprese Fiore di Neve quando non le risposi subito. « Ci diamo gioia a vicenda librandoci insieme. »

Rimasi esterrefatta nel sentirla parlare così. Mi stava forse mentendo di nuovo, come aveva fatto per tanto tempo? Fu di nuovo lei a rompere il mio silenzio allibito.

« Eppure, sebbene entrambi apprezziamo i nostri incontri », continuò, « sono rimasta turbata dalla sua inosservanza del periodo impuro dopo il parto. Ha aspettato solo venti giorni. » Fece un'altra pausa, poi ammise: « Non lo biasimo. Io non mi sono opposta. Volevo che accadesse ».

Nonostante il profondo sconcerto per il suo desiderio di avere rapporti coniugali, provai un senso di sollievo. Era sincera, non poteva essere altrimenti. Nessuno coprirebbe la verità con una versione fittizia ancora più disonorevole. Che cosa c'è di più vergognoso del commettere un'azione impura?

« Hai fatto male », le sussurrai di rimando. « Devi seguire le regole. »

« Altrimenti che cosa mi succederà? Diventerò corrotta quanto mio marito? »

Avevo pensato anche questo, però mi limitai a replicare: « Non vorrei che ti ammalassi o morissi ».

La sua risata echeggiò nel buio. « Non ci si ammala andando a letto insieme. Si prova piacere e basta. Sgobbo tutto il giorno per mia suocera. Avrò pur diritto alle gioie della notte. E, se mi nascerà un secondo figlio maschio, sarò ancora più felice. »

In questo le davo ragione. Il bimbo che dormiva in mezzo a noi era irrequieto e fragile. Fiore di Neve aveva bisogno di metterne al mondo un secondo... per ogni evenienza.

I nostri tre giorni arrivarono alla fine anche troppo presto. Se non altro mi sentivo più sollevata. Lasciai Fiore di Neve davanti alla porta di casa sua e tornai a Tongkou. La deviazione della portantina era passata inosservata, e la mancia con cui avevo remunerato i portatori mi garantiva il loro silenzio. Imbaldanzita dal successo, mi confortava la certezza che sarei riuscita a vedere la mia *laotong* più spesso, da allora in poi. Molte feste nel corso dell'anno richiedevano il ritorno in famiglia delle donne sposate, e poi c'era sempre la visita annuale al tempio di Gupo. Avevamo un marito, è vero, ma restavamo comunque vecchie noi stesse, a prescindere da qualsiasi cosa potesse dire mia suocera in proposito.

Nei mesi successivi, Fiore di Neve e io continuammo a scriverci: le parole volavano dall'una all'altra, libere come uccellini librati sulla campagna nel vento d'alta quota. Le lamentele si ridussero nei messaggi di entrambe. Eravamo giovani madri e vivevamo giornate rese luminose dalle avventure quotidiane dei figli: un nuovo dentino, le prime parole, i primi passi. A mio modo di vedere, ci sentivamo tutt'e due più soddisfatte a mano a mano che ci adeguavamo ai ritmi delle nostre nuove case, imparavamo a compiacere i desideri delle rispettive suocere e ci abituavamo ai doveri imposti dal ruolo di moglie. Io riuscivo perfino a descrivere con più disinvoltura a Fiore di Neve i momenti d'intimità passati con mio marito. Ormai comprendevo tutto il valore dell'antico precetto che recita: « Entra nel letto e comportati da marito; esci dal letto e comportati da gentiluomo». Preferivo mio marito fuori dal letto. Di giorno, si atteneva alle Nove Cure del Saggio. Si sforzava di guardare con mente chiara, ascoltava con attenzione e si mostrava affabile. Era modesto, leale, rispettoso e giusto. Se aveva qualche dubbio, chiedeva consiglio al padre e, nelle rare occasioni in cui si lasciava prendere dall'ira, cercava di non darlo a vedere. Perciò, la notte, quando entrava nel letto, ero lieta del suo appagamento, ma anche sollevata appena aveva finito con me. Continuavo a non capire i discorsi sentiti dalla zia nei miei giorni di capelli raccolti, e mi riusciva ancor più misterioso il piacere provato da Fiore di Neve durante i rapporti coniugali. In ogni caso, per quanto profonda fosse la mia ignoranza, su una cosa avevo le idee ben chiare: non si possono trasgredire le leggi sull'impurità senza subire gravi conseguenze.

Giglio Bianco,

la mia bambina è nata morta. Se n'è andata prima di mettere radici, e così è rimasta ignara dei dolori dell'esistenza. Ho stretto fra le mani i suoi piedini. Non avrebbero mai conosciuto i tormenti della fasciatura. Le ho accarezzato gli occhi. Non avrebbero mai sperimentato la tristezza della separazione dalla casa natia, l'angoscia dell'ultimo sguardo alla madre, lo strazio dell'addio a un figlio senza vita. Le ho appoggiato le dita sul cuore. Non avrebbe mai saputo cosa sono la sofferenza, l'afflizione, la solitudine, la vergogna. Penso a lei nell'aldilà. Mia madre le sarà accanto? Ignoro il fato di entrambe.

In questa famiglia tutti mi accusano. «Perché ti abbiamo accolta presso di noi se non riesci a mettere al mondo maschi?» dice mia suocera. «Sei giovane. Avrai altri bambini. La prossima volta mi darai un erede», dice mio marito.

Non ho modo di sfogare il mio dolore. Nessuno mi ascolta. Vorrei sentire il tuo passo su per le scale.

Immagino di essere un uccello. Volo tra le nubi e il mondo sotto di me sembra lontanissimo.

Il ciondolo di giada che mi ero appesa al collo per proteggere la mia creatura mi opprime con il suo peso. Non riesco a pensare ad altro che alla mia bambina morta.

Fiore di Neve

Le gravidanze finite male non costituivano certo eventi rari nella nostra contea, e non ci si aspettava che la puerpera si angustiasse più di tanto, soprattutto nel caso di una femmina. I neonati partoriti senza vita venivano considerati una disgrazia solo se il nascituro era di sesso maschile. I genitori accettavano quasi con gratitudine la perdita di una bambina: nessuno aveva bisogno di un'inutile bocca in più da sfamare. Quanto a me, sebbene quand'ero incinta mi sentissi atterrita all'idea che potesse succedere qualcosa alla mia creatura, in tutta onestà non sapevo che cos'avrei provato se avessi dato alla luce una femminuccia morta prima di respirare l'aria di questo mondo. Le reazioni di Fiore di Neve mi lasciarono disorientata: ecco quello che sto cercando di dire.

L'avevo implorata di parlarmi sinceramente, e adesso, messa di fronte alla verità, non sapevo come reagire. Volevo esprimerle simpatia e comprensione, offrirle conforto e sollievo. Ma mi sentivo intimorita per lei e non avevo idea di cosa risponderle. Tutto ciò che era accaduto alla mia *laotong* – le difficoltà dell'infanzia, il matrimonio spaventoso, e ora questo – andavano al di là della mia capacità di comprensione. Avevo appena compiuto ventun anni. Non ero mai stata davvero infelice e vivevo una vita serena: due condizioni che mi impedivano di capire sino in fondo le sofferenze di Fiore di Neve.

Mi lambiccai il cervello per trovare le parole giuste da scrivere alla persona che amavo, e con mia grande vergogna mi lasciai avviluppare il cuore dalle frasi stereotipate in mezzo alle quali ero cresciuta, ricadendo nello stesso errore commesso quel giorno nella portantina. Quando impugnai il pennello, mi rifugiai nella sicurezza delle formule più adatte a una donna sposata, sperando di rammentare a Fiore di Neve la nostra unica fonte di sicurezza: la tranquilla dignità di cui dobbiamo dar prova anche nelle situazioni più angosciose. Intendevo esortare la mia *laotong* a rimanere di nuovo incinta – e presto – perché il dovere di una moglie consiste nel mettere al mondo eredi maschi.

Fiore di Neve,

seduta nella stanza al piano di sopra, sono immersa nei miei pensieri.

Ti scrivo per consolarti.

Ascoltami, ti prego.

Mia diletta, placa il tuo cuore.

Immagina che ci sia io al tuo fianco, a piangere con te. Le nostre lacrime scorrono insieme, quattro ruscelli senza fine.

Ricordati di questo.

Il tuo dolore è profondo, ma non sei sola.

Non affliggerti. Era già tutto deciso dal destino, come la ricchezza e la povertà.

Molti bimbi muoiono.

Spezzano il cuore alle madri.

Eppure non possiamo farci niente.

Possiamo solo tentare di nuovo.

La prossima volta, un figlio...

Giglio Bianco

Passarono due anni, durante i quali i nostri bambini appresero a camminare e a parlare. Il figlio di Fiore di Neve imparò per primo: c'era da aspettarselo. Ma, pur con le sue sei settimane di più, non aveva le gambette robuste del mio. Rimase sempre gracile, manifestando anche una certa debolezza di carattere. Con questo non intendo dire che non fosse sveglio. Era intelligente: non quanto il mio primogenito, però. A tre anni, mio figlio voleva già impugnare il pennello per scrivere. Era un bimbo splendido, il beniamino della stanza delle donne. Persino le concubine lo colmavano di attenzioni, litigandoselo come facevano con le pezze di seta nuova.

Tre anni dopo la nascita del primo, diedi alla luce un secondo maschio. Fiore di Neve non fu così fortunata. Forse le piaceva andare a letto con il marito, ma questo non produsse alcun frutto se non un'altra bambina nata morta. In seguito a quella perdita, le raccomandai di chiedere all'erborista del villaggio qualche rimedio per facilitare il concepimento e accrescere nell'uomo l'energia virile e la frequenza dei rapporti. Grazie al mio consiglio, mi confidò poi, lei e il suo sposo avevano conosciuto numerose forme di soddisfazione.

GIOIA E DOLORE

Appena il nostro primogenito compì cinque anni, il padre cominciò a parlare di assumere un maestro itinerante perché impartisse al bambino i primi rudimenti di un'istruzione scolastica. Poiché vivevamo a casa dei miei suoceri e non disponevamo di denaro, dovemmo chiedere loro di sostenere i relativi costi. Avrei dovuto vergognarmi di quelle pretese, ma non mi sono mai pentita di non aver provato alcun imbarazzo in merito. Dal canto loro, i Lu furono felicissimi quando arrivò il precettore e mio figlio lasciò la stanza delle donne. Piansi nel vederlo andarsene, eppure nello stesso tempo provai uno degli slanci d'orgoglio più intensi della mia vita. Nutrivo la segreta speranza che un giorno potesse cimentarsi negli esami imperiali. Tali prove (lo sapevo persino io, pur essendo solo una donna) offrivano anche allo studioso più povero e miserabile l'opportunità di conquistarsi una posizione altolocata. Ciò nonostante, l'assenza del bambino dalla stanza del piano di sopra creò in me un oscuro vuoto, che niente riusciva a colmare: né le comiche buffonerie del mio secondogenito, né il cicaleccio delle concubine, né i battibecchi delle altre nuore, e neppure gli incontri periodici con Fiore di Neve. Per fortuna, il primo mese del nuovo anno lunare mi ritrovai incinta per la terza volta.

All'epoca la camera delle donne era molto affollata. La sposa del terzo figlio si era ormai trasferita in casa Lu e aveva dato alla luce una femminuccia. L'aveva seguita la quarta nuora, di cui nessuna di noi sopportava le continue lamentele. Anche lei era divenuta madre di una bambina. Mia suocera dimostrava una particolare insofferenza nei confronti dell'ultima arrivata, alla quale in seguito morirono due maschietti durante il parto. Prevedibilmente, perciò, la parte femminile della famiglia reagì con invidia alla notizia della mia gravidanza. Nella stanza al piano di sopra, nulla suscitava più costernazione del ciclo mensile di una delle mogli. Tutte sapevano e tutte commentavano. La Signora Lu non mancava mai di far rilevare la cosa e di rimproverare ad alta voce la malcapitata di turno, perché sentissero anche le altre. « Una sposa incapace di generare figli può sempre essere rimpiazzata », diceva, sebbene odiasse con tutta l'anima le concubine del marito. Mi guardavo intorno nella camera delle donne e vedevo covare gelosie e risentimenti, ma che cosa potevano fare le mie cognate? Non rimaneva loro che aspettare la fine della gestazione, per scoprire se avrei partorito un altro maschio. Io peraltro nutrivo una speranza diversa. Volevo una figlia, per delle ragioni molto concrete. Presto il mio secondogenito mi avrebbe lasciata per entrare nel mondo degli uomini: le bambine, invece, non si separano dalla madre fino al giorno del matrimonio. Le mie ambizioni segrete divamparono ancora più intense quando venni a sapere che pure Fiore di Neve era incinta. Non posso dirvi quanto mi augurassi che mettesse al mondo una figlia.

Fu la Festa del Riso Nuovo, celebrata il sesto giorno del sesto mese lunare, a offrirci la prima (e la migliore) occasione per ritrovarci a condividere speranze e desideri. Dopo cinque anni trascorsi in casa Lu, sapevo bene che mia suocera non aveva cambiato idea sulla mia *laotong*. Sospettavo fosse al corrente dei nostri incontri durante le festività ma, dal momento che io non ostentavo il nostro rapporto e continuavo a svolgere con diligenza le mansioni domestiche, lei non aveva più affrontato l'argomento.

Come sempre, Fiore di Neve e io ci godemmo la reciproca compagnia nella stanza al piano di sopra di Puwei. Pur non avendo modo di indulgere alla nostra vecchia intimità con i bambini coricati accanto a noi o nei lettini poco lontani, potevamo almeno bisbigliare insieme. Confidai alla mia *laotong* l'aspirazione a dare alla luce una figlia, che mi restasse vicina a lungo. Fiore di Neve si carezzò il ventre; le femmine sono solo rami inutili, incapaci di perpetuare la stirpe del padre, mi rammentò poi con voce sommessa.

« Non per noi, però », ribattei. « Perché non stabiliamo fin d'ora un vincolo di *laotong* tra le nostre due piccole, prima ancora che nascano? »

« Giglio Bianco, noi non abbiamo alcun valore, è inutile negarlo. » Fiore di Neve si rizzò a sedere. Le vedevo il viso illuminato dalla luna. « E tu lo sai, non è così? »

« Sono le donne a generare figli maschi », la corressi. La maternità mi aveva assicurato un ruolo e un rango nella casa di mio marito. Senza dubbio la mia *laotong* aveva vissuto la stessa esperienza.

« È vero. Mettiamo al mondo figli maschi... ma... »

« E le bambine ci terranno compagnia. »

« Ne ho già perdute due... »

« Fiore di Neve, non vuoi che le nostre figlie diventino vecchie se stesse? » L'idea spaventosa che forse non lo desiderava si fece strada fra i miei pensieri.

Mi guardò con un sorriso triste. « Ma certo: *se* le avremo. Potranno perpetuare il nostro amore anche dopo che noi non ci saremo più. »

« Benissimo: allora è deciso. E adesso sdraiati qui vicino a me. Spiana la fronte. Questo è un momento di gioia. Dobbiamo essere felici insieme. »

La primavera successiva tornammo a Puwei con le due neonate. Le date di nascita non coincidevano. Erano venute alla luce in mesi diversi. Le liberammo dalle fasce e unimmo i loro piedini pianta contro pianta. Già a quella tenera età la misura non combaciava. Vedevo mia figlia, Giada Luminosa, con gli occhi di una madre, ma neanch'io potevo negare che la bimba di Fiore di Neve, Luna di Primavera, appariva bellissima in confronto alla mia. La carnagione di Giada Luminosa era troppo scura per la famiglia Lu, mentre l'incarnato di Luna di Primavera ricordava la polpa di una pesca bianca. Speravo che Giada Luminosa sarebbe divenuta forte quanto la pietra di cui portava il nome, e auguravo alla figlioletta della mia *laotong* di crescere più robusta di mia cugina, in onore della quale era stata battezzata. Nessuno dei loro otto caratteri corrispondeva: però noi non ci badammo. Le due piccole sarebbero divenute vecchie se stesse.

Aprimmo il ventaglio e ripercorremmo le tappe delle nostre vite condivise. Le sue pieghe serbavano il ricordo di molte occasioni felici. Il vincolo che ci univa. I nostri matrimoni. La nascita dei nostri figli. La nascita delle bambine. E adesso il loro futuro legame. « Un giorno due fanciulle si incontreranno e diverranno *laotong*», scrissi. « Saranno una coppia di anatre mandarine. Altre due si poseranno l'una accanto all'altra su un ponte – i cuori colmi di letizia – e le guarderanno innalzarsi in cielo. » Sopra la ghirlanda lungo il margine, Fiore di Neve dipinse due minuscole paia di ali librate verso la luna. Due anatre, rannicchiate vicine, ne osservavano il volo.

Completati il testo e il disegno, restammo sedute a cullare le nostre creature. Mi sentivo così piena di gioia che non mi soffermai a riflettere su un fatto: ignorando deliberatamente le regole che governano l'unione di due bambine, stavamo infrangendo un tabù.

Due anni dopo, Fiore di Neve mi mandò una lettera per annunciarmi di avere finalmente dato alla luce un secondo maschio. Era al settimo cielo e io esultavo con lei, convinta che la mia *laotong* sarebbe salita di rango in casa del marito. Ma non avemmo quasi il tempo di goderci la nostra gioia: appena tre giorni più tardi l'intero Paese fu colpito da una triste notizia. L'imperatore Dao Guang era sceso nell'oltretomba. La nostra contea precipitò nel lutto, sebbene il figlio del sovrano, Xian Feng, avesse già occupato il trono imperiale.

L'amara esperienza della famiglia di Fiore di Neve mi aveva insegnato che alla morte di un imperatore l'intera corte cade in disgrazia, perciò ogni successione porta con sé disordini e conflitti, non solo a palazzo, ma nell'intera Cina. A cena, ascoltando i discorsi di mio suocero e dei suoi figli su quanto stava accadendo fuori da Tongkou, assimilai solo quello che non potevo ignorare. In alcune regioni c'era una ribellione in atto perché i proprietari terrieri cercavano di estorcere ai contadini affitti più alti. Compativo le persone (tra cui i miei genitori) che ne avrebbero subito le conseguenze, eppure simili avvenimenti mi sembravano davvero lontanissimi dagli agi di casa Lu.

Poi lo Zio Lu perse la carica e tornò al villaggio. Appena scese dalla portantina, ci inchinammo tutti, prostrandoci fino a toccare il terreno con la fronte. Quando fummo invitati a rialzarci, vidi un vecchio vestito di seta. Sul suo viso spiccavano due nei. Chi non tiene in gran conto i peli che spuntano dai nei? Quelli dello Zio Lu erano magnifici. Ne esibiva almeno una decina per ciascuna escrescenza della pelle: spessi, bianchi e lunghi tre centimetri buoni. Dopo avere imparato a conoscerlo meglio, scoprii che amava trastullarsi con quei peli: li tirava con leggerezza per incoraggiarne ulteriormente la crescita.

Gli occhi intelligenti del nuovo arrivato passarono da un volto all'altro e poi si fissarono sul mio primogenito, che all'epoca aveva otto anni. Lo Zio Lu avrebbe dovuto salutare innanzitutto il fratello; invece protese una mano tramata di vene e la posò sulla spalla di mio figlio. « Leggi mille libri », esclamò con una voce vibrante di erudizione e al contempo incrinata dai tanti anni trascorsi nella capitale, « e le tue parole scorreranno come un fiume. E adesso, ragazzo, mostrami la strada di casa. » Detto questo, il personaggio più venerabile della famiglia prese per mano il mio bambino e varcò insieme a lui la porta del villaggio.

Passarono altri due anni. Avevo dato da poco alla luce un terzo maschietto, e tutti in famiglia ci impegnavamo al massimo perché le cose andassero avanti nel solito modo. Nonostante ciò, chiunque si sarebbe reso conto che la vita non era più la stessa dopo la caduta in disgrazia dello Zio Lu e la ribellione contro il rincaro degli affitti. Mio suocero cominciò a risparmiare sul tabacco, e mio marito prese l'abitudine di fermarsi più a lungo nei campi: a volte impugnava lui stesso gli attrezzi agricoli e lavorava fianco a fianco con i braccianti. Il precettore se ne andò: fu lo Zio Lu ad assumersi l'incarico di impartire le lezioni a mio figlio. E nella stanza delle donne i battibecchi tra le mogli e le concubine si fecero più accesi a mano a mano che diminuivano i consueti doni di sete e fili da ricamo.

Quell'anno, nei giorni in cui feci visita con Fiore di Neve a Puwei, trascorsi pochissimo tempo con i miei familiari. Consumavamo i pasti insieme, è vero, e alla sera ci sedevamo fuori come facevamo quando ero piccola, ma io non mi trovavo là per Baba e Mama. Volevo soprattutto vedere Fiore di Neve e stare con lei. Avevamo compiuto trent'anni, ed eravamo *laotong* da ventitré. Stentavamo a credere che ne fossero passati tanti, e ci sembrava ancor più strano il nostro rapporto di una volta, così intimo e fervido. Continuavo a voler bene alla mia compagna, ma le giornate di entrambe ruotavano intorno ai figli e alle faccende. Ero ormai la madre di tre maschi e una femmina, mentre Fiore di Neve aveva due bambini e una bambina cui badare. Pensavamo che il legame emotivo tra di noi non sarebbe mai venuto meno, ci illudevamo fosse più saldo dei vincoli coniugali: invece la passionalità del nostro amore si era offuscata. Non ce ne preoccupavamo troppo, perché anche le relazioni più profonde sono destinate a sottostare alle necessità pratiche predominanti nei giorni di riso e sale. Al momento di sederci in silenzio, lo sapevamo, avremmo ritrovato la stessa intimità della giovinezza. Nel frattempo non ci rimaneva che condividere il più possibile la vita quotidiana.

A Jintian si era sposata anche l'ultima delle cognate di Fiore di Neve, e questo aveva sgravato la mia *laotong* delle incombenze che svolgeva per loro. Il suocero era passato a miglior vita. Mentre ammazzava un maiale, gli era sfuggito il coltello di mano per un sussulto particolarmente impetuoso della bestia in agonia, e la lama gli aveva aperto nel braccio una ferita profonda fino all'osso; l'uomo era morto dissanguato sulla soglia di casa, subendo il medesimo destino di chissà quanti animali macellati davanti a quella porta. Adesso il ruolo di capofamiglia spettava al marito di Fiore di Neve, per quanto lui e tutti coloro che vivevano sotto lo stesso tetto soggiacessero al controllo di sua madre. Sapendo che la nuora non aveva niente e nessuno, la suocera aggiunse veleno alle proprie frecciate, mentre il figlio lasciava fare e non interveniva in difesa della moglie. Pur fra tante difficoltà, la mia *laotong* ricavava gioia dal secondogenito, ormai cresciuto e trasformatosi in un robusto frugoletto. Gli volevano tutti bene, persuasi che il fratello più grande non sarebbe arrivato ai dieci anni, e tanto meno ai venti.

Nonostante la sua posizione sociale inferiore alla mia, Fiore di Neve teneva gli occhi aperti e le orecchie tese molto più di quanto facessi io. C'era da aspettarselo. Si era sempre interessata al mondo esterno in misura assai maggiore di me. I ribelli di cui avevo sentito parlare, mi spiegò, venivano chiamati Tai Ping, e perseguivano un ordine fondato sull'armonia. Al pari del popolo Yao, credevano nell'influenza di spiriti, dei e dee sul raccolto, sulla salute e sulla nascita dei figli maschi. Vietavano il consumo di vino, oppio e tabacco, il gioco d'azzardo e il ballo. Sostenevano la necessità di portare via la terra ai latifondisti, che ne possedevano il novanta per cento e pretendevano fino al settanta per cento dei raccolti: i campi andavano suddivisi equamente tra chi li coltivava. Nella nostra provincia, centinaia di migliaia di persone avevano lasciato le proprie case per seguire i rivoltosi, e insieme stavano conquistando paesi e città. Fiore di Neve mi descrisse il capo degli insorti, un uomo convinto di essere figlio di un dio famoso; citò quello che lui chiamava il Regno Celeste, e si soffermò sulla sua avversione per i forestieri e i politici corrotti. Io capivo ben poco. Consideravo forestiero chiunque venisse da un'altra contea. Vivevo tra le quattro pareti della stanza delle donne: Fiore di Neve, invece, volava col pensiero in luoghi lontani, cercando, guardando, interrogandosi.

Quando tornai a casa e chiesi a mio marito notizie sui Tai Ping, mi sentii rispondere in questi termini: « Una moglie deve preoccuparsi dei figli e di rendere felice la famiglia. Se le visite a casa ti agitano tanto, la prossima volta non ti darò il permesso di tornarci ».

Non dissi più una parola sul mondo esterno.

La siccità e le sue conseguenze sui raccolti ridussero alla fame tutti gli abitanti di Tongkou – dalla più disprezzabile quarta figlia dell'ultimo contadino al venerabile Zio Lu –, eppure io non mi preoccupai finché non vidi la nostra dispensa cominciare a svuotarsi. Ben presto mia suocera si mise a punirci se rovesciavamo il tè o accendevamo un fuoco troppo vivace nel braciere. Mio suocero non si serviva più abbondanti porzioni di carne dal piatto di portata, e lasciava che fossero i nipoti ad approfittare per primi di quella preziosa fonte di energia. Lo Zio Lu, abituato a vivere a palazzo, non si lamentava quanto ci si poteva aspettare, ma con il peggiorare della situazione divenne sempre più esigente con mio figlio, sperando che il nipote riuscisse un giorno a restituire alla famiglia la prosperità del passato.

Tali ambizioni angustiavano mio marito. Una sera, a letto, nella luce fioca delle lampade abbassate, si confidò con me. « Lo Zio Lu vede qualcosa nel nostro primogenito, e mi ha fatto piacere che si sia preso carico della sua istruzione. Adesso, però, penso al futuro: forse dovremo mandare il bambino lontano di qui a completare gli studi. E come ci riusciremo, visto che tra non molto (lo sa l'intera contea, ormai) saremo costretti a vendere i campi per procurarci da mangiare? » Mi prese la mano nella semioscurità. « Giglio Bianco, ho avuto un'idea, e mio padre mi ha concesso la sua approvazione, ma sono preoccupato per te e per i nostri figli. »

In preda al timore, aspettai di sentire il resto.

« Tutti hanno bisogno di certe cose per vivere », continuò lui. « Aria, sole, acqua e legna da ardere sono a disposizione di chiunque, sebbene non sempre in abbondanza. Ma il sale va comprato, e nessuno può farne a meno. »

Gli strinsi la mano. Dove voleva arrivare?

« Ho chiesto a mio padre se posso prendere i nostri ultimi risparmi », proseguì, « e recarmi a Guilin per acquistarvi un carico di sale, tornare qui e rivenderlo. Lui mi ha accordato il permesso. »

Una simile impresa comportava innumerevoli rischi. Guilin si trovava nella provincia confinante con la nostra. Per arrivarci, bisognava attraversare il territorio occupato dai ribelli. Quelli che non militavano tra le loro file, ex agricoltori disperati e senza più casa, erano divenuti briganti pronti a rapinare gli incauti che osavano mettersi in viaggio. Il commercio del sale era pericoloso di per sé, e questo spiegava la costante penuria di tale prodotto sul mercato. Chi ne controllava il traffico disponeva di potenti eserciti privati, mentre mio marito poteva contare solo sulle proprie forze. Non era abituato a trattare con i signori della guerra né a sventare le astuzie dei mercanti. E, come se tutto ciò non bastasse, la mia fantasia femminile già immaginava chissà quali incontri con le donne più belle di Guilin. Se anche il mio sposo avesse avuto successo nella sua iniziativa commerciale, esisteva pur sempre il rischio che si presentasse a casa con qualche concubina. Queste debolezze muliebri furono le prime a sfuggirmi dalle labbra.

« Non raccogliere fiori selvatici », lo implorai, ricorrendo al tradizionale eufemismo per alludere a un certo tipo di donne.

« Sono le virtù, e non le fattezze del volto, a dar valore a una moglie », mi rassicurò. « Tu sei la madre dei miei figli. Andrò in luoghi molto lontani, ma i miei occhi non guarderanno quanto non devono vedere. » Si interruppe, poi soggiunse: « Restami fedele, evita le tentazioni, obbedisci a mia madre e prenditi cura dei bambini ».

« Lo farò », promisi. « Ma non è di me che mi preoccupo. »

Cercai di esprimergli tutti gli altri miei crucci. « Dobbiamo forse smettere di vivere perché certe persone non sono soddisfatte? » replicò lui. « Continueremo a percorrere strade e fiumi. Appartengono all'intero popolo cinese. »

Forse sarebbe rimasto lontano per un anno intero, mi disse poi.

Cominciai ad angustiarmi fin dal momento della sua partenza. Col trascorrere dei mesi, le mie ansie e le mie paure si intensificavano. Se gli fosse accaduto qualcosa, che ne sarebbe stato di me? Come vedova, avrei avuto ben poca scelta. Con i figli ancora troppo piccoli per badare alla madre, mio suocero poteva benissimo vendermi a un altro uomo. Sapevo che in tal caso rischiavo di non vedere mai più i miei bambini, e capii perché tante vedove si toglievano la vita. Tuttavia, piangere notte e giorno pensando ai molti pericoli incombenti non faceva per me. Mi sforzai di mantenere un'apparenza di serenità nella stanza delle donne, pur tormentandomi per la salvezza del mio sposo.

Anelavo al conforto della vicinanza con il mio primogenito, e così mi candidai per una mansione mai svolta prima di allora. Mi offrivo più volte al giorno di portare il tè alle donne riunite nella stanza del piano di sopra; poi, una volta scese le scale, mi sedevo in silenzio in un angolo ad ascoltare le lezioni dello Zio Lu.

« I tre poteri fondamentali sono il Cielo, la Terra e l'Uomo », recitava mio figlio. « I tre corpi celesti sono il Sole, la Luna e le Stelle. Le opportunità offerte dal Cielo non equivalgono ai vantaggi forniti dalla Terra, i quali a loro volta non uguagliano i benefici che derivano dall'armonia tra gli Uomini. »

« Qualunque bambino può imparare a memoria le parole, ma qual è il loro vero significato? » chiedeva lo Zio Lu con una certa asprezza, inflessibile nel suo rigore.

Credete forse che mio figlio potesse rispondere in modo scorretto? Nossignori, e vi spiegherò perché. Se sbagliava una risposta o commetteva un'inesattezza nell'esporre questo o quel concetto, lo Zio Lu lo colpiva sulla palma della mano con una bacchetta di bambù. Qualora l'indomani avesse ripetuto il medesimo errore, la punizione sarebbe stata raddoppiata.

« Il Cielo dà all'Uomo le condizioni atmosferiche necessarie, inutili, peraltro, senza il suolo fertile della Terra », declamò il mio primogenito. « E la fecondità del terreno non serve a nulla se manca l'armonia tra gli Uomini. »

Defilata nel mio angolino, esultavo di orgoglio, anche se lo Zio Lu non concludeva certo la lezione dopo una sola risposta corretta.

« Molto bene. E adesso parliamo dell'impero. Rafforzando i vincoli di parentela e conformandosi alle regole elencate nel *Libro dei Riti*, si realizza l'ordine della famiglia. Tale ordine si diffonde da un nucleo familiare all'altro fino a raggiungere l'imperatore, creando così la sicurezza dello Stato. Ma basta un ribelle a generarne un altro e un altro ancora, e ben presto divampa il caos. Fai bene attenzione, ragazzo. La nostra famiglia possiede molte terre. Finché ho abitato nella capitale se n'è occupato tuo nonno. Adesso però tutti sanno che non ho più rapporti con la corte. La gente vede i rivoltosi e sente i loro discorsi. Dobbiamo essere estremamente cauti. »

Il disastro di cui lo Zio Lu temeva gli effetti, peraltro, non lo portarono i Tai Ping. Mi giunse un'ultima notizia prima che gli spiriti della morte ci piombassero addosso: Fiore di Neve era di nuovo incinta. Ricamai un fazzoletto per lei, augurandole buona salute e gioia nei mesi a venire, e lo decorai con un torrente celeste pallido dal quale balzavano fuori pesci argentati: l'immagine più benefica – e fresca – che riuscii a evocare per una donna in gravidanza nella calura dei mesi estivi.

Quell'anno il gran caldo dell'estate arrivò in anticipo. Era troppo presto per fare ritorno ai rispettivi villaggi di origine, e così donne e bambini rimasero a languire nelle stanze del piano di sopra, in balia di un'attesa che sembrava non finire mai. Poiché la temperatura continuava a salire inesorabilmente, gli uomini di Tongkou e dei paesi vicini presero l'abitudine di condurre i più piccoli a giocare e nuotare nel fiume. Si trattava dello stesso fiume in cui amavo rinfrescarmi i piedi nell'infanzia, perciò, quando mio suocero e i miei cognati si offrirono di accompagnarci i miei figli, ne fui entusiasta. Ma era anche lo stesso fiume in cui le contadine dai piedi grossi lavavano i panni, attingendone tra l'altro l'acqua per bere e per cucinare, visto che i pozzi brulicavano di larve.

Il primo caso di tifo colpì il miglior villaggio della contea: la mia Tongkou. Il morbo attaccò il diletto primogenito di uno dei nostri affittuari e poi infettò l'intera famiglia, sterminandola. La malattia cominciava con la febbre, seguita da un forte mal di testa e disturbi di stomaco. Il sintomo successivo poteva essere una tosse rauca, oppure un esantema a piccole macchie rosate. Con l'insorgere della diarrea, era questione di poche ore, poi una morte pietosa poneva fine alle sofferenze del contagiato. Appena venivamo a scoprire che si era ammalato un altro bambino, già sapevamo che cosa sarebbe successo: il piccolo sarebbe morto per primo, quindi ne avrebbero seguito la sorte, nell'ordine, i fratelli e le sorelle, la madre e infine il padre. Una sequenza che ci sentivamo ripetere all'infinito, perché una madre non può lasciare al suo destino il figlio infermo e un marito non può risolversi ad abbandonare la moglie in agonia. Ben presto si registrarono nuovi casi in tutti i villaggi della contea.

La famiglia Lu si ritirò dalla vita comunitaria e sbarrò le porte al mondo esterno. Le domestiche sparirono, forse congedate da mio suocero, o forse fuggite in preda alla paura. Ancora oggi non so quale delle due ipotesi sia quella giusta. Le donne della casa radunarono i bambini nella stanza al piano di sopra, pensando così di proteggerli meglio. Il neonato della Terza Cognata fu il primo a manifestare i sintomi del tifo. La fronte del piccolo si fece asciutta e bollente; le gote si colorirono di un rosa intenso. Notai tutto ciò e trasferii i miei figli in camera mia. Mandai a chiamare il più grande. In assenza del padre, avrei dovuto assecondare il suo desiderio di restare con il prozio e gli altri uomini, ma non gli lasciai scelta.

«Soltanto io metterò piede fuori da questa stanza», spiegai ai bambini. «Quando non ci sarò, ci penserà il Fratello Maggiore a prendersi cura di voi. Dovrete obbedirgli in tutto e per tutto.»

Ogni giorno di quell'estate spaventosa uscii dalla camera due volte, la mattina e la sera. Sapendo come i malati espellessero l'infezione, portavo con me il vaso da notte e lo svuotavo personalmente, stando bene attenta a evitare ogni contatto con la zona dove venivano conservati i rifiuti notturni, badando a non toccare niente con le mani, né con i piedi, e neppure con gli abiti o il vaso da notte stesso. Attingevo al pozzo acqua torbida e disgustosa, la mettevo a bollire e la filtravo per renderla il più pura e trasparente possibile. Il cibo mi faceva paura, ma dovevamo pur mangiare. Non sapevo come regolarmi. Avremmo dovuto assumere forse alimenti crudi, appena colti nell'orto? Pensai agli escrementi usati nei campi e ai germi usciti da tanti corpi e capii che non era quella la scelta giusta. Poi mi ricordai del piatto cucinato sempre da mia madre quando non stavo bene: il *congee.* Presi l'abitudine di prepararlo due volte al giorno.

Trascorrevamo il resto del tempo chiusi nella stanza. Nelle ore diurne sentivamo la gente che correva su e giù. Di notte arrivavano fino a noi le grida intermittenti degli infermi e i pianti angosciati delle madri. La mattina appoggiavo l'orecchio alla porta e ascoltavo, per scoprire chi fosse passato nell'aldilà. Abbandonate a se stesse, a prendersi cura l'una dell'altra, le concubine morirono sole e disperate, con l'unica compagnia delle donne contro le quali avevano cospirato per tutta la vita.

Che fosse giorno o notte, mi preoccupavo senza tregua per mio marito e Fiore di Neve. La mia *laotong* si stava attenendo alle stesse precauzioni cui ricorrevo io? Stava bene? Era forse morta? E il suo primogenito, già così debole e gracile, aveva già ceduto all'assalto della malattia? Che l'intera famiglia fosse stata sterminata dal morbo? E cos'era successo al mio sposo? Poteva essere perito in una diversa provincia, o magari lungo la strada? Non sapevo che cosa avrei fatto se fosse capitato qualcosa all'una o all'altra delle due persone a me più care. Vivevo assediata dalla paura.

Nella camera in cui stavamo confinati si apriva una sola finestra, troppo in alto perché riuscissi a guardare fuori. Il lezzo dei cadaveri adagiati davanti alle case, gonfi e corrotti dal morbo, saturava l'aria umida. Ci coprivamo naso e bocca, ma non c'era scampo: il fetore acre ci bruciava gli occhi e ci avvelenava la lingua. Tra me e me elencavo le faccende da sbrigare e i compiti da svolgere: pregare in continuazione la dea; avvolgere i bambini in drappi di stoffa rosso scuro; spazzare la stanza tre volte al giorno per spaventare gli spiriti a caccia di prede. Ripetevo mentalmente anche le cose da evitare: niente cibi fritti o saltati in padella; e, se mio marito fosse stato a casa, niente rapporti coniugali. Era lontano, invece, e io avevo solo me stessa da sorvegliare.

Un giorno, mentre preparavo la minestra di riso, entrò in cucina mia suocera reggendo in mano un pollo morto. « Non vale più la pena di lesinare sul cibo », disse in tono burbero. Smembrando la carcassa e tritando l'aglio, mi mise in guardia:

« I tuoi figli non sopravvivranno senza carne e verdura. Finirai per condannarli a morire di fame prima ancora che si ammalino ».

Fissai il pollo. Avevo l'acquolina in bocca e mi brontolava lo stomaco, eppure, per la prima volta da quando avevo messo piede in quella casa, ignorai la madre di mio marito. Non le risposi neppure. Mi limitai a versare il *congee* nelle ciotole e ad appoggiarle su un vassoio. Tornando in camera, mi fermai sulla soglia dello Zio Lu e gli lasciai una porzione di minestra davanti alla porta. Dovevo farlo, non capite? Oltre a essere il membro più anziano e più rispettato della famiglia, era anche l'insegnante del mio primogenito. Secondo i testi classici, il rapporto fra maestro e discepolo è secondo soltanto a quello tra padre e figlio.

Portai le altre ciotole ai bambini. Giada Luminosa protestò perché non c'erano cipolline, né pezzetti di maiale e nemmeno verdure in conserva, e io reagii schiaffeggiandola con violenza. I fratelli inghiottirono le lamentele mentre lei si mordeva il labbro e si sforzava di ricacciare le lacrime. Rimasi impassibile. Impugnai la scopa e ricominciai a spazzare.

I giorni passavano; nessuno nella nostra stanza manifestava alcun sintomo, anche se la calura, ormai al culmine dell'intensità, gravava opprimente su di noi e inaspriva il fetore della malattia e della morte. Una sera entrai in cucina e vi trovai la Terza Cognata: vestita da capo a piedi con gli abiti bianchi del lutto, stava in piedi nel buio come uno spettro. Vedendola così abbigliata, immaginai le fossero morti figli e marito. Il suo sguardo vacuo e inespressivo mi raggelò. Mia cognata non si mosse, né diede segno di essersi accorta di me, ad appena un metro di distanza da lei. La paura mi impediva di avvicinarmi o di andarmene. Fuori, echeggiavano i richiami degli uccelli notturni e il muggire soffocato di un bufalo indiano. Un pensiero sciocco mi attraversò la mente confusa dall'apprensione. Perché gli animali non morivano? O forse soccombevano anch'essi al contagio e non era rimasto più nessuno per dirmelo?

Alle mie spalle risuonò una voce dura e astiosa: « Quella scrofa inutile è ancora viva! »

La Terza Cognata non batté ciglio; io mi girai verso la persona che aveva parlato. Era mia suocera. Senza più forcine, i capelli le ricadevano intorno al viso in una sfilza di ciocche bisunte. « Non avremmo mai dovuto consentirti di mettere piede in questa casa. Stai distruggendo il clan dei Lu, cagna sudicia e impura. »

La madre di mio marito sputò in faccia alla malcapitata, che neppure si curò di asciugarsi.

« Sii maledetta », imprecò mia suocera, il volto paonazzo per il dolore e la rabbia. « Mi auguro che tu crepi in fretta. Quand'anche dovessi sopravvivere – ma ti prego, o dea, falla soffrire – Padron Lu ti cederà a un altro uomo e ti caccerà via di qui entro l'autunno. Se dipendesse da me, schiatteresti prima di rivedere il mattino. »

Detto questo, senza mostrare di avere notato la mia presenza, girò sui tacchi e barcollò fuori dalla stanza sorreggendosi al muro. Mi voltai dalla parte di mia cognata, che sembrava sempre persa in un altro mondo. Tutto mi diceva che quanto mi accingevo a fare era sbagliato, sbagliatissimo: ciò nonostante mi avvicinai a quella creatura infelice, la circondai con un braccio e la condussi verso una sedia. Misi dell'acqua sul fuoco e poi, raggranellato il poco coraggio che mi restava, immersi una pezzuola in un secchio d'acqua fresca e pulii il viso della poveretta. Quindi gettai la stoffa nel braciere e la guardai mentre s'inceneriva. Appena la pentola cominciò a bollire, preparai un bricco di tè, ne versai una tazza per la Terza Cognata e gliela posai davanti. Lei non la prese. Non sapevo in quale altro modo esserle d'aiuto, perciò cominciai a cucinare il *congee*, mescolando pazientemente perché il riso non bruciasse e non si attaccasse al fondo del tegame.

« Tendo le orecchie per sentire il pianto dei miei bambini. Cerco dappertutto mio marito », mormorò mia cognata.

Mi girai a guardarla, pensando si stesse rivolgendo a me. I suoi occhi mi fecero capire che non era così.

« Se mi risposo, come potrò ritrovarli nell'aldilà? »

Non avevo parole di conforto da offrirle, perché niente sarebbe servito a consolarla. Non c'erano alberi annosi a proteggerla, né salde montagne a guardarle fedelmente le spalle. La vidi alzarsi in piedi e fluttuare fuori dalla cucina sui delicati piedi di giglio, fragile quanto una lampada di carta trascinata via dal vento durante la Festa delle Lanterne. Tornai a rimestare la minestra di riso.

L'indomani, mentre scendevo a pianterreno, ebbi la sensazione che fosse cambiato qualcosa. Yonggang, rientrata insieme ad altre due domestiche, stava ripulendo la cucina e rinnovando la scorta di legna da ardere. Nelle prime ore di quella mattina, mi informò, avevano trovato il corpo senza vita della sventurata vedova. Si era uccisa ingerendo la soda caustica. Mi domando spesso che cosa sarebbe accaduto se avesse aspettato ancora un po', perché all'ora di pranzo mia suocera fu colpita dalla febbre. Doveva avere già cominciato a star male la sera precedente, quando si era accanita contro la nuora con tanta perfidia.

Mi trovavo di fronte a un dilemma terribile. Fino a quel momento ero riuscita a tenere i bambini al riparo in camera mia, ma il dovere essenziale di ogni moglie è innanzitutto verso i suoceri. Prendersene cura non significa solo servire loro il tè del mattino, lavare i loro abiti e accettare le critiche con il sorriso sulle labbra. Significa metterli al di sopra di chiunque altro: padre e madre, sposo e figli. Con mio marito lontano, dovevo dimenticare la paura del contagio, accantonare l'amore materno e fare la cosa giusta. In caso contrario, se mia suocera fosse morta, mi sarei macchiata di una colpa troppo infamante.

Eppure non riuscivo a risolvermi ad abbandonare i miei figli. Le altre nuore vivevano chiuse nelle proprie stanze con i bambini. Non avevo idea di quello che stava accadendo dietro le porte sbarrate. Forse si erano già ammalati tutti. Forse erano già tutti morti. Non potevo neppure affidare le mie creature al nonno. Ignoravo se avesse trascorso la notte accanto alla moglie. E se fosse stato proprio lui la successiva vittima del morbo? Quanto allo Zio Lu, non lo vedevo dall'inizio dell'epidemia, anche se davanti all'uscio di camera sua trovavo ogni sera e ogni mattina la ciotola vuota, pronta per essere riempita un'altra volta di cibo.

Mi sedetti in cucina, torcendomi le mani in preda all'angoscia. Yonggang si avvicinò, si inginocchiò di fronte a me e disse: « Penserò io ai bambini ».

Non avevo dimenticato la sua sollecitudine nell'accompagnarmi da Fiore di Neve subito dopo il matrimonio e nell'accudirmi durante i periodi di convalescenza seguiti ai vari parti; e conoscevo bene la lealtà e la discrezione di cui mi aveva dato prova nel consegnare le lettere destinate alla mia *laotong*. Yonggang aveva fatto tutto questo per me e nel frattempo, quasi a mia insaputa, la ragazzina di dieci anni si era trasformata in una giovane donna ventiquattrenne, dall'ossatura robusta e con i piedi grossi. Ai miei occhi restava sempre più brutta dei genitali di un maiale, ma sapevo che era rimasta immune dal contagio e si sarebbe presa cura dei miei figli come se fossero stati i suoi.

Le impartii precise istruzioni in merito all'acqua e al cibo e le consegnai un coltello con cui difendersi nel caso la situazione fosse precipitata. Quindi lasciai i miei figli al loro destino e mi dedicai alla madre di mio marito.

Nei cinque giorni successivi mi occupai di lei con tutta la sollecitudine che una nuora può dimostrare alla suocera. La ripulii quando non ebbe più la forza di usare il vaso da notte. Le preparai il *congee* nello stesso modo in cui l'avevo cucinato per i miei figli. Imitando mia madre, mi praticai un taglio nel braccio per aggiungere alla minestra i miei fluidi vitali. Questo è il dono supremo da parte di una nuora, e io glielo offrii sperando che grazie a qualche miracolo l'energia del mio sangue riuscisse a restituirle le forze.

Tuttavia, non ho bisogno di descrivervi gli orrori della malattia. Ne conoscete già l'esito inevitabile. Mia suocera morì. Era sempre stata giusta, e spesso gentile, con me, perciò non mi fu facile dirle addio. Quando esalò l'ultimo respiro, sapevo che mi sarebbe stato impossibile rispettare i riti adeguati a una donna del suo rango. Lavai la salma sudicia e rinsecchita con acqua tiepida profumata al legno di sandalo. La rivestii con gli abiti dell'eternità, infilando nelle tasche, nelle maniche e sotto la casacca i messaggi in *nu shu* composti e ricevuti in vita. A differenza degli uomini, non li aveva scritti per conquistarsi una fama capace di durare per cento generazioni. Esprimevano pensieri e sentimenti indirizzati alle sue amiche, che a loro volta le avevano risposto nello stesso tono. In altre circostanze, avrei bruciato le lettere sulla tomba. Ma il caldo e l'epidemia imponevano sepolture veloci, irriguardose del *feng shui*, del *nu shu* o dei doveri filiali. Potevo solo accertarmi che mia suocera avesse il conforto di quelle parole affettuose da leggere e salmodiare nell'aldilà. Terminati questi rapidi preparativi, le spoglie vennero portate via per una frettolosa inumazione.

La Signora Lu aveva vissuto una lunga vita. Da tale punto di vista era giusto considerarla fortunata. In seguito alla sua scomparsa, nonostante l'assenza del mio sposo, mi spettava la posizione di preminenza tra le donne della famiglia. Da allora in poi, le altre nuore avrebbero dovuto obbedire a me. Si sarebbero dovute conquistare il mio favore per essere trattate con benevolenza. Morte le concubine, aspiravo a una maggiore armonia e almeno su un punto avevo le idee ben chiare: in casa nostra non ne sarebbero più entrate.

Confermando l'intuizione delle domestiche, il tifo stava abbandonando la contea. Aprimmo le porte e verificammo la situazione. Mancavano all'appello mia suocera, il Terzo Fratello con tutti i suoi familiari e le concubine. Il secondogenito e il figlio più giovane erano sopravvissuti insieme alle rispettive famiglie. A Puwei, l'epidemia aveva ucciso Mama e Baba. Naturalmente rimpiansi di non avere trascorso più tempo in loro compagnia durante la mia ultima visita; d'altro canto, il legame che mi univa a mio padre si era allentato sin dall'epoca della fasciatura dei piedi, e il rapporto con mia madre non era più stato lo stesso dopo l'alterco sulle menzogne riguardanti Fiore di Neve. In qualità di donna sposata, avevo l'unico obbligo di portare il lutto per un anno. Mi impegnai per rendere onore a mia madre e a quanto aveva fatto per me assecondando la natura del suo segno, senza però sentirmi devastata dal dolore.

Tutto sommato, avevamo avuto fortuna. Lo Zio Lu e io non ci rivolgemmo la parola. Sarebbe stato sconveniente. Quando uscì dalla sua stanza, però, non era più uno zio benevolo che si disponeva a trascorrere in pace gli anni tranquilli della vecchiaia. Si dedicò a istruire il mio primogenito con tale abnegazione, concentrazione e impegno da rendere superflua la presenza di un precettore. Mio figlio fu sempre molto diligente negli studi, sorretto dalla consapevolezza che la sua notte nuziale e il giorno in cui il suo nome fosse comparso nella Jin Bang, la Lista d'Oro dell'imperatore, sarebbero stati per lui i momenti di maggior gloria. Con il matrimonio avrebbe compiuto il suo dovere di figlio devoto, superando gli esami imperiali sarebbe uscito dall'oscurità della nostra piccola contea per conquistarsi prestigio e fama nella Cina intera.

Prima che tutto ciò accadesse, però, mio marito tornò a casa. Non riesco a esprimere neppure l'ombra del sollievo che provai quando vidi la sua portantina avanzare lungo la strada principale, seguita da una processione di carri trainati da buoi carichi di sacchi di sale e altre mercanzie. Le sciagure per le quali mi ero angosciata e avevo pianto amare lacrime non si sarebbero abbattute sul mio capo: non ancora, almeno. Mentre i nostri uomini scaricavano le merci, mi lasciai coinvolgere dall'entusiasmo dell'intera popolazione femminile di Tongkou. Piangemmo insieme, sgravandoci del fardello di sofferenza e paura che ci pesava sul cuore. Per me – per noi tutte – l'arrivo dei nostri mariti costituiva il primo segno positivo da mesi e mesi a quella parte.

Il sale venne venduto da un capo all'altro della contea a persone disperate, ma piene di gratitudine. I ricchi guadagni ottenuti da tali transazioni commerciali spazzarono via ogni preoccupazione di carattere finanziario. Pagammo le tasse. Ricomprammo i campi di cui eravamo stati costretti a disfarci. La famiglia Lu riconquistò la stessa reputazione e prosperità di un tempo. Il raccolto di quell'anno risultò copioso e abbondante, esaltando l'atmosfera festosa dell'autunno. Dopo i giorni bui appena trascorsi, non potevamo sentirci più sollevati. Mio suocero assunse degli artigiani e li fece venire a Tongkou a dipingere nuove scene sotto le gronde della casa per celebrare il benessere e la fortuna dei Lu, a beneficio dei nostri vicini e di chiunque in futuro fosse passato per il villaggio. Ancora oggi dalla strada posso ammirare le immagini: mio marito che sale sulla barca accingendosi a scendere lungo il fiume; le contrattazioni con i mercanti di Guilin; le donne della famiglia in attesa, intente a ricamare nei loro abiti vaporosi; e il ritorno felice del mio sposo.

È tutto raffigurato fedelmente, a eccezione del ritratto di mio suocero. Nel dipinto è assiso su una sedia dall'alto schienale e contempla orgoglioso le sue proprietà; nella realtà, invece, sentiva la mancanza della moglie, e i beni terreni non suscitavano più il suo interesse. Un giorno, mentre camminava per i campi, lo colse una morte tranquilla. Era nostro precipuo dovere organizzare le esequie più fastose che si fossero mai celebrate nella contea. Il padre di mio marito fu adagiato nella bara ed esposto al pubblico per cinque giorni. Grazie alla nostra nuova prosperità, ingaggiammo una banda perché suonasse giorno e notte. Arrivò gente da ogni parte della regione a prosternarsi davanti al feretro. I visitatori portarono in dono denaro infilato in buste bianche, vessilli di seta e rotoli di carta con frasi in lode del defunto vergate nella scrittura degli uomini. I figli e le nuore si recarono in ginocchio sul luogo della sepoltura. Gli abitanti di Tongkou e quelli di altri villaggi vicini ci seguirono a piedi. Negli abiti bianchi del lutto, sembravamo un candido fiume in lenta avanzata tra i campi verdeggianti. Ogni sette passi, tutti si inchinavano con la fronte a terra. La tomba si trovava a un chilometro di distanza, perciò potete immaginare quante volte ci fermammo lungo la strada sassosa.

Vecchi e giovani espressero il proprio dolore, mentre i musicisti suonavano i loro strumenti a tutto volume, tra squilli di corno, trilli di flauto, clangore di piatti e rulli di tamburo. Come figlio maggiore, toccò a mio marito bruciare la carta moneta e accendere i petardi. Ci furono canti di uomini e donne. Il mio sposo aveva anche assunto parecchi monaci, incaricati di officiare i riti necessari perché suo padre e (così ci auguravamo) tutte le vittime dell'epidemia vivessero felici nel mondo degli spiriti. Dopo le onoranze funebri, offrimmo un banchetto all'intero villaggio. Al momento di congedare gli ospiti, cugini Lu d'alto rango consegnarono agli intervenuti una moneta portafortuna avvolta nella carta, un dolce per eliminare il sapore amaro della morte e una salvietta per purificare il corpo. Queste cerimonie si svolsero nella prima settimana delle esequie. In tutto ci furono quarantanove giorni di rituali, offerte, banchetti, discorsi, musica e lacrime. Alla fine – sebbene per me e mio marito il periodo del lutto ufficiale non si fosse ancora concluso – tutti gli abitanti della contea sapevano che eravamo diventati (almeno sulla carta) i nuovi Signori Lu.

TRA LE MONTAGNE

Non sapevo ancora che cosa fosse accaduto a Fiore di Neve e ai suoi familiari durante l'epidemia di tifo. Presa dall'ansia per i bambini, dai doveri verso mia suocera e dalla gioia per il ritorno di mio marito (cui avevano fatto seguito la morte di suo padre, le esequie e infine il nostro nuovo ruolo di capifamiglia, forse un po' prematuro), per la prima volta mi ero dimenticata della mia *laotong*.

Poi lei mi mandò una lettera.

Cara Giglio Bianco,

ho sentito che sei viva. Mi dispiace per i tuoi suoceri. Sono ancora più addolorata dalla scomparsa dei tuoi genitori. Volevo loro molto bene.

Anche noi siamo sopravvissuti. All'inizio dell'epidemia ho abortito di nuovo: un'altra femmina. Meglio così, ha commentato mio marito. Se tutte le mie gravidanze fossero giunte al termine, avrei quattro figlie: un disastro. Eppure, tenere fra le braccia per tre volte un neonato morto è davvero troppo.

Tu mi esorti sempre a tentare ancora. Lo farò. Vorrei essere come te, che hai messo al mondo tre maschi. Perché hai ragione tu, sono i figli a dare valore a una donna.

Qui la malattia ha ucciso molte persone. La situazione è più tranquilla, adesso, anche se mia suocera è rimasta in vita. Parla male di me ogni giorno e mi aizza sempre contro mio marito.

Ti invito a farmi visita. La mia umile soglia non regge il confronto con la tua, ma anelo a dimenticare per un po' guai e problemi. Vieni, ti prego, se ancora nutri un po' di affetto per me. Desidero vederti prima che inizi la fasciatura dei piedi delle nostre bambine. Abbiamo molte cose di cui parlare in proposito.

Fiore di Neve

Adesso che mia suocera aveva raggiunto gli antenati, pensavo in continuazione a quanto mi aveva detto un giorno sui doveri di una moglie: « Obbedisci, obbedisci, obbedisci, e poi fa' ciò che vuoi ». Libera dal suo sguardo vigile, potevo finalmente frequentare Fiore di Neve alla luce del sole.

Mio marito oppose molta resistenza. Con i figli ancora piccoli (undici e otto anni i due maschietti più grandi, un anno e mezzo il più piccolo e sei anni appena compiuti la bambina) preferiva tenermi a casa. Per parecchi giorni cercai di alleviare le sue preoccupazioni. Cantavo per lui, in modo da placargli la mente. Assegnavo a ciascuno dei bambini compiti capaci di acquietare l'animo del padre. Gli cucinavo tutti i suoi piatti preferiti. Ogni sera gli lavavo i piedi e glieli massaggiavo appena tornava dai giri di ispezione nei campi. Soddisfacevo i suoi desideri maschili. Lui continuava a disapprovare il mio progetto, e ora rimpiango di non avergli dato ascolto.

Il ventottesimo giorno della decima luna, indossai una tunica di seta color lavanda sulla quale avevo ricamato un motivo di crisantemi adatto all'autunno. Una volta, quando ero una ragazza dai capelli raccolti, credevo che avrei portato solo abiti cuciti con le mie mani. Non pensavo che la morte di mia suocera mi avrebbe messo a disposizione le sue pezze di stoffa ancora intatte, né che la ricchezza di mio marito mi avrebbe permesso di comprare quantità illimitate della miglior seta di Suzhou. Ma, poiché andavo da Fiore di Neve e ricordavo come da bambina avesse l'abitudine di usare i miei vestiti, non presi altro con me per le tre notti in cui mi sarei assentata.

La portantina mi lasciò davanti alla soglia della mia *laotong*. Lei sedeva ad aspettarmi sulla piattaforma di fronte alla casa, con una semplice tunica, un paio di pantaloni, un grembiule e un copricapo bianco e indaco ricavati da un cotone sporco, liso e tinto con scarsa perizia. Non entrammo subito. Fiore di Neve era contenta di avermi accanto a sé nell'aria fresca del pomeriggio. Ascoltando il suo chiacchierio su questo e su quello, potei osservare da vicino per la prima volta il gigantesco *wok* in cui venivano messe a bollire le carcasse dei maiali per rimuoverne le setole e ammorbidire la pelle. Oltre la porta aperta di una specie di magazzino, intravidi dei tranci di carne appesi alle travi. L'odore mi rivoltava lo stomaco, ma la cosa peggiore era la scrofa che continuava a salire sulla piattaforma insieme ai piccoli, in cerca di cibo. Quando Fiore di Neve e io terminammo il pasto a base di riso bollito ed erbe palustri al vapore, lei prese le ciotole e le depose ai nostri piedi perché i suini potessero mangiare gli avanzi.

Appena vedemmo arrivare il padrone di casa – sospingeva un carro carico di quattro ceste, ciascuna delle quali conteneva un maiale macellato e coricato sul ventre in tutta la sua lunghezza – salimmo al piano di sopra, dove la figlia della mia *laotong* stava ricamando e la suocera puliva il cotone. Nella stanza buia si respirava un sentore di chiuso. La finestra protetta dalla grata era ancora più piccola e semplice di quella di Puwei, anche se oltre lo schermo si riusciva a scorgere la mia casa di Tongkou. Il lezzo del porcile aleggiava persino all'interno della camera.

Fiore di Neve e io ci sedemmo a parlare di ciò che più ci stava a cuore: le nostre figlie.

« Hai pensato al momento più opportuno per iniziare la fasciatura dei piedi? » mi domandò.

Sarebbe stato giusto cominciare quell'anno, ma la domanda della mia *laotong* mi lasciava sperare che fossimo della stessa idea.

« Le nostre madri hanno aspettato finché non abbiamo compiuto sette anni, e da allora siamo sempre state felici insieme », azzardai con cautela.

Le labbra di Fiore di Neve si schiusero in un ampio sorriso. « La penso esattamente come te. I nostri otto caratteri combaciavano alla perfezione. Perché non fare in modo che gli otto caratteri delle nostre figlie non solo coincidano tra loro, ma anche con i miei e i tuoi, almeno per quanto è possibile? Giada Luminosa e Luna di Primavera potrebbero iniziare la fasciatura dei piedi nello stesso giorno e alla medesima età in cui l'abbiamo cominciata noi.»

Guardai la bambina di Fiore di Neve. Sebbene Luna di Primavera non fosse meno bella della madre da piccola – pelle di seta e soffici capelli neri –, aveva un'aria rassegnata mentre sedeva là a testa bassa, scrutando il ricamo e sforzandosi diligentemente di non origliare i nostri discorsi sul suo destino.

«Saranno una coppia di anatre mandarine», conclusi, sollevata per aver raggiunto subito un accordo; in realtà, Fiore di Neve e io (ne sono sicura) speravamo entrambe che la coincidenza dei nostri otto caratteri avrebbe compensato la scarsa armonia tra quelli delle due piccole.

La mia *laotong* era davvero fortunata ad avere Luna di Primavera: altrimenti sarebbe rimasta sola con la suocera per tutto il giorno. Lasciatemelo dire: quella donna rimaneva acida, meschina e malvagia come la ricordavo. Continuava a ripetere sempre lo stesso ritornello: «Il tuo primogenito non è meglio di una femmina. È uno smidollato. Quando mai avrà la forza di ammazzare un maiale?» Mi attraversò la mente un pensiero indegno della nuova Signora Lu: perché gli spiriti non si erano presi lei durante l'epidemia?

La cena mi riportò ai sapori dell'infanzia, all'epoca in cui non avevo ancora ricevuto i doni nuziali della mia futura famiglia: fagioli asparagi in salamoia, piedini di maiale in salsa piccante, zucca fritta nel *wok* e riso rosso. A Jintian tutti i pasti furono simili, nel senso che ogni volta venne servita l'una o l'altra parte del maiale: lardo con i fagioli neri, orecchie al coccio, trippa alla fiamma, pene in padella all'aglio e peperoncino. Fiore di Neve non assaggiava neppure questi piatti e mangiava in silenzio la sua porzione di riso e verdure.

Dopo cena, la suocera si ritirò per la notte. Anche se la tradizione richiedeva che due vecchie se stesse condividessero il letto durante le reciproche visite – costringendo il marito a dormire da un'altra parte –, il macellaio annunciò di non voler cedere la propria camera. La sua scusa? «Non c'è niente di più perfido del cuore di una donna.» Era un vecchio adagio, probabilmente vero, ma non si trattava certo di una frase gentile da dire alla

Signora Lu. Ciò nonostante, il padrone di casa era lui e bisognava rispettare le sue decisioni.

Fiore di Neve mi riaccompagnò nella stanza delle donne, dove mi preparò un giaciglio con alcune trapunte del suo corredo, pulite ma consunte. Appoggiò sull'armadietto una bacinella d'acqua tiepida perché potessi lavarmi il viso. Oh, quanto avrei desiderato immergervi una salvietta e cancellare dal volto della mia *laotong* le ansie che le turbavano i lineamenti! Mentre mi giravano per il capo questi pensieri, lei tirò fuori un abito quasi identico al suo: *quasi*, perché ricordavo quando l'aveva ricavato da uno dei tesori della madre. Poi si chinò, mi baciò sulla gota e mi sussurrò all'orecchio: « Domani avremo tutta la giornata per noi. Ti mostrerò i miei ricami e quello che ho scritto sul nostro ventaglio. Parleremo e rievocheremo il passato ». Quindi mi lasciò sola.

Spensi la lanterna e mi rannicchiai sotto le trapunte. Mancava poco al plenilunio e la luce azzurra che entrava dalla grata della finestra mi riportò indietro di molti anni. Affondai la faccia nelle coltri per respirare il profumo di Fiore di Neve, fresco e delicato come nei nostri anni di capelli raccolti. Mi riecheggiò nelle orecchie il ricordo di sommessi gemiti di piacere. Sola nella stanza buia, arrossii, pensando a cose che forse sarebbe stato meglio dimenticare. I suoni però non cessarono. Mi rizzai a sedere. Non li avevo solo immaginati: provenivano dalla camera di Fiore di Neve. La mia *laotong* e il marito si stavano unendo nel rapporto coniugale! Per quanto fosse divenuta vegetariana, non seguiva certo l'esempio della sposa Wang del racconto. Mi tappai le orecchie e cercai di assopirmi, ma non fu facile. La prosperità mi aveva resa impaziente e intollerante. Il carattere impuro e la contaminazione di quel luogo e di chi vi abitava mi turbavano i sensi, il corpo e l'anima.

La mattina dopo, il macellaio uscì per andare al lavoro e la madre si ritirò nella propria camera. Aiutai Fiore di Neve a lavare e ad asciugare i piatti, poi insieme rifornimmo la cucina di legna da ardere, attingemmo l'acqua, affettammo le verdure per il pasto di mezzogiorno, andammo a prendere la carne nel capanno dove venivano conservati i tagli di maiale e ci occupammo di Luna di Primavera. Una volta sbrigate tutte queste faccende, la mia *laotong* mise sul fuoco l'acqua per il bagno. Portò il bollitore nella stanza del piano di sopra e chiuse la porta. Non avevamo mai avuto alcuna inibizione. Perché avremmo dovuto cominciare allora? Nei piccoli ambienti della casa l'aria era tiepida in misura sorprendente per il decimo mese, eppure mi si accapponava la pelle sulla scia della salvietta umida che Fiore di Neve mi passava sulle membra.

Come farò a dare voce ai miei pensieri senza assumere lo stesso tono condiscendente di un marito? Quando guardai la mia *laotong*, mi accorsi che la sua carnagione pallida – sempre così bella – aveva cominciato a ispessirsi e a scurirsi. Sentii sulla pelle la ruvidezza delle sue mani, un tempo tanto morbide. Notai le rughe sul labbro e agli angoli degli occhi. Tra i capelli raccolti strettamente sulla nuca spiccavano ciocche ingrigite. Eravamo coetanee, entrambe trentaduenni. Sebbene spesso le donne della nostra contea non superassero i quarant'anni di vita, avevo appena assistito alla morte di mia suocera, ancora molto attraente benché avesse raggiunto la venerabile età di cinquantun anni.

Quella sera, un'altra cena a base di carne di maiale.

Allora non potevo saperlo, ma il mondo esterno – la tumultuosa realtà degli uomini – stava per irrompere nella mia vita e in quella di Fiore di Neve. Durante la seconda notte trascorsa a casa sua fummo destati da un baccano terribile. Ci ritrovammo rannicchiati insieme nella stanza principale, tutti in preda al terrore, compreso il padrone di casa. Il fumo aveva invaso la camera. Da qualche parte era stato appiccato il fuoco a un edificio, o forse stava bruciando un intero villaggio. Cenere e polvere si depositarono sui nostri abiti. Ci martellava in testa un clangore metallico e uno scalpitio di zoccoli. Immersi nelle tenebre notturne, non avevamo idea di quello che stava succedendo. La catastrofe aveva colpito un solo villaggio o si trattava di qualcosa di molto peggio?

Un'orribile calamità stava per abbattersi su di noi. Gli abitanti dei paesi vicini erano in fuga: lasciavano le fattorie per cercare la salvezza sulle colline. La mattina successiva vedemmo i fuggiaschi dalla finestra del piano di sopra: uomini, donne e bambini, su carri trainati dai buoi, a piedi o in groppa ai pony. Il marito di Fiore di Neve corse fino ai confini dell'abitato e si rivolse gridando alla fila dei profughi.

« Cos'è successo? C'è la guerra? »

Si levarono diverse voci in risposta.

« L'imperatore ha mandato ordini alla città di Yongming. Il nostro governo deve prendere provvedimenti contro i Tai Ping! »

« Sono arrivate le truppe imperiali per ricacciare i ribelli! »

« Ci sono scontri dappertutto! »

Il macellaio si portò alla bocca le mani a coppa e urlò un'altra domanda. « Cosa dobbiamo fare? »

« Fuggite! »

« Ben presto l'esercito verrà a combattere anche qui! »

Rimasi impietrita, sconvolta e tramortita dal panico. Perché mio marito non era venuto a ricondurmi a casa? Ancora e ancora mi rimproverai per aver scelto di andare da Fiore di Neve proprio in quel periodo, in tanti anni. Ma questi sono gli scherzi del destino. Prendiamo decisioni sagge e ragionevoli, e gli dei hanno altri progetti per le nostre esistenze.

Aiutai la mia *laotong* a preparare i bagagli per sé e per i bambini. Entrammo in cucina e radunammo un po' di provviste: un grande sacco di riso, tè e liquore da bere e per disinfettare le ferite. Infine arrotolammo quattro trapunte del corredo di Fiore di Neve e le sistemammo accanto alla porta. Quando tutto fu pronto, indossai il mio abito da viaggio di seta e uscii sulla piattaforma ad aspettare il mio sposo. Lui però non venne. Scrutai la strada in direzione di Tongkou. Anche là c'era un fiume di gente, solo che, invece di puntare verso le alture dietro il villaggio, attraversava i campi per raggiungere la città di Yongming. Le due file di persone dirette a quelle mete così diverse mi lasciarono perplessa. Fiore di Neve non aveva forse sempre sostenuto che le colline erano come braccia pronte a proteggerci? E allora perché gli abitanti di Tongkou fuggivano dalla parte opposta?

Nel tardo pomeriggio vidi una portantina uscire dalla folla e imboccare la strada di Jintian. Veniva per me, lo sapevo, ma il macellaio si rifiutò di attendere oltre.

« È ora di andare », ruggì.

Io sarei voluta rimanere dove mi trovavo finché non fossero arrivati i miei. Il marito di Fiore di Neve me lo proibì.

« Allora mi farò incontro al palanchino », dichiarai. Affacciata alla mia finestra avevo immaginato tante di quelle volte di recarmi a piedi fino a Jintian: perché ora non avrei potuto percorrere il tragitto opposto per riunirmi alla mia famiglia?

Il macellaio mulinò la mano nell'aria per impedirmi di aggiungere un'altra parola. « Stanno arrivando molti uomini. Lo sapete cosa farebbero a una donna sola? E avete idea di cosa farebbe a me la vostra famiglia se vi abbandonassi a un destino simile? »

« Ma... »

« Giglio Bianco », mi interruppe la mia *laotong*, « vieni con noi. Rimarremo lontani solo poche ore, poi ti rimanderemo a casa. È meglio essere prudenti. »

Suo marito sollevò lei, la madre, i bambini più piccoli e me per issarci sul carro. Mentre lui e il primogenito cominciavano a spingere, mi girai a guardare i campi al di là di Jintian. Vidi levarsi nell'aria fiamme e pennacchi di fumo.

Fiore di Neve continuava a offrire acqua da bere al marito e al figlio maggiore. Era autunno avanzato, ormai, e una volta tramontato il sole il freddo calò su tutti noi: eppure l'uomo e il ragazzo sudavano come se fosse piena estate. Senza che nessuno glielo chiedesse, Luna di Primavera saltò giù dal carro con il fratellino tra le braccia. Se lo sistemò sul fianco, poi sulle spalle. Quindi lo posò a terra, lo prese per mano e con l'altra si mise ad aiutare il padre.

Presto ci saremmo fermati, assicurò il macellaio alla moglie e alla madre; invece proseguimmo. Quella notte facevamo parte di un corteo di tribolazioni. Nell'ora più buia che precede l'alba, arrivammo alla prima ripida salita. Il volto del macellaio si tese, gli si gonfiarono le vene e gli tremarono i muscoli nello sforzo di spingere il carro su per il pendio. Alla fine rinunciò e crollò dietro di noi. Fiore di Neve si spostò sul bordo, lasciò penzolare le gambe fuori per un attimo, poi scese. Mi guardò. Le restituii lo sguardo. Il cielo alle sue spalle era arrossato dagli incendi. I rumori portati dal vento mi convinsero a imitare la mia *laotong*. Lei e io ci legammo alla schiena due trapunte ciascuna. Il marito si caricò il sacco di riso sulle spalle e i bambini presero tutto il cibo che riuscivano a reggere. Mi colpì un pensiero: se dovevamo allontanarci solo per poche ore, perché ci stavamo portando dietro tante provviste? Rischiavo di non rivedere la mia famiglia per parecchi giorni. Nel frattempo dovevo rimanere là in balia degli elementi, insieme al macellaio. Mi coprii il viso con le mani per nascondere il turbamento e ritrovare la padronanza di me. Non potevo rivelare la mia fragilità a quell'individuo.

A piedi, raggiungemmo gli altri. Fiore di Neve e io sorreggevamo sua suocera per le braccia, trascinandola su per la collina. Era un peso gravoso per noi, ma l'intera situazione appariva in perfetta armonia con il segno zodiacale della donna, quello del Topo. Secondo la leggenda, quando il Buddha chiese al topo di diffondere la sua parola, l'astuta creatura cercò di farsi portare dal cavallo, che saggiamente rifiutò di assecondarla: ecco perché da allora i due segni non vanno d'accordo. Ma su quella strada terribile, nella notte spaventosa, che cosa potevamo fare la mia *laotong* e io, nate entrambe nell'anno del Cavallo?

Gli uomini intorno a noi avevano espressioni torve. Si erano lasciati alle spalle case e mezzi di sussistenza, e si domandavano se tornando li avrebbero trovati ridotti a un mucchio di cenere. Le donne piangevano per la paura e per il dolore della marcia forzata, costrette com'erano a camminare più a lungo in poche ore che in tutti gli anni trascorsi dopo la fasciatura dei piedi. I bambini non si lamentavano neppure, zittiti dallo sgomento. E la nostra fuga era solo all'inizio.

Nel tardo pomeriggio del giorno successivo – non avevamo ancora fatto neppure una sosta – la strada si trasformò in un sentiero sinuoso e sempre più ripido. Troppe immagini strazianti ci colpivano gli occhi. Troppi rumori angosciosi ci ferivano le orecchie. Di tanto in tanto superavamo vecchi (uomini e donne) che si erano seduti a riposare per non rialzarsi più. Non avrei mai immaginato di vedere genitori abbandonati in quel modo nella nostra contea. Spesso, lungo il tragitto, sentivamo richieste mormorate, le ultime parole affidate a un figlio o a una figlia, ripetute ancora e ancora nel tentativo di trovare un po' di conforto: « Lasciami qui. Tornerai a riprendermi domani, quando tutto questo sarà finito ». Oppure: « Va' avanti. Salva i bambini. Ricordati di allestire un altare per me alla Festa della Primavera ». Ogni volta che passavamo accanto a una persona anziana rimasta indietro, pensavo a mia madre. Non sarebbe riuscita a percorrere un simile tragitto con il solo sostegno del bastone. Avrebbe forse chiesto di essere lasciata al suo destino? E Baba e il Fratello Maggiore le avrebbero voltato le spalle?

Mi dolevano i piedi come durante la fasciatura, e le fitte mi saettavano su per le gambe a ogni passo. Ma, pur nella mia sofferenza, dovevo ritenermi fortunata. Vedevo donne della mia età e anche più giovani – donne nei loro anni di riso e sale – con i piedi spezzati dalla fatica della marcia o fratturati in seguito all'urto contro una roccia. Benché fossero illese dalla caviglia in su, non potevano più camminare. Giacevano là senza muoversi, in lacrime, aspettando di morire di sete, di fame o di freddo. Ciò nonostante noi continuavamo ad avanzare, senza mai girarci indietro, seppellendo la vergogna nei nostri cuori vuoti, facendo ogni sforzo per ignorare i gemiti di dolore e di angoscia.

Quando scese la notte per la seconda volta e il mondo intorno a noi si colorò di nero, fummo tutti presi da un cupo avvilimento. La gente abbandonava le proprie cose. Le famiglie si disperdevano. I mariti cercavano le mogli. Le madri chiamavano i figli. Era tardo autunno, la stagione in cui si dà inizio alla fasciatura dei piedi, e così ci imbattevamo spesso in bambine con le ossa appena spezzate, rimaste indietro in mezzo ad altri relitti: scorte di cibo, abiti di ricambio, acqua, altari portatili, doni di nozze e tesori familiari. Vedevamo anche maschietti – terzo, quarto o quintogeniti – che imploravano aiuto a chiunque passasse loro vicino. Ma come si fa a soccorrere gli altri quando bisogna continuare a procedere, una mano ben stretta intorno alle dita del figlio prediletto e l'altra afferrata saldamente a quella del marito? Chi è in pericolo di vita non pensa al prossimo. Pensa solo alle persone amate, e a volte le energie non bastano nemmeno per questo.

Non avevamo campane a ricordarci l'ora, ma era buio, e ci sentivamo distrutti dalla stanchezza. Camminavamo ormai da più di un giorno e mezzo, senza riposo, senza cibo, ristorati soltanto da qualche occasionale sorso d'acqua. Cominciammo a udire grida prolungate e raccapriccianti. Non sapevamo quale ne fosse l'origine. La temperatura era scesa in misura notevole. Foglie e rami intorno a noi apparivano bianchi di brina. Fiore di Neve portava un abito di cotone color indaco e io un vestito di seta. I nostri indumenti ci avrebbero offerto ben poca protezione nel clima che ci aspettava. Sotto le suole, le rocce si fecero scivolose. Ero sicura che mi sanguinassero i piedi, perché li sentivo stranamente caldi. Eppure seguitammo ad avanzare. La madre del macellaio barcollava in mezzo a noi. Nonostante la debolezza, le caratteristiche del suo segno le davano la ferma volontà di sopravvivere.

Il sentiero si ridusse a poco più di una trentina di centimetri. Alla nostra destra il versante della montagna – a quel punto non la si poteva più definire una collina – si innalzava così verticale da sfiorarci le spalle mentre procedevamo in fila indiana. A sinistra il pendio scompariva, inghiottito dall'oscurità. Non riuscivo a scorgere che cosa ci fosse là sotto, ma lungo la stretta mulattiera davanti e dietro di me camminavano molte donne dai piedi fasciati. Sembravamo fiori sballottati dalla tempesta. Non erano solo le estremità a ostacolarci il passo: i muscoli delle gambe, per nulla avvezzi a uno sforzo così prolungato, ci facevano male, tremavano, cedevano e si bloccavano in preda ai crampi.

Per un'ora seguimmo un gruppo familiare – tre bambini insieme ai genitori – finché la madre scivolò su un masso e precipitò nel pozzo di tenebre sotto di noi. Emise un lungo grido vibrante, che si interruppe di colpo. Avevamo sentito le urla di quelle morti per tutta la notte. Da allora in poi, continuai carponi, una mano davanti all'altra, aggrappandomi agli arbusti, senza badare alle rocce aguzze che sporgevano dalla parete sulla mia destra e mi tagliavano le dita. Ero disposta a tutto pur di non diventare un altro grido nella notte.

Arrivammo a una conca protetta. Intorno a noi il profilo dei monti si stagliava contro il cielo. Qua e là bruciavano piccoli fuochi. Eravamo saliti molto, ma l'avvallamento impediva ai Tai Ping di avvistare il bagliore delle fiamme, o almeno lo speravamo. Scendemmo con cautela nella cavità naturale.

Forse perché mi trovavo lontana dai miei, vedevo solo facce di bimbi nella luce dei falò. Avevano negli occhi uno sguardo vacuo e appannato. Qualcuno di loro doveva aver perduto il nonno o la nonna, altri la madre o la sorella. Erano tutti sconvolti dal terrore. Contemplare bambini ridotti in quello stato costituiva uno spettacolo troppo straziante per chiunque.

Ci fermammo quando Fiore di Neve individuò tre famiglie di Jintian accampate in un punto relativamente riparato, sotto un grande albero. Le persone sedute intorno al falò notarono il sacco di riso sulle spalle del macellaio e si scostarono per farci posto accanto al fuoco. Dopo essermi seduta con le mani e i piedi rivolti verso le fiamme, cominciai a sentirli bruciare: non per il calore, ma per il gelo che mi attanagliava la carne e le ossa e iniziava a sciogliersi.

La mia *laotong* e io massaggiammo le dita dei bambini. Tutti e tre, compreso il maggiore, piangevano in silenzio. Li raggruppammo insieme e li coprimmo con una delle trapunte. Fiore di Neve e io ci raggomitolammo vicine sotto un'altra, mentre sua suocera si accaparrava la terza lasciando l'ultima al figlio.

Il macellaio ci rivolse un gesto sprezzante con la mano. Prese da parte uno degli uomini di Jintian, mormorò qualche parola e assentì. Poi si inginocchiò presso la moglie. « Vado a cercare altra legna », le annunciò.

Fiore di Neve lo afferrò per un braccio. « Non andare! Non lasciarci! »

« Senza il tepore del fuoco, non supereremo la notte », ribatté lui. « Non te ne sei accorta? Tra poco si metterà a nevicare. » Si liberò con dolcezza dalle dita della moglie. « I nostri vicini veglieranno su di voi in mia assenza. Non aver paura. E se ce ne sarà bisogno» – a questo punto abbassò la voce – «caccia via questa gente dal falò. Conquista un po' di spazio per la nostra famiglia e la tua amica. Sei in grado di farti valere.»

Lei forse no, pensai, ma io non ho nessuna intenzione di morire quassù, lontana dai miei.

Per quanto esausti, eravamo troppo spaventati per dormire, o anche solo per chiudere gli occhi. E avevamo tutti fame e sete. Le donne del piccolo gruppo riunito intorno al fuoco – sorelle giurate unite da un vincolo postmatrimoniale, come scoprii in seguito – ci distrassero dalle nostre paure intonando una storia. È strano: sebbene mia suocera fosse espertissima nel *nu shu* – o forse proprio perché conosceva un'ampia gamma di caratteri –, il canto e le salmodie rivestivano per lei un'importanza assai limitata. Agli aspetti divertenti o consolatori delle canzoni preferiva una lettera perfetta o una bella poesia. Per questo le mie cognate e io avevamo trascurato molte delle vecchie leggende dell'infanzia. In ogni caso, il racconto di quella notte mi era familiare, benché non lo ascoltassi da quando ero bambina. Narrava la storia degli Yao, descrivendone la prima patria e la coraggiosa lotta per l'indipendenza.

«Siamo il popolo degli Yao», cominciò Fior di Loto, una donna di circa dieci anni più vecchia di me. «Nei tempi antichi, Gao Xin, un imperatore giusto e benevolo della dinastia Han, fu attaccato da un generale malvagio e ambizioso. Panhu – un cane rognoso e scacciato da tutti – venne a sapere delle difficoltà del sovrano e sfidò il generale in battaglia. L'animale ebbe la meglio e gli fu concessa la mano di una delle principesse. Panhu ne fu felice, mentre la fidanzata reagì con grande imbarazzo: non voleva unirsi in matrimonio con un cane. Eppure, il suo dovere non le lasciò scelta: i due coniugi fuggirono tra le montagne, dove la sposa diede alla luce dodici bambini, i progenitori degli Yao. Una volta cresciuti, fondarono una città chiamata Qianjiadong: la Grotta delle Mille Famiglie.»

Conclusa la prima parte della vicenda, fu un'altra donna, Salice Frusciante, a continuare il canto. Vicino a me, Fiore di Neve rabbrividì. Pensava anche lei ai nostri giorni da figlie, quando ascoltavamo quella stessa leggenda intonata dalla Sorella Maggiore e dalle sue compagne, oppure dalla mamma e dalla zia?

«Poteva forse esistere un luogo altrettanto ricco di acque e di terra fertile?» salmodiò Salice Frusciante. «Un luogo più impenetrabile agli invasori, nascosto com'era alla vista di chiunque, accessibile solo attraverso un tunnel cavernoso? Qianjiadong fu un rifugio incantevole per il popolo degli Yao, tuttavia un simile paradiso non era destinato a rimanere indisturbato per sempre.»

Le donne sedute intorno agli altri falò della conca cominciarono a unirsi al coro. Gli uomini avrebbero dovuto farci tacere, perché senza dubbio i ribelli potevano sentirci. Ma la purezza delle nostre voci dava a tutti forza e coraggio.

«Molte generazioni più tardi», continuò Salice Frusciante, «durante la dinastia Yuan, un funzionario locale, esplorando audacemente la zona, si inoltrò nella galleria e scoprì il popolo degli Yao. Tutti portavano abiti splendidi. Tutti apparivano robusti e ben pasciuti, grazie alla fecondità della terra. Sentendosi descrivere quella valle così meravigliosa, l'imperatore – avido e privo di gratitudine – pretese ingenti tasse dagli Yao.»

Mentre i primi fiocchi di neve ci cadevano sul viso e sui capelli, Fiore di Neve mi prese sottobraccio e intonò il seguito del racconto. «Perché dovremmo pagare? si chiedeva la gente.» La voce della mia *laotong* trillava nell'aria gelida. «Sulla cima della montagna che proteggeva la città dalle invasioni, gli Yao eressero un parapetto di pietra. L'imperatore mandò nella caverna tre esattori fiscali a negoziare. Non tornarono più. L'imperatore ne mandò altri tre...»

«Non tornarono più», salmodiarono le donne intorno al nostro fuoco.

«L'imperatore inviò una terza delegazione.» La voce di Fiore di Neve acquistò vigore e intensità. Non l'avevo mai sentita cantare così. Le note echeggiavano tra i monti limpide e risonanti. Se i ribelli le avessero udite, sarebbero fuggiti in preda al terrore degli spiriti volpe.

«Nessuno uscì più dalla caverna», rispondemmo in coro.

« L'imperatore inviò l'esercito. Cominciò un assedio sanguinoso. Morirono molti Yao: uomini, donne e bambini. Che fare? Il loro capo prese il corno di un bufalo indiano e lo divise in dodici parti. Le distribuì alle diverse tribù, invitandole a disperdersi e sopravvivere. »

« Disperdersi e sopravvivere », facemmo eco noi donne.

« Ecco come gli Yao si stabilirono nelle valli e tra le montagne, in questa e in altre province », concluse Fiore di Neve.

Bocciolo di Susino, la più giovane del nostro gruppo, terminò la storia. « Si dice che tra cinquecento anni gli Yao, dovunque saranno, torneranno alla caverna, rimetteranno insieme i pezzi del corno e ricostruiranno la città incantata. Quel giorno arriverà presto. »

Erano passati molti anni da quando avevo ascoltato la leggenda per l'ultima volta, e non sapevo che cosa pensare. Gli Yao si erano illusi di essere al sicuro, protetti dalla montagna, dal parapetto e dalla caverna segreta, ma si sbagliavano. Adesso mi domandavo chi sarebbe penetrato per primo nella nostra conca tra i monti e che cosa sarebbe accaduto. I Tai Ping potevano cercare di costringerci a seguirli, mentre il grande esercito dello Hunan rischiava di scambiarci per ribelli. In entrambi i casi, quale destino ci aspettava? Avremmo lottato e perduto, come i nostri antenati? Saremmo mai riusciti a tornare a casa? Riflettevo su un fatto: i Tai Ping, al pari degli Yao, si erano ribellati contro le tasse insostenibili e il sistema feudale. Avevano ragione? Avremmo dovuto sostenere la loro causa? Stavamo forse venendo meno agli ideali dei nostri progenitori rinunciando a combattere?

Quella notte nessuno chiuse occhio.

INVERNO

Le quattro famiglie di Jintian restarono insieme al riparo del grande albero e dei suoi rami robusti, ma le traversie dei fuggiaschi non si conclusero tanto presto: né dopo due giorni e neppure in capo a una settimana. Quell'anno le nevicate nella provincia furono più abbondanti di quanto chiunque riuscisse a ricordare. Le temperature si mantennero rigidissime. Il respiro si condensava in nuvolette di vapore subito inghiottite dall'aria di montagna. Avevamo sempre fame. Ogni gruppo familiare razionava il cibo, non sapendo fino a quando saremmo dovuti rimanere lontano dai villaggi. Nel campo imperversavano tossi, raffreddori e mal di gola. Uomini, donne e bambini morivano in continuazione, vittime di questi malanni e dell'implacabile gelo notturno.

Come gran parte delle altre donne, avevo i piedi feriti dalla lunga marcia. Non c'era alcuna intimità nell'accampamento, e per lavarci eravamo costrette a toglierci le fasce e a rimettercele sotto gli occhi degli uomini. Dovemmo anche superare l'imbarazzo di liberarci le viscere in pubblico: ci abituammo a fare i nostri bisogni dietro un albero o nella latrina comune, dopo che fu scavata. Ma, a differenza della maggioranza delle donne lassù, io non avevo la famiglia con me. Mi mancavano terribilmente il mio primogenito, i suoi fratelli e sua sorella. Vivevo oppressa dalle preoccupazioni per mio marito e per tutta la sua famiglia: cognati, cognate, nipoti, persino le domestiche. Mi domandavo senza tregua se avessero raggiunto la salvezza a Yongming.

Mi ci volle quasi un mese per riuscire a camminare di nuovo senza che mi sanguinassero le ferite. All'inizio della dodicesima luna, decisi che tutti i giorni sarei andata a cercare i miei fratelli e la Sorella Maggiore. Speravo fossero anche loro in salvo sulle montagne, ma come avrei fatto a individuarli in mezzo ai diecimila profughi fuggiti tra quelle valli? Ogni mattina mi drappeggiavo una trapunta sulle spalle e mi incamminavo con cautela, sempre ben attenta a segnare il percorso: se non avessi più ritrovato Fiore di Neve e i suoi, sarei sicuramente perita, lo sapevo.

Durante una delle mie esplorazioni – forse due settimane dopo avere iniziato le ricerche – mi imbattei in un gruppo di persone provenienti dal villaggio di Getan, rannicchiate sotto una roccia sporgente. Domandai loro se conoscevano la Sorella Maggiore.

« Sì, sì, certo che la conosciamo! » esclamò con voce acuta una delle donne.

« Ci siamo persi di vista la prima notte », intervenne un'amica. « Quando la trovate, ditele di raggiungerci. Possiamo benissimo accogliere una famiglia in più. »

Ma c'era posto solo per gente di Getan, mi avvertì un'altra, quella con l'aria più autorevole, nel caso mi fossi messa in mente qualche strana idea.

« Capisco », replicai. « Qualora vi capitasse di vedere la vostra compaesana, potreste dirle che la sto cercando? Sono sua sorella. »

« Sua sorella? Vi chiamate per caso Signora Lu? »

« Sì », risposi in tono guardingo. Se pensavano di ricavare qualcosa da me, si sbagliavano di grosso.

« Sono venuti degli uomini a chiedere di voi. »

Quella frase mi diede un tuffo al cuore. « Chi? I miei fratelli, forse? »

Le donne si guardarono, poi fissarono gli occhi su di me, cercando di valutarmi. Fu di nuovo la più importante del gruppo a prendere la parola. « Sono stati bene attenti a non lasciarsi sfuggire nulla sul proprio conto. Sapete anche voi come vanno le cose quassù. Uno di essi sembrava il loro capo. Aveva una costituzione robusta e indossava abiti e scarpe di buona qualità. Gli ricadevano i capelli sulla fronte, così. »

Mio marito! Doveva essere lui! « Che cosa vi ha detto? E adesso dove si trova? Come...? »

«Non ne abbiamo idea ma, se siete la Signora Lu, tenete presente che un uomo vi sta cercando. Non preoccupatevi.» La donna allungò una mano per accarezzare la mia. «Ha promesso che sarebbe tornato.»

Per quanto indagassi ulteriormente, comunque, non mi vennero più riferite storie simili. Presto mi convinsi che quelle donne avessero sfogato su di me la propria amarezza con uno scherzo crudele, ma quando tornai nel punto dove le avevo incontrate vi trovai un altro gruppo di famiglie rannicchiate al riparo della roccia. Rientrai al nostro accampamento in preda alla più cupa disperazione. In teoria rimanevo sempre la Signora Lu, eppure nessuno l'avrebbe capito dal mio aspetto. L'abito color lavanda con l'elaborato ricamo di crisantemi appariva lacero e sudicio, e le scarpe annerite dal sangue erano consunte e malridotte a forza di usarle all'aperto. Potevo solo immaginare gli effetti del sole, del vento e del freddo sulla pelle del viso. Oggi, dall'alto dei miei ottant'anni, ripenso al passato e vedo con chiarezza quello che ero in realtà allora: una giovane donna frivola e superficiale, vanitosamente preoccupata delle apparenze quando i nostri veri nemici erano la penuria di cibo e il freddo inesorabile.

Il marito di Fiore di Neve era diventato un eroe nel nostro gruppetto di persone. Il suo mestiere gli consentiva di eseguire molti lavori necessari senza lamentarsi e senza aspettarsi manifestazioni di riconoscenza. Nato sotto il segno del Gallo, ne possedeva tutte le caratteristiche: bellezza, senso critico, aggressività e grinta micidiale, pronta a scatenarsi in caso di bisogno. La sua natura lo portava a trarre dalla terra i mezzi di sostentamento: sapeva cacciare, pulire le prede, cuocerle su un falò e conciarne le pelli per ricavare coperte e abiti. Trasportava con disinvoltura pesanti carichi di legna e acqua. Non si stancava mai. Lassù non era un personaggio impuro: si presentava piuttosto nelle vesti del protettore e del difensore. Fiore di Neve si sentiva orgogliosa del marito per le sue qualità di dominatore, e io provavo – e provo tuttora – un'estrema gratitudine nei suoi confronti, perché è grazie alle sue iniziative se sono riuscita a sopravvivere.

Ahimè! Ma che dire della madre e del suo carattere terribile, tipico del segno cui apparteneva? Non la finiva mai di spiare e tramare. Anche in quelle circostanze così disperate, continuava a lamentarsi e a criticare qualsiasi cosa, persino le più trascurabili. Si sedeva sempre nel punto più vicino al fuoco. Non abbandonava neppure per un attimo la trapunta e approfittava di ogni occasione per accaparrarsene un'altra, che si teneva ben stretta finché non gliela chiedevamo indietro. Si nascondeva il cibo nelle maniche e lo tirava fuori quando si credeva al sicuro dai nostri sguardi, infilandosi in bocca furtivamente pezzetti di carne abbrustolita. Si sente dire spesso che le persone nate nell'anno del Topo sono chiuse ed esclusiviste. Noi lo verificavamo ogni giorno. L'anziana donna blandiva e manipolava il figlio senza tregua, sebbene non ne avesse alcun motivo: il macellaio, infatti, la trattava con tutti i riguardi dovuti a un genitore e le obbediva. Perciò, se la madre insisteva sul proprio bisogno di alimentarsi con maggiore abbondanza rispetto alla nuora, lui si assicurava che fosse lei a mangiare e non la moglie. Poiché approvavo la devozione filiale, non avevo nulla da eccepire sulla logica di tale condotta; e così Fiore di Neve e io cominciammo a dividerci la mia porzione. Poi, un giorno (stavamo ormai per dar fondo alla provvista di riso), la suocera della mia *laotong* dichiarò che bisognava smettere di nutrire il nipote più grande con quanto ci procurava il macellaio.

« Sono risorse troppo preziose per sprecarle con un marmocchio tanto gracile », affermò. « Quando morirà sarà un sollievo per tutti. »

Guardai il ragazzo. Avrebbe compiuto undici anni: la stessa età del mio primogenito. Fissava la nonna con gli occhi infossati: non aveva la forza di lottare per sopravvivere. Senza dubbio Fiore di Neve sarebbe intervenuta in sua difesa. In fin dei conti, era il suo primo nato. Ma la mia vecchia me stessa non lo amava come avrebbe dovuto. Persino in quel momento terribile, mentre la suocera lo stava condannando a morte certa, lei non teneva gli occhi su di lui, ma sul figlio più giovane. Per quanto il suo secondo maschio fosse intelligente, forte e robusto, non potevo permettere che al fratello fosse riservata una sorte simile. Andava contro ogni tradizione. In che modo mi sarei giustificata di fronte ai miei antenati quando mi avessero chiesto perché lo avevo lasciato morire? Con quali parole mi sarei rivolta allo spirito dello sventurato incontrandolo nell'aldilà? In qualità di figlio maggiore, aveva diritto a mangiare più di tutti noi, compreso suo padre. Pertanto cominciai a condividere la mia porzione con Fiore di Neve e il suo primogenito. Appena il macellaio si rese conto della cosa, schiaffeggiò il ragazzo e la moglie.

« Quel cibo è per la Signora Lu. »

« Figlio, chi ci obbliga a dar da mangiare a quella donna? » saltò su la madre, prima che uno dei due avesse l'opportunità di reagire. « È solo un'estranea per noi. Dobbiamo pensare al nostro sangue: a te, al tuo secondo figlio e a me. »

Non nominò neppure, naturalmente, l'altro nipote e Luna di Primavera, sopravvissuti fino allora nutrendosi di avanzi, e ogni giorno più deboli.

Tuttavia, per una volta, il marito di Fiore di Neve non cedette. « La Signora Lu è nostra ospite. Se la restituisco viva ai suoi, potrei guadagnarmi una ricompensa. »

« Denaro? » domandò la donna.

Una domanda tipica per una persona nata sotto il segno del Topo. Quella vecchia avida non riusciva a nascondere la propria cupidigia.

« Padron Lu può offrirci vantaggi che vanno molto al di là dei soldi. »

Mentre rifletteva su questa osservazione, la madre del macellaio socchiuse gli occhi, riducendoli a due fessure.

Non le lasciai il tempo di replicare. « Per ottenere la ricompensa, dovrete concedermi una porzione di cibo più abbondante. In caso contrario » – e qui atteggiai il viso a una delle smorfie viziate esibite dalle concubine di mio suocero – « dirò di non essere stata trattata come un'ospite da questa famiglia, e di avervi trovato solo avarizia, mancanza di riguardo e grossolanità. »

Corsi davvero un rischio terribile quel giorno! Il macellaio poteva benissimo cacciarmi via sui due piedi. Invece, ignorando le infinite lamentele della madre, mi concesse la dose di cibo più generosa, tanto che ebbi modo di lasciarne buona parte a Fiore di Neve, al suo primogenito e a Luna di Primavera. Oh, quanta fame avevamo! Eravamo ridotti a poco più di cadaveri: giacevamo immobili per l'intera giornata, a occhi chiusi, respirando debolmente, sforzandoci di attingere a qualsiasi risorsa rimasta in noi. Malattie considerate lievi in tempi normali continuavano a falcidiare i profughi. Indeboliti dalla scarsa alimentazione, privi di energia, senza nemmeno il conforto di qualche tazza di tè caldo o l'effetto corroborante delle erbe medicamentose, ben pochi si mantenevano abbastanza forti da resistere ai malanni. Con l'aumentare delle vittime, poi, sempre meno persone tra noi possedevano il vigore necessario per portare via le salme.

Il figlio maggiore di Fiore di Neve non perdeva occasione per starmi vicino. Nessuno gli voleva bene, è vero, ma lui non era affatto stupido come lo giudicavano i suoi. Ripensavo al giorno in cui la mia *laotong* e io, recandoci al tempio di Gupo a implorare la nascita di un maschio, avevamo sperato che i nostri figli crescessero eleganti e raffinati. Intuivo la presenza latente di tali qualità nel ragazzo, benché non avesse ricevuto alcuna istruzione scolastica. Non ero in grado di aiutarlo ad apprendere la scrittura degli uomini, ma potevo almeno ripetergli ciò che avevo imparato origliando le lezioni dello Zio Lu. « Le cinque realtà più venerate dal popolo cinese sono il Cielo, la Terra, l'imperatore, i genitori e i maestri... » Una volta esauriti gli argomenti che conoscevo, gli raccontai un apologo didattico tramandato dalle donne della nostra contea: narrava la storia di un secondogenito divenuto mandarino e poi tornato a visitare la famiglia, ma io ne cambiai alcuni aspetti per adattare la vicenda alla situazione di quel povero figliolo.

« Un primogenito corre lungo il fiume », cominciai. « È acerbo e inesperto quanto un verde germoglio di bambù. Non sa niente del mondo. Vive con papà e mamma insieme a un fratello e una sorella più giovani. Il fratellino è destinato a imparare il mestiere del padre. La sorellina un giorno si sposerà. Mama e Baba non posano mai gli occhi sul figlio maggiore. Quando si occupano di lui, lo fanno solo per picchiarlo finché ha la testa gonfia come un melone.»

Il figlio di Fiore di Neve, seduto accanto a me, cambiò posizione e distolse lo sguardo dal fuoco per fissarmelo in viso.

«Un giorno il ragazzo va a frugare nel nascondiglio dove il padre tiene i suoi risparmi. Prende un po' di denaro e se lo infila in tasca. Poi apre la dispensa in cui la madre conserva le provviste. Riempie una borsa con tutto il cibo che riesce a trascinarsi dietro. Quindi, senza una parola di commiato, si allontana da casa e si inoltra nei campi. Attraversa il fiume a nuoto e continua a camminare.» Pensai a un luogo remoto. «Non si ferma prima di aver raggiunto Guilin. Il viaggio per arrivare qui tra le montagne ti è sembrato arduo e faticoso?» domandai al mio giovane ascoltatore. «Credi che la vita all'aperto in pieno inverno sia dura e difficile? Questo è niente. Là fuori sulla strada, quel povero ragazzo non aveva amici né benefattori, e possedeva solo gli abiti che portava addosso. Dopo aver esaurito le scorte di cibo e denaro, tirò avanti chiedendo l'elemosina.»

Il primogenito della mia *laotong* arrossì, non per il calore delle fiamme, ma per la vergogna. Doveva aver sentito dire che i nonni materni si erano ridotti alla mendicità.

«Alcuni considerano disonorevole questo tipo di vita», continuai. «Eppure, se è l'unico sistema per sopravvivere, richiede un grande coraggio.»

Dalla parte opposta del falò, la madre del macellaio borbottò la propria disapprovazione. «La storia non è così.»

Non le badai. Conoscevo la trama della vicenda: il mio scopo era quello di offrire a suo nipote una speranza cui aggrapparsi.

«Il ragazzo vagabondò per le strade di Guilin in cerca di uomini abbigliati con la veste dei mandarini. Ascoltò i loro discorsi e si esercitò a imitarne la pronuncia. Si sedette davanti alle sale da tè e provò a rivolgere la parola alla gente che entrava. Soltanto dopo avere appreso a esprimersi con un accento raffinato riuscì ad attirare l'attenzione di un abitante della città.» A questo punto mi allontanai dall'intreccio. «Devi sapere, figliolo, che ci sono persone buone al mondo. Forse tu non ci crederai, ma io ne ho conosciute. Devi sempre stare sul chi vive, ben attento a riconoscere un possibile benefattore. »

« Uno come voi? » mi domandò lui.

La nonna sbuffò. Seguitai a ignorarla.

« L'uomo assunse il ragazzo in qualità di domestico », ripresi. « Mentre lo teneva al proprio servizio, gli insegnò tutto ciò che sapeva. Quando si trovò a corto di argomenti, assunse un precettore. Passarono molti anni: il nostro protagonista, un uomo fatto, ormai, superò gli esami imperiali e divenne un mandarino, sebbene del livello più basso », aggiunsi, pensando a un obiettivo accessibile anche al figlio di Fiore di Neve. « Il mandarino tornò al villaggio natale. Il cane di guardia davanti alla casa dei suoi abbaiò tre volte in segno di riconoscimento. Mama e Baba uscirono a vedere chi fosse arrivato. Il fratello minore li seguì e non riconobbe il visitatore. La sorella? Si era già sposata e viveva presso il marito. Appena il dignitario ebbe rivelato ai familiari la propria identità, si inchinarono tutti davanti a lui e ben presto cominciarono a chiedergli questo o quel favore. 'Ci serve un nuovo pozzo', disse il padre. 'Puoi incaricare qualcuno di scavarlo?' 'Non ho più seta', soggiunse la madre. 'Me ne puoi comprare un po'?' 'Mi prendo cura dei nostri genitori da molti anni', intervenne il secondogenito. 'Mi pagherai per il tempo che ho dedicato loro?' Il mandarino non aveva dimenticato i maltrattamenti subiti nell'infanzia. Risalì sulla portantina e tornò a Guilin, dove si sposò, ebbe numerosi figli e visse una vita lunga e felice. »

« *Uaaa!* A che scopo mettersi a raccontare certe storie solo per rovinare l'esistenza a un ragazzo già privo di qualsiasi prospettiva? » L'anziana donna sputò nel fuoco e mi incenerì con lo sguardo. « A cosa serve dargli delle speranze inesistenti? Per quale ragione vi comportate così? »

Conoscevo la risposta, ma non avevo alcuna intenzione di rivelarla a quella vecchia megera, il cui animo meschino rispecchiava le caratteristiche peggiori del suo segno zodiacale. Ci trovavamo in una situazione ben lontana dalla normalità, lo so, ma separata com'ero dalla famiglia sentivo il bisogno di qualcuno da amare. Dentro di me attribuivo a mio marito il ruolo di benefattore del ragazzo. Perché no? Se Fiore di Neve aveva aiutato me quando eravamo bambine, per quale motivo non potevo fare altrettanto per cambiare il destino di suo figlio?

Ben presto la fauna cominciò a scarseggiare sulle montagne intorno a noi; gli animali si allontanarono, scacciati dalla presenza di tanti intrusi e di tanti cadaveri, via via più numerosi a mano a mano che i profughi morivano, uccisi dai rigori dell'inverno. Gli uomini – tutti contadini – si indebolirono sempre più. Avevano portato con sé solo quanto erano riusciti a trasportare: una volta esaurite le scorte alimentari, cominciarono a soffrire la fame insieme alle loro famiglie. Molti mariti chiesero alle mogli di tornare ai villaggi per procurarsi altre provviste. Come già sapete, nella nostra contea le donne godono di una sorta di immunità in tempo di guerra: ecco perché, in caso di disordini, spesso tocca a noi andare in cerca di cibo, acqua e altri rifornimenti. Aggredire una donna quando ci sono ostilità in corso porta sempre a un inasprirsi del conflitto, ma né i Tai Ping né i soldati del grande esercito dello Hunan provenivano dalle nostre regioni. Non conoscevano le usanze degli Yao. Inoltre, estenuate dalla fame e instabili sui piedi fasciati, come avremmo fatto a scendere a valle per poi risalire sui monti cariche di viveri?

Perciò fu un gruppetto di uomini ad avviarsi con cautela lungo il sentiero, sperando di riuscire a trovare cibarie e altri generi di prima necessità nei villaggi appena evacuati. Tornarono in pochi; raccontarono di avere assistito alla decapitazione dei compagni, le cui teste erano state infilzate su pali. Le vedove, incapaci di tollerare la tragica notizia, si uccisero: si gettarono giù dai dirupi scalati a prezzo di tanti sforzi, inghiottirono le braci ardenti dei falò notturni, si tagliarono la gola o si lasciarono morire lentamente d'inedia. Quelle che non scelsero questa soluzione si disonorarono cercando di ricostruirsi una vita con altri uomini intorno ai fuochi dell'accampamento. Tra le montagne, alcune di noi parevano avere dimenticato le regole della vedovanza. Per quanto povere e giovani, e pur avendo figli cui badare, è meglio morire, mantenersi fedeli al marito e conservare la propria virtù che infamare la memoria del defunto.

Lontana dai miei bambini, osservavo con attenzione quelli di Fiore di Neve: notavo quanto la madre li avesse influenzati, imparavo nuove cose su di lei attraverso di loro e, proprio perché sentivo moltissimo la mancanza dei miei figli, li confrontavo con i suoi. Nella casa in cui ero entrata dopo il matrimonio, il mio primogenito occupava già il posto che gli spettava di diritto, e aveva davanti a sé un brillante futuro. Tra i familiari di Fiore di Neve, il ragazzo più grande era relegato in una posizione addirittura inferiore a quella della mia *laotong*. Nessuno gli voleva bene. Sembrava andare alla deriva. Eppure ai miei occhi era lui a somigliare di più alla madre. Era dolce e delicato. Forse per questo lei l'aveva allontanato da sé con tanta durezza.

Il mio secondo maschio, benché sveglio e in gamba, non possedeva la curiosità intellettuale del fratello maggiore. Prevedevo che sarebbe rimasto a vivere per sempre con noi insieme alla sua sposa, generando eredi e lavorando per il fratello. Il secondogenito di Fiore di Neve, invece, era la gemma luminosa della famiglia. Aveva ereditato la corporatura paterna: statura piccola, fisico forte, gambe e braccia robuste. Non si mostrava mai impaurito, non soffriva il freddo e non si lamentava per la fame. Seguiva il padre come un'ombra, persino durante le spedizioni di caccia. Doveva essergli d'aiuto, in qualche modo, altrimenti il macellaio non gli avrebbe mai permesso di accompagnarlo. Quando tornavano con una preda, il ragazzino si sedeva sui talloni accanto al suo Baba e imparava a preparare la carne per la cottura. Queste somiglianze con il padre mi rivelarono i veri sentimenti di Fiore di Neve. Per quanto il marito fosse rozzo, disgustoso e inferiore alla mia vecchia me stessa sotto ogni aspetto, lei doveva volergli molto bene: lo capii dal profondo affetto che nutriva per il secondogenito.

Il volto e il contegno di Luna di Primavera manifestavano tutte le doti di cui mia figlia era priva. Le fattezze di Giada Luminosa evidenziavano la mediocrità grossolana della mia famiglia d'origine, e per questo la trattavo così aspramente. Il denaro guadagnato grazie al commercio del sale le avrebbe procurato una dote generosa, consentendole di concludere un matrimonio vantaggioso. Giada Luminosa sarebbe stata una buona moglie, ne ero convinta, ma Luna di Primavera appariva destinata a diventare una donna straordinaria, se il fato le avesse offerto le stesse opportunità concesse a me.

Tutti e tre i bambini acuivano la nostalgia che mi attanagliava.

Mi sentivo sola e spaventata, sebbene la mia angoscia fosse addolcita dalle notti trascorse al fianco di Fiore di Neve. Tuttavia, come farò a parlarvi di certe cose? Persino lassù, anche in quelle condizioni proibitive, con tanta gente intorno, il macellaio non volle rinunciare ai rapporti coniugali. Sul terreno aperto e gelido accanto al fuoco, marito e moglie si univano sotto la trapunta. Noi distoglievamo lo sguardo, ma non potevamo tapparci le orecchie. Per fortuna lui rimaneva in silenzio, a parte un grugnito ogni tanto; qualche volta però si udivano dei sospiri di piacere: non del macellaio, ma di Fiore di Neve. La cosa mi appariva inconcepibile. Dopo l'amplesso, la mia *laotong* veniva da me e mi stringeva a sé come faceva quand'eravamo ragazze. Sentivo l'odore del sesso su di lei, eppure le ero grata del suo calore in quelle temperature così rigide. Senza il conforto delle sue braccia, sarei stata solo una delle tante donne condannate a morire nella notte.

Prevedibilmente, i numerosi incontri con il marito non rimasero senza conseguenze: Fiore di Neve restò incinta un'altra volta. Sperai che si trattasse di un falso allarme: il freddo, gli stenti e la mancanza di cibo potevano benissimo averle interrotto il ciclo mensile; era successo anche a me.

Lei non volle neppure sentire parlare di una simile ipotesi. «Non è la mia prima gravidanza», disse. «Ne conosco bene i segni.»

«In tal caso ti auguro di dare alla luce un altro maschio.»

«Questa volta» – e mentre pronunciava le parole le brillarono gli occhi in un'espressione di certezza e insieme di gioia – «sono sicura di sì.»

«I figli sono sempre una benedizione. Dovresti andare orgogliosa del tuo primogenito.»

« Sì », rispose lei in tono blando. Poi soggiunse: « Vi ho osservati insieme. Il mio ragazzo ti piace. Ti piace a sufficienza da accettarlo come genero? »

Volevo bene al figlio di Fiore di Neve, ma una proposta del genere era fuori discussione. « Non ci possono essere legami nuziali fra le nostre due famiglie », dichiarai. Dovevo molto alla mia *laotong* per ciò che ero diventata e volevo ricambiare aiutando Luna di Primavera, ma non avrei mai permesso a mia figlia di scendere così in basso. « Un vincolo profondo e sincero tra le nostre bambine è assai più auspicabile e significativo, non sei d'accordo? »

« Certo, hai ragione », rispose Fiore di Neve, ignara, credo, dei miei veri sentimenti. « Quando torneremo a casa organizzeremo un incontro con la Zietta Wang, come avevamo già stabilito. E, appena i piedi delle piccole avranno assunto la loro nuova forma, le manderemo al tempio di Gupo a firmare il contratto, a comprare un ventaglio su cui annotare i ricordi della loro vita insieme e a mangiare al chiosco del taro. »

« Dovremmo andare a Shexia anche noi due. Se staremo attente, potremo seguirle di nascosto. »

« Vuoi dire spiarle? » mi domandò Fiore di Neve in tono incredulo. Sorrisi, e lei scoppiò a ridere. « Ho sempre creduto di essere io la più maliziosa tra noi due, ma adesso guarda un po' chi si mette a cospirare! »

Durante le privazioni di quelle settimane e di quei mesi, il progetto del legame tra le nostre figlie ci aiutò a sperare; ogni giorno cercavamo di aggrapparci a qualsiasi elemento positivo ci fosse offerto dalla vita. Festeggiammo il quinto compleanno del secondogenito della mia *laotong*. Era un bambino buffo e allegro, e noi ci divertivamo ad assistere ai suoi giochi con il padre. Insieme, fingevano di essere maiali: annusavano di qua e di là, frugavano ovunque in cerca di cibo, cozzavano l'uno contro l'altro con tutta la forza delle loro membra robuste, entrambi coperti di fango e sudiciume, entrambi felici di godere della reciproca compagnia. Il figlio maggiore preferiva restare seduto insieme alle donne. In seguito al mio interesse per lui, anche Fiore di Neve cominciò a considerarlo con un atteggiamento diverso. Le attenzioni della madre suscitavano subito un sorriso radioso sul volto del ragazzo. La sua espressione – dolce, aperta, intelligente – mi ricordava quella della mia *laotong* alla stessa età. Se non esattamente con amore materno, Fiore di Neve lo guardava almeno con l'aria di apprezzare ciò che vedeva più di quanto avesse creduto possibile all'inizio.

Un giorno, mentre gli stavo insegnando una canzone, la mia vecchia me stessa osservò: « I canti delle donne non sono l'ideale per lui. Da bambine abbiamo imparato qualche poesia... »

« Da tua madre... »

« E sono certa che tu ne abbia apprese altre a casa di tuo marito. »

« È vero. »

Ci mettemmo a snocciolare con entusiasmo i titoli delle liriche che conoscevamo.

Fiore di Neve prese per mano il figlio. « Insegniamogli quello che sappiamo per aiutarlo a diventare un uomo colto. »

Non avevamo molto da offrirgli, ne ero consapevole, essendo entrambe illetterate: eppure quel ragazzo reagiva come un fungo secco immerso nell'acqua bollente. Assimilava qualsiasi cosa gli proponessimo. Presto fu in grado di recitare la poesia della dinastia Tang tanto amata da me e sua madre in gioventù, e di ripetere interi brani dei classici che avevo imparato a memoria per facilitarne lo studio a mio figlio. Per la prima volta, vidi gli occhi della mia *laotong* illuminati da una luce di genuino orgoglio. Il resto della famiglia non condivideva il nostro fervore, ma almeno in questa occasione Fiore di Neve non si arrese e non cedette alle proteste del marito e della suocera. Sembrava avere ritrovato lo spirito ribelle della bambina pronta a scostare furtivamente le tende del palanchino per sbirciare fuori.

Quei giorni – per quanto gelidi, disagevoli e pieni di paure e di stenti – furono anche meravigliosi, perché la mia *laotong* si dimostrava felice come non la vedevo da molti anni. Pur nella penuria di cibo, Fiore di Neve, incinta, pareva splendere di una luce interiore, quasi le brillasse dentro una lampada accesa. Si godeva la compagnia delle tre sorelle giurate di Jintian e apprezzava il fatto di non essere più costretta a passare le ore rinchiusa in casa, a tu per tu con la suocera. Seduta accanto alle altre donne del villaggio, cantava canzoni che non sentivo intonare da molto tempo. Lassù all'aperto, lontano dalle ristrettezze della casupola buia e triste in cui era condannata a vivere, trovava sfogo lo spirito libero tipico del suo segno.

Poi, in una notte inclemente, dopo dieci settimane all'addiaccio, il secondogenito di Fiore di Neve si addormentò raggomitolato vicino al fuoco per non svegliarsi più. Non so che cosa lo uccise: forse una malattia, o la fame, oppure il freddo. Nella luce del primo mattino lo trovammo coperto di brina, con il visetto soffuso da un pallore azzurro ghiaccio. I lamenti della mia *laotong* echeggiarono tra le montagne, ma fu il marito a soffrire di più per quella perdita. Prese il piccolo tra le braccia: le lacrime gli rigavano le guance, disegnando tracce più chiare nella sporcizia vecchia di settimane che gli incrostava la faccia. Niente poteva consolarlo. Non voleva staccarsi dal figlio. Non ascoltava la moglie e neppure la madre. Affondava il volto nel corpo senza vita del piccolo, sordo alle loro suppliche. Non si lasciò blandire nemmeno quando gli agricoltori del nostro gruppo si sedettero intorno a lui, impedendoci di vederlo e tentando di confortarlo con parole mormorate sottovoce. Di tanto in tanto alzava la testa verso il cielo e gridava: « Come ho potuto perdere il mio diletto figlio? » La domanda accorata del padre in preda al cordoglio ripeteva una formula citata in molte storie e canzoni in *nu shu*. Guardai le donne accanto al fuoco e lessi nei loro occhi il medesimo interrogativo inespresso. Poteva forse quell'uomo, quel macellaio, provare la stessa disperazione, lo stesso strazio di una madre cui muore un bambino?

Il marito di Fiore di Neve non si mosse di là per due giorni, mentre il resto del gruppo intonava canti funebri. Il terzo giorno si alzò, si strinse al petto il corpicino del figlio e si allontanò di corsa dal nostro falò; attraversò l'accampamento passando in mezzo alle altre famiglie e si inoltrò nei boschi dove si era avventurato tante volte insieme al secondogenito. Tornò quarantott'ore dopo, a mani vuote. Quando la mia *laotong* gli domandò dove avesse sepolto il bambino, il macellaio si girò di scatto e la colpì con tanta forza da mandarla ad atterrare con un tonfo sonoro a due metri di distanza, sulla neve indurita dal gelo.

Poi continuò a picchiarla con tale ferocia che lei abortì: un fiotto impetuoso di sangue nero chiazzò di scuro il pendio gelato del campo. La gravidanza non era ancora molto avanzata, perciò non trovammo traccia di un feto già formato, ma il macellaio si convinse di aver liberato il mondo dall'ennesima femmina. « Non c'è niente di più perfido del cuore di una donna », continuava a ripetere, come se nessuna di noi avesse mai sentito recitare quel detto prima di allora. Noi ci limitammo ad assistere Fiore di Neve: le sfilammo la biancheria, facemmo sciogliere la neve per lavarla, le pulimmo le cosce insanguinate, togliemmo l'imbottitura da una delle sue trapunte nuziali per bloccare il flusso putrido che continuava a scorrerle tra le gambe, senza mai alzare gli occhi verso il marito né tanto meno rivolgergli la parola.

Ripensando al passato, mi sembra un miracolo che la mia *laotong* sia riuscita a sopravvivere alle ultime due settimane tra le montagne, subendo passivamente le percosse giorno dopo giorno. L'emorragia innescata dall'aborto l'aveva indebolita. Le violenze quotidiane del macellaio le coprivano le membra di lividi e di tagli. Per quale ragione non tentai di fermarlo? Rimanevo pur sempre la Signora Lu. In altre occasioni avevo saputo imporgli la mia volontà. Perché non adesso? Era proprio il fatto di essere la Signora Lu a rendermi impotente. Il marito di Fiore di Neve possedeva una notevole forza fisica e non esitava a ricorrervi. Io, nonostante la mia posizione sociale, ero una semplice donna, sola e inerme. Me ne rendevo ben conto, e lui lo sapeva altrettanto bene.

Nei giorni più bui per la mia *laotong*, capii quanto mi mancasse il mio sposo. Troppi aspetti della nostra vita coniugale si erano ridotti per me a una serie di doveri da rispettare e di ruoli cui conformarsi. Rimpiangevo tutte le occasioni nelle quali non mi ero dimostrata la moglie che mio marito si meritava. Se mai fossi riuscita a scendere da quelle montagne, mi ripromettevo di diventare una donna veramente degna del titolo di Signora Lu, anziché una semplice comparsa impegnata a recitare il proprio spettacolo. Lo desideravo con tutta me stessa e feci ogni sforzo per trasformare tale proposito in realtà; prima, però, mi rivelai assai più crudele e spietata del marito di Fiore di Neve.

Sotto il nostro albero, le donne di Jintian e io continuammo a vegliare sulla mia *laotong*. Le curammo le ferite: usavamo neve sciolta e poi bollita per scongiurare il pericolo delle infezioni e fasciavamo i tagli con strisce di stoffa strappate dai nostri stessi abiti. Le altre avrebbero voluto prepararle una zuppa con il midollo degli animali catturati dal macellaio. Quando rammentai loro che Fiore di Neve era vegetariana, ci recammo a coppie nella foresta alla ricerca di corteccia, erbe e radici. Cucinammo una minestra amarognola e gliela somministrammo a cucchiaiate. Le cantammo canzoni per consolarla.

Tuttavia, non c'erano parole né atti di sollecitudine capaci di alleviarle l'animo. Non chiudeva occhio. Sedeva accanto al fuoco, stringendosi le ginocchia al petto con le braccia. Si dondolava in preda a una straziante disperazione. Sebbene nessuna di noi indossasse abiti puliti, ci sforzavamo almeno di mantenere una parvenza di decoro. Fiore di Neve non se ne curava più. Non si lavava la faccia con la neve né si strofinava i denti con l'orlo della tunica. Portava i capelli sciolti, richiamandomi alla mente il ricordo della notte in cui mia suocera era caduta vittima del tifo. La mia *laotong* somigliava sempre di più alla Terza Cognata come l'avevo vista quella stessa sera: una pallida presenza fisica nel mondo reale, i cui pensieri fluttuavano lontano, lontano, lontano.

A una certa ora di ogni giorno Fiore di Neve si allontanava dal fuoco e si metteva a vagare tra le montagne coperte di neve. Camminava quasi sprofondata in un sogno: assorta, smarrita, senza più legami con la realtà. Ogni giorno la seguivo, benché non me lo chiedesse, tenendola sottobraccio: malferme sui nostri piedi di giglio, ci aggiravamo tra i massi gelati fino a raggiungere l'orlo del precipizio, dove lei si fermava a piangere di fronte all'immensità del baratro, l'eco dei suoi lamenti trascinata via dal forte vento del Nord.

Io ero terrorizzata; non riuscivo a togliermi dalla mente la fuga terribile tra i dirupi e le urla raccapriccianti delle donne che precipitavano per centinaia di metri verso la morte. Fiore di Neve sembrava immune dai miei timori. Si sporgeva dalle rocce a guardare i falchi delle nevi che si libravano nell'aria, sorretti dalle brezze alpestri. Quante volte aveva parlato di volare. Sarebbe stato facile per lei muovere un ultimo passo in avanti e lasciarsi cadere nel vuoto. Ma io le restavo sempre al fianco, saldamente aggrappata al suo braccio.

Cercavo di ricordarle ciò che poteva tenerla legata alla terra. « Preferisci accennare tu a Madama Wang delle nostre figlie o vuoi che ci pensi io? » le dicevo per esempio. Se non mi rispondeva, tentavo con un'altra tattica: « Tu e io abitiamo così vicine. Perché aspettare che le bambine diventino vecchie se stesse per organizzare il loro incontro? Potresti venire a trovarmi con Luna di Primavera e fermarti a lungo da me. Fasceremo insieme i piedi delle due piccole. Così avranno in comune anche il ricordo di quei giorni ». Oppure la esortavo: « Guarda questo bucaneve. Sta arrivando la primavera, e presto ce ne andremo di qui ». Per dieci giorni mi rispose solo a monosillabi.

Poi, l'undicesimo giorno, giungendo sull'orlo del precipizio, mi rivolse finalmente la parola. « Ho perso cinque figli, e ogni volta mio marito mi ha dato la colpa. Sfoga invariabilmente frustrazioni e dispiaceri con i pugni. E, quando ha bisogno di allentare la tensione, lo fa su di me. Una volta pensavo fosse pieno di rabbia perché concepivo tante femmine, ma adesso, dopo quello che è successo al nostro secondogenito... È forse dolore il sentimento che prova da sempre? » Si interruppe e inclinò il capo con l'aria di riflettere. « In ogni caso, ha bisogno di mettere le mani addosso a qualcuno », concluse in tono disperato.

Dunque, le percosse duravano fin dal primo anno trascorso da Fiore di Neve a casa del macellaio. Per quanto una condotta simile fosse diffusa e accettata nella nostra contea, mi ferì il fatto che me l'avesse tenuta nascosta con tanta cura e per tutto quel tempo. Non credevo che mi avrebbe mentito di nuovo e mi illudevo che non ci sarebbero stati più segreti tra noi, eppure non fu questo a sconvolgermi. Mi invase invece un profondo senso di colpa per aver ignorato troppo a lungo i segni della sua infelicità.

« Fiore di Neve... »

« No, ascoltami. Tu sei convinta che mio marito abbia la perfidia in cuore, però non è una persona cattiva. »

« Non ti tratta come un essere umano... »

« Giglio Bianco », mi mise in guardia, « è pur sempre il mio sposo. » Poi i suoi pensieri la trascinarono in una voragine ancora più tenebrosa. « Da molti anni desidero morire, ma ho sempre qualcuno intorno. »

« Non dire certe cose. »

Mi ignorò. « Quanto spesso rifletti sul destino? Io lo faccio quasi ogni giorno. E se mia madre non avesse sposato mio padre? Se mio padre non si fosse dato all'oppio? Se i miei non avessero combinato di accasarmi con il macellaio? Se fossi nata maschio? Sarei riuscita a salvare la mia famiglia? Oh, Giglio Bianco, mi sono vergognata così tanto della mia situazione di fronte a te... »

« Io non ho mai... »

« Ho visto la tua compassione fin dal momento in cui hai varcato per la prima volta la soglia della mia casa natale. » Scosse il capo per impedirmi di ribattere. « Non negarlo. Ascoltami e basta. » Tacque per un attimo, poi riprese il discorso. « Tu mi guardi e credi che sia caduta molto in basso, ma mia madre ha subito una sorte ben peggiore. Da bambina, me lo ricordo bene, la sentivo piangere giorno e notte, in preda allo scoramento. Anche lei voleva uccidersi, ne sono certa, però non mi avrebbe abbandonata per nessuna ragione al mondo. E poi, quando mi sono trasferita per sempre da mio marito, non ha saputo risolversi ad abbandonare mio padre. »

Avevo capito dove voleva arrivare, perciò dissi: « Tua madre non si è mai lasciata sopraffare dall'amarezza. Non ha mai rinunciato... »

« Ha seguito mio padre nella sua vita di accattonaggio. Non scoprirò mai che cosa sia successo ai miei genitori, ma sono sicura di una cosa: la mamma non si è arresa alla morte finché il marito ha esalato l'ultimo respiro. Sono passati dodici anni, ormai. Mi sono chiesta così spesso se avrei potuto aiutarla. Poteva venire da me, forse? Risponderò in questo modo. Sognavo di sposarmi e di trovare la felicità lontano dal vizio di mio padre e dalla tristezza di mia madre. Non sapevo che in casa di mio marito sarei stata costretta a mendicare. Poi ho trovato il modo di indurlo a portare a casa del cibo per me. Vedi, Giglio Bianco, ci sono cose sugli uomini che nessuno ci spiega. Siamo in grado di renderli felici procurando loro il piacere. Sai, è bello anche per noi, se ci lasciamo andare.»

Parlava come le donne anziane che cercano sempre di spaventare le ragazze in procinto di sposarsi con discorsi del genere.

«Non hai bisogno di mentire con me. Sono la tua *laotong*. Puoi dirmi la verità.»

Lei distolse lo sguardo dalle nubi e per una frazione di secondo mi fissò con l'aria di non riconoscermi. «Giglio Bianco» – la sua voce suonò triste e insieme partecipe –, «tu hai *tutto*, eppure non hai niente.»

Quelle parole mi ferirono, ma non era il momento di soffermarmi a riflettervi, mentre Fiore di Neve mi confidava le sue pene.

«Mio marito e io non abbiamo rispettato le leggi sul periodo impuro dopo il parto. Volevamo entrambi altri maschi.»

«I figli danno valore a una donna...»

«Però hai visto tu stessa che cosa succede a me. Il mio corpo concepisce troppe femmine.»

Per questo problema innegabile disponevo di una risposta semplice e concreta. «Non erano destinate a sopravvivere», dissi. «Sii grata della loro sorte, perché probabilmente avevano qualcosa che non andava. Noi donne possiamo soltanto provare ancora...»

«Oh, Giglio Bianco, quando parli così mi sembra di avere il vuoto nella testa. Sento solo il vento stormire tra gli alberi. Non vedi come il terreno mi si spalanca sotto i piedi? Faresti meglio a tornare indietro, adesso. Lasciami sola con mia madre...»

Erano passati molti anni dal giorno in cui Fiore di Neve aveva perduto la prima bambina. Allora non ero stata capace di comprendere il suo dolore ma, adesso che conoscevo meglio le tribolazioni della vita, vedevo le cose in una prospettiva assai diversa. Se è del tutto accettabile che una vedova si deturpi o si tolga la vita per salvaguardare l'onore della famiglia di suo marito, perché una madre non dovrebbe lasciarsi indurre al passo estremo dalla morte di un figlio o, peggio ancora, di diversi figli? Ci occupiamo di loro. Li amiamo. Li assistiamo durante le malattie. Se sono maschi, li prepariamo a entrare nel mondo degli uomini. Se sono femmine, fasciamo loro i piedi, le istruiamo nella nostra scrittura segreta e le addestriamo a diventare brave mogli, affinché possano inserirsi armoniosamente nei quartieri femminili della futura casa. Ma nessuna madre dovrebbe mai vivere più a lungo dei figli. È contro natura. Quando però succede, che cosa potrebbe distogliere una donna dal desiderio di buttarsi giù da una rupe, di impiccarsi a un albero o di avvelenarsi con la soda caustica?

« Ogni giorno arrivo alla medesima conclusione », ammise Fiore di Neve spingendo lo sguardo nelle profondità della vallata sotto di sé. « Poi però mi torna in mente tua zia. Giglio Bianco, pensa a quanto ha sofferto, e a quanto poco ci curavamo del suo dolore. »

Replicai con la verità. « Ha avuto una vita molto dura, eppure sono certa che la nostra compagnia le abbia dato un po' di conforto. »

« Ti ricordi com'era dolce Splendida Luna? Rammenti la sua compostezza, persino nella morte? Ti ricordi del momento in cui tua zia è tornata a casa e si è fermata a contemplare la salma? Eravamo tutti preoccupati delle sue reazioni, perciò avevamo coperto il viso di Splendida Luna. E così la povera donna non ha avuto neppure il modo di guardarla per l'ultima volta. Perché siamo stati tanto crudeli? »

Potevo ribattere che le spoglie sfigurate di mia cugina avrebbero impresso nella memoria della madre immagini troppo orribili. Invece mi limitai a proporre: « Appena ne avremo l'occasione andremo a trovare la zia. Sarà felice di vederci ».

« Di vedere te, forse », ribatté Fiore di Neve. « La mia presenza non farebbe altro che ricordarle il suo stesso destino. Ma sappi questo: ripensare a lei mi insegna ogni giorno la virtù della sopportazione.» Protese il mento in avanti, diede un'ultima occhiata verso le colline velate dalla nebbia e disse: «Sarà meglio tornare indietro. Mi sembri infreddolita. E poi voglio che mi aiuti a scrivere alcune cose». Infilò una mano nella tunica e ne trasse il nostro ventaglio. «L'ho portato con me. Temevo che i ribelli incendiassero la casa e lo distruggessero.» Mi fissò negli occhi. Era tornata padrona di sé. Sospirò e scosse la testa. «Ti ho promesso di non mentirti più. Credevo che saremmo morti quassù: ecco la verità. Volevo tenerlo con noi sino alla fine.»

Mi tirò per un braccio.

«Allontanati dall'orlo del precipizio, Giglio Bianco. Mi fa paura vederti là in piedi in quel modo.»

Rientrammo all'accampamento, dove progettavamo di improvvisare un po' di inchiostro e un pennello di fortuna. Prendemmo due ceppi semicarbonizzati dal fuoco e li lasciammo raffreddare; aiutandoci con alcune pietre, ne raschiammo via la parte bruciata e la conservammo accuratamente, per poi diluirla con acqua in cui avevamo messo a bollire delle radici. Il risultato dei nostri sforzi non era proprio nero e coprente come il vero inchiostro, ma bastava allo scopo. Quindi, dopo avere allentato il bordo di un cesto, ne estraemmo uno stelo di bambù e ne appuntimmo l'estremità meglio che potevamo: ecco il nostro strumento di scrittura. A turno, usando il linguaggio segreto, descrivemmo la fuga sulle montagne, la gravidanza interrotta di Fiore di Neve, la morte del suo bambino, le notti gelide e le consolazioni dell'amicizia. Alla fine, la mia *laotong* chiuse il ventaglio con delicatezza e se lo nascose di nuovo sotto la tunica.

Quella sera il macellaio non picchiò la moglie. Volle invece giacere con lei.

Più tardi Fiore di Neve mi raggiunse accanto al fuoco, si infilò sotto la trapunta, si raggomitolò vicino a me e mi posò una mano sulla gota. Era esausta per la lunga mancanza di sonno, e la sentii rilassarsi quasi immediatamente. Subito prima di assopirsi, mormorò: «Lui fa ogni sforzo per amarmi. D'ora in poi tutto migliorerà, vedrai. Il suo animo è cambiato».

Sì, pensai io, finché non ricomincerà a sfogare rabbia e dolore sulla donna amorevole che mi dorme accanto.

La mattina successiva venimmo a sapere che il pericolo era passato e potevamo rientrare nei nostri villaggi. Dopo tre mesi fra le montagne, mi piacerebbe poter dire che stavamo per lasciarci alle spalle ogni traccia della morte. Non fu così. Lungo la via del ritorno ci aspettavano le salme delle persone abbandonate durante la fuga. Vedemmo uomini, donne e bambini: tutti a un avanzato stadio di putrefazione, esposti com'erano alle intemperie, all'assalto degli animali e all'inevitabile decomporsi della carne. Sotto il vivido sole lampeggiava il bianco delle ossa. Gli abiti permettevano di identificare subito i cadaveri, e troppo spesso le grida di riconoscimento e di rimorso laceravano l'aria.

Come se questo non fosse già abbastanza, l'estrema debolezza falcidiò molti di noi proprio all'ultimo momento, quando stavamo per raggiungere la meta. Furono per lo più le donne a soccombere scendendo dai monti. In precario equilibrio sui minuscoli piedi di giglio, procedevamo instabili e sbilanciate. Il peso della parte superiore del corpo sembrava quasi trascinarci giù nell'abisso spalancato sulla nostra destra. Questa volta, nella piena luce del giorno, non sentivamo solo gli urli, ma assistevamo allo spettacolo delle sventurate che agitavano le braccia nel vano tentativo di contrastare la caduta. Solo ventiquattr'ore prima mi sarei angustiata per la sorte di Fiore di Neve: adesso invece la guardavo mentre avanzava con un'espressione concentrata sulla faccia, appoggiando con cautela un piede davanti all'altro.

Il marito reggeva la madre sulle spalle. A un certo punto, vedendo la mia *laotong* esitare e indietreggiare di fronte a una mamma che raccoglieva i resti decomposti del suo bambino per dargli un'adeguata sepoltura, il macellaio si fermò, posò a terra il proprio carico e prese la moglie per un gomito. « Continua a camminare, ti prego », la supplicò con dolcezza. « Presto arriveremo al nostro carro. Viaggerai seduta per il resto del percorso fino a Jintian.» Poiché Fiore di Neve non riusciva a distogliere gli occhi dalla scena pietosa, il marito soggiunse: «Tornerò lassù in primavera e porterò a casa ciò che rimane di lui. Lo terremo vicino a noi, te lo prometto».

La mia *laotong* raddrizzò le spalle e si costrinse con riluttanza ad aggirare la donna e il suo misero fagotto.

Non trovammo il carro là dove l'avevamo lasciato. Al pari di tante altre proprietà abbandonate lungo la strada tre mesi prima, era stato rubato, dai ribelli o dal grande esercito dell'Hunan. Ma, giunti ormai nei pressi della pianura, respiravamo aria di casa e non pensavamo più alle membra esauste, insanguinate, doloranti. A quanto potevo giudicare io, Jintian sembrava intatta. Sorressi la madre del macellaio per aiutarla a varcare la soglia, poi tornai fuori. Volevo raggiungere al più presto la mia famiglia. Dopo un tragitto così lungo, sapevo di poter superare i pochi *li* che mi separavano da Tongkou: invece fu il marito di Fiore di Neve a correre dal mio sposo per avvertirlo del nostro ritorno e chiedergli di venirmi a prendere.

Appena si fu allontanato, la mia *laotong* mi afferrò la mano. «Vieni», mi esortò. «Non abbiamo molto tempo.» Mi trascinò all'interno, mentre io desideravo rimanere a osservare il macellaio che procedeva ad ampie falcate lungo la strada verso il villaggio. «Una volta tu sei stata molto buona con me aiutandomi a completare il corredo», mi disse quando fummo salite al piano di sopra. «Adesso posso ripagare almeno una piccola parte di quel debito.» Aprì un baule e ne trasse una casacca blu con un pannello azzurro a motivi di nuvole cucito sul davanti. Riconobbi la seta celeste dell'abito indossato da Fiore di Neve al nostro primo incontro. La mia *laotong* mi porse l'indumento. «Mi sentirei onorata se ti mettessi questo per ricongiungerti a tuo marito.»

Vedevo bene l'aspetto terribile di Fiore di Neve, eppure non avevo pensato a come sarei apparsa io agli occhi del mio sposo. Portavo lo stesso vestito color lavanda con il ricamo di crisantemi da tre mesi buoni. Ero lacera e sporca e, scrutandomi nello specchio mentre l'acqua per il bagno si scaldava, potei osservare gli effetti della vita in mezzo al fango e alla neve, sotto il sole implacabile delle alte quote.

Ebbi appena il tempo di lavarmi le parti che mio marito avrebbe notato subito, con la vista o con l'olfatto: le mani, le braccia, la faccia, il collo, le ascelle, la zona in mezzo alle gambe. Fiore di Neve fece del suo meglio per acconciarmi i capelli, appuntandomi in una crocchia la massa arruffata e sudicia e sistemandomi in testa un copricapo pulito. Nell'attimo in cui mi aiutava a infilarmi i pantaloni, sentimmo uno scalpitare di zoccoli e il cigolio delle ruote di un carro sempre più vicino. La mia *laotong* mi abbottonò in fretta la casacca. Eravamo in piedi l'una di fronte all'altra. Lei appoggiò una palma sul quadrato di stoffa azzurra che mi copriva il petto.

« Sei bellissima », disse.

Avevo davanti a me la persona che amavo più di ogni altra al mondo, ma ero ancora turbata da quanto mi aveva confidato tra le montagne a proposito della mia compassione nei suoi confronti. Non volevo andarmene senza chiarire le cose. « Non ho mai pensato che tu fossi... » – annaspai nel tentativo di esprimermi con delicatezza, poi rinunciai – « inferiore a me. »

Lei sorrise. Il mio cuore batteva forte contro la sua mano. « Tu non mi hai detto bugie. »

E poi, prima di poter continuare, udii la voce di mio marito che mi chiamava. « Giglio Bianco! Giglio Bianco! Giglio Bianco! »

A quel punto corsi – sì, corsi, nel vero senso della parola – di sotto e mi precipitai fuori. Quando vidi il mio sposo, caddi in ginocchio e gli appoggiai la testa sui piedi per l'imbarazzo del mio aspetto e del mio odore.

Lui mi sollevò e mi prese tra le braccia. « Giglio Bianco, Giglio Bianco, Giglio Bianco... » Le sillabe gli uscivano soffocate dalle labbra mentre mi baciava ancora e ancora, dimentico di quanti assistevano alla nostra riunione.

« Dalang... » Non avevo mai pronunciato il suo nome prima di allora.

Mio marito mi afferrò per le spalle e mi scostò per guardarmi in faccia. Aveva gli occhi pieni di lacrime; quindi mi strinse di nuovo a sé con tutte le sue forze. « Ho dovuto far evacuare l'intera popolazione di Tongkou », mi spiegò. « E poi ho messo in salvo i nostri bambini... »

Grazie a quei provvedimenti, di cui avrei compreso la vera portata solo in seguito, il mio sposo non era più solo il figlio di un capo villaggio sollecito e generoso: aveva acquisito a pieno titolo il rango del padre, conquistandosi a buon diritto il rispetto di tutti gli abitanti.

Tremando, Dalang soggiunse: « Sono venuto a cercarti tante volte ».

Spesso, nei nostri canti, noi donne diciamo « non provavo nulla per mio marito » oppure « mio marito non provava nulla per me ». Sono formule comuni, e le si sente intonare in un coro dopo l'altro: ma quel giorno io sentii un amore profondo per il mio sposo, e lui per me.

Gli ultimi momenti trascorsi a Jintian volarono via in una confusione indistinta. Il mio sposo pagò una munifica ricompensa al macellaio. Fiore di Neve e io ci abbracciammo. Lei si offrì di consegnare a me il ventaglio: io invece volli lasciarlo a lei, perché i suoi dispiaceri erano ancora vicini, mentre io provavo solo gioia. Mi congedai dal figlio della mia *laotong* con la promessa di mandargli dei quaderni per imparare la scrittura degli uomini. Infine mi chinai di fronte alla sorellina: « Tu e io ci rivedremo presto », le dissi. Poi montai sul carro e mio marito scosse le redini. Mi girai un'ultima volta a salutare con la mano; quindi puntai lo sguardo verso Tongkou: verso la mia casa, la mia famiglia, la mia vita.

LETTERA DI BIASIMO

Da un capo all'altro della contea, ognuno si dava da fare per ricostruire la propria esistenza. Chi, come noi, era sopravvissuto alle tragedie di quell'anno, ne aveva passate troppe: prima l'epidemia e poi la ribellione. In seguito a tali cataclismi e alla perdita di tante persone care, ci sentivamo emotivamente svuotati, e al tempo stesso provavamo un senso di gratitudine per essere ancora vivi. Piano piano riguadagnammo le forze e la floridezza perdute. Gli uomini tornarono al lavoro nei campi e i giovani ripresero gli studi nella sala principale, mentre donne e bambine si ritiravano a tessere e cucire nelle stanze del piano di sopra. Tutti ricominciammo a dedicarci alle consuete attività quotidiane, corroborati dalla nostra buona sorte.

In precedenza, di tanto in tanto il mondo esterno degli uomini aveva suscitato in me una certa curiosità. Adesso mi ripromisi di tenermene ben lontana. La mia vita si sarebbe svolta nella camera delle donne. Fui lieta di rivedere le mie cognate e pregustavo i lunghi pomeriggi che avremmo trascorso insieme a cucire, bere tè, cantare e raccontarci storie. Ma la gioia di ritrovarle non fu niente in confronto alla felicità di riunirmi ai miei bambini. Tre mesi di separazione equivalevano a un'eternità, sia per me sia per loro. Erano cresciuti e cambiati. Il più grande aveva compiuto dodici anni in mia assenza. Al sicuro nel capoluogo della contea, protetto dalle truppe dell'imperatore nel periodo dei disordini, si era impegnato moltissimo nello studio. Aveva imparato la lezione più significativa: tutti gli eruditi, ovunque vivessero e qualsiasi dialetto parlassero, leggevano gli stessi testi e venivano sottoposti a un identico esame, in modo da mantenere l'integrità dell'intero regno, in nome di una devozione comune e di uguali principi ispiratori. Persino lontano dalla capitale, in regioni remote come la nostra, i magistrati locali – addestrati dal primo all'ultimo nel medesimo modo – aiutavano la gente a comprendere il rapporto tra i singoli cittadini e l'imperatore. Se avesse continuato così, un giorno anche mio figlio avrebbe sostenuto gli esami imperiali.

Quell'anno Fiore di Neve e io ci vedemmo più spesso di quanto avessimo fatto fino allora dopo l'infanzia. I nostri mariti non cercarono di impedircelo, sebbene la rivolta continuasse a infuriare in altre zone del Paese. In seguito agli ultimi avvenimenti, il mio sposo pensava che fossi al sicuro in casa del macellaio, e quest'ultimo incoraggiava la moglie a venire da me, lieto di vederla tornare sempre con qualche dono: cibo, libri o denaro. La mia *laotong* e io condividevamo il letto durante le reciproche visite, mentre i nostri mariti dormivano altrove per consentirci di stare insieme. Il macellaio non osava opporsi, adeguandosi sotto questo riguardo alle decisioni del nuovo Padron Lu. Del resto, chi sarebbe riuscito a privarci dei nostri incontri, delle notti trascorse fianco a fianco, delle confidenze che ci scambiavamo sussurrando? Niente ci spaventava: né sole, né pioggia, né neve. « Obbedisci, obbedisci, obbedisci, e poi fa' ciò che vuoi. »

Fiore di Neve e io continuammo a ritrovarci a Puwei, secondo le usanze, in occasione dell'una o dell'altra festa. Alla mia *laotong* faceva bene vedere come la zia e lo zio, dopo una vita di devozione alla famiglia, si fossero guadagnati l'amore e il rispetto di tutti. La zia, nonna adottiva dei vari « nipotini », si godeva il loro affetto. Lo zio veniva apprezzato e considerato assai più di quando era vivo mio padre. Il Fratello Maggiore aveva bisogno dei suoi consigli per coltivare i campi e gestire l'amministrazione domestica, e lo zio si sentiva onorato di assisterlo. Lui e la moglie erano approdati a un lieto fine quale nessuno avrebbe potuto immaginare.

Nel corso della visita annuale al tempio di Gupo, la mia *laotong* e io ringraziammo la dea con particolare fervore. Presentammo i nostri doni e ci prosternammo, piene di riconoscenza per essere sopravvissute al terribile inverno. Poi, a braccetto, ci dirigemmo verso il chiosco del taro. Là sedute, facemmo progetti sul futuro delle nostre figlie e discorremmo dei metodi di fasciatura migliori per ottenere perfetti gigli dorati. Una volta tornate a casa, confezionammo le bende, ci procurammo erbe calmanti, ricamammo scarpette in miniatura da esporre sull'altare di Guanyin, preparammo polpettine di riso glutinoso da offrire alla Fanciulla dai Piedi Minuscoli e nutrimmo le rispettive bambine con ravioli dolci ripieni di marmellata di fagioli rossi, allo scopo di ammorbidire loro le ossa. Parlammo separatamente con Madama Wang per predisporre il legame tra Giada Luminosa e Luna di Primavera. Quando ci rivedemmo, confrontammo i nostri colloqui con la sensale, ridendo insieme del fatto che non era affatto cambiata, con il suo viso incipriato e i soliti modi da furbacchiona.

Ancora adesso, se ripenso a quei mesi di primavera e di inizio estate, mi rendo conto di quanto fossi spensierata e felice. Avevo la mia famiglia e la mia *laotong*. Come ho già accennato, per me la vita era ripresa come prima, e io guardavo avanti. Non si poteva dire lo stesso di Fiore di Neve. Non riguadagnò più la perdita di peso subita nella stagione invernale. Si limitava a spilluzzicare il cibo – qualche chicco di riso, due bocconi di verdura – e preferiva, invece, bere tè in abbondanza. La pelle riacquistò l'abituale pallore, ma le gote non recuperarono mai la pienezza di un tempo. Durante le visite a Tongkou, rifiutava educatamente le mie proposte di andare a trovare le sue vecchie amiche. « Non avranno voglia di vedermi », obiettava, oppure soggiungeva: « Nemmeno si ricorderanno di me ». Una volta la tormentai finché acconsentì ad accompagnarmi, l'anno successivo, alla cerimonia dei canti nella stanza delle donne per una ragazza Lu del villaggio, una sua cugina di terzo grado nonché mia vicina di casa.

Anche se nel pomeriggio si sedeva accanto a me mentre ricamavo, guardava spesso lontano, oltre la grata della finestra, con la mente perduta chissà dove. Era come se si fosse davvero buttata nel vuoto, quell'ultimo giorno sulle montagne, e stesse precipitando in silenzio. Benché notassi la sua tristezza, rifiutavo di accettarla. Mio marito mi mise in guardia a più riprese sul mio atteggiamento. « Tu sei forte », mi disse una notte, dopo che Fiore di Neve era rientrata a Jintian. « Da quando sei tornata, mi rendi sempre più orgoglioso, amministrando la casa con saggezza e offrendo un ottimo esempio alle donne del villaggio. Eppure – e ti prego, non arrabbiarti se te lo dico – ti dimostri cieca con la tua vecchia te stessa. Lei non è identica a te sotto ogni riguardo. Forse gli sconvolgimenti dello scorso inverno sono stati troppo per lei. Io non la conosco bene, però ti sarai senz'altro accorta che fa buon viso a cattivo gioco. Non tutti gli uomini sono come tuo marito, anche se ti ci sono voluti molti anni per capirlo.»

I suoi discorsi suscitarono in me un profondo imbarazzo. No, non è vero. Piuttosto, quell'audace intromissione in una faccenda prettamente femminile mi irritò. Non ribattei nulla, comunque, perché non sarebbe stato opportuno da parte mia, ma dentro di me sentivo il bisogno di dimostrare che io avevo ragione e lui torto. Perciò osservai Fiore di Neve con maggior scrupolo durante la visita successiva. La ascoltai, la ascoltai sul serio. La vita della mia *laotong* era divenuta ancor più dura. La suocera le lesinava il cibo, concedendole solo un terzo della porzione di riso necessaria per sopravvivere.

«Mangio soltanto un po' di minestra annacquata», mi confidò, «ma non me ne importa. Non ho molta fame di questi tempi.»

E, cosa ancora peggiore, il macellaio continuava a picchiarla.

«Avevi detto che non ti avrebbe più toccata», protestai, restia a credere a quanto mio marito aveva visto con tanta chiarezza.

«Cosa posso farci se mi aggredisce? Non sono certo in grado di reagire.» Fiore di Neve mi sedeva di fronte, con il ricamo abbandonato in grembo, floscio e raggrinzito come la superficie del tofu.

«Perché non me ne hai parlato?»

Mi rispose con un'altra domanda. «Perché angustiarti con problemi che non hai modo di risolvere?»

«Siamo tutti in grado di mutare il corso del nostro destino, se ci impegniamo abbastanza a fondo», replicai. «Io ci sono riuscita. Puoi farcela anche tu.»

Mi fissò con uno sguardo timido e smarrito.

«Quanto spesso succede?» le domandai, cercando di mantenere un tono calmo nonostante l'esasperazione per le ininterrotte violenze del marito, la rabbia per la remissività di Fiore di Neve e la sofferenza per la sua reiterata mancanza di fiducia in me.

«I mesi sulle montagne l'hanno cambiato. Hanno cambiato tutti noi. Non te ne rendi conto?»

«Quanto spesso?» insistetti.

«Gli sono venuta meno sotto molti aspetti...»

In altre parole, accadeva più sovente di quello che fosse disposta ad ammettere.

«Devi venire a vivere da me», dissi.

«Abbandonare il proprio sposo è il crimine più grave per una donna», ribatté. «E tu lo sai.»

Lo sapevo, infatti. Si trattava di un reato punibile con la morte per mano del marito.

«E poi», continuò la mia *laotong*, «non lascerei mai i bambini. Mio figlio ha bisogno di protezione.»

«Intendi proteggerlo al prezzo della tua incolumità?» mi ostinai.

Che cosa poteva rispondermi?

Ripenso al passato e, grazie alla lucidità dei miei ottant'anni, capisco di essere stata di gran lunga troppo insofferente con Fiore di Neve e il suo sconforto. In precedenza, ogni qual volta mi sentivo insicura sulla maniera giusta di reagire all'infelicità della mia *laotong*, l'avevo sempre esortata a seguire le regole e le tradizioni della sfera domestica per combattere le disgrazie di cui era vittima. In questa occasione mi spinsi ancora più in là, buttandomi in una sorta di campagna per convincerla ad assumere il controllo del marito (nato nell'anno del Gallo), sicura che una donna del suo segno possedesse abbastanza forza di volontà per imporsi e cambiare le cose. Rimasta con una figlia inutile e un primogenito poco amato, doveva cercare di restare di nuovo incinta. Al fine di generare un maschio, aveva bisogno di pregare di più, di attenersi a un vitto adeguato e di chiedere all'erborista i tonici del caso. Se avesse dato un erede al marito, sarebbe riuscita a riacquistare ai suoi occhi il proprio valore. Ma non mi limitai a questo...

Prima della Festa dei Fantasmi, il quindicesimo giorno del settimo mese lunare, tempestai di domande Fiore di Neve, allo scopo (avrebbe dovuto capirlo) di suggerirle espedienti per migliorare la situazione. *Perché* non provava a essere una moglie più devota? *Perché* non si sforzava di rendere felice il marito nei modi che conosceva, come io sapevo bene? *Perché* non si pizzicava le gote per riprendere un po' di colore? *Perché* non mangiava di più, così da acquistare più energia? *Perché* non tornava subito a casa a inchinarsi davanti alla suocera, a cucinarle i pasti, a cucire per lei, a cantarle una canzone, a fare tutto il necessario per allietare la vecchiaia di quell'anziana donna? *Perché* non si impegnava più a fondo per far funzionare il suo matrimonio? Pensavo di darle dei consigli concreti, ma non avevo neppure la più pallida idea delle angustie e delle preoccupazioni della mia *laotong*. E tuttavia ero pur sempre la Signora Lu, e credevo di essere nel giusto.

Perciò, quando rimasi a corto di rimedi da attuare in casa sua, cominciai a interrogarla sul tempo che trascorreva nella mia. Non era contenta di stare con me? Non le piacevano le stoffe di seta che le regalavo? Offriva al marito con la dovuta deferenza i doni mandati dalla famiglia Lu in segno della nostra perenne gratitudine, affinché il macellaio fosse soddisfatto di lei? Non apprezzava la mia iniziativa di sovvenzionare un maestro perché insegnasse a leggere e a scrivere ai coetanei del suo primogenito a Jintian? Non capiva che legando le nostre figlie come *laotong* avremmo cambiato il destino di Luna di Primavera nella stessa misura del mio?

Se davvero mi voleva bene, perché non poteva imitare il mio esempio – cercando rifugio nelle tradizioni che proteggevano le donne – per migliorare la propria situazione? Bersagliata da tante richieste, Fiore di Neve si limitava a sospirare o ad assentire. La sua acquiescenza mi rendeva ancora più impaziente. Insistevo con le domande e mi ostinavo su quegli argomenti ben ponderati finché lei si arrendeva e mi prometteva di seguire i miei consigli. Ma poi non lo faceva, e la volta successiva, pungolata dalla frustrazione, infierivo su di lei con un accanimento persino più inflessibile. Non capivo che lo spirito audace e coraggioso di Fiore di Neve bambina, spezzato per sempre, non esisteva più. Ero così cocciuta da credere di poter guarire un cavallo irrimediabilmente azzoppato.

La mia vita cambiò per sempre il quindicesimo giorno dell'ottavo mese lunare, nel sesto anno di regno dell'imperatore Xian Feng. Era cominciata la Festa di Mezzo Autunno e mancavano pochi giorni all'inizio della fasciatura dei piedi di Giada Luminosa e Luna di Primavera. Quell'anno, Fiore di Neve e i suoi bambini dovevano venire a trascorrere la festività da me, ma non furono loro a presentarsi alla mia porta. Arrivò Fior di Loto, invece, una delle donne vissute con noi sotto il grande albero tra le montagne. La invitai a prendere il tè nella stanza al piano di sopra.

« Grazie », mi rispose. « In realtà, sono venuta a Tongkou a far visita ai miei. »

« È sempre bello per una famiglia riavere con sé la figlia sposata », replicai con una delle consuete formule di cortesia. « Sono certa che saranno tutti felici di vedervi. »

« E io rivedrò loro con altrettanta gioia », disse lei, frugando nel cesto pieno di dolci della luna che portava appeso al braccio. « La nostra amica mi ha pregata di consegnarvi una cosa. » Tirò fuori un involto lungo e sottile, avviluppato in un drappo di seta verde chiaro che avevo regalato da poco alla mia *laotong*. Fior di Loto me lo porse, mi augurò buona fortuna e si avviò ondeggiando lungo il vicolo, per poi sparire dietro l'angolo.

Dalla forma del pacchetto capii di cosa si trattava, ma non riuscii a immaginare perché Fiore di Neve non fosse venuta di persona e mi avesse invece mandato il ventaglio. Lo portai di sopra e aspettai che le mie cognate uscissero per andare a distribuire dolci alle amiche del villaggio. Esortai Giada Luminosa ad accompagnarle: avrebbe fatto bene a godersi gli ultimi giorni in cui poteva stare all'aperto, le dissi. Quando se ne furono andate, mi sedetti accanto alla finestra della stanza delle donne. Una luce nebulosa filtrava attraverso la grata, proiettando sul mio tavolo da lavoro un motivo di tralci e foglie. Fissai a lungo l'involto. Perché mi sentivo invasa dal timore? Alla fine sollevai un lembo della seta verde e poi l'altro, finché ebbi il ventaglio sotto gli occhi. Lo presi in mano. Lo aprii lentamente, piega dopo piega. Accanto ai caratteri tracciati con l'inchiostro di carbonella la sera prima di scendere dalle montagne, vidi la colonna di un nuovo messaggio.

« Sono troppe le afflizioni che mi tormentano », aveva scritto Fiore di Neve. La sua calligrafia era sempre stata più bella della mia: le aste dei segni impalpabili apparivano così sottili e delicate da svanire nel nulla. « Non posso essere quella che tu desideri. Non dovrai più ascoltare le mie lamentele. Tre sorelle giurate hanno promesso di amarmi per ciò che sono. Scrivimi, non per consolarmi, come hai fatto finora, ma per rievocare i giorni felici della nostra giovinezza insieme. » E questo era tutto.

Mi sembrò di essere stata trafitta da una spada. Presa completamente alla sprovvista, provai un tuffo al cuore e lo stomaco, serrato in una morsa, si contrasse in un grumo doloroso. *Amore?* Fiore di Neve intendeva davvero amare delle sorelle giurate e lo scriveva sul *nostro* ventaglio segreto? Rilessi la frase, in preda alla perplessità e alla confusione. « Tre sorelle giurate hanno promesso di amarmi. » Ma lei e io eravamo *laotong*, vincolate a un'unione emotiva talmente forte da resistere a qualsiasi distanza e a qualunque separazione. Il nostro legame doveva dimostrarsi più significativo e profondo del matrimonio. Ci eravamo giurate di mantenerci devote e fedeli l'una all'altra fino alla morte. La defezione di Fiore di Neve, il suo orientarsi verso un rapporto con altre sorelle giurate mi feriva in misura inconcepibile. La vaga proposta di rimanere amiche mi lasciava senza fiato. Quanto mi aveva scritto era diecimila volte peggio per me che se mio marito fosse venuto ad annunciarmi di essersi appena scelto la prima concubina. E pensare che io stessa avevo avuto l'occasione di entrare in una sorellanza giurata postmatrimoniale. Non solo: nonostante le decise insistenze di mia suocera, avevo tenuto duro, tramando e complottando per non escludere Fiore di Neve dalla mia vita. E adesso lei mi metteva da parte? Dunque, questa donna alla quale mi ero legata per sempre, oggetto del mio amore appassionato, della mia devozione, non mi ricambiava con la stessa intensità.

Quando credevo di aver toccato il fondo della disperazione, mi resi conto di una cosa: le tre sorelle giurate cui accennava la mia *laotong* dovevano essere le donne di Jintian con le quali eravamo vissute tra le montagne. Ripensai a tutti gli avvenimenti dell'inverno passato. Le nostre compagne intorno al fuoco avevano forse cospirato per portarmi via Fiore di Neve con i loro canti fin dalla prima notte del bivacco? E lei se n'era sentita attratta come un marito da nuove concubine, più giovani, più graziose, più adoranti di una moglie fedele? I loro letti le erano sembrati più caldi, le loro membra più sode, i loro racconti più vivaci? Le aveva guardate in volto senza scorgervi traccia di aspettative né di responsabilità?

Mi sopraffece un dolore quale non avevo mai provato prima: vertiginoso, bruciante, atroce, assai più intollerabile delle doglie del parto. Poi qualcosa cambiò dentro di me. Non ero più la bambina innamorata di Fiore di Neve, ma la Signora Lu, una donna persuasa che regole e convenzioni potessero procurare la serenità e la pace interiore, e reagii di conseguenza. Mi fu più facile prendere di mira le mancanze della mia *laotong* che affrontare le emozioni scatenatesi in me.

Per amore, avevo sempre giustificato Fiore di Neve. Ma, quando cominciai a concentrarmi sulle sue debolezze, vidi emergere una trama di falsità, inganni e tradimenti. Ripensai a tutte le bugie che mi aveva raccontato: sulla famiglia, sulla vita matrimoniale, persino sulle percosse subite dal marito. Oltre a non essere una *laotong* fedele, non si era neppure dimostrata una buona amica. Una vera amica sarebbe stata schietta e sincera. E, come se tutto questo non bastasse, mi crollarono addosso i ricordi delle ultime settimane. Fiore di Neve aveva approfittato del mio denaro e del mio rango per procurarsi cibo, abiti migliori e una posizione più vantaggiosa per la figlia, senza neppure curarsi di seguire i miei consigli e le mie indicazioni. Mi sentii presa in giro e immensamente stupida.

Poi ebbi un'esperienza stranissima. Mi tornò in mente mia madre. Rammentai quanto anelassi al suo amore quando ero piccola. Se avessi fatto tutto quanto voleva da me durante la fasciatura dei piedi, mi ero illusa da bambina, mi sarei guadagnata il suo affetto. Credevo di potermelo conquistare, mentre lei non provava nulla per me. Esattamente come Fiore di Neve, si preoccupava solo del proprio meschino interesse. All'inizio, avevo reagito con rabbia alle menzogne e all'indifferenza di Mama: non riuscivo a perdonarla. Con il tempo, però, mi ero allontanata sempre più da lei, fino a recidere ogni legame emotivo tra noi. Adesso dovevo fare lo stesso con la mia *laotong*, se volevo salvarmi il cuore. Non potevo rivelare a nessuno l'angoscia mortale da cui mi sentivo straziata al pensiero che non mi amasse più. E neppure potevo manifestare all'esterno il rancore e l'angoscia che mi divoravano, perché si trattava di sentimenti incompatibili con il decoro di una donna.

Chiusi il ventaglio e lo riposi. Fiore di Neve mi aveva chiesto di risponderle. Non le scrissi. Passò una settimana. Non fasciai i piedi a mia figlia alla data prescelta insieme alla mia *laotong*. Trascorse un'altra settimana. Fior di Loto si ripresentò alla mia porta, con una lettera, questa volta. Yonggang me la portò di sopra. Aprii il foglio e fissai i caratteri. Quei segni familiari mi erano sempre sembrati carezze. Ora mi colpivano come pugnali.

> Perché non mi hai scritto? Sei malata? O forse la buona sorte ha bussato di nuovo alla tua porta? Ho bendato i piedi a mia figlia il ventiquattresimo giorno, lo stesso in cui a suo tempo iniziammo la fasciatura anche noi. E tu hai cominciato nella medesima data? Attraverso i trafori della mia finestra guardo la tua. Il mio cuore s'innalza per volare fino a te, intonando un canto di gioia per le nostre bambine.

Lessi il messaggio una sola volta, poi avvicinai un angolo della carta alla fiamma della lampada a olio. Guardai gli orli che si incurvavano e le parole che andavano in fumo. Nei giorni successivi – mentre il tempo rinfrescava e io iniziavo a bendare i piedi di Giada Luminosa – arrivarono nuove lettere. Bruciai anche quelle.

Avevo trentatré anni. Sarei stata fortunata a vivere per altri sette, e ancora più benedetta dalla sorte se me ne fossero stati concessi altri diciassette. Ma non potevo tollerare il malessere che mi serrava il petto neppure per un minuto di più, e tanto meno per anni. In preda a un tormento feroce, feci appello alla disciplina interiore grazie alla quale avevo affrontato la fasciatura dei piedi, l'epidemia e l'inverno tra le montagne. Adottai misure drastiche per «Eliminare il Morbo dal Mio Cuore» (così chiamavo dentro di me il tentativo di dimenticare Fiore di Neve). Appena mi assaliva un ricordo, lo cancellavo come se ci dipingessi sopra uno strato di inchiostro nero. Se era un'immagine a ridestare la memoria, la scacciavo chiudendo gli occhi. Se il passato veniva evocato da un profumo, affondavo il naso tra i petali di un fiore, aggiungevo una dose in più di aglio nel *wok* o ripensavo all'odore dell'inedia tra le montagne. Quando una sensazione nostalgica mi solleticava la pelle – suscitata dal contatto con le dita di mia figlia, dal respiro di mio marito sull'orecchio durante la notte o da un soffio d'aria indugiante sui miei seni mentre mi lavavo – la spazzavo via con un colpo della mano o un'energica strofinata. Ero implacabile quanto un contadino impegnato a estirpare dai campi, dopo il raccolto, ogni rimasuglio di quelle che considerava le sue coltivazioni più preziose. Mi sforzavo di mettere allo scoperto la nuda terra, perché solo così avrei potuto salvare il mio cuore ferito. Poiché i ricordi dell'amore di Fiore di Neve non cessavano di ossessionarmi, costruii una torre fiorita simile a quella allestita per allontanare lo spirito di Splendida Luna. Dovevo esorcizzare questo nuovo fantasma, impedirgli di assillarmi e torturarmi con le sue promesse infrante di amore appassionato. Frugai cesti, bauli, cassetti e scaffali alla ricerca dei doni ricevuti dalla mia *laotong* nel corso degli anni. Recuperai dalla prima all'ultima le lettere che mi aveva scritto durante la nostra vita insieme. Non fu facile radunare tutto. Non riuscii a trovare il ventaglio. Non riuscii a trovare... Vi basti sapere che mancavano molte cose. A ogni modo misi o incollai nella torre fiorita qualsiasi oggetto mi fu possibile reperire, quindi scrissi una lettera:

Tu che un tempo conoscevi il mio cuore, d'ora in poi non saprai più niente di me. Brucio le tue parole, nella speranza che scompaiano tra le nubi. Tu che mi hai tradita e abbandonata, sei bandita per sempre dai miei pensieri. Lasciami in pace, ti prego: non ti chiedo altro.

Ripiegai il foglio e lo infilai nella stanza al piano di sopra della torre fiorita, attraverso la grata della minuscola finestra. Poi appiccai il fuoco alle fondamenta del modellino, alimentando le fiamme con l'olio perché incenerissero fazzoletti, tessuti e ricami.

Ma Fiore di Neve non rinunciò a perseguitarmi. Mentre fasciavo i piedi a Giada Luminosa, mi sembrava di avere accanto la mia *laotong*. Era come se mi tenesse una mano sulla spalla, sussurrandomi all'orecchio: «Accertati di eliminare ogni piega dalle bende. Dimostra a tua figlia il tuo amore materno». Io cantavo per soffocare la sua voce. A volte, di notte, mi pareva di sentire sulla gota la carezza delle sue dita e non riuscivo più a dormire. Giacevo nel letto sveglia, furibonda con me stessa e con lei, assillata sempre dagli stessi pensieri: Ti odio, ti odio, ti odio. Sei venuta meno alle tue promesse di fedeltà. Mi hai tradita.

A subire le conseguenze del mio dolore furono soprattutto due persone. La prima, mi vergogno di ammetterlo, fu mia figlia. La seconda, mi dispiace di doverlo dire, fu la vecchia Madama Wang. Ero animata da un forte amore materno e quando bendavo i piedi a Giada Luminosa non potete neppure immaginare quanto fossi attenta: oltre a non avere dimenticato il triste destino della Terza Sorella, tenevo bene a mente tutti i consigli di mia suocera su come eseguire il lavoro a regola d'arte, riducendo al minimo il rischio di infezioni, deformità o di un esito fatale. Ma tendevo anche a sfogare l'amarezza suscitata in me da Fiore di Neve e a riversarla sui piedi di mia figlia. I miei gigli dorati non erano forse per me la fonte di ogni progresso e di ogni sofferenza?

Sebbene le ossa di Giada Luminosa fossero cedevoli e il suo atteggiamento arrendevole, la bambina piangeva da spezzare il cuore. Avevamo appena cominciato, eppure già non sopportavo di vederla patire così. Accantonai le mie emozioni e costrinsi la piccola a camminare su e giù per la stanza del piano di sopra: nei giorni in cui andavano cambiate le fasce, le avvolgevo ogni volta più strette e rimproveravo mia figlia – anzi, la sgridavo con asprezza – ripetendole a non finire le frasi con cui a suo tempo mi aveva incalzata mia madre: « Una vera signora non tollera nulla di brutto nella propria vita. Solo attraverso il dolore si arriva alla bellezza. Solo attraverso il dolore si ottiene la pace. Io fascio e bendo, ma sarai tu a godere il frutto dei miei sforzi ». Grazie al mio impegno, speravo di raccogliere anch'io una piccola parte di quei frutti e di trovare la pace promessa da Mama.

Con la scusa di cercare il meglio per Giada Luminosa, parlai con altre donne di Tongkou impegnate a bendare i piedi delle figlie. « Viviamo tutte qui », dissi loro. « Apparteniamo tutte a famiglie onorevoli. Perché non unire le nostre bambine in una sorellanza giurata? »

I piedi di mia figlia risultarono piccoli quasi quanto i miei. Ma nel quinto mese del nuovo anno lunare, prima che potessi scoprire l'esito della fasciatura, venne a farmi visita Madama Wang. Nella mia immaginazione, la sensale non era mai cambiata. L'avevo sempre considerata una donna anziana: quel giorno però la guardai con occhi più critici. Allora era assai più giovane di me oggi, perciò quando l'avevo conosciuta tanto tempo addietro non poteva avere più di quarant'anni. D'altra parte, sia Mama sia la madre di Fiore di Neve erano spirate prima di raggiungere tale età – anno più, anno meno – e venivano giudicate longeve. Riflettendoci adesso, credo che Madama Wang, dopo la morte del marito, si fosse rifiutata di uccidersi o di accasarsi con un altro uomo. Aveva preferito vivere e provvedere da sola a se stessa. Non ci sarebbe riuscita senza la sua notevole intelligenza e abilità negli affari. Ma doveva pur sempre fare i conti con la propria femminilità, così si copriva il viso di cipria per apparire inespugnabile e mascherare qualsiasi traccia di bellezza possedesse ancora, e portava abiti sgargianti per distinguersi dalle donne maritate della contea. Adesso, arrivata (secondo i miei calcoli) vicino alla settantina, non aveva più bisogno di nascondersi dietro una facciata di trucco e di sete vistose. Era ormai anziana e, benché non fosse meno intelligente e versata per gli affari di una volta, aveva una debolezza che io conoscevo anche troppo bene. Amava la nipote.

« Signora Lu, quanti anni sono passati! » esordì lasciandosi cadere su una sedia della sala principale. Vedendo che non le offrivo il tè, si guardò intorno con aria ansiosa. « Vostro marito è in casa? »

« Padron Lu tornerà più tardi, ma voi state precorrendo i tempi. Mia figlia è di gran lunga troppo giovane per combinare un matrimonio. »

Madama Wang si diede una manata sulla coscia e ridacchiò. Dato che non mi unii a lei, tornò seria. « Non sono qui per questo, e voi lo sapete. Sono venuta a parlare di un vincolo tra due *laotong*. Una questione di competenza esclusivamente femminile. »

Cominciai a battere l'unghia dell'indice sul bracciolo di teak della sedia, a un ritmo lento ed esasperante. Il ticchettio suonava fragoroso e insopportabile perfino alle mie orecchie, però non mi fermai.

La sensale infilò una mano nella manica e ne trasse un ventaglio. « Ho portato questo per vostra figlia. Forse mi permetterete di consegnarglielo. »

« Mia figlia è di sopra, tuttavia Padron Lu riterrebbe non appropriato lasciarle vedere un oggetto che non sia stato prima esaminato personalmente da lui. »

« Ma, Signora Lu », obiettò Madama Wang, « il ventaglio contiene un messaggio nella nostra scrittura segreta. »

« Datelo a me, allora. » Allungai la mano.

La vecchia sensale notò che mi tremavano le dita ed esitò. « Fiore di Neve... »

« No! » Il monosillabo mi uscì di bocca con maggiore asprezza di quanto intendessi: non sopportavo di sentire pronunciare quel nome. Mi ricomposi, poi soggiunsi: « Il ventaglio, per favore ».

L'anziana donna me lo affidò con riluttanza. Dentro di me

un esercito di pennelli intinti nell'inchiostro nero cancellava affannosamente i pensieri e i ricordi che continuavano a emergere. Per farmi forza, mi appellai alla durezza delle statue di bronzo nel tempio ancestrale, alla solidità del ghiaccio invernale, alla rigidezza delle ossa calcinate sotto un sole implacabile. Con un unico rapido movimento aprii il ventaglio.

«Ritengo che nella vostra casa viva una fanciulla di buon carattere, esperta nelle arti femminili.» Era la prima frase che mi aveva scritto Fiore di Neve, tanti anni prima. «Le nostre due famiglie coltivano un giardino. Sbocciano due fiori. Sono pronti a incontrarsi. Tu e io siamo nate nel medesimo anno. Non potremmo diventare vecchie noi stesse? Insieme ci libreremo sopra le nubi.»

Percepivo la voce di Fiore di Neve in ciascuno dei segni tracciati con cura. Chiusi il ventaglio con uno scatto e lo porsi alla sensale. Lei non lo prese.

«Madama Wang, penso ci sia stato un errore. Gli otto caratteri di queste due bambine non corrispondono. Sono nate in giorni diversi di mesi diversi. Cosa ancora più importante, la misura dei loro piedi non coincideva prima della fasciatura, e dubito che potrà combaciare alla fine del processo. E poi» – mossi la mano in un gesto indolente per indicare la stanza – «la situazione familiare non è certo la stessa. Tutte verità evidenti per chiunque.»

La mia interlocutrice socchiuse gli occhi. «Credete che non conosca la verità a questo proposito?» Sbuffò. «Permettetemi di dirvi cos'altro so. Avete reciso il vostro legame senza una parola. Una donna – la vostra *laotong* – piange in preda alla confusione...»

«Confusione? Sapete pure che cosa ha fatto lei?»

«Parlatele», continuò Madama Wang. «Non buttate all'aria un progetto concepito da due mamme amorevoli. Un futuro luminoso attende due bambine. Avranno l'opportunità di essere felici quanto le loro madri.»

Mi era assolutamente impossibile accettare il consiglio della sensale. La sofferenza mi rendeva fragile, e troppe volte in passato mi ero lasciata irretire – sviare, influenzare, convincere –

da Fiore di Neve. E poi, non potevo rischiare di vedere la mia *laotong* insieme alle sue sorelle giurate. Mi tormentavo già abbastanza solo immaginando segreti sussurrati e intimità fisiche.

« Madama Wang », le risposi, « non permetterò che mia figlia scenda tanto in basso da legarsi alla genia di un macellaio. »

Mi espressi con un linguaggio e un tono volutamente dispregiativi, sperando che la sensale lasciasse cadere l'argomento; invece fu come se neppure mi avesse sentita.

« Mi ricordo di voi due insieme », disse. « Attraversavate un ponte, e le vostre sagome si riflettevano nell'acqua: stessa statura, stessi piedini, stesso coraggio. Vi siete giurate fedeltà. Vi siete promesse a vicenda di non allontanarvi mai l'una dall'altra nemmeno di un passo, di rimanere sempre insieme, senza separarvi né dividervi... »

Io mi ero impegnata a rispettare il nostro patto con animo sincero; ma Fiore di Neve? « Non sapete di cosa state parlando », ribattei. « Il giorno in cui vostra nipote e io firmammo il contratto, voi specificaste: 'Niente concubine'. Ve lo ricordate, vecchia? Adesso andate a farvi raccontare da vostra nipote ciò che ha fatto. »

Gettai il ventaglio nel grembo della sensale e mi girai dalla parte opposta, con il cuore più gelido del fiume dove immergevo i piedi da bambina. Percepivo lo sguardo della donna su di me, la immaginavo intenta a valutarmi, a interrogarsi, a formulare ipotesi. Ma non ebbe il coraggio di insistere. Sentii che si metteva in piedi a fatica. Per quanto continuasse a tenermi gli occhi addosso, la mia determinazione non vacillò.

« Riferirò il vostro messaggio », disse lei infine, in un tono così pieno di gentilezza e di comprensione da turbarmi. « Però voglio che sappiate una cosa. Siete una persona singolare. Me n'ero resa conto già molto tempo fa. Tutti nella contea invidiano la vostra buona sorte. Tutti vi augurano longevità e prosperità. E ora vi disponete a spezzare due cuori. È così triste. Ricordo bene la bambina che siete stata. Non avevate *niente*, allora, a parte due piedini graziosi. Adesso siete circondata dall'abbondanza, Signora Lu: abbondanza di malanimo, ingratitudine e indifferenza. »

Madama Wang zoppicò fino alla porta. La udii montare sul palanchino e ordinare ai portatori di condurla a Jintian. Non riuscivo a credere di averle lasciato l'ultima parola.

Passò un anno. Per la cugina di Fiore di Neve che abitava nella casa accanto alla mia si avvicinava il giorno dei canti nella stanza al piano di sopra. Io mi sentivo sempre devastata: dentro di me echeggiava senza posa un ritmo desolato – *ta-dam*, *ta-dam*, *ta-dam* – simile al battito di un cuore, o alla cadenza malinconica di un canto di donna. Fiore di Neve e io avevamo deciso di recarci insieme alla cerimonia. Non sapevo se lei sarebbe venuta o no. Nel caso si fosse presentata, speravo di poter evitare uno scontro. Non volevo trovarmi costretta a un confronto diretto come quello avuto con mia madre.

Arrivò il decimo giorno del decimo mese: una data propizia e favorevole per dare inizio ai preparativi nuziali. Andai nella casa dei miei vicini e salii nella stanza delle donne. La sposa aveva una bellezza esangue. Le sue sorelle giurate sedevano intorno a lei. Individuai Madama Wang, e accanto alla sensale vidi la nipote, linda e decorosa: portava i capelli raccolti in un'acconciatura adatta a una donna maritata e indossava uno degli abiti che le avevo regalato io. Sentii una morsa alla bocca dello stomaco, nel punto sensibile dove si incontrano le costole. Il sangue mi defluì dal cervello e per un attimo ebbi il timore di venire meno. Non ero sicura di poter partecipare al rito in presenza di Fiore di Neve senza perdere la dignità. Scoccai una rapida occhiata ai volti delle persone presenti. Non c'erano né Salice Frusciante, né Fior di Loto né Bocciolo di Susino a tenere compagnia alla mia *laotong*. Tirai un sospiro di sollievo. Se avessi scorto anche una sola di loro, sarei corsa via.

Presi posto di fronte a Fiore di Neve e a sua zia. La cerimonia si svolse nel modo consueto: canzoni, lamenti, racconti e battute. Poi la madre della sposa chiese a Fiore di Neve di parlarci della sua vita da quando aveva lasciato Tongkou.

« Oggi intonerò una Lettera di Biasimo », annunciò lei.

Non mi aspettavo una mossa del genere. Come poteva la

mia *laotong* accusarmi pubblicamente quando ero io ad avere subito un torto? Se mai, sarebbe toccato a me preparare un canto di accusa e di ritorsione.

« Il fagiano stride e il suo verso echeggia lontano », cominciò Fiore di Neve. Le donne presenti nella stanza si girarono verso di lei nel sentire il classico esordio di questo tipo di comunicazioni tradizionali. Poi la melodia si adeguò allo stesso ritmo – *ta-dam, ta-dam, ta-dam* – che udivo risuonare da mesi dentro di me. « Ho pregato e bruciato incenso per cinque giorni prima di trovare il coraggio di venire qui. Per tre giorni ho messo a bollire acqua profumata, così da purificarmi le membra e gli abiti e rendermi presentabile agli occhi delle mie vecchie amiche. Da bambina ero una figlia prediletta, ma tutte in questa camera conoscono le traversie della mia vita. Non ho più una casa natale. Non ho più genitori. Da due generazioni la sfortuna si accanisce contro le donne della mia famiglia. Mio marito non è gentile con me. Mia suocera non ha pietà. Sebbene sia rimasta incinta sette volte, solo tre dei miei bambini hanno respirato l'aria di questo mondo. Mi rimangono ormai soltanto un figlio e una figlia. Si direbbe che io sia maledetta dal fato. Devo avere commesso chissà quali misfatti in una vita precedente. Sono considerata inferiore agli altri. »

Le sorelle giurate della sposa piangevano, commosse, come ci si aspettava che facessero. Le madri delle ragazze ascoltavano con attenzione, sospirando nei punti più tristi del racconto, scuotendo il capo di fronte al destino inevitabile di ogni donna, ammirate per l'abilità con la quale Fiore di Neve sapeva attingere al linguaggio della nostra comune sofferenza.

« Mi restava un'unica fonte di gioia nella vita: la mia *laotong.* » Riprese il canto, *ta-dam, ta-dam, ta-dam.* « Nel nostro contratto ci eravamo impegnate a non scambiarci mai una parola aspra, e per ventisette anni abbiamo rispettato le reciproche promesse. Ci siamo sempre parlate con sincerità. Eravamo due lunghi tralci protesi l'uno verso l'altro, intrecciati in eterno. Ma, quando le ho confidato la mia malinconia, lei ha reagito con impazienza. Quando mi ha vista afflitta e disperata, si è convinta che potessi mutare il mio destino e mi ha ricordato che gli uomini coltivano i campi e le donne tessono, perché l'industriosità tiene lontana la fame. Eppure, esiste forse un mondo senza poveri né sventurati? »

Guardai le donne nella stanza scoppiare in lacrime per lei. Ero più che sbalordita.

« Perché mi hai respinta? » salmodiò Fiore di Neve, levando alta la voce melodiosa. « Tu e io siamo *laotong*: unite nell'anima anche se la vita quotidiana ci tiene lontane. » Poi, di colpo, passò a un nuovo argomento. « E perché hai ferito mia figlia? Luna di Primavera è troppo giovane per comprendere le tue ragioni, e tu non parli. Non mi aspettavo di scoprire in te un cuore malvagio. Un tempo ci legava un affetto profondo come il mare: non dimenticartene, ti prego. Non condannare alla sofferenza una terza generazione di donne. »

Con le ultime frasi del canto, l'atmosfera nella stanza cambiò, a mano a mano che le donne presenti assimilavano quest'ultima ingiustizia. La vita era già abbastanza dura per le bambine senza bisogno del mio accanimento contro persone assai più deboli di me.

Mi raddrizzai sulla sedia. Ero la Signora Lu, la donna più rispettata della contea, e avrei dovuto dimostrarmi superiore a certe accuse. Invece mi lasciai irretire dal ritmo che mi rimbombava nella testa e nel cuore ormai da mesi.

« Il fagiano stride e il suo verso echeggia lontano », cominciai, mentre prendeva forma nella mia mente una Lettera di Biasimo. Intendevo ancora mantenermi entro i limiti della ragionevolezza, perciò affrontai per prima cosa l'ultima rimostranza di Fiore di Neve, la più iniqua. Guardai in faccia le mie ascoltatrici l'una dopo l'altra mentre cantavo: « Le nostre due bambine non possono diventare *laotong*. Non hanno niente in comune. La vostra vicina di un tempo aspira al benessere della figlia, ma io non sono disposta a infrangere il tabù. Nel rispondere di no, mi sono comportata come avrebbe fatto qualsiasi altra madre.

« Tutte noi qui », continuai, « conosciamo le avversità della vita. Essendo femmine, siamo considerate solo rami sterili. Per quanto sia forte il nostro amore per i genitori e i fratelli, non restiamo con loro a lungo. Sposandoci ci trasferiamo in un villaggio sconosciuto, entriamo in una famiglia ignota, ci uniamo con un estraneo. Lavoriamo senza posa e, se osiamo lamentarci, perdiamo quel poco rispetto che i nostri suoceri nutrono per noi. Generiamo figli: a volte li vediamo morire, a volte invece siamo noi a soccombere. Quando un marito si stanca della moglie, prende con sé una concubina. Abbiamo tutte affrontato periodi difficili: raccolti scarsi, inverni gelidi, siccità. Non c'è niente di inconsueto in tale destino, ma questa donna chiede una speciale attenzione per le sue disgrazie».

Mi girai verso Fiore di Neve. Le lacrime mi bruciavano gli occhi mentre mi rivolgevo a lei, e rimpiansi di aver pronunciato le parole appena mi furono uscite dalle labbra.

«Tu e io eravamo unite come una coppia di anatre mandarine. Io ti sono sempre rimasta fedele, ma tu mi hai rifiutata per legarti a nuove sorelle giurate. Una bambina manda un ventaglio a una seconda bambina, e non fa lo stesso con altre. Un buon cavallo non porta due selle; una brava donna non viene meno alla sua *laotong*. Forse è colpa della tua perfidia se tuo marito, tua suocera, i tuoi figli e, sì, anche la tua vecchia te stessa tradita, qui di fronte a te, non ti amano quanto potrebbero. Tu umilii tutte noi con le tue fantasie adolescenziali. Se oggi mio marito tornasse a casa con una concubina, mi ritroverei bandita dalle sue attenzioni, trascurata, spodestata dal mio letto. E io, al pari di qualsiasi donna, dovrei accettare la situazione. Ma... da te...»

Mi si serrò la gola e non riuscii più a trattenere le lacrime. Per un attimo pensai di non poter proseguire. Accantonai il mio dolore e tornai su un argomento ben comprensibile a ciascuna delle mie ascoltatrici.

«Se dobbiamo aspettarci di perdere l'affetto di un marito – gli uomini hanno il diritto di rifiutarci, e noi siamo solo donne indifese – subire la stessa sorte da un'appartenente al nostro stesso sesso, che ha sofferto nella vita quanto noi, è troppo crudele.»

Continuai, rammentando alle persone presenti il mio rango, il sale portato nel villaggio dal mio sposo, i suoi sforzi per condurre in salvo l'intera popolazione di Tongkou durante la rivolta.

« La mia soglia è pura », dichiarai voltandomi verso Fiore di Neve. « E la tua? »

In quel momento, un fiotto di rabbia repressa salì ribollendo dentro di me: nessuno in quella stanza sarebbe riuscito a impedirmi di sfogarla. Usai parole scaturite da recessi così bui e profondi che mi sentii squartare come da una lama di coltello. Sapevo *tutto* di Fiore di Neve, e sfruttai le mie informazioni per accanirmi contro di lei, con la scusa della correttezza sociale, forte del mio rango di Signora Lu. La umiliai davanti alle altre donne, mettendo allo scoperto ogni sua debolezza. Non censurai nulla, perché avevo perso il controllo. Un'immagine di tanto tempo prima mi si affacciò spontaneamente alla memoria: vidi le gambe della mia sorellina minore scalciare nel vuoto, mandando le bende slegate a volteggiare nell'aria intorno a lei. A ogni nuova invettiva che vomitavo, mi sentivo più affrancata da fasce e costrizioni, finalmente libera di rivelare senza remore i miei pensieri. Mi ci sono voluti molti anni per capire quanto fossero lontane dal vero le mie sensazioni di allora. In realtà, le bende non stavano affatto volando nell'aria per colpire la mia *laotong*. Si avvolgevano invece intorno a *me*, sempre più strette, imprigionandomi e cercando di spremere fuori dal mio animo l'amore profondo al quale anelavo da una vita intera.

« Questa donna, la vostra vicina di un tempo, ha portato con sé un corredo ricavato da quello della madre, e così quando la sua povera mamma si è avventurata per le strade non le restava neppure una trapunta con cui riscaldarsi », proclamai. « Questa donna, la vostra vicina di un tempo, abita in una casa impura. Il marito esercita una professione immonda, ammazzando maiali su una piattaforma di fronte alla porta di ingresso. Questa donna, la vostra vicina di un tempo, possiede molte doti, eppure non le mette a frutto, rifiutandosi di insegnare il nostro linguaggio segreto alle altre componenti della sua nuova famiglia. Questa donna, la vostra vicina di un tempo, ha mentito sulle proprie circostanze da bambina, nei suoi giorni da figlia; ha continuato a mentire da ragazza nei suoi giorni di capelli raccolti; e seguita a mentire in qualità di moglie e madre nei suoi giorni di riso e sale. Non ha ingannato solo tutte voi, ma persino la sua *laotong.* »

Mi interruppi per valutare le espressioni delle mie ascoltatrici.

« Come passa le giornate? Ve lo dico io! Assecondando la propria lussuria! Gli animali vanno in calore seguendo un andamento stagionale: lei, invece, è sempre in fregola. La sua libidine sfrenata mette a tacere chiunque intorno a sé. Sulle montagne dove ci rifugiammo per sfuggire ai ribelli » – mi chinai in avanti e le altre si protesero verso di me – « andava a letto col marito anziché stare con me, la sua *laotong.* Adesso si domanda quali misfatti possa aver commesso in una vita precedente, ma io, la Signora Lu, dichiaro che sono state le cattive azioni perpetrate in *questa* vita a decidere il suo destino. »

Anche se Fiore di Neve sedeva di fronte a me, con le gote rigate di lacrime, l'angoscia e la confusione di cui ero preda lasciavano posto solo alla rabbia nel mio cuore.

« Abbiamo stilato un contratto da bambine », conclusi. « Hai preso un impegno e non hai tenuto fede alle tue promesse. »

Fiore di Neve trasse un respiro tremulo e profondo. « Una volta mi hai chiesto di dirti sempre la verità, eppure se lo faccio mi fraintendi o disapprovi quanto ti confido. Nel mio villaggio ho trovato donne che non mi disprezzano. Non mi criticano. Non vogliono che sia diversa da ciò che sono. »

Ognuna delle sue parole confermava i miei sospetti.

« Non mi umiliano pubblicamente », continuò la mia *laotong.* « Ricamiamo insieme e ci consoliamo a vicenda se ci sentiamo afflitte. Loro non mi commiserano. Vengono a trovarmi quando non sto bene... Sono sola e abbandonata. Ho bisogno di qualcuno che mi conforti ogni giorno, e non soltanto nei momenti in cui tu sei disposta a starmi vicino. Ho bisogno di essere accettata così come sono e non come gli altri mi ricordano o vorrebbero che fossi. Mi sembra di essere un uccellino librato in volo in un cielo deserto. Non riesco a trovare la mia compagna... »

Le sue frasi dolci e le sue tenere scuse erano proprio quello che temevo. Chiusi gli occhi per tenere a bada l'emozione. Se volevo salvarmi dovevo aggrapparmi al rancore, come avevo già fatto una volta con mia madre. Sollevai le palpebre: Fiore di Neve si era alzata in piedi e si dirigeva verso le scale ondeggiando delicatamente. Vedendo che neppure Madama Wang la seguiva, provai uno slancio di compassione. Nemmeno sua zia, l'unica tra noi in grado di guadagnarsi il pane e di sopravvivere con le proprie forze, era disposta a offrirle sostegno.

Mentre la mia *laotong* scompariva giù per le scale, gradino dopo gradino, mi ripromisi di non rivederla mai più.

Se ripenso a quel giorno, mi rendo conto di essere venuta meno in misura terribile ai doveri e agli obblighi di ogni donna. Per quanto la condotta di Fiore di Neve fosse stata imperdonabile, io avevo pronunciato parole spregevoli. Mi ero abbandonata alla rabbia, alla sofferenza e alla sete di vendetta, lasciandomi guidare da questi sentimenti. Per ironia della sorte, fu proprio ciò che feci allora, fonte per me di imbarazzo e di profondo rimpianto negli anni a venire, a confermare in modo definitivo il mio nuovo rango di Signora Lu. Le donne di Tongkou mi avevano vista reagire con coraggio nel periodo in cui mio marito era lontano, in viaggio verso Guilin. Sapevano con quale devozione mi fossi presa cura di mia suocera durante l'epidemia, e avevano assistito alla mia pietà filiale nel corso delle cerimonie funebri celebrate per i genitori del mio sposo. Dopo l'inverno tra le montagne, non erano sfuggite loro le mie iniziative caritatevoli e la mia sollecitudine: i maestri inviati nei paesi vicini, la presenza all'uno o all'altro rituale in quasi tutte le case di Tongkou, e più in generale la capacità di far fronte con accortezza agli impegni della moglie di un capo villaggio. Ma fu alla cerimonia celebrata in casa della mia vicina che mi conquistai davvero il rispetto connesso al ruolo di Signora Lu: conseguii un risultato al quale aspirano tutte le donne del nostro Paese, ma solo poche raggiungono. Il dovere di una donna consiste nell'offrire un esempio di decoro e rettitudine in ambito domestico. Se riesce in tale intento, le sue virtù si propagano di casa in casa, ispirando non solo le sue simili e i loro figli a emularla, ma stimolando anche gli uomini a rendere il mondo esterno il più sicuro e tranquillo possibile, in modo che l'imperatore, sorvegliando il regno dall'alto del proprio trono, non veda altro che pace. Io realizzai tale obiettivo nella forma più pubblica e plateale, mostrando alle nostre vicine la bassezza e la turpitudine di Fiore di Neve, una creatura indegna di far parte delle nostre vite. Distruggendo la mia *laotong*, decretai il mio trionfo.

La Lettera di Biasimo di cui ero autrice diventò famosa. Fu ricamata su fazzoletti e trascritta su ventagli. Venne insegnata alle bambine come apologo didattico e intonata durante il mese di celebrazioni nuziali per mettere in guardia le spose dalle insidie della vita. Di conseguenza, la cattiva fama di Fiore di Neve si diffuse nell'intera contea. Quanto a me, il contraccolpo della vicenda mi distrusse. Che cosa mi importava di essere la Signora Lu quando vivevo una vita priva d'amore?

TRA LE NUBI

Passarono otto anni. Morì l'imperatore Xian Feng; l'imperatore Tong Zhi assunse il potere, e la rivolta dei Tai Ping fu soffocata in una provincia lontana. Il mio primogenito si sposò; la moglie rimase incinta, si trasferì da noi e diede alla luce un maschio: il primo di tanti diletti nipoti. Mio figlio superò inoltre gli esami per diventare uno studioso di rango *Sheng Yuan* a livello distrettuale, e poi cominciò subito a studiare per conquistare il grado di funzionario imperiale in ambito provinciale. Non aveva molto tempo da dedicare alla moglie, ma credo che lei traesse conforto dalla compagnia delle altre donne nella stanza al piano di sopra. Era una ragazza istruita ed esperta nelle arti domestiche. Mi piaceva molto. Mia figlia, una fanciulla sedicenne ormai piuttosto avanti nei suoi giorni di capelli raccolti, era già fidanzata con il figlio di un mercante di riso nella lontana Guilin. Rischiavo di non vederla più dopo le nozze, ma questo legame ci avrebbe reso più facile il commercio del sale. La famiglia Lu prosperava, godeva del rispetto generale e sembrava risparmiata dalla cattiva sorte. A quarantadue anni, io avevo fatto del mio meglio per dimenticare Fiore di Neve.

Un giorno di fine autunno del quarto anno di regno dell'imperatore Tong Zhi, Yonggang salì nella stanza delle donne: una visitatrice voleva vedermi, mi bisbigliò all'orecchio. Le chiesi di accompagnare l'ospite di sopra, ma la domestica fece scattare lo sguardo verso mia nuora e mia figlia, intente a ricamare insieme, e accennò di no col capo. A meno che non si trattasse di un gesto di impertinenza da parte di Yonggang, doveva esserci qualche motivo più serio a indurla a comportarsi così. Senza una parola alle altre, scesi al pianterreno. Appena entrai nella sala principale, una giovane in abiti logori si lasciò cadere in ginocchio e appoggiò la fronte a terra. Mendicanti del genere si presentavano spesso alla nostra porta, incoraggiati dalla fama della mia generosità.

« Signora Lu, soltanto voi potete aiutarmi », implorò la ragazza, trascinandosi sul pavimento fino a posare la testa sui miei piedi di giglio.

Allungai la mano e le toccai una spalla. « Dammi la tua ciotola e te la farò riempire. »

« Non ho alcuna ciotola, e non è di cibo che ho bisogno. »

« Dunque, perché sei venuta qui? »

La giovane scoppiò in lacrime. La pregai di alzarsi e, poiché non obbediva, le battei un'altra volta il dito sulla spalla. Accanto a me, Yonggang teneva gli occhi fissi a terra.

« In piedi! » ordinai alla sconosciuta.

La fanciulla sollevò il capo e mi guardò in faccia. L'avrei riconosciuta ovunque. La figlia di Fiore di Neve era identica alla madre alla stessa età. I capelli lottavano contro le forcine e le ricadevano intorno al viso in una serie di morbide ciocche, in forte contrasto con la pelle chiara e trasparente come la luna di cui portava il nome. Sopraffatta dalla nostalgia, ripensai a quando non era ancora nata. Attraverso la nebbia della memoria, rividi Luna di Primavera bambina, in tutta la sua bellezza, e poi durante i giorni tremendi e le notti terribili dell'inverno trascorso sulle montagne per sfuggire ai Tai Ping. Un tempo quella creatura graziosa era destinata a diventare la *laotong* di mia figlia. E adesso eccola qui, la fronte di nuovo sui miei piedi, venuta a implorarmi aiuto.

« Mia madre è molto malata e non riuscirà a superare l'inverno. Non possiamo fare più niente per lei, se non placarle l'animo inquieto. Vi prego, venite a visitarla. Vi chiama in continuazione. Soltanto voi potete darle un po' di pace. »

Anche solo cinque anni prima, il mio dolore sarebbe stato così cocente da indurmi a congedare Luna di Primavera e a mandarla per la sua strada: ma i doveri legati al mio rango mi avevano insegnato molte cose. Sebbene mi fosse impossibile perdonare Fiore di Neve per le sofferenze che mi aveva inflitto, la mia posizione nella contea mi imponeva di farle visita e di mostrarmi generosa e caritatevole. Invitai la ragazza a tornare a casa, con la promessa di raggiungerla presto; poi mi procurai una portantina per andare a Jintian. Durante il tragitto, mi feci forza, preparandomi ad affrontare l'incontro con la mia *laotong* e il macellaio, con il figlio (che doveva essersi ormai sposato, mi resi conto) e naturalmente con le sorelle giurate.

I portatori mi lasciarono davanti all'ingresso dell'edificio. Il luogo non era cambiato. Una catasta di legna stava ammucchiata contro la parete esterna. La piattaforma con il *wok* aspettava nuove vittime. Nel vedere tutto ciò esitai. La sagoma del macellaio si profilò nel buio della porta, poi mi trovai davanti il marito di Fiore di Neve: invecchiato, più asciutto, ma sotto tanti aspetti sempre lo stesso.

« Non sopporto di vederla soffrire »: furono queste le prime parole che mi rivolse dopo otto anni. In un gesto brusco, si asciugò gli occhi umidi con il dorso della mano. « Mi ha dato un figlio che mi ha aiutato a progredire nel mio mestiere. Mi ha dato una figlia buona e servizievole. Ha reso più bella la nostra casa. Si è presa cura di mia madre fino al giorno della sua morte. Ha compiuto tutti i doveri di una moglie, eppure io sono stato crudele con lei, Signora Lu, lo capisco solo adesso. » Quindi mi passò accanto, sfiorandomi nell'uscire. « Sta meglio in compagnia delle altre donne », soggiunse mentre si allontanava. Lo guardai camminare a grandi falcate, diretto verso l'aperta campagna, l'unico posto dove un uomo può restare solo con le proprie emozioni.

Persino dopo tutti questi anni, non è facile per me ripensare a quel momento. Credevo di avere cancellato Fiore di Neve dalla memoria e di essermela estirpata dal cuore. Ero davvero certa che non l'avrei mai perdonata per avermi preferito le sorelle giurate, eppure nell'attimo stesso in cui la vidi coricata sul letto le mie convinzioni persero ogni valore. Il tempo – la *vita* – avevano devastato la mia *laotong*. Neppure io ero ringiovanita, certo, ma grazie alle creme, alla cipria e al fatto di non essermi esposta al sole per quasi un decennio potevo ancora vantare una pelle liscia, e gli abiti che indossavo denotavano agli occhi di chiunque la mia posizione nella contea. Fiore di Neve, coricata nel suo giaciglio, sembrava una vecchia megera vestita di stracci. Sebbene il viso della figlia mi fosse apparso subito familiare, non avrei mai riconosciuto la mia *laotong* se l'avessi incontrata per la strada davanti al tempio di Gupo.

E, sì, c'erano anche le altre: Fior di Loto, Salice Frusciante e Bocciolo di Susino. Confermando i miei sospetti, le sorelle giurate di Fiore di Neve erano proprio le donne con le quali avevamo vissuto sotto il grande albero tra le montagne. Non ci salutammo.

Quando mi avvicinai al letto, Luna di Primavera si alzò e mi cedette il posto. L'inferma teneva gli occhi chiusi nel viso mortalmente pallido. Guardai la figlia, incerta su come comportarmi. La ragazza annuì, e io presi nella mia la mano fredda dell'ammalata. Fiore di Neve si mosse senza sollevare le palpebre, poi si passò la lingua sulle labbra screpolate.

« Sento... » Scosse il capo, quasi per scacciare un pensiero dalla mente.

Sussurrai il suo nome e le strinsi le dita con delicatezza.

La mia *laotong* socchiuse gli occhi e si sforzò di mettere a fuoco lo sguardo, non riuscendo a credere di avermi lì di fronte a sé. « Ho riconosciuto il tuo tocco », mormorò infine. « Sapevo che eri tu. » La voce suonava debole, ma non appena mi giunse all'orecchio fece sparire anni e anni di dolore e di orrore. Al di là dello sfacelo provocato dalla malattia, vidi e udii la bambina che tanto tempo prima mi aveva invitato a diventare la sua compagna.

« Ho sentito che mi chiamavi », mentii. « Sono venuta più presto che ho potuto. »

« Ti stavo aspettando. »

La sofferenza le contorse i lineamenti. Si portò una mano al ventre e sollevò le gambe in un movimento riflesso. Senza una parola, la figlia immerse un pezzo di stoffa in una ciotola d'acqua, strizzò il tessuto e me lo porse. Lo presi e detersi il sudore che aveva imperlato la fronte di Fiore di Neve durante la contrazione dolorosa.

Ancora in preda alla fitta straziante, la mia *laotong* ricominciò a parlare. « Mi dispiace per quello che è successo, ma devi sapere una cosa: il mio amore per te non è mai venuto meno. »

Mentre accettavo le sue scuse, fu colpita da un secondo spasimo, ancora più atroce del primo. Chiuse gli occhi per combattere il tormento e non aprì più bocca. Bagnai la pezzuola e gliela appoggiai sulla fronte; poi le strinsi di nuovo la mano nella mia e le rimasi accanto finché tramontò il sole. A quel punto, le altre visitatrici se n'erano ormai andate, e Luna di Primavera era scesa al piano di sotto a preparare la cena. Rimasta sola con Fiore di Neve, scostai la trapunta. La malattia le aveva consumato la carne intorno alle ossa, facendole crescere nel ventre un tumore grande come un neonato.

Neppure adesso riesco a spiegarmi le mie emozioni di allora. Vivevo in preda alla rabbia e all'amarezza da tanto di quel tempo e credevo che non avrei mai perdonato la mia *laotong* ma, invece di soffermarmi su quest'idea, mi turbinavano nella mente pensieri del tutto diversi: l'utero di Fiore di Neve l'aveva tradita un'altra volta, e chissà da quanti anni il cancro si stava sviluppando dentro di lei. Mi rimaneva un dovere da compiere...

No! Le cose non stavano così. Avevo continuato a soffrire proprio *perché* non avevo mai smesso di amare la mia *laotong*. Lei era l'unica persona al mondo a conoscere le mie debolezze e a volermi bene nonostante i miei difetti. E io l'avevo amata persino quando credevo di odiarla di più.

Le rimboccai la trapunta intorno al corpo e cominciai a fare progetti. Bisognava chiamare un medico competente. Fiore di Neve doveva nutrirsi bene, e poi ci occorreva un indovino. Volevo che lei combattesse al mio fianco. Vedete, ancora non mi rendevo conto che nessuno è in grado di controllare le manifestazioni del proprio amore e tanto meno di cambiare il destino di un'altra persona.

Mi portai alle labbra la mano fredda della mia *laotong*, quindi scesi a pianterreno. Il macellaio sedeva al tavolo, accasciato. Il figlio di Fiore di Neve, un uomo fatto, ormai, stava in piedi accanto alla sorella. I due giovani mi guardarono con espressioni ereditate dalla madre: fiere, pazienti, coraggiose, supplichevoli.

«Vado dalla mia famiglia, adesso», annunciai. Il viso del primogenito si contorse in una smorfia di delusione, ma io sollevai una mano in un gesto conciliante. « Tornerò domani. Vi prego di prepararmi un posto per dormire. Non uscirò da questa casa finché... » Non potei concludere la frase.

Mi illudevo che la mia presenza avrebbe risolto la situazione per il meglio, senza sapere che mi restavano solo due settimane. Appena due settimane dei miei lunghi ottant'anni di vita per dimostrare a Fiore di Neve quanto le volevo bene. Non lasciai la stanza neppure per un attimo. Tutto ciò che ingerivo, me lo portava Luna di Primavera. Tutto ciò che espellevo, Luna di Primavera lo portava fuori dalla camera. Ogni giorno lavavo Fiore di Neve e poi mi lavavo con la stessa acqua. Molti anni prima era stata una bacinella d'acqua condivisa a rivelarmi l'amore della mia *laotong*. Adesso speravo che lei mi guardasse, ricordasse il passato e capisse che non era cambiato niente.

A tarda sera, quando le altre se ne andavano, scendevo dal giaciglio preparato per me e mi coricavo nel letto di Fiore di Neve. La stringevo fra le braccia, cercando di trasmettere un po' di calore alle sue membra inaridite e di alleviare il tormento che la straziava e la costringeva a lamentarsi persino in sogno. Ogni notte mi assopivo augurandomi che le mie mani potessero trasformarsi in spugne capaci di assorbire l'escrescenza del suo ventre. Ogni mattina mi svegliavo con le dita di Fiore di Neve sulla gota, sotto lo sguardo fisso dei suoi occhi infossati.

Il medico di Jintian la curava ormai da molti anni. Adesso mandai a chiamare il mio. Diede una sola occhiata all'inferma e scosse il capo.

« Non ci sono cure, Signora Lu », disse. « Non possiamo far altro che aspettare il sopraggiungere del decesso. La tinta violacea della pelle appena al di sopra delle fasciature ne preannuncia già l'arrivo. L'infezione inizia dalle caviglie; poi si gonfiano le gambe e l'epidermide si illividisce a mano a mano che la forza vitale rallenta. Presto, temo, il ritmo del respiro cambierà. Ve ne accorgerete. Un'inspirazione, un'espirazione, poi più nulla. Proprio quando crederete che sia tutto finito, inspirerà di nuovo. Non piangete, Signora Lu. A quello stadio la morte sarà molto vicina, e la poveretta avrà smesso di soffrire. »

Il medico ci lasciò dei pacchetti di erbe con cui preparare un infuso medicamentoso; pagai la visita e giurai che non mi sarei mai più rivolta a lui.

Una volta che se ne fu andato, Fior di Loto, la più anziana delle sorelle giurate, cercò di confortarmi. « Il marito di Fiore di Neve ha chiamato molti dottori, eppure non ne basterebbe un esercito a guarirla, ormai. »

Stavo per soccombere all'assalto della mia vecchia rabbia; poi però lessi la compassione sul volto della donna, non solo per Fiore di Neve, ma anche per me.

L'amaro, mi tornò in mente, è il più *yin* dei sapori. Ha un effetto decongestionante, riduce la febbre e placa il cuore e lo spirito. Mi convinsi che il melone amaro sarebbe riuscito a bloccare la malattia di Fiore di Neve: convocai le sorelle giurate e chiesi loro di preparare melone amaro saltato in padella con salsa di fagioli neri e zuppa di melone amaro. Le tre donne mi obbedirono. Mi sedetti sul letto della mia *laotong* e la imboccai, cucchiaio dopo cucchiaio. All'inizio mangiò senza protestare. Poi chiuse la bocca e si girò dall'altra parte, ignorando del tutto la mia presenza.

Una delle sorelle giurate mi prese da parte. In cima alle scale, Salice Frusciante mi tolse la ciotola di mano e mormorò: « È troppo tardi per questi rimedi. Non vuole più nutrirsi. Dovete sforzarvi di lasciarla andare ». Mi carezzò il viso con dolcezza. Più tardi, quel giorno, ci avrebbe pensato lei a pulire il vomito di Fiore di Neve.

Mettendo in atto la mia ultima ed estrema risorsa, chiamai l'indovino. L'uomo entrò nella stanza e annunciò: « Un fantasma si è unito al corpo della vostra amica. Non preoccupatevi. Insieme lo cacceremo di qui, e l'ammalata guarirà. Signora Fiore di Neve », disse chinandosi sul letto, « ecco delle formule che dovrete intonare ». Poi, rivolgendosi al resto di noi, ci ordinò: « Inginocchiatevi e pregate ».

E così Luna di Primavera, Madama Wang – sì, la vecchia sensale rimase nella camera per buona parte del tempo –, le tre sorelle giurate e io ci lasciammo cadere in ginocchio intorno al letto e iniziammo a implorare con i nostri canti la dea della Misericordia, mentre la mia *laotong* ripeteva debolmente le parole assegnatele. Appena l'indovino ci vide impegnate nel nostro compito, tirò fuori di tasca un foglio di carta, vi scrisse alcuni incantesimi, lo incendiò e corse da un lato all'altro della stanza nel tentativo di snidare lo spirito famelico. Quindi brandì una spada e vibrò colpi nel fumo con una sorta di fruscio ritmico. « Esci, spirito! Esci, spirito! Esci, spirito! »

Ma neppure questo sortì alcun effetto. Pagai l'uomo e affacciandomi alla grata della finestra lo guardai trottare via sul carretto trainato da un pony. Giurai a me stessa che da quel giorno avrei utilizzato i servigi di gente simile solo per determinare le date propizie.

Bocciolo di Susino, la più giovane delle tre sorelle giurate, venne a mettersi in piedi accanto a me. « Fiore di Neve sta assecondando ogni vostra richiesta, ma spero vi rendiate conto, Signora Lu, che lo fa solo per compiacervi. La sua agonia dura da troppo tempo. Se vedeste un cane ridotto in queste condizioni, lo costringereste a soffrire così? »

Ci sono molti tipi di dolore: lo strazio fisico sopportato dalla mia *laotong*; l'angoscia di vederla patire in quel modo, con la sensazione di non poter tollerare un simile spettacolo nemmeno per un istante di più; il rimpianto tormentoso per le cose che le avevo detto otto anni prima. A quale scopo, poi? Per guadagnarmi il rispetto delle donne del villaggio? Per ferire Fiore di Neve quanto lei aveva ferito me? O si era trattato di una questione d'orgoglio: se non sta con me, non deve stare con nessun'altra? Avevo sbagliato su tutta la linea, compreso l'ultimo punto: nelle lunghe giornate trascorse in camera sua, mi resi ben conto del conforto che le tre donne sapevano dare alla mia *laotong*. A differenza di me, non erano venute da lei all'ultimo momento: la assistevano da molti anni. La loro generosità – espressa attraverso sacchetti di riso, verdure affettate e legna da ardere – le aveva permesso di sopravvivere. Adesso la visitavano ogni giorno, trascurando gli impegni domestici. Eppure non si intromettevano nel nostro rapporto speciale. Si limitavano ad aleggiare intorno a noi come spiriti benigni: pregavano, accendevano fuochi in continuazione per spaventare i fantasmi ansiosi di ghermire Fiore di Neve, ma ci lasciavano sempre tranquille per conto nostro.

Devo avere dormito, qualche volta, anche se non me ne ricordo. Nelle ore in cui non accudivo la mia *laotong*, le preparavo le calzature per le esequie. Sceglievo i suoi colori preferiti. Poi infilavo l'ago e cominciavo a ricamare. Decorai una scarpa con un bocciolo di loto, il cui ideogramma significa anche « senza interruzione », e vi aggiunsi una scala, per dare l'idea del « salire »: così Fiore di Neve avrebbe continuato a innalzarsi verso il paradiso. Per l'altra scarpa, optai per dei minuscoli cervi e dei pipistrelli dalle ali ricurve, simboli di lunga vita – le stesse immagini che si vedono sugli abiti nuziali e sui messaggi d'auguri dei compleanni –, nell'intento di ricordare alla mia *laotong* come anche dopo la morte il suo spirito avrebbe continuato a vivere in suo figlio e sua figlia.

Fiore di Neve peggiorò. Fin dal primo giorno, lavandole i piedi, avevo notato il colore scuro e violaceo degli alluci raggrinziti. Confermando le previsioni del medico, quell'orribile tinta di morte le si insinuò su per i polpacci. Cercai di indurre la mia *laotong* a lottare contro la malattia. All'inizio la imploravo di ispirarsi al suo segno zodiacale per cacciare via a calci gli spiriti che volevano impadronirsi di lei. Ormai, però, avevo capito che non potevamo fare più nulla, se non aiutarla a raggiungere l'aldilà il più serenamente possibile.

Yonggang si rendeva conto della situazione quando veniva da me ogni mattina a portarmi uova fresche, abiti puliti e messaggi da parte di mio marito. Per molti anni si era dimostrata obbediente e leale, ma a quel tempo scoprii che almeno in un'occasione aveva tradito la mia fiducia prendendo un'iniziativa per la quale le sarò grata in eterno.

Tre giorni prima della morte di Fiore di Neve, Yonggang arrivò per una delle consuete visite mattutine, si inginocchiò di fronte a me e depose un cesto ai miei piedi. « Tanto tempo fa vi ho vista, Signora Lu », disse con la voce incrinata dalla paura. « Ero sicura che non potevate volere davvero quanto stavate facendo. »

Non sapevo a che cosa intendesse alludere, né avevo idea del motivo per cui avesse scelto proprio quel momento per confessare. Poi la vidi sollevare il telo appoggiato sul cesto, infilare una mano all'interno e tirare fuori lettere, fazzoletti, ricami e il ventaglio segreto. Ecco gli oggetti che non ero riuscita a trovare il giorno in cui avevo deciso di bruciare il passato: nel periodo dell'Eliminazione del Morbo dal Mio Cuore, la mia domestica aveva rischiato di finire in mezzo a una strada per salvarli, e poi li aveva tenuti in serbo per tutti quegli anni.

Dopo avere assistito alla scena, Luna di Primavera e le sorelle giurate si precipitarono nei quattro angoli della stanza: frugarono nel cesto da ricamo della mia *laotong*, ispezionarono cassetti e rovistarono sotto il letto in cerca di nascondigli clandestini. Ben presto mi trovai davanti la raccolta completa dei messaggi inviati a Fiore di Neve e degli oggetti confezionati per lei. Non mancava niente, se non ciò che avevo distrutto.

Negli ultimi giorni della mia *laotong*, la guidai in un viaggio attraverso la nostra vita insieme. Ricordavamo entrambe molte cose e potevamo rievocare dettagliatamente l'uno o l'altro episodio o citare parola per parola interi brani di lettere e messaggi, ma lei si stancava presto, e dopo un po' si limitava a tenermi per mano e ad ascoltarmi.

Di notte, coricate nello stesso letto sotto la finestra, immerse nella luce lunare, ci lasciavamo trasportare all'indietro nel tempo fino ai nostri giorni di capelli raccolti. Le tracciavo sulla palma caratteri di *nu shu*. « Il letto è illuminato dal chiaro di luna... »

« Cos'ho scritto? » le domandavo. « Dimmi quali ideogrammi hai riconosciuto. »

« Non lo so », sussurrava lei. « Non riesco a distinguerli... »

E così io le recitavo la poesia, guardando le lacrime che le sgorgavano dagli occhi, le scorrevano lungo le tempie e si perdevano nelle orecchie.

« Faresti una cosa per me? » mi chiese durante il nostro colloquio finale.

« Qualunque cosa », le risposi, e parlavo sul serio.

« Sii come una zia per i miei figli, te ne prego. »

Glielo promisi.

Niente teneva più a bada né alleviava le sofferenze di Fiore di Neve. Nelle ultime ore le rilessi il nostro contratto e rievocai la prima gita al tempio di Gupo, l'acquisto della carta rossa, il momento in cui avevamo ideato il testo, sedute l'una di fronte all'altra. Le rilessi le nostre lettere. Le citai le frasi più liete registrate sul ventaglio. Intonai sottovoce melodie dell'infanzia. Le dissi quanto l'amavo, ed espressi la speranza che mi aspettasse nell'aldilà. Le parlai per tutto il cammino fino alle soglie del cielo, riluttante a separarmi da lei e insieme ansiosa di mandarla a volare tra le nubi.

La pelle della mia *laotong* perse il suo pallore spettrale e assunse una tinta dorata. Le angustie di una vita intera le scivolarono via dal viso. Le sorelle giurate, Luna di Primavera, Madama Wang e io restammo ad ascoltare il suo respiro: un'inspirazione, un'espirazione; silenzio. Alcuni secondi di pausa, poi di nuovo un'inspirazione, un'espirazione; silenzio. Un altro intervallo tormentoso, seguito dalla stessa sequenza: un'inspirazione, un'espirazione; silenzio. Rimasi sempre con la mano posata sulla guancia di Fiore di Neve, come lei aveva fatto con me dal giorno in cui ci eravamo conosciute, perché sapesse che la sua *laotong* non l'avrebbe più abbandonata sino alla fine, quando dopo l'ultimo respiro sarebbe calato il silenzio per l'eternità.

Quanti degli avvenimenti accaduti fino allora mi ricordarono il racconto didascalico della donna dai tre fratelli, l'apologo che la zia intonava così spesso! Imparavamo quelle storie e quelle canzoni – me ne rendo conto adesso – non solo perché ci insegnavano come comportarci, ma anche perché nel corso delle nostre esistenze le avremmo rivissute in una serie infinita di varianti.

Fiore di Neve venne portata a pianterreno, nella stanza principale. Io la lavai e la vestii con gli abiti della vita eterna, i cui motivi rammentavo sin dall'infanzia, benché i tessuti fossero ormai logori e scoloriti. La più anziana delle sorelle giurate pettinò la chioma della defunta. La seconda in ordine di età le cosparse il viso di cipria e le dipinse le labbra. La più giovane le intrecciò fiori tra i capelli. Le spoglie di Fiore di Neve furono deposte nella bara. Un piccolo gruppo di musicanti suonò melodie luttuose mentre noi sedevamo intorno al feretro. La più anziana delle sorelle giurate disponeva di denaro a sufficienza per procurarsi incenso da bruciare. La seconda ne possedeva abbastanza per comprare carta cui appiccare il fuoco. La più giovane non aveva soldi, ma espresse il proprio dolore piangendo sconsolatamente.

Tre giorni più tardi, il macellaio, suo figlio e i mariti e i figli delle tre donne di Jintian portarono la cassa al luogo della sepoltura. Camminavano svelti, sembravano quasi volare al di sopra del terreno. Io presi con me quasi tutti i messaggi in *nu shu* della mia *laotong*, tra i quali parecchi di quelli che le avevo inviato io stessa: li bruciai sulla tomba, perché le nostre parole accompagnassero Fiore di Neve nell'aldilà.

Tornammo a casa del macellaio. Luna di Primavera preparò il tè, mentre le sorelle giurate e io salivamo al piano di sopra per cancellare ogni traccia della morte.

Fu per bocca delle tre donne che scoprii la mia infamia più vergognosa. Fiore di Neve non era affatto la loro sorella giurata, mi rivelarono. Non ci credetti. Loro insistettero.

« E il ventaglio? » sbottai in preda alla frustrazione. « C'era scritto che si sarebbe unita a voi. »

« No », mi corresse Fior di Loto. « Nel suo messaggio vi pregava di non preoccuparvi più per lei, perché aveva trovato qui delle amiche capaci di confortarla. »

Mi chiesero di vedere le parole con i propri occhi. Fiore di Neve, scoprii, aveva insegnato loro a leggere il *nu shu.* Si affollarono intorno al ventaglio come un branco di galline, prorompendo in esclamazioni e indicandosi a vicenda i punti salienti di cui dovevano avere sentito parlare dalla mia *laotong* nel corso degli anni. Ma quando arrivarono alle ultime frasi si fecero serie.

« Guardate voi stessa », mi esortò Fior di Loto, puntando il dito sui caratteri. « Qui non c'è nessun accenno a una sorellanza giurata. »

Le strappai di mano il ventaglio e mi rifugiai in un angolo

per esaminarlo in pace. « Sono troppe le afflizioni che mi tormentano », aveva scritto Fiore di Neve. « Non posso essere quella che tu desideri. Non dovrai più ascoltare le mie lamentele. Tre sorelle giurate hanno promesso di amarmi per ciò che sono... »

« Vedete, Signora Lu? » disse Fior di Loto, rivolgendosi a me dalla parte opposta della stanza. « Fiore di Neve desiderava solo confidarsi con noi. In cambio ci ha insegnato il linguaggio segreto. È stata la nostra maestra, e noi l'abbiamo rispettata e le abbiamo voluto bene per questo. Lei però non ci amava, perché amava voi. E voleva che il suo amore fosse ricambiato, senza il peso della compassione e dell'impazienza. »

La superficialità, la testardaggine e l'egoismo della mia condotta non diminuivano certo la gravità e la stupidità di quanto avevo fatto. Ero incorsa nell'errore più marchiano per una donna esperta nel *nu shu*: avevo trascurato la struttura del messaggio, il contesto e le sfumature del significato. E, cosa ancora più imperdonabile, obnubilata dalla presunzione, non avevo tenuto conto di ciò che mi era stato chiaro fin dal primissimo incontro con la mia *laotong*: la sua capacità di usare le parole con una raffinatezza e una sottigliezza ben superiori a quelle della seconda femmina di un contadino qualsiasi. Per otto anni, Fiore di Neve aveva sofferto per colpa della mia cecità e ignoranza. Da allora – ed è passato ormai un numero di anni quasi equivalente all'intera esistenza della mia *laotong* – vivo tormentata dal rimorso.

Ma le tre sorelle giurate non avevano ancora finito con me.

« Ha cercato di compiacervi in ogni modo », riprese Fior di Loto, « persino andando a letto col marito troppo presto dopo il parto. »

« Questo non è vero! »

« Ogni volta che perdeva un bambino, voi non le offrivate più comprensione del marito o della suocera », continuò Salice Frusciante. « L'unico valore di una donna sta nel mettere al mondo figli maschi, seguitavate a ripeterle, e lei ci credeva. L'avete esortata a tentare ancora, e lei vi ha obbedito. »

« A quali altre frasi si può ricorrere in certe situazioni? » ribattei in tono indignato. « È così che noi donne ci consoliamo a vicenda... »

« E credete che quelle parole le fossero di conforto per affrontare la morte di un figlio? »

« Voi non c'eravate. Voi non avete sentito... »

« Prova ancora! Prova ancora! Prova ancora! » mi schernì Bocciolo di Susino. « Negate forse di averle detto così? »

Non potevo negarlo.

« Pretendevate che seguisse i vostri consigli in questo e in molti altri aspetti della sua vita », insistette Fior di Loto. « E poi quando cercava di accontentarvi la criticavate... »

« State fraintendendo le mie intenzioni. »

« Davvero? » domandò Salice Frusciante. « Lei non faceva che parlare di voi. Non ha mai pronunciato neppure una parola di biasimo nei vostri confronti, però noi abbiamo capito lo stesso la verità. »

« Vi ha voluto bene con tutto l'amore di una *laotong*, per ciò che eravate e per ciò che non eravate », concluse Bocciolo di Susino. « Ma voi avevate una mentalità troppo maschile. L'avete amata come potrebbe fare un marito, apprezzandola solo se seguiva le regole degli uomini. »

Concluso un ciclo di accuse, Fior di Loto ne iniziò subito un secondo. « Vi ricordate del giorno in cui perse il bambino, lassù al campo tra le montagne? » mi domandò in tono tale da farmi paventare il seguito.

« Certo che me ne ricordo. »

« Era già malata. »

« Non è possibile. Il macellaio... »

« Forse fu il marito a provocare l'insorgere del tumore, quella volta », ammise Salice Frusciante, « però il sangue dell'emorragia era nero, putrido, morto, e nessuna di noi vi trovò traccia di un feto. »

Fu di nuovo Bocciolo di Susino a chiudere il discorso. « Noi le siamo state accanto per parecchi anni, durante i quali le sono capitati diversi altri incidenti simili. Quando le avete cantato la vostra Lettera di Biasimo stava già molto male. »

Fino allora non avevo saputo trovare argomenti per controbattere. Come avrei potuto confutare quest'ultima colpa? Senza dubbio il cancro cresceva nel ventre di Fiore di Neve da tantissimo tempo. Certi particolari del passato assunsero di colpo un nuovo significato: l'inappetenza della mia *laotong*, il suo pallore, la fiacchezza che l'affliggeva proprio nel periodo in cui io la assillavo perché si nutrisse meglio, si pizzicasse le gote per riportarvi un po' di colore e si impegnasse nei lavori domestici in modo da creare un'atmosfera di armonia nella famiglia del marito. E poi mi venne in mente un'altra cosa: solo due settimane prima, arrivando in casa sua, lei mi aveva pregato di perdonarla. Io non l'avevo fatto, nemmeno nei momenti di strazio più crudele, nemmeno nell'imminenza della morte, nemmeno mentre mi ripetevo compiaciuta che l'amavo ancora. Il suo cuore era sempre rimasto puro, al contrario del mio: raggrinzito, duro e arido quanto una vecchia noce rinsecchita.

A volte mi capita di ripensare alle tre sorelle giurate, ormai tutte morte, naturalmente. Dovevano badare a come mi parlavano: rimanevo pur sempre la Signora Lu. Eppure, non mi lasciarono uscire dalla casa di Fiore di Neve senza avermi detto la verità.

Tornai a Tongkou e mi rifugiai in camera mia con il ventaglio e le poche lettere che avevo conservato. Macinai l'inchiostro finché fu più nero del cielo notturno. Aprii il ventaglio, intinsi il pennello e scrissi le mie frasi conclusive, o almeno così credevo allora.

« Tu che hai sempre conosciuto il mio cuore ti libri ormai oltre le nubi, nel tiepido sole. Spero che un giorno voleremo insieme. » Mi sarebbero rimasti molti anni per riflettere su queste righe e per sforzarmi di rimediare alle sofferenze inflitte alla persona che più amavo al mondo.

Seduta in silenzio

RIMPIANTO

Sono ormai così vecchia da non poter più usare le mani per cucinare, tessere o ricamare: le osservo e vedo le macchie provocate dai troppi anni di vita. Non si sfugge agli effetti del tempo, e da questo punto di vista non c'è differenza tra chi lavora all'aperto sotto il sole e chi rimane al riparo nella stanza delle donne per l'intera esistenza. Ho la pelle talmente sottile che sotto la sua superficie si formano minuscole pozze di sangue ogni qual volta urto contro un oggetto o un oggetto urta contro di me. Ho le dita stanche a forza di macinare inchiostro, e le nocche gonfie a furia di reggere il pennello. Mi si sono posate sul pollice due mosche, ma non ho la forza di scacciarle. Dai miei occhi – gli occhi acquosi di una vegliarda – sono scese troppe lacrime in questi ultimi giorni. I capelli, grigi e radi, sfuggono alle forcine che dovrebbero tenerli a posto sotto la cuffia. Le persone che vengono in visita si sforzano di non guardarmi. E anch'io cerco di non girare lo sguardo nella loro direzione. Sono rimasta al mondo troppo a lungo.

Dopo la tragedia di Fiore di Neve, mi rimaneva da vivere ancora la metà dei miei anni. I giorni di riso e sale non erano finiti per me, ma nel mio cuore inaugurai già il tempo che avrei trascorso seduta in silenzio. Per la maggior parte delle donne, questa fase comincia quando muore il marito; per me ebbe inizio con la scomparsa della mia *laotong*. Ero « quella che non è ancora morta », eppure le circostanze mi impedirono di stare tranquilla e in pace. Il mio sposo e la mia famiglia avevano bisogno che continuassi a svolgere le mansioni di una moglie e di una madre. La comunità di cui facevo parte seguitava a vedere in me la Signora Lu. E poi c'erano i figli di Fiore di Neve, di cui ero io ad avere bisogno per poter fare ammenda con la mia *laotong*. Ma non è affatto facile comportarsi in modo davvero schietto e generoso per chi non sa neppure da che parte cominciare.

La prima cosa di cui mi occupai nei mesi immediatamente successivi alla morte di Fiore di Neve fu il matrimonio della figlia: presi il posto della madre in tutti i riti e le cerimonie nuziali. Luna di Primavera sembrava rassegnata all'idea di sposarsi, triste alla prospettiva di lasciare casa sua, incerta – dopo avere visto come il padre trattava la moglie – su quanto l'aspettava. Le normali preoccupazioni di una giovane sposa, dicevo a me stessa. Ma la prima notte di nozze, mentre il marito dormiva, Luna di Primavera si tolse la vita gettandosi nel pozzo del villaggio.

« Oltre a contaminare la sua nuova famiglia, quella ragazza ha inquinato l'acqua potabile dell'intero villaggio », sussurrarono le malelingue. « Era tale e quale sua madre. Vi ricordate la Lettera di Biasimo? » Il fatto di essere l'autrice del testo che aveva rovinato la reputazione di Fiore di Neve mi tormentava la coscienza, perciò mettevo a tacere quei discorsi ogni volta che mi capitava di ascoltarli. Grazie a ciò, mi conquistai la fama di una persona clemente e caritatevole verso chi trasgredisce le regole; io, però, la sapevo più lunga: avevo fallito miseramente nel primo tentativo di riparare ai torti arrecati alla mia *laotong*. Il giorno in cui registrai sul ventaglio la morte di Luna di Primavera fu uno dei più tristi della mia vita.

Poi mi concentrai sul figlio di Fiore di Neve. Malgrado le difficoltà della sua situazione e la totale mancanza di sostegno da parte del padre, il giovane aveva imparato i rudimenti della scrittura maschile e se la cavava bene con i numeri. Eppure continuava a lavorare al fianco del macellaio e conduceva un'esistenza non certo più allegra di quando era bambino. Conobbi la moglie, ancora a casa dei genitori. In questo caso la scelta era stata felice. La ragazza rimase incinta: il pensiero che prima o poi sarebbe finita in casa del suocero mi angustiava. Sebbene non rientri nelle mie abitudini interferire con il mondo degli uomini, convinsi mio marito (che grazie ai profitti ricavati dal commercio del sale aveva ulteriormente accresciuto le vaste proprietà ereditate dallo Zio Lu, e ora possedeva campi estesi fino a Jintian) a procurare al figlio della mia *laotong* una professione diversa da quella del padre. Il giovane venne assunto alle dipendenze della famiglia con l'incarico di riscuotere gli affitti dai contadini e gli fu assegnata una casetta con un orticello. Alla fine il macellaio lasciò il lavoro, si trasferì presso il figlio e si affezionò moltissimo al nipote, fonte di grande gioia per tutti i familiari. Le cose si risolsero per il meglio, ma io sapevo di non avere fatto ancora abbastanza per guadagnarmi il perdono di Fiore di Neve.

A cinquant'anni smisi di sanguinare ogni mese e la mia vita subì una nuova svolta. Non dovevo più badare agli altri: erano gli altri, invece, a occuparsi di me e ad accudirmi, anche se io controllavo il loro lavoro e li riprendevo per qualsiasi incombenza non fosse eseguita a mia completa soddisfazione. Ma, come dicevo poco fa, nel mio cuore avevo già iniziato a vivere seduta in silenzio. Diventai vegetariana e presi l'abitudine di astenermi dai cibi che danno più calore, quali l'aglio e il vino. Meditavo sui sutra religiosi, mi dedicavo a riti purificatori e speravo di poter rinunciare alla contaminazione dei rapporti coniugali. Sebbene per tutta la durata della nostra unione avessi fatto ogni sforzo perché mio marito non portasse mai a casa una concubina, cominciai a sentirmi comprensiva e compassionevole nei confronti del mio sposo. Si meritava qualche gratificazione dopo un'intera vita di duro lavoro. Non aspettai che fosse lui a prendere l'iniziativa – forse non si sarebbe mai deciso a un passo simile – e mi assunsi il compito di cercare e di accogliere non una sola, bensì tre concubine destinate a intrattenerlo. Avendole scelte io stessa, riuscii a evitare molte gelosie e i meschini disaccordi provocati di solito dall'arrivo in famiglia di giovani donne graziose. Non rimasi male quando misero al mondo dei figli. E, in verità, la reputazione del mio sposo crebbe ancora nel villaggio. Oltre a confermare la propria ricchezza, aveva dimostrato di possedere un *qi* senza rivali tra gli uomini della contea.

I rapporti con mio marito si trasformarono in una profonda

amicizia. Ricevevo spesso le sue visite nella stanza delle donne: si fermava a bere il tè e a conversare con me. Il conforto che traeva dalla tranquillità della vita domestica riusciva a dileguare le preoccupazioni destate in lui dal caos, dall'instabilità e dalla corruzione del mondo esterno. Quelli trascorsi allora in reciproca compagnia furono forse i momenti più felici della nostra esistenza insieme. Avevamo creato un giardino, e lo vedevamo fiorire intorno a noi in un'infinità di modi. I nostri figli si erano sposati dal primo all'ultimo. Le nuore si rivelarono tutte fertili. Le stanze echeggiavano delle voci allegre dei nipotini. Li amavamo, ma c'era una bambina che suscitava il mio interesse più di ogni altra, benché non discendesse dal nostro sangue. La desideravo accanto a me.

Nella casetta di Jintian, la moglie dell'esattore degli affitti aveva dato alla luce una femminuccia. Volevo che quella bimba – la nipotina di Fiore di Neve – si unisse in matrimonio con il mio primo nipote. A sei anni non è troppo presto per stipulare un Contratto di parentela se entrambe le famiglie aspirano a concludere il fidanzamento di una coppia cui tengono molto, se i parenti dello sposo sono disposti a cominciare l'invio dei doni nuziali, e se i familiari della sposa sono abbastanza poveri da averne bisogno. Nel nostro caso sussistevano tutt'e tre le condizioni, mi pareva, e mio marito – dopo trentadue anni di vita coniugale in cui non gli avevo mai dato motivo di imbarazzo o di vergogna – fu così generoso da acconsentire alla mia richiesta.

Mandai a chiamare Madama Wang quando la piccola stava per iniziare la fasciatura dei piedi. L'anziana donna fu scortata nella sala comune da due ragazze con i piedi grossi: sebbene le sue concorrenti concludessero ormai più affari di lei, questo dimostrava che la vecchia sensale aveva messo da parte un gruzzolo sufficiente a garantirle una vita agiata. Gli anni, però, non erano stati misericordiosi con l'intermediaria. Il viso appariva incartapecorito e gli occhi velati dalla cataratta. In bocca non le restavano più denti. Aveva ben pochi capelli. Le si erano rattrappite le membra sotto la schiena gobba. Sembrava talmente fragile e deforme da riuscire a malapena a camminare sui piedi di giglio. Mi resi conto di non voler vivere altrettanto a lungo. Invece, eccomi qui.

Le offrii tè e dolciumi. Chiacchierammo del più e del meno. Credevo si fosse dimenticata di me. Pensai di potere sfruttare la cosa a mio vantaggio. Conversammo ancora un po', poi arrivai al punto.

« Sto cercando un buon partito per mio nipote. »

« Non dovrei parlare con il padre del ragazzo? » chiese la sensale.

« Si trova in viaggio e mi ha chiesto di negoziare in vece sua. »

L'anziana donna chiuse gli occhi, riflettendo. O forse si era assopita.

« Ho sentito dire che c'è una buona opportunità a Jintian », continuai a voce più alta. « La bambina è la figlia dell'esattore degli affitti. »

Dalla battuta successiva capii che Madama Wang sapeva benissimo con chi stava parlando.

« Perché non accoglierla in casa come piccola nuora? » mi domandò. « La vostra soglia è molto nobile. Vostro figlio e sua moglie sarebbero più che soddisfatti di un accordo di questo genere, ne sono certa. »

In effetti, né l'uno né l'altra dimostravano alcun entusiasmo per la mia iniziativa. Ma che cosa potevano fare? Mio figlio era uno studioso. Aveva appena superato un esame imperiale di livello superiore, conquistandosi il titolo di *juren* alla giovanissima età di trent'anni. Se non stava con la testa fra le nuvole, viaggiava da un capo all'altro del Paese. Veniva a casa di rado, e quando arrivava ci riferiva le storie stravaganti di quanto aveva visto: forestieri alti e grotteschi dalle barbe fulve, le cui mogli esibivano vitini talmente costretti dagli abiti da impedire loro di respirare e grandi piedi che guizzavano di qua e di là come pesci appena catturati. A parte la bizzarria di quei racconti, il mio primogenito si comportava con devozione filiale e rispettava la volontà del padre, mentre mia nuora doveva obbedire a me. In ogni caso, la giovane donna si asteneva completamente dal partecipare a certe discussioni, limitandosi a piangere, chiusa in camera sua.

« Non sto cercando una ragazza dai piedi grossi », dichiarai. « Voglio una sposa con i gigli dorati più perfetti della contea. »

« La bambina di cui mi parlate non ha neppure iniziato la fasciatura. Non ci sono garanzie... »

« Ma voi le avete esaminato i piedi, dico bene, Madama Wang? E siete senz'altro un giudice competente. Che cosa ne pensate? »

« Non sono sicura che la madre sia in grado di fare un buon lavoro... »

« Allora me ne occuperò io stessa. »

« Non potete ospitare la piccola in *questa* casa se progettate un matrimonio », ribatté la sensale in tono querulo. « Sarebbe sconveniente permettere a vostro nipote di vedere la futura moglie. »

La zia di Fiore di Neve non era cambiata, ma nemmeno io. « Avete ragione. Andrò io a trovare la bambina. »

« Anche questo è tutt'altro che conforme alle consuetudini... »

« La visiterò spesso. Devo insegnarle molte cose. » Guardai Madama Wang che meditava sulla mia proposta. Poi mi chinai in avanti e posai la mano su quella dell'anziana donna. « Sono sicura, Zietta, che la nonna della piccola approverebbe. »

Gli occhi dell'intermediaria si riempirono di lacrime.

« La bambina dovrà diventare esperta nelle arti femminili », mi affrettai a continuare. « Avrà bisogno di viaggiare; non al punto di suscitare in lei ambizioni estranee all'ambito domestico, ma recarsi una volta l'anno al tempio di Gupo le farà senz'altro bene: sono sicura che concorderete con me su questo. Un tempo, ho sentito dire, viveva a Shexia un uomo abilissimo nel preparare una leccornia a base di taro. Mi risulta che il nipote stia continuando le tradizioni familiari. »

Perseverai nella trattativa e riuscii a prendere sotto la mia protezione la nipotina di Fiore di Neve. Le fasciai i piedi personalmente. Le dimostrai tutto l'amore materno di cui ero capace esortandola a camminare avanti e indietro nella stanza delle donne della sua casa natale. I piedini di Fiore di Peonia risultarono perfetti gigli dorati, non più grandi dei miei. Nei lunghi mesi in cui le ossa si saldavano nella loro nuova forma, andai a trovarla quasi ogni giorno. I genitori le volevano molto bene, ma il padre si sforzava di non pensare al passato e la madre non lo conosceva. Perciò ero io a parlarne con la piccola, a raccontarle la storia della nonna e della sua *laotong*, a recitarle messaggi e canti, a descriverle amicizie e disgrazie.

« Tua nonna proveniva da una famiglia molto istruita », le dicevo. « E tu imparerai ciò che lei ha insegnato a me: il ricamo, la dignità e la cosa più importante di tutte, la nostra scrittura segreta. »

Benché Fiore di Peonia studiasse con diligenza, un giorno si scusò con me: « I miei caratteri sono rozzi. Spero che vorrete perdonarmi per questo ».

Era la nipote di Fiore di Neve. Eppure, come potevo evitare di vedere in lei anche me stessa?

A volte mi domando se fu più doloroso assistere alla morte di Fiore di Neve o a quella di mio marito. Soffrirono terribilmente entrambi. Solo uno dei due venne onorato con una processione funebre nella quale tre figli maschi si recarono in ginocchio fino al luogo della sepoltura. Avevo cinquantasette anni quando il mio sposo scese nell'aldilà, ed ero troppo vecchia perché i miei figli pensassero di accasarmi di nuovo o si preoccupassero della mia castità di vedova. Mi mantenevo casta già da parecchi anni, ormai, e adesso mi ritrovavo doppiamente vedova. Non ho scritto molto su mio marito in queste pagine. Quanto lo riguarda è registrato nella mia autobiografia ufficiale. Ma voglio ribadire una cosa, qui: è stato lui a darmi una ragione per tirare avanti giorno dopo giorno. Dovevo accertarmi che gli fossero serviti i pasti. Dovevo pensare a discorsi intelligenti con cui intrattenerlo. Scomparso lui, cominciai a mangiare sempre meno. Non mi importava più di essere d'esempio alle donne dell'intera contea. I giorni scivolavano nelle settimane. Avevo perso la nozione del tempo. Non badavo al ciclo delle stagioni. Gli anni si confondevano con i decenni.

La tragedia di invecchiare tanto è che si vedono morire troppe persone. Sono sopravvissuta a quasi tutti: genitori, zii, fratelli e sorelle, Madama Wang; mio marito, mia figlia, due dei miei figli, le mie nuore al completo e perfino Yonggang. Il mio primogenito è divenuto uno studioso di rango *Gong Sheng* e infine un *jin shi.* Il suo Ba Gu Wen, il saggio letterario in otto parti, è stato letto dall'imperatore in persona. In quanto funzionario di corte, mio figlio passa la maggior parte del tempo lontano da casa, ma grazie alla posizione che occupa ha assicurato un futuro alla famiglia Lu per generazioni e generazioni. Il rispetto filiale non gli manca, e so che non trascurerà mai i suoi doveri. Ha persino comprato una bara, grande e laccata, dove potrò riposare in pace dopo la morte. Il suo nome, tracciato orgogliosamente nella scrittura degli uomini, fa bella mostra di sé accanto a quello dello Zio Lu e del bisnonno di Fiore di Neve nel tempio ancestrale di Tongkou. La testimonianza del loro successo rimarrà là, sotto gli occhi di tutti, finché l'edificio resterà in piedi.

Fiore di Peonia ha ormai trentasette anni, sei più di me quando assunsi il ruolo di Signora Lu. Come moglie del mio primo nipote, sarà lei a succedermi il giorno in cui passerò a miglior vita. Ha due figli e tre figlie, e potrà darne alla luce ancora molti altri. Il suo primogenito ha sposato una fanciulla di un altro villaggio. La giovane moglie ha partorito da poco due gemelli, un maschietto e una femminuccia. Nei loro volti vedo Fiore di Neve, ma anche me stessa. Da bambine ci definiscono rami sterili perché non possiamo perpetuare il nome di chi ci ha messe al mondo, ma solo quello di nostro marito, se siamo abbastanza fortunate da generare maschi. Per tale motivo, una donna appartiene per sempre alla famiglia del suo sposo, da viva e da morta. Nessuno può negare questa verità, eppure oggi provo soddisfazione al pensiero che presto sarà il mio sangue unito a quello di Fiore di Neve a occupare il primo posto in casa Lu.

Ho sempre creduto nella verità del vecchio detto secondo il

quale « una donna priva di conoscenze è meglio di una istruita ». Per tutta la vita mi sono sforzata di tapparmi le orecchie e di non sentire ciò che accadeva nel mondo esterno, e non ho mai aspirato a imparare la scrittura degli uomini: però ho appreso le arti femminili, le nostre storie e il *nu shu*. Anni fa, mentre mi trovavo a Jintian a insegnare a Fiore di Peonia e alle sue sorelle giurate i caratteri della nostra scrittura segreta, molte donne mi chiesero se fossi disposta a trascrivere le loro autobiografie. Non potei dire di no. Pretesi un onorario, naturalmente: tre uova e una moneta. Non mi servivano né le uova né il denaro, ma ero la Signora Lu e dovevo esigere rispetto per la mia posizione. E poi avevo anche un altro motivo. Volevo che quelle donne dessero un valore alle proprie vite, per lo più tristi e squallide. Provenivano da famiglie povere e incapaci di gratitudine, da cui erano state costrette a sposarsi in tenera età. Avevano sofferto lo strazio della separazione dai genitori e della morte dei figli, e sopportato le umiliazioni inevitabili quando si occupa l'ultimo posto in casa dei suoceri; e troppe di loro subivano i maltrattamenti del marito. So molte cose sulle donne e sulle sofferenze che non possono evitare, ma ignoro ancora quasi tutto degli uomini. Se non apprezzano la moglie al momento del matrimonio, perché mai dovrebbero averla cara in seguito? Se la considerano alla stregua di una gallina capace di produrre quantità infinite di uova, o di un bufalo indiano in grado di reggere sulla groppa carichi e pesi illimitati, cosa li indurrà mai a darle più valore di quegli animali? È probabile che la giudichino persino meno utile, perché non è altrettanto coraggiosa, forte, resistente o abile nel procurarsi il cibo da sé.

Dopo avere ascoltato tante storie altrui, ho ripensato alla mia. Da quarant'anni, il passato suscita in me solo rimpianti. Ho avuto un'unica persona davvero importante nella vita, e mi sono comportata con lei peggio del peggiore dei mariti. Dopo avermi pregata di fare da zia ai suoi figli, Fiore di Neve mi disse (e furono le sue ultime parole): « Io non ero alla tua altezza, eppure sono convinta che siano stati gli spiriti del cielo a unirci. Rimarremo insieme per sempre ». Quante volte ho riflettuto su quella frase. Mi stava dicendo la verità? E se nell'oltretomba non ci fosse posto per la pietà e la comprensione? Ma, se i bisogni e i desideri dei morti restano gli stessi dei vivi, mi rivolgo a Fiore di Neve e a chi è stato testimone del nostro rapporto. Ascoltatemi, vi prego. E perdonatemi, se potete.

NOTA DELL'AUTRICE E RINGRAZIAMENTI

Negli anni '60, un giorno un'anziana donna perse i sensi in una stazione ferroviaria della Cina rurale. Quando la polizia perquisì la sconosciuta nel tentativo di identificarla, trovò dei documenti che sembravano scritti in un codice cifrato. La Rivoluzione Culturale era al culmine, e così la poveretta fu arrestata e trattenuta per sospetto spionaggio. Gli studiosi convocati per decifrare i messaggi esclusero quasi subito l'ipotesi dell'intrigo internazionale. Gli strani caratteri, dissero, appartenevano invece a un linguaggio scritto usato solo dalle donne e mantenuto «segreto» agli uomini da mille anni. Dopo questo responso, gli esperti vennero subito spediti in un campo di lavoro.

Mi imbattei per la prima volta in una breve menzione del *nu shu* mentre scrivevo una recensione per il *Los Angeles Times* sul saggio di Wang Ping intitolato *Aching for Beauty*. Rimasi prima affascinata e poi completamente conquistata dall'argomento. Scoprii che erano sopravvissute ben poche testimonianze di quel linguaggio – sotto forma di lettere, storie, tessuti o ricami – perché la maggior parte finiva bruciata sulle tombe, per ragioni pratiche e metafisiche. Poi, negli anni '30, molti documenti in *nu shu* conservati nelle case come cimeli di famiglia erano stati distrutti dai giapponesi. Infine, nel corso della Rivoluzione Culturale, le zelanti Guardie Rosse avevano dato alle fiamme altri testi e proibito alle donne di partecipare alle feste religiose e di recarsi al tempio di Gupo per il pellegrinaggio annuale voluto dalla tradizione. In seguito, i severi controlli del ministero della Sicurezza pubblica, la polizia cinese, erano stati responsabili di un ulteriore calo di interesse per l'apprendimento o la tutela della scrittura delle donne. Durante la seconda metà del XX secolo, il *nu shu* scomparve quasi del tutto mentre venivano meno anche le principali ragioni per cui era stato utilizzato.

Discussi della cosa per e-mail con Michelle Yang, un'ammiratrice del mio lavoro, e lei fu così carina da assumersi il compito di navigare in internet per poi inviarmi quanto riusciva a scoprire sull'argomento. Le informazioni raggranellate sul *nu shu* mi invogliarono a progettare un viaggio nella contea di Jiangyong (chiamata un tempo contea di Yongming): ci andai nell'autunno del 2002, aiutata dalla pianificazione magistrale e assennata di Paul Moore, della Crown Travel. Prima di me aveva raggiunto la zona un solo visitatore straniero, mi dissero all'arrivo, anche se a quanto mi risultava almeno un paio di persone si erano già intrufolate clandestinamente da quelle parti. In tutta sincerità, devo riconoscere che la regione è ancora isolata e inaccessibile come in passato. Sono quindi molto grata al signor Li, che non si è limitato a essere un abilissimo autista (una dote rara in Cina), ma ha saputo dimostrare una pazienza infinita quando l'automobile finiva impantanata in un viottolo fangoso dopo l'altro mentre ci spostavamo tra i vari villaggi. Avere Chen Yi Zhong come interprete è stata una vera fortuna per me. I suoi modi amichevoli, la disponibilità a entrare nelle case senza tante cerimonie, la capacità di comprendere le sottigliezze del dialetto locale, la familiarità con i classici cinesi e la storia della Cina, nonché l'interesse entusiastico per il *nu shu* – di cui neppure conosceva l'esistenza – hanno reso il mio viaggio particolarmente proficuo. Chen mi ha tradotto conversazioni ascoltate nei vicoli e nelle cucine, oltre alle storie in *nu shu* custodite nel museo dedicato a questa scrittura. (Desidero esprimere qui il mio apprezzamento per il direttore, che con grande generosità ha aperto per me teche e vetrine e mi ha permesso di esaminare la raccolta.) Ho fatto affidamento sulla resa informale di Chen per parecchi testi, tra cui la poesia risalente alla dinastia Tang che nel romanzo Giglio Bianco e Fiore di Neve scrivono l'una sul corpo dell'altra. Poiché l'accesso alla contea di Jiangyong è ancora vietato agli stranieri, ho dovuto viaggiare in compagnia di un funzionario governativo, chiamato anche lui Chen. Il suo intervento mi ha spalancato numerose porte, e il suo rapporto con la figlia, bella, intelligente e molto amata, mi ha rivelato meglio di qualsiasi articolo o discorso quanto sia cambiata la condizione delle bambine cinesi.

Insieme, i signori Li, Chen e Chen mi hanno condotta in automobile, su carretti trainati da cavalli, a bordo di sampan e a piedi dovunque desiderassi andare. Ci siamo recati al villaggio di Tong Shan Li per incontrare Yang Huanyi, la più anziana scrittrice in *nu shu* vivente, allora novantaseienne. Da piccola le avevano fasciato i piedi, e mi ha descritto la sua esperienza, oltre a parlarmi di feste tradizionali e cerimonie di nozze. (Sebbene le prime misure contro la fasciatura dei piedi risalgano già al tardo Ottocento, l'usanza è rimasta viva nelle campagne fino al XX secolo inoltrato. È scomparsa dalla regione del *nu shu* solo nel 1951, quando gli eserciti di Mao Ze Dong hanno infine liberato la contea di Jiangyong.)

Superate le prime diffidenze, in un secondo tempo la Repubblica Popolare Cinese ha cambiato atteggiamento ed è passata a considerare la scrittura delle donne un fattore significativo nell'ambito della lotta rivoluzionaria contro l'oppressione portata avanti dal popolo della Cina. In armonia con la nuova prospettiva, il governo si è impegnato a mantenere vivo il linguaggio segreto aprendo una scuola di *nu shu* a Puwei. È là che ho conosciuto e intervistato Hu Mei Yue, la nuova insegnante, e la sua famiglia. Hu Mei Yue mi ha raccontato le storie delle sue nonne e mi ha spiegato come le avessero insegnato il *nu shu*.

A tutt'oggi il villaggio di Tongkou resta un luogo straordinario. L'architettura, i dipinti sui muri delle case e ciò che rimane del tempio ancestrale mettono in evidenza la raffinatezza degli antichi abitanti. Un fatto interessante: benché il villaggio sia povero e isolato sotto ogni aspetto, nel tempio ancestrale sono registrati i nomi di quattro uomini della zona divenuti studiosi imperiali del più alto rango durante il regno dell'imperatore Dao Guang. A parte quanto ho appreso negli edifici pubblici, vorrei ringraziare le tante persone di Tongkou che mi hanno permesso di vagare liberamente in casa loro e si sono prestate a rispondere alle mie infinite domande. Sono grata anche alla gente di Qianjiadong – la città identificata con la Grotta delle Mille Famiglie della tradizione Yao, riscoperta dagli studiosi cinesi negli anni '80 – da cui sono stata accolta come un'ospite d'onore.

Il giorno del mio ritorno in America, ho mandato un'e-mail a Cathy Silber, docente presso il Williams College, che nel 1988 aveva condotto una ricerca sul campo per la sua tesi sul *nu shu*: volevo esprimerle tutta la mia ammirazione per i sei mesi trascorsi in una regione così isolata e disagevole sul piano pratico. Da allora siamo rimaste in contatto e ci siamo parlate più volte sia al telefono sia per posta elettronica, scambiandoci opinioni sul linguaggio segreto, sulle donne che lo scrivevano e sulla loro vita, e su Tongkou. Anche Hui Dawn Li mi ha offerto una collaborazione inestimabile rispondendo a una miriade di domande su cerimonie, parole e vita domestica. Sono immensamente grata a entrambe per la loro competenza, la disponibilità e l'entusiasmo.

Ho un grande debito nei confronti di numerosi altri eruditi e giornalisti, autori di interventi sul *nu shu*: William Chiang, Henry Chu, Hu Xiaoshen, Lin-lee Lee, Fei-wen Liu, Liu Shouhua, Anne McLaren, Orie Endo, Norman Smith, Wei Liming e Liming Zhao. Il linguaggio delle donne attinge ampiamente a un repertorio di frasi fatte e immagini convenzionali – quali « la fenice stride », « una coppia di anatre mandarine » o « la nostra unione è stata voluta dagli spiriti del cielo » – per le quali mi sono basata a mia volta sulle traduzioni degli studiosi sopra citati. In ogni caso, dato che ho scritto un romanzo, non ho adottato il tradizionale schema ritmico di pentasillabi ed eptasillabi rimati impiegato nelle lettere, nelle canzoni e nelle storie in *nu shu*.

Per quanto riguarda le informazioni sulla Cina, sugli Yao, sulle donne cinesi e sulla fasciatura dei piedi, ho attinto ai lavori di Patricia Buckley Ebrey, Benjamin A. Elman, Susan Greenhalgh, Beverley Jackson, Dorothy Ko, Ralph A. Litzinger e Susan Mann. Infine, il suggestivo documentario di Yue-qing Yang intitolato *Nu-shu: A Hidden Language of Women in China*, mi ha aiutata a capire come molte donne nella contea di Jiangyong siano tuttora costrette a subire le conseguenze di matrimoni combinati e senza amore. Ciascuna delle persone che ho elencato ha le proprie fondate opinioni e ne trae le conclusioni del caso, ma desidero ricordare ai lettori che *Fiore di Neve e il ventaglio segreto* è un testo narrativo. Non intende prendere in esame tutti gli aspetti del *nu shu*, né spiegarne in maniera esaustiva le molteplici sfumature. Si propone invece di raccontare una storia filtrata attraverso i miei sentimenti, le mie esperienze e le mie ricerche. Per dirla in altre parole, mi assumo ogni responsabilità di eventuali errori.

Bob Loomis, il mio interlocutore alla Random House, si è dimostrato una volta di più paziente, perspicace e meticoloso. Benjamin Dreyer, redattore d'eccezione, mi ha offerto ottimi consigli nella fase iniziale, per i quali gli sono molto obbligata. Un grazie a Vincent La Scala, responsabile della produzione, che ha accompagnato il romanzo fino alla sua veste definitiva, e a Janet Baker, per l'attenta revisione del dattiloscritto. Nemmeno una parola di questo lavoro avrebbe visto la luce senza il contributo della mia agente, Sandy Dijkstra. La sua fiducia in me non è mai venuta meno, ed è stato meraviglioso collaborare con tutto il personale del suo ufficio, e in special modo con Babette Sparr, che si occupa dei proventi dalle vendite all'estero ed è stata la prima a leggere la stesura provvisoria del libro.

Mio marito, Richard Kendall, mi ha dato il coraggio di proseguire. Questa volta ha dovuto destreggiarsi anche con le numerose domande di chi, mentre ero in Cina, non si stancava di ripetergli: « L'hai lasciata andare laggiù da sola? » Non ha esitato nel permettermi di seguire il mio cuore. I miei figli, Christopher e Alexander, fisicamente lontani da me durante la stesura del libro, sono rimasti illuminati e illuminanti quanto più una madre potrebbe desiderare.

Il mio ultimo grazie va a Leslee Leong, Pam Maloney, Amelia Saltsman, Wendy Strick e Alicia Tamayac: quando mi sono ritrovata costretta a casa per un grave trauma riportato in un incidente, si sono tutte prese ottima cura di me accompagnandomi da un capo all'altro di Los Angeles per gli appuntamenti medici e altre commissioni nei tre mesi in cui non potevo guidare. Le considero un esempio vivente di sorellanza giurata, e senza il loro aiuto non sarei mai riuscita a portare a termine *Fiore di Neve e il ventaglio segreto.*

Questo libro è stampato col sole

Azienda carbon-free

Finito di stampare nel mese di marzo 2023
per conto della TEA S.r.l.
da Grafica Veneta S.p.A. di Trebaseleghe (PD)
Printed in Italy